KB159467

해체주의 인식 및 서사기법
몸담론과 여성담론

해체주의 인식 및 서사기법
몸담론과 여성담론

초판 인쇄 2018년 1월 5일
초판 발행 2018년 1월 10일

지은이 박선경 ▌**펴낸이** 박찬익 ▌**편집장** 권이준 ▌**책임편집** 조은혜
펴낸곳 (주) **박이정** ▌**주소** 서울시 동대문구 천호대로 16가길 4
전화 02) 922-1192~3 ▌**팩스** 02) 928-4683 ▌**홈페이지** www.pjbook.com
이메일 pijbook@naver.com ▌**등록** 2014년 8월 22일 제305-2014-000028호

ISBN 979-11-5848-322-7 (93810)

해 체 주 의   인 식   및   서 사 기 법

몸담론과 여성담론

박선경 지음

Body discourse and Women's
DISCOURSE

(주)박이정

서문

근자의 포스트모더니즘 인식은 근대의 이성적 '주체'가 언어적 관념과 체제의 이데올로기가 기입되며 설정되었음을 간파하며, '주체'에 기입, 축적된 이데올로기적 언어의 허구성을 지적하는데 골몰한다. 이성적 언어, 상징체계의 토대 위에 설정된 기존 '주체'로부터 탈주체, 탈이데올로기하는 시도들은 메를로 퐁티, 푸코, 가타리, 리요타르, 들뢰즈 등에 의해 사상과 이념이 거두어진 신체적 자아와, 욕망의 복수(複數)성으로 꽉찬 '몸주체'를 상정하게 되었다.

기존의 팰로스로고스 체제의 중심에는 단 하나의 근거 '팔루스(남근성)'가 그 기반의 원리로써 작동하는데, 포스모더니스트들은 팔루스가 애초에 '텅빈 기호' 였음을 적시한다. 모던적 원리, 보편이성적 근대의 원리로 작동한 기존의 남근중심주의(Phallologocentrism)는 '팔루스' 즉 '결여'의 기표를 중심으로 이루어진 언어상징 체계였음을 지적하는 라깡은 '주체는 자기가 없는 곳에 존재한다'는 명제로, 근대의 '주체' 설정이 허구적 언어체제 위에 세워졌음을 설파하였다.

푸코는 '주체'가 기존체제와 권력의 장악에 맞서 섹슈얼리티 메커니즘적 전술에 저항할 것을 주문하며, '팔루스'라는 중심 기준에서 자유로워질 것과, 두터운 팔루스적 성 장치에 맞서기 위하여 자신의 몸과 쾌락에 집중할 것을 제안한다. 더 나아가 들뢰즈는 인간의 무의식을 다양한 욕망들이 증식되고 서식하는 서식처라 보는데, 욕망들의 접속, 흐름들의 통접, 강렬도의 연속체가 지속되는 '기관없는 신체', 다양한 욕망이 흐르는 '신체적 주체'를 상정하는데, 이러한 '주체'에 대한 인식의 변화 속에 몸적 주체는 근대의 이성적 주체 설정을 대체하고 있다.

또한 포스트모더니스트들은 체제의 이데올로기 및 지배담론으로 구성되어 온, 각종 '중심주의'에 반대하며 탈근대, 탈모던, 탈이성 성향의 인식을 펼치며, 기존 담론에 대한 도전적 해체작업을 펼쳐오고 있다.

저자는 현저히 드러나는 인식변화가 어떠한 방향으로 진행되고, 어떠한 방식으로 표현되고 정착되는가를 살피는 과정에서, 그 목적이 해체주의적 작업에 있는 두 담론을 주목할 수 있었다. 하나는 몸담론이었고, 또 하나는 여성담론이었다.

1990년대를 전후하여 우리 사회에 보급된 몸철학과 페미니즘 이론은 길지 않은 시간만에 몸담론과 여성담론을 양산, 축적하여 왔다. 종전에 사적 담론, 주변담론에 머물렀던 두 담론은 확실한 비중을 갖으며 공적 담론, 지배담론으로 자리잡는 것을 20년 내에 관찰할 수 있었다.

몸담론의 형성과 전개에는 '주체' 설정의 변화와 인식의 변이가 그 기반을 이루고 있었는데, 기존 담론과 몸담론의 차이는 '팰로고센트리즘'의 경계와 그것의 해체에서 비롯되고 있음을 알 수 있었다. 근대와 탈근대, 모던과 탈모던, 주체와 탈주체, Idea와 hule, 형이상학과 형이하학으로의 방향변화, 이동변화가 기존담론과 새로운 담론의 차이를 넓히고 있었다. 코기토적 주체에서 벗어나는 몸적 주체의 대두, 남근이성중심적 사유체계에서 신체의 다양한 욕망의 흐름에 따라 분기되는 다원주의적인 해체의 흐름을 읽을 수 있었다.

　이러한 해체의 흐름은 패미니즘 이론 보급과 함께 여성담론의 확대로도 이어졌는데, 여성의 인식변화 및 기존여성 이마고의 해체, 여성성의 개념 변화는 새로운 언어(여성의 언어), 새로운 담론을 창출하고 있음을 줄곧 목격해 왔다. 여성 글쓰기는 남근이성중심(Phallo-logocentrism)적 언어의 한계, 즉 여성에게 주어지는 세계의 한계를 절감하며, 새로운 여성의 언어를 탐색하고, 기존의 이성담론이 아닌 몸적 체험과 감각 및 감성적 언어를 채택하는 과정에서 몸담론을 적극적으로 형성하고 있음을 알 수 있었다. 이는 남근이성중심 체제의 굴레와 억압에서 해방되는 노정을 의미하는 것이었는데, 몸담론과 여성담론은 팰로로고센트리즘적 기존 인식에서 탈주하고 해체한다는 점에서, 두 담론은 교접과 이접과정을 거치며 동반하고 있었다.

　특기할 만한 사항은 몸담론의 대부분 분량이 여성 글쓰기에 의해 진행되었다는 사실인데, 1990년대를 전후로 우리 사회에 보급된 패미니즘 이론과 맞물려, 여성의 인식변화 및 '여성성'의 개념 변화는 새로운 언어, 새로운 담론을 요청, 구현하여 왔다. 여성들은 여성 고유의 경험(결혼, 출산, 수유, 육아, 살림 등)을 재현하는 과정에서, 애초에 여성은 몸적 경험이 두드러진 몸적 주체였다는 점을 재발견하게 된다. 이 과정에서 여성 글쓰기는 몸적 체험과 감각적 언어 채택으로, 몸적 주체 상정, 몸담론을 적극적으로 형성하고 있었다. 이는 남근이성중심 체제의 굴레와 억압에서 해방되는 노정을 의미하는 것이었는데, 몸담론과 여성담론은 남근이성적 담론에 대한 해체주의적 인식을 기조로 한다는 점에서, '탈~' 경향은 남근이성중심의 체제와 인식으로부터 벗어나는 것임을 확인할 수 있었다.

따라서 몸담론과 여성담론은 '중심주의'의 각종 이데올로기와 교훈, 관념적 체계에 저항하고 해체하는 작업을 진행해 온 바, 이는 모더니즘의 중심 지향성이 포스트모더니즘의 해체주의로 대체되는 과정을 담아내는 것이었다. 더불어 몸담론과 여성담론은 (탈체제·탈이성·탈중심화하는) 포스트모던적 인식 및 서사구축에 최일선에서 양축을 담당하고 있었다.

이 책은 해체주의적 인식을 담아내는 몸담론과 여성담론의 고찰, 이를 통한 주체 및 인식의 변화, 그에 따르는 서사기법의 변화를 규명하기 위한 작업이다. 1990년대 이후 본격적인 몸담론 및 여성담론을 구축해 온 은희경, 천운영, 정이현 작가의 작품과 해체주의적 인식을 갖은 남성작가 백가흠의 작품, 그리고 근대적 기존 남근이성중심의 인식을 보여주는 문순태 작품을 개별분석하고 또 대비분석함으로써, 기존담론과 그것을 해체하는 인식의 변화, 해체주의 담론을 규명하는 계기가 되고자 하였다.

이 책은 저자가 한 시대를 살아오며, 혼란스러운 시대변화, 정서와 인식의 급변화에 그 정신을 담고 이끄는 서사의 존립 양태를 살펴보고자 했고, 이들을 밝히고 규명하기 위하여 10여년 간 매달려 왔던 연구의 결과물이다. 그간 진행해 온 작업들을 한권의 책으로 출판하게 도와주신 박이정 출판사의 박찬익 사장님께 감사함을 전한다.

2017 해질 녘에

박 선 경

차례

1장

몸담론의 인식론과
구성 방법론들

Ⅰ. 주체 재설정에 따른 몸담론의 전개

1990년 이후 우리 문단에 점층적으로 그 형태를 드러낸 몸담론에 대하여 저자는 그 형성과정과, 하나의 지배담론으로 자리잡는 과정을 살펴보아 왔다.[1] 몸담론의 형성과 전개에는 주체와 인식의 변이, 변화가 그 동력이 되고 있음을 짚어낼 수 있었다. 그러나 주체 설정의 변화나 이에 연계되는 인식의 변화가 단기간에 분명한 모습을 드러내는 것은 아니었기에, 몸담론 역시 변이적 형태들을 실험하며 점차적으로 한 담론의 양식을 갖추어 왔다. 일정 기간을 거치며 기존 담론과 몸담론의 거리에는 그 바탕에 '주체'의 변화를 담지하고 있었으며, 또 주체 설정 변화에 따른 인식의 차이가 점차 두 담론의 구성방식과 세계

1　졸고: 「몸담론의 인식론과 구성 방법론들」, 『한국언어문학』 95집, 2015.
　　「남성작가가 구성하는 몸담론, 방법론과 인식론」, 『한어문교육』 제31집, 한국언어문학교육학회, 2014.
　　「페미니즘 이론과 문학에서의 '여성성'변이와 증식과정」, 『어문학』 제121집, 한국어문학회, 2013.
　　「본격화하는 천운영 작가의, '몸주체'의 몸담론」, 『한어문교육』 제29집, 한국언어문학교육학회, 2013.
　　「지배담론으로 진입하기 위한 몸담론의 기법과 전략」, 『어문학』 제103집, 한국어문학회, 2009.
　　「몸담론의 새로운 인식론과 글쓰기 방식」, 『한국문학이론과 비평』 제37집, 한국문학이론과 비평학회, 2007.
　　「지각중추로서의 '몸'과 '몸'을 통한 새로운 여성 신화 」, 『한국문학이론과 비평』 제28집, 한국문학이론과 비평학회, 2005.
　　「여성 몸과 '사랑 담론'의 역학관계」, 『한국문학이론과 비평』 제25집, 한국문학이론과 비평학회, 2004. 그 외.

인식의 차이를 넓히고 있음을 알 수 있었다.

더불어 그 과정에서 특기할 만한 사항은 몸담론의 많은 분량이 여성작가의 여성글쓰기에 의해 진행되었다는 사실인데, 1990년대를 전후로 우리 사회에 보급된 페미니즘 이론과 맞물려, 여성의 인식변화 및 '여성성'의 개념 변화는 새로운 언어와 새로운 담론을 요청, 구현하여 왔다. 여성작가들은 여성 고유의 경험(결혼, 출산, 수유, 육아, 살림 등 몸적 경험)과 사회문화적, 정치경제적 환경에 처한 여성들의 실제적 모습과 실체들을 1990년대를 전후하여 여성의 목소리로 전하기 시작하였다. 이 과정에서 여성 글쓰기는 남근이성중심(Phallo-Logocentrism)적 언어의 한계(여성에게 주어지는 인식적 한계)를 절감하기 시작하였으며, 새로운 여성의 언어를 탐색하는 과정에서 자기만의 몸적 체험과 감각 및 감성적 언어 채택으로 몸담론을 형성하게 되었다. 이는 남근이성중심 체제의 굴레와 억압에서 해방되는 노정을 의미하는 것이었는데, 몸담론과 여성담론은 팰로-로고스(남근-이성적) 담론에 대한 대체적 담론을 탐색한다는 점에서, 두 담론은 때로는 교접되고, 때로는 이접되며 새로운 영토를 향한 노정에 동반하고 있음을 알 수 있었다.

그러나 우리 문단에서 몸담론이 여성담론의 전개와 함께 보급되어 온 것이 사실이나, 여성담론이 곧 몸담론은 아니기에 남성작가의 작품을 살펴보았지만, 1990년대 이후 본격화되기 시작한 몸담론에 있어 남성작가의 작품들은 매우 드물었다. 이 점은 다른 담론과 달리 몸담론이 갖는 변별적 특징이라 꼽을 수 있겠다.

이 책에서는 그간 개별작가의 몸담론 특성을 연구해 온 것을 토대로, 1990년대 이후 우리 서사에 본격적으로 모습을 드러내는 '몸담론'에 대해서 제반적 형식과 인식론을 고찰함으로써 몸담론이 형성되는 방법론을 규명하고자 한다. 더불어 1990년대 이전에 몸적 담론은 어떤 형태와 인식을 가졌는지 살피기 위해 문순태 작품에 재현된 인식과 형태들을 살펴보았다. 그의 작품은 전통적인 의미의 신체적 주체, 몸에 대한 인식을 드러내 보이는 것이기에 90년대 이후 본격적인 '몸담론'의 몸에 대한 인식 변화 이전의 몸에 대한 전통적인 기존의 몸적 인식을 보여주는 것이라 책에 함께 실었다.

　주체의 변화에 따른 몸적 인식(認識)과 몸담론의 구성방식을 동시에 살펴봄으로써, 우리의 '몸담론'의 전반적 양태를 살펴보고자 한다. 1990년대 이후 본격적인 몸담론 구축에 일조를 해온 은희경, 천운영, 정이현, 백가흠의 작품은 '몸담론'이라 명칭할 만큼 분명한 징후를 계속적으로 보여온 작가라 말할 수 있겠다. 이 작가들은 각기의 다른 방식으로 몸적인 인식과 경험을 내용으로, 감관(監官)적 표현의 글쓰기로 몸담론을 형상화해 왔다. 때로는 몸담론의 구성방식이 다른 작가에게 이어져 더욱 구체화, 심층화된 경우도 있고(유식론적 인식과 감관(感官)에 의한 세계인식과 표현방식), 대부분은 각기 작가 고유의 세계인식과 구성방식으로 몸담론을 형성하고 있었다.

　따라서 이 네 명의 작가의 몸담론을 대상으로,[2] 현 시대 '몸주체'로의 변화된 인식과 우리 몸담론의 실체에 대해 전반적인 특징을 규명하고자 한다. 인식론은 세기에 걸쳐 그 방향을 드러내는 것이기에, 몸담론을 구성하는 '방법론'에

2　대상 소설집과 장편소설
　　은희경, 장편소설, 『새의 선물』, 문학동네, 1995.
　　　　소설집, 『타인에게 말걸기』, 문학동네, 1996.
　　　　소설집, 『행복한 사람은 시계를 보지 않는다』, 창작과 비평사, 1999.
　　천운영, 소설집, 『바늘』, 창작과 비평사, 2001.
　　　　소설집, 『그녀의 눈물 사용법』, 창작과 비평사, 2008.
　　　　장편소설, 『생강』, 창작과 비평사, 2011.
　　　　소설집, 『잘 가라, 서커스』, 문학동네, 2011.
　　정이현, 소설집, 『낭만적 사랑과 사회』, 문학과 지성사, 2003.
　　　　소설집, 『오늘의 거짓말』, 문학과 지성사, 2007.
　　　　장편소설, 『너는 모른다』, 문학동네, 2009.
　　　　장편소설, 『사랑의 기초』, 문학동네, 2012.
　　백가흠, 소설집, 『귀뚜라미가 운다』, 문학동네, 2005.

대해 분류를 하는 가운데 전반적인 양태를 살펴보고, 그 기저를 이루는 인식을 살펴보고자 한다. 다만 본격적인 몸담론이 형성되는 과정에서 주로 여성작가에 의해 형성, 구축되는 상황이 반영됨으로써 연구 대상범위에 남·녀 글쓰기의 형평이 맞지 않는 것은 문단의 현실이 반영된 것이다. 이 글의 전개는 몸담론의 세부적 작품분석이기 보다는, 작가별 몸담론적 특성을 중심으로 그들이 몸담론을 형성하는 방법론을 분류, 고찰하는 가운데 이성적 주체에서→몸적 주체로의 인식 변화와 몸담론의 전반적 특성을 규명하고자 한다.

II. 작가별 몸적 인식과 몸담론의 구성방식들

1. '팔루스' 상징기호를 해체하는, 몸담론 – 은희경 작가

오랜 세월 팰로스로고스 체제는 인류(Mankind)를 '남성 부류(Man-kind)'로 상정하여 왔고, 남성들의 이야기(his–story)로 역사(history)를 이루며 굳건한 팰로센트리즘적 사회경제적, 정치문화적 체계의 장벽을 두텁게 쌓아왔다. 이러한 제반 환경에서 '주체'를 설정해 온 무의식적 기반은 기표 '팔루스(남성의 사회·문화적 힘의 특질)'였다고 라캉은 지적한다. 문제는 '팔루스'가 '결여'의 시니피앙이라는 점인데, 주체의 기반이 되는 '결여'의 기호로 인하여 '주체(The Self)는 자기가 존재하는 자리에 존재하지 않는다'고 라캉은 정의하였다. 주체를 수동적 존재로 규정하는, '결여의 시니피앙'이란 정의에 반하여 들뢰즈, 가타리는 주체의 무의식적 기반은 '생산적 욕망들'이라 규정하며, 주체를 경제적 생산성과 능동성을 지닌 존재라고 반박하였다. 주체는 항상 욕망하는 생산에 의해 관통되어, 욕망들의 소비에 의해 또 다른 욕망들을 생산하고, 소통함으로써 다양한 흐름으로 이루어진다고 보았다. 즉 '주체'는 경험적 장에서 욕망의 흐름들을 소비하면서 끊임없이 생성변화를 반복하는, '생산적 욕망의 다양체'라고 규정한다.(다양한, 욕망하는 기계들이 그들의 차이를 지키면서 공존하는 이런 종합을 들뢰즈, 가타리는 '이접적 종합'이라 부르는데, 이런 이접적 종합이 다양한 종류의 '주체'를 생산한다고 보았다. 따라서 '주체'는 통합된 신체를 지닌 '유기체'이며, '주체'는 소비의 잔여로서 "욕망하는 기계들의 곁"에서 산출되며 줄곧 '탈중심화'되어 있다고 보았다.)[3]

우리는 위의 상반되는 두 가지 '주체'의 규정과 관련하여, 어느 것이 옳고 그른가가 아니라 주체에 대한 시대적 인식변화와 차이를 읽어야 할 것이다. 팰로스로고스적 체제와 그 역사의 기반이 되는 근대의 '팔루스'적 주체 상정과 / 포스트모더니즘적 탈주체화 과정에서 논의되는 '몸주체'의 상정, 이 두 '주체'의 상정과 논의는 시기 상 선후관계에 놓였음을 지적할 수 있겠다. 탈이데올로기, 탈체제, 탈주체화하는 과정이 '어디로부터 탈주하는가' 묻는다면, 기존체제, 즉 팰로스로고스적 체제와 그 이데올로기적 언어로부터의 탈주라 말할 수 있을 것이다. 따라서 위 두 가지의 '주체' 설정은 인식론의 선후(先後)적 변화를 의미하기도 한다.

패권적 제국주의와 전제군주적 수직문화 및 가부장적 질서, 거대자본의 경제권력은 팰로스로고스적 체제가 산출해 온 지배권력의 이면(異面)들이었다. 이들이 지배권력이었던 우리 사회에서, 각기 주체에게 —특히 여성에게— 요구되어온 정체성은 '팔루스'적 통제 하에 있었다. 팰로센트리즘적 기조는 '주체'와 '주체를 둘러싼 사회환경'에 기입되며 다양한 규범과 질서를 재생산하며 두텁게 이를 적층해 왔다. 이러한 환경 내에서 '팔루스' 유무에 따른 성별의 구별은, 각 개인에게 성-정체성을 강요, 사회적 구성원으로 통제가 용이하도록 해왔다. 그러나 이제 '주체'의 변화는 남성중심적 상징체계, 이데올로기와 언어적 도그마들을 해체하며, 그곳으로부터 탈주하기 위해 인식의 변화를 꾀하고 있다. 푸코에게 인식이란 사회적 관계들 속에서 생겨나는 '역사적 결과'이며, '하나의 사건'이다. "인식은 언제나 인간이 처해있는 일종의 전략적 관계이다. 이런 전략적 관계야말로 인식의 효과를 정의할 것이다."[4]

---

3   참조; 들뢰즈, 가타리, 「차이의 철학과 역사유물론」, 『천의 고원』, 새물결출판사, 2001.
4   사토 요시유키 저, 김상은 역, 『권력과 저항— 푸코, 들뢰즈, 데리다, 알튀세르』, 도서출판

저자는 몸담론에 대한 연구를 진행해 오며 위와 같이 팰로스로고스적 기존 체제와 담론에 저항하며 탈주체화하는 과정에서 몸철학과 몸담론이 그 중심적 역할을 하고 있음을 알 수 있었다.

가. '팔루스'를 지향 vs 지양하는 여성

1990년대 이후 발군의 여성작가들에 의해 여성글쓰기가 문단을 주도하였었는데, 특히 은희경 작가의 개방적 '성' 담론 및 여성담론이 활발하게 전개되는 과정에서 몸담론이 또 하나의 담론으로 자리 잡을 수 있을 만큼 몸적 인식과 몸의 감관을 통한 글쓰기가 진행되었다. '90년대 대표작가'라 불리는 작가 은희경은, 여성담론의 전면적인 대두에 중심적인 역할을 해온 작가이다. 1990년대 은희경은 여성 주체의 실존과 타인과의 공존에 관련된 '성'과 '결혼'의 문제를 다루며 몸적 주체, 성적 주체로서의 '여성성'의 과도기적 변화상을 작품화하였다. 몸은 인간의 정체성을 내재화하는 장소이자, 세계 내에서 한 주체를 실존케 하는 토대이자, 다양한 욕망의 흐름들을 한 곳에 정박하게 하는 장소가 된다. 그리고 몸의 기능이자 욕망인 '성(性)'은 주체의 본능적 실체를 드러내며, 타인과 관계를 맺고 자아를 확장, 재생산하는 행위점인 신체기관이다. 더불어 '성' 관계는 타인과의 몸적 공존을 의미하며, 공간(환경)과 시간(역사) 속에 자신을 확산하는 개방성을 의미한다.

작가는 기존의 관념적 사변 대신, 몸과 몸의 접촉, 오관(五觀)을 통한 감각적 실체의 관계들을 조명하며 인물들의 경험과 '생활세계'(하바마스), '실재계'(라깡)를 담아냄으로써, 기존에 부재했던 여성 '몸'과 여성 '성'의 새로운 의미망들을 서사화하였다. 그녀의 여주인공들은 공통적으로 '결혼'이라는 사회적 제도를 벗어나 있었으며, 따라서 기존여성들과는 다른 삶의 궤적과 인식들을

난장, 2012, 49-53면.

드러내었다. 또 자유롭고 주체적인 '몸'의 행사로 성애(性愛)와 사랑이라는 개방적 몸의 소통을 보여주었다. 작가는 몸적 기관에서 생겨나는 '감각'에 주목하며 관념이 아닌 감정의 실타래를 따라 글쓰기를 시도하였는데, 이는 기존관념과 상징적 개념들을 빗겨난 생활세계를 서사공간으로 옮겨놓게 하는 초기적 시도들이었다.

이러한 작가인식과 글쓰기 방식의 시도를 기반하여 '팔루스'적 통제가 덜한 곳에 여주인공들은 거주하기 시작함으로써, '주체'적인 여성성을 형상화하는 전기를 마련하였다. 은희경의 여주인공들은 대부분 독신녀와 이혼녀 모습 등으로 '성', '결혼'에 관련된 사회적 '통제'에서 벗어난 곳에 그녀들의 영토를 마련하였다. 그녀들은 사회적 제도와 상식의 규범에서 벗어나 홀로 사는, 혹은 다수의 남자를 곁에 두며 '독립'한 모습을 보여주는데, 이는 제도의 틀에서 벗어나서 독립적인 삶의 방식들을 꾸려나가는 모습으로 작가가 즐겨 사용하는 장치(미혼, 다수의 애인, 독신)였다. 체제에서 '배제'되고 '소외'되어온 기존여성의 이미지와 위치를 심리적으로 역전시키는 결과, 즉 소외나 배제가 아니라 독립과 자생(自生)이라는 의미를 부여하고 있었다.

처녀성을 가져간 사람이 내 주인이라는 생각, 우연에 지나지 않는 그 사건에 운명적 의미를 두는 것, 그 모두가 내게는 어리석게만 생각된다. 처녀성을 가져간 사람이 내 주인이라는 생각, 우연에 지나지 않는 그 사건에 운명적 의미를 두는 것, 그 모두가 내게는 어리석게만 생각된다. 내 생각은 세 가지로 요약된다. 첫째, 첫 경험이란 운명이 아니라 우연이다. 둘째, 여자들이 그것을 체념적으로 받아들이게 된 것은 어릴 때부터 성에 대한 금기를 강요받기 때문이다. 셋째, 나는 극기 훈련을 통해 '이성의 성기에 관심을 가져서는 안 된다'라는 금기에서 벗어났으므로 '첫 경험'이라는 금기도 얼마든지 깨뜨릴 수 있다.(『새의 선물』, 246–247면)

진실하다면 누구든 섹스로부터 자유롭다. 그리고 만약 인생에 애틋함이란 게 있다면 바로 그런 섹스의 진실에서 비롯되는 것이리라. 자유로워지고 싶은 것이 삶에 저항하는 것처럼 보인다면 내 잘못이 아니다. 틀을 만든 세상의 잘못이다.(「먼지 속의 나비」, 『타인에게 말걸기』, 271면)

예문에서 보듯이, 은희경 작가는 성적 결정권에 대해 자기행사하지 못하는 여성과 주도적으로 자기행사를 하는 여성을 병치시키는데, 이러한 병행 제시는 은희경 작품의 일 문법이기도 하다. 자전적 소설이란 평가를 받는, 『새의 선물』은 '팔루스'적(남성 중심) 여성 이마고를 가진 '이모'류(類)의 여성 인물들과 기존 여성 이마고에서 벗어나는 '진희'류의 여성주인공들, 두 그룹의 여성 인물들을 반복 대비시킴으로써, '팔루스에의 지향 vs 지양'의 아젠다들을 형상화한다. 이 대칭구조를 통해 결국 작가는 '몸(성)'적 자기결정권의 당위성을 촉구하며, 이를 통제해 온 '세상 틀이 잘못된 것'이라 적시한다. 작가는 여성이 자유롭기 위해서는 무엇으로부터 '탈주'해야 하는 지를 '진희'류의 주인공들을 통해 반복, 제시한다. 즉 체제의 이념에 잠식되어 '몸'의 주체적 행사를 하지 못해 비극적으로 사는 여성인물들과 자기결정권 행사를 통해 '주체'적으로, 자유롭게 사는 인물들을 대비시킴으로써, 후자가 대안이자 미래임을 은유, 제시한다.

위의 예문에서 보듯이 주인공들은 일상생활 속의 단상들에서, 개인들을 억압하고 통제해 온 제도권의 틀과 기제(순결, 결혼제도, 성(性) 관리, 낭만적 사랑, 가정)들을 지적하며, 이를 해체하는 작업들을 지속적으로 보여준다. 그리고 '자유로와지고 싶은 것이 삶에 저항하는 것처럼 보'이게 만드는 체제의 분위기를 지적하며, 여주인공들은 이혼과 독신의 모습으로 '결혼' 기제에 대해 회의하는 모습을 보이며, 체제나 가부장에게 주어졌던 낙화권, 몸적·성적 결정권이 자신한테 있음을 여러 작품에 걸쳐 강조한다. 매사(每事)에 자기만의 관찰적 응시로, 삶을 옭아매고 있는 틀과 이념들의 본질을 드러내며, '몸'에 대한 자기결정권을 행사할 때에야 비로소 자기동일성을 획득해 나감을 보여준다. 따라서 은희경 작가가 자주 보여주는 여주인공들의 '분방한 남성편력'과 '성적 개방성'은 탈선이나 쾌락추구, 혹은 무분별의 방황이 아닌, 성적 · 몸적 자기결정권을 행사하고, 이방인이던 여성이 자신의 새로운 영토를 마련하는 작업이라 보아야 할 것이다. '주어진 인생에 충실할 뿐 제 인생을 스스로 결정한다는 일은 엄두조차 내지 못하는'(『새의 선물』, 245면) 여자들을 향하여, '몸'과 '성' 통제의 체제의 제도로부터 벗어나야 자주적인, 주체적인 인식을 시작할 수 있음을 말하고 있다. 체제 이데올로기가 '몸(성)'을 통제, 관리함을 지목하며, 그로부터 탈주하는 방안으로 '몸'의 자유와 자기결정권을 행사함으로써 '팔루스'체제의 억압으로부터 '자유'를 얻는 방식을 내용 제시하는 것이다.

나. 감성적 여성과 몸의 감관(感官)적 글쓰기

1990년대 이후 발군의 여성작가들은 여성의 '몸'과 몸에 깃드는 '정신'과 몸이 처하고 소통하는 '환경'에 대해 본격적인 몸담론을 형성한다. 특히 '당대의 대표적 작가'인 은희경 작가는 신체 오관의 감각을 통한 새로운 인식들을 길어올리며, 여성 생래의 몸적인 인식론으로 기존체제의 인식론을 벗어나는 시범적 글쓰기를 보여주었다는 점에서 그녀의 글쓰기는 재평가되어야 할 것이다. 특히 몸담론과 여성 글쓰기의 접점을 포착한다는 점은 그녀가 마련한 업적으로 기억되어야 할 것이다.

여성 특유의 감각과 감정을 촉수로 하여 대상을 집수하고, 사념과 상상 등 관념이 아니라 몸의 느낌과 감각에서 의미를 건지는 인식방식이 기존 이성적, 관념적 담론을 대체하는 성과물을 낳게 하였다. 은희경 작가로부터 발아되기 시작하는, 감각적 인식이 선행하고, 세계인식을 몸의 감각기관으로 집수(執手)하며, 몸의 체험과 경험을 글쓰기하는 방식은 이후 여성작가들이 몸적 글쓰기 방식을 통해 여성담론을 형성하게 한, 전범(典範)이 되었다.

이러한 여성 글쓰기의 시도는 기존의 관념적, 이성적 언어가 아닌, 여성들만의 감정과 감각, 정서 등의 몸적 언어로 생활세계를 담아내는 방식을 전개하게 하였다. 남성중심주의적 세계에서 타자로, 피지배계급으로, 비체 등으로 살아온 기존 '여성성'에 반해, 세상에 발화되지 않아왔던 여성 고유의 인식을 담아내고자 탈체제적, 탈남성중심적 언어를 생성하는 작업이었다. 그 방법으로 이성이 아니라 몸의 감각 – 오관(안이비설신)과 오온(색수상행식)의 몸적 인식[5]을 드러내며, 감각의 몸적 글쓰기를 전개하는데, 이러한 시도들이 몸담론을 형성하고, 정착시키는 중요한 방식이 되었다.

'세계는 우리 몸의 수용기관으로만 인식되고, 인식된 모습으로 대상(세계)은 존재하게 된다. 우리 몸을 투과하지 않는 객관적 세계란 현현(顯現)할 수 없는 것이며, 객관적 진리도, 객관적으로 존재하지 않는다. 이 작가에게서도 존재와 주체는 몸의 육관(六官)을 통해 수용된 세상과 다르지 않으며, 따라서 이에 집중된 주인공의 '시선'은 존재와 세계에 대한 물음과 답변을 찾아가는'[6] 글쓰기를 전개한다.

은희경 작가는 세계를 수용하는 인식론과 글쓰기 방식에 있어서 불교의 유식론을 바탕으로 서술을 진행한다. 이는 "백팔번뇌의 108은 사람의 여섯 가지 감각이 여섯 가지의 번뇌를 일으킬 때 과거, 현재, 미래가 있어 그것들을 곱해서 나오게 된 숫자라고 했다"[7]는 작품의 서술 등을 보거나 인물들이 겪는 관계 맺음과 사건들이 제행무상함을 거듭 강조하는 서사 분위기, 육관(六官)에 의한 색계의 수용 및 인식과 서술적 관점 등등을 통해 충분히 알 수 있다.

이는 우리 문단에서 여성작가들이 일구어 낸 새로운 글쓰기의 영역으로서

---

5   불교간행외 편, 묘주 역, 『해심밀경』, 불교경전22, 민족사, 1996, pp.38-40.
6   박선경, 「지각중추로서의 '몸'과 '몸'을 통한 새로운 여성 신화 – 은희경 작가의 글쓰기 방식과 세계인식-」, 『한국문학이론과 비평』 제28집(9권3호), 한국문학이론과 비평학회, 380-381면.
7   은희경 작품집, 「그녀의 세 번째 남자」, 『타인에게 말걸기』, 문학동네, 1996, 39면.

여성 글쓰기의 한 전형이 되고 있다.

시선 및 육근(六根- 여섯 가지 인식기관으로 안식(眼識), 이식(耳識), 비식(鼻識), 설식(舌識), 신식(身識), 의식(意識)의 육경(六境)의 작용을 일으킨다. 불가의 유식론은 이 육근을 바탕으로 형성되는 (인간과 세계가 현현하는) '색계'를 설명한다.[8])에 의한 대상 세계 포착과 응시, 그와 소통하는 몸의 감각과 인상, 육경(六境)에 맺힌 기억을 쫓아가는 몸적 글쓰기는 몸적 감각과 체험적 증거에 의지해 자기 스스로 자문하고 자답을 얻는, 개개인의 개별적 시각과 통찰을 내놓는다는 점이다. 이러한 서술방식에 기존의 개념과 관념적 해석이 끼어들지 않는다는 점에서, 기존 이데올로기적 언어와 체제의 규범, 이념들로부터 벗어난 곳에 그들(여성)만의 언어가 진행되며, 본격적인 몸적 인식과 몸담론의 단초를 열어놓은 것이라 진단할 수 있다.

이러한 유식론적 '인식'을 바탕으로 한 감관적 글쓰기는 천운영 작가로 이어지며 본격화되는데, 몸적 인식과 몸적 글쓰기가 기존의 관념적 담론을 대체하며 몸담론의 큰 '전형'이 마련되었다.

2. '이성중심담론'을 대체하는, 몸담론의 구축(構築)
– 천운영 작가의 경우

'주체'의 논의는 예의 관념철학의 '주체' 설정으로부터 벗어나, 주체를 '현상학적 장', 즉, 주체와 대상(세계)이 불가분적으로 엮여 교섭하고, 지각 활동을 전개하며 환경을 비롯한 제반 변화 상에 놓여있는 몸적 주체를 주목하게 되었다. 세계와 상관하는 장소적 의미로서의 몸(푸코), 생산적 욕망의 흐름으로서의(들뢰즈, 가타리) '몸적 주체'를 상정하게 되었다.

포스트모더니즘 인식은 기존 코기토적 '주체'의 설정에 있어서 언어적 관념

---

8   참조; 오형근, 『유식학입문』, 불광출판부, 1992.

과 상징 체계, 이데올로기가 기입되었음을 지적하며, '주체'에 기입, 축적된 이데올로기적 언어들을 거두어내며, 다양한 욕망이 흐르는 신체기관으로 시선을 돌리게 되었다. 이러한 인식의 변화는 기존 상징체계로부터 주체를 탈주시키며, 각종 이데올로기로부터 벗어나기 위한 작업들을 수행하고 있다. '주체' 설정 변이에 따라 인식의 방식도 관념적 '틀'을 벗어나 몸적 감각으로 세계를 인식하게 되었다. 니체를 잇는 사상적 계보가 기존의 권력과 체제의 억압으로부터 '주체'가 벗어나기 위한 방법으로 자기 자신에게 집중할 것을 제시하였듯이, 주체는 체제의 언어를 벗어나 자신의 욕망과 자기 내재적 언어에 집중하는 양상을 보여왔다. 이후 메를로 퐁티, 푸코, 가타리, 들뢰즈에 이르며 사상과 이념이 거두어진 신체(영토)적 자아와, 욕망의 복수(複數)성으로 꽉 찬 '몸주체'가 상정되기에 이르렀다. 들뢰즈는 인간의 무의식을 다양한 욕망이나 기계들이 증식되며, 서식하는 서식처라 보면서, 욕망들의 접속, 흐름들의 통접, 강렬도의 연속체가 지속되는 곳에 존재하는 '기관없는 신체'를 우리가 도달해야 할 '주체' 개념으로 제시한다.[9]

기존 체제에서 설정된 '주체'로부터 탈주체화를 이루려는 시도를 위하여, 푸코는 '주체'가 기존체제와 권력의 장악에 맞서 섹슈얼리티 메커니즘[10]적 전술에 저항할 것을 주문하며, '성(性)'(팔루스)이라는 결정심급에서 자유로워질 것과, 두터운 팔루스적 성 장치에 맞서기 위하여 자신의 몸과 쾌락에 집중할 것을 제안한다. 이는 결국 팰로스로고스 체제의 단 하나의 기표인 '팔루스'[11]와 그를 둘러싼 기존 상징체제로부터 탈피, 저항하는 방법으로 귀결되는데, 애초에 '결여'를 의미하는 팔루스 시니피앙에 의한 사회체제는 끊임없이 개인을 통

---

9   참조; 질 들뢰즈, 가타리 저, 최명관 역, 「1장, 욕망하는 기계들」, 『앙티 오이디푸스』, 민음사, 1994.
10   "섹슈얼리티의 장치"는 각 개인의 섹슈얼리티를 세계 속으로 규범화(규율화)하는 것이다.
11   다른 모든 시니피앙들은 '하나의 시니피앙'인 팔루스로 향하며, 그것에 의해 순서가 매겨진다.

제하고 간섭함으로써 '주체는 자기가 없는 곳에 존재(설정)'되어 왔다. 그러나 주체들은 더 이상 권력이 구성해 온 인식론[12]에 잠식되지 않으려 그곳을 탈주하며 자신의 다양한 욕망의 흐름을 추구하게 되었다.

가. 여성 몸주체의 다양한 변주(變奏)

천운영 작가는 1990년 이후 우리 문단에 본격적인 몸담론을 진행하고, 그 형태를 완성에 가깝게 정착시키는 질적, 양적인 역량을 보여왔다. 이성적 지배 담론의 벽을 넘어 몸담론을 하나의 지배담론으로 진입, 정착시켰다고 할만큼, 날카로운 필력과 다양한 '몸'의 형상화와 많은 분량의 몸담론을 형상화해 왔다. 그녀는 데뷔 때부터 시작하여 시종일관 몸담론에 천착해 오며, 몸에 대한 다양한 접근과 다층적 인식을 보여주며, 우리 몸담론의 대표적 작가로 불리울 만한 업적을 구축해 왔다. 따라서 천운영 작가의 몸담론의 구성방식과 특성을 규명하고 정리하는 작업은, 몸담론의 양상을 파악하는데 빠질 수 없는 중요한 근거자료가 된다.

천운영 작가에 의해 우리 문단은 몸담론, 몸글쓰기가 형성, 정착 단계에 이르렀음을 논의한 바[13] 있는데, 천운영 작가는 기존의 이성적 주체를 대체하여

---

12 (니체에게) 인식이란 "대상을 지배하는 "근원적 악의"의 소산이며, 거기에는 대상의 지배, 파괴라는 일종의 권력관계가 내포되어 있다. 둘째로, 니체에게 인식이란 충동들 사이의 '투쟁'이다. 푸코는 내재하는 이 '투쟁'을 사회적 장에서 힘들 사이의 '투쟁'이라고 재독해 한다. 즉 인식이란 칸트가 꿈꿨듯이 "즉자적 현실의 인식 가능성"이 아니라, 사회적 장에서의 힘들 사이의 투쟁의 효과이다..... 따라서 인식이란 "일종의 전략적 관계"의 소산이며, 인식 주체는 사실상 권력관계에 의해 규정된다."
사토 요시유키 저, 김상운 역, 『권력과 저항- 푸코, 들뢰즈, 데리다, 알튀세르』, 도서출판 난장, 2012, 49-50면.

13 졸고, 「지배담론으로 진입하기 위한 몸담론의 기법과 전략」, 『어문학』 제103집, 한국어문학회, 371~398면.
졸고, 「본격화하는 천운영 작가의, '몸 주체'의 몸담론」, 『한어문교육』 제29집, 한국언어문학교육학회.

'몸주체'를 상정, 다양한 주체와 모습을 형상화해 왔다.

첫째로 주인공들은 관념적이기 보다는 행동을 통해 자신을 드러내는데, 따라서 이성보다는 감정적이거나 본능적 모습이 대부분의 주인공들에게 드러나는 공통적인 모습이다. 천운영 작가의 인물들이 보여주는 생활모습과 행위는 기존 인간개념에 관련한 이데아적 환상을 해체하는 것으로, 사람들의 모습이 동물의 모습과 행위에 별반 차이가 없음을 여러 작품에서 반복적으로 묘사한다. 따라서 서술은 관념적 군더더기나 사건과 상황에 대한 상념없이, 본능을 직설적으로 기술하고, 자연적 모습을 적나라하게 드러내는 묘사방식을 취한다.

> ① 그 역시 식충식물의 수액에서 허우적거리는 늙은 벌레에 불과했다.(「입김」, 『명랑』, 194면)
> ② 소녀는 굵은 모래알을 발로 차며 운동장을 가로지른다. 나는 늑대 소녀.(「늑대가 왔다」, 『명랑』, 51면)
> ③ 꽃이 만발한 아름다운 초원이다. 그 한 가운데 화살을 맞고 죽어가는 가련한 짐승이 보인다..... 슬픈 짐승이 내 품안에서 숨을 거둔다...... 내 품안에서 죽어간 아름다운 짐승의 이야기. 내 사랑의 처음이자 끝인 한 짐승의 이야기(『생강』, 134면)
> ④ 미연은 사나운 맹수 앞에 노출된 한 마리 가젤에 불과했다. 그리고 나는, 그녀(할머니)에 의해 거세된 수소였다. 고기의 육취를 없애기 위해 어릴 적부터 거세된 수소. 감히 욕망조차 가질 수 없는, 그네에게 잘 길들여진 고깃덩어리.(「숨」, 『바늘』, 52면)

위에서 보듯이 천운영의 작품에서는 '동물'로 비교되는 인물들의 묘사, 또 인물을 동물로 묘사하는 부분이 빈번하게 등장하는데, 작가의 의도라고 규정할 수 있을 만큼 '인간이 곧 동물'이라는 작가의 시각과 관점이 반복 형상화된다. 이러한 분위기가 작품 전면에 흐름으로써 이성적 주체 및 이념적, 관념적 언어 대신에, 몸적 자아가 체험하고 느끼는 감각적이고 감정적인 몸의 언어가 대체되고 있다.

예문에서 보듯이, 주인물들을 '늙은 벌레, 늑대 소녀, 짐승, 수소, 고깃덩어리' 등으로 호명하는데, 이러한 사람을 동물이나 식물로 인식하거나 표현하는 것은 천운영의 작품 도처에서 만날 수 있다. 그러나 흔히 하듯, 인간을 폄하하기 위하여 동물에 비유하는 것이 아니라, 사람이 동물들과 별반 차이가 없는, 모두 '자연'의 일부라고 받아들이는 작가의 인식을 읽을 수 있다. 기존 인간 정의의 하한계를 무너뜨리며, 포식자와 피포식자의 먹이사슬 체계와 약육강식 원리에 지배를 받는, 몸적인 자아들이 형상화된다. 인간 자아를 포유류 동물의 한 종(種)으로 인식함으로써, 기존 팰로스로고스 체제 내의 이데아적 인간, 관념적 인간 개념을 전면적으로 와해한다. 나와 연인, 가족들에게서 동물적 특성을 읽는 인식의 방식과 표현방식에서, 동물적이고 자연적인 몸적 주체가 생성되고 있음을 알 수 있다.

③은 몸적 반응으로 겪었던 '첫사랑'의 파국을 묘사한 부분으로, 주인공은 첫사랑을 '바르르 떨리는 몸의 휘파람 소리'(94면)로 감각 인지하고, '움찔거리는 내 몸의 가장 깊숙한 그곳'(96면)의 반응으로 사랑을 확신한다. 자신의 몸적 반응과 거부할 수 없는 몸적 체험을 축적하며 확신한 사랑이기에, 사랑은 살아있는 '생명체'라는 체험적 인식과 표현을 포착해 낸다. 또한 사랑의 파국은 '짐승의 죽음'으로 묘사되는데, 사랑은 관념과 이성의 텅빈 기호체계들을 벗어나, 생존하고 명멸하는 실존체로 생명을 얻게 된다. 사랑을 살아 움직이는 생명체로 파악한다는 것은, (기존언어 체제에서는 비이성적인 표현이었지만) 사랑의 Biochemical적 실체를 드러내는 '낯선' 표현이자 새로운 인식의 확대라 하겠다. '가슴과 그곳, 온몸'이 떨리며 시시각각 변하는 '사랑'이라는 실체의 느낌은 고정된 명사나 관념이 아니라 동사(動詞)나 전율 혹은 떨림으로 체득, 감지되는 것이리라. 예의 아름다운 상념과 상상으로 사랑을 묘사하는 방식과 달리 짐승의 몸적 감지로 포착한다는 점에서, 머리가 아니라 감관의 신경으로, 관념보다 몸(물질)적 반응으로, 개념보다는 대상의 재질을 감각하는 몸적 언어

와 신체적 인식을 짚어낼 수 있다.

더불어 결코 육체적이고 동물적인 것이 형이하학적이어서 열등한 것이 아니라, 실체의 현실이라는 관점을 견지함으로써 예의 형이상학의 '관념성'과 '이념성'을 의도적으로 탈피하는 작가의 인식과 글쓰기 방식을 알 수 있다. 코기토의 언어적 자아에서 벗어나는, 언어 사용 이전의 '몸'적 자아, 이성적 상징계보다는 물질적 실제계, 언어적 관념보다는 실체의 실존성을 부각시키는 작가의 몸적 인식과 몸 글쓰기를 파악할 수 있다.

둘째로, 천운영 작가가 몸주체(주인공)를 형상화하기 위해 고안한 장치로 기형적이거나 불구자, 노약자 등등 몸적 열세(劣勢)를 가진 '자아'들을 지속적으로 다루었다는 특징을 들 수 있는데, 기형적 몸과 추물(「바늘」, 「멍게 뒷 맛」), 곱추(「포옹」, 「월경」), 장애인(「세번째 유방」, 「유령의 집」의 아버지), 정신쇄약자(「당신의 바다」, 「등뼈」, 「행복고물상」), 환자(「노래하는 꽃마차」), 노약자(「행복고물상」, 「숨」), 어린이(「눈보라콘」, 「유령의 집」) 등등을 볼 수 있다.

천형(天刑)을 가진 몸주체들을 통하여 작가는 그들이 처한, 정상인과 다른 환경과 생각, 경험을 보여줌으로써, 인간 자아는 정신(Idea)적 존재이기에 앞서 몸(Hule)적 한계를 지닌, 신체의 감옥에 갇힌 현실의 실체임을 누누이 일깨우는 방법을 사용한다. 푸코는 몸을 '생리적 과정들의 장소, 즉 생리적 몸이면서 동시에 정치적 장에 직접적으로 포함되어 있는 몸, 즉 의도를 띠는 몸 또는 영혼'[14]이라 말한다. 즉 몸은 자아의 정신이 깃드는 공간이며, 지배담론과 권력의 어떤 효과와 작용이 드러나는 장소로, 몸은 정신이 깃드는 공간이자, 생육, 변화, 소멸의 영토가 된다. 동시에 몸과 정신은 매순간 상관(相關)하며 서로를 간섭한다.

---

14 강미라, 『몸, 주체, 권력 – 메를로 퐁티와 푸코의 몸 개념』, 이학사, 2011, 137면.

불구의 몸, 추한 인물, 노약한 몸의 주인공들은 사회정치적 장에서 열세의 위치를 대변하는 인물들로, 그들은 추함과 비루함, 고독과 소외 등의 열성(劣性)적 환경과 자질로 태어나, 그 테두리에 갇혀 생활하며 자아를 형성하게 된다. 따라서 그들은 자신의 의지에 상관없이 추함과 소외, 멸시라는 환경적 정서의 반영체가 된다. 이러한 인물 설정을 통해 작가가 지속적으로 말하고자 하는 바는 환경의 지배를 받는 인간 주체는 곧 '몸주체'일 수밖에 없다는 점을 강조하고 있다. 또 불우한 환경의 지배를 받는 몸주체의 생활을 통해서, 그 주위에 파생되는 피폐한 정서와 음습한 분위기들을 드러냄으로써, 희, 노, 애, 락, 애, 오, 욕 등 칠정의 정서와 행복/불행은 마음에서 비롯되는 것이기 보다는, 일차적으로 몸이 처한 환경의 지배 하에 놓여있음을 알게 한다. 태생적 불구자의 불행과 고독은 세상에 던져진 '불완전한 몸'에 깃들어 있으며, 냉정한 '환경'에 처한 연약한 몸적 자아에게서 비롯되고 있음을 작가는 반복 형상화한다.

> ...... 옘병헐, 가라가라 할 때 똥 처바르며 버티드만. 캬라멜이랑 납세기랑 순대랑 사갖고 들어갔더니 골로 갔드라고. 냄새부터 틀리더라구. 똥냄새가. 몇 년을 치워내던 그 똥냄새가 아니더란 말이지. 방에 들어가자마자 기저귀를 까봤더니, 정말 노오란 배내똥 지리고, 갔더라구
> 　말을 마치자마자 앞장서서 걸어가는 할멈의 굽은 등에서 폐허가 보인다. 폭력적인 삶과의 싸움에서 홀로 남은 패배자의 모습.(「행복고물상」, 『바늘』, 177면)

위 예문에서 보듯이, 불구자 인물들이 처한 환경과 그에 뒤따르는 정서를 살펴볼 때에, 예의 인간에 대한 형이상학적 규정은 헛된 구호임이 반복, 부각됨으로써, '존엄한 인간'은 상징체제가 기입한 관념적 기호에 불과하다는 실상이 자주 폭로된다. '똥냄새'가 진동하는 현실에 '굽은 등'을 가지고 태어난 그들이 '폭력적인 삶과의 싸움' 끝에 얻은 것이 '폐허', '패배자'라는 결말에서 보듯

이 태생적 불구자를 통해, '주체'란 그 몸을 에워싼 환경적 한계에 갇힌 몸적 존재가 다름 아님을 강조하고 있다.

나. 해부적 시선으로 몸 분석, 본격화하는 몸담론

다음, 몸담론을 구축하는 방법으로써 몸적 감각에 예민한 촉수를 지니거나, 몸을 다루는 직업군의 주인공들을 전면에 내세움으로써, '몸'에 대한 해부와 해석에 전면적으로 돌입하는 장치를 들 수 있겠다. 이는 천운영 작가가 본격적으로 몸담론을 진행하는 과정에서 사용되는데, 예의 어느 작가와도 비견될 수 없는 몸담론에의 깊은 천착을 보여준다. 초기 작품집 『바늘』과 이후 『그녀의 눈물사용법』에서는 대상과 주변(공간)을 몸의 오관을 통해 감각적으로 인식하는, 유식론적 인식과 몸적 글쓰기 방식을 선보였다면, 이후 작품집 『명랑』, 『생강』에 이르러서는 본격적으로 몸을 피사체로 관찰하며, 실제 몸을 해석하고 해부해 들어가는 깊은 천착을 선보임으로써 몸에 대한 전문적 식견과 물질(몸)의 해부, 몸에 집중하는 시선을 전면에 내세우는 글쓰기를 한다. 먼저 몸에 대해 시선을 집중하고, 다음 이에서 연결되어 생성되는 인간의 심리와 정서, 정신을 따라가는 순차를 보임으로써 정신과 관념에 앞서는 '몸'적 경험, 체험의 실재성을 부각시킨다.

> ① 손톱 끝으로 속손톱을 눌러주면 정수리까지 전기가 오르겠지. 손톱보다는 볼펜심이 낫지. 볼펜심보다는 바늘귀가 낫지. 바늘귀보다는 펜촉이 낫지. 받쳐주는 힘도 있고 섬세하기도 하고, 속손톱보다는 손톱 사이가 낫지. 손톱 사이보다는 손회목의 옴폭한 부분이 낫지. 손목보다는 팔오금이나 다리오금이 낫지. 오금아 날 살리라는 말이 달리 나온 게 아니지.(『생강』, 205면)

> ② 발에는 사람 몸이 다 들어 있어. 내가 주물러줄 테니까, 봐. 여기가 머리야. 이렇게 누르면 약 안 먹고도 나아. 잘 기억해뒀다가 할머니가 틈틈

이 눌러줘. 또 어디 가슴도 아프다고?" 엄지발가락을 손톱 끝으로 누르며 내가 말한다. 엄지발가락은 머리다. 가슴은 검지발가락에서 새끼발가락 밑 도톰한 부분을 눌러주면 된다. 내가 손가락에 힘을 줄 때마다 그녀는 엄지발가락을 살짝살짝 비튼다...... 나는 발 중앙선을 따라 폐와 머리와 신장에 좋은 곳을 눌러준다.(『명랑』, 15면)

예문의 주인공들은 각기의 직업에 따라 몸에 대해 다양한 접근과 해석을 내놓는데, ①은 고문기술자의 신체에 대한 기술적 폭력과 그 반응을 보여준다. 그는 고문기술자이기에 몸에 상처를 안 남기는 가학(加虐)의 기술과 몸의 고통에서 파생되는 정서와 기억, 성격변화의 상관성에 대해 기술한다.

또 주인공은 타인의 '몸'을 고문하는 것에 대한 죄책감을 보이지 않으며, 몸에 대한 전문적 지식에 골몰하고 있는 모습을 보여준다. 고문을 '몸에 대한 예술이자 의술'이라 여기는 '나'는 몸에 대한 공권력의 억압과 폭력을 행사하는 대리자일 뿐이다. 권력의 폭력 대리행사를 '업(業)'으로 삼는 자(者)를 통해 인권의 사각지대가 드러나는데, 대리행사이기에 그의 폭력은 죄책감 없이 더욱 잔인할 수 있었고, 이와 같은 모습을 통해 '인권'이 각 개인들에게 속해있지 않고, 권력자들의 수중에 있었던 현실이 가감 없이 폭로된다.

작품 『생강』은 '인권(人權)'이란 개인들이 마땅히 가져야 하는 권리가 아니고, '몸'에 대한 권리 침해를 가늠하는 경계선, 권력자로부터의 침해를 방어하는 '방어선'이라는 사실을 환기시켜 준다. 또 타인에게 몸 폭력을 가해온 고문기술자가 자신의 '몸'을 은폐시켜야 되는 상황 역전에서, 권력이동에 따라 추방되는 대상이 뒤바뀌는 정치적 현실을 보여주었다. 이는 곧 권력자 입장에서 체제의 구성원이란 통제하거나 추방해야 하는 '몸'적 관리대상인 것이고, 피권력자 입장에서는 자기 '몸'의 보전(保全) 정도가 체제 내 지위를 대변한다는 것을 의미한다.

다음, 경찰의 추적에 도피하며 세상과 단절되는 '나'에게 절실한 것은 희망이나 위로의 말이 아니라 타인과의 '몸'적 소통임이 드러난다. '나'는 도피가 절박한 경황에서도 '지금 내게 절대적으로 필요한 것은 온기 그 자체다. 누군가의 체온'(『생강』, 105면)을 찾는데, 이는 자신의 실존을 재확인하기 위한 척도 역시, 상대하는 '몸'을 통해서라는 점을 알게 해준다. 즉 '구원'의 소식과 약속의 언어 등은 신뢰할 수 없는 텅빈 기호가 되고, 몸과 몸의 소통에서 실존을 확인할 수 있고, 몸의 접촉을 통해 몸의 숨결(목숨)을 가늠할 수 있다는 사실을, (극한적 상황에 내어몰린) 위태로운 동물의 감각을 통해 포착한다.

②의 예문은, 몸에 대한 응시에서 출발해서 신체기관들의 연결 - 기맥(氣脈)에 대한 설명으로 몸에 대한 전문적 지식이 나열되어 서술된다. 이 같은 서술은 여러 작품에 걸쳐 나타나는데 신체기관을 해부적으로, 또 각 기관들의 연계성을 짚어가는 서술에서 몸의 각 기관과 말단 신경조직까지 세부적으로 분석, 기술하는데, 이러한 것들이 천운영 작가가 본격적으로 몸담론을 형성한, 대표적 작가라고 말할 수 있게 한다.

이 외에도, 몸을 피사체로 인식하며 예술작품으로 해석하는 누드사진가의 몸적 반응에 따른 상대 심리파악(「소년 J의 말끔한 허벅지」), / 식구들을 발 모양과 냄새로 해석하고 기억하는 발관리사, 그녀의 오관에 깊이 스며들어 있는 가족의 채취와 몸으로 유전되는 가족 정서(「명랑」), / 신체의 고통을 연구, 해박한 지식을 자랑하는 고문기술자와 몸을 추방, 감금하는 권력의 역학구조 통찰(『생강』), / 자해를 연구하고 시도하는 주인공의 몸 해체 욕구(「그림자 상자」) 등등을 살펴볼 수 있다. 그 외에도 심한 피부병을 가진 인물(「노래하는 꽃마차」)의 몸의 추방과 은폐, / 유방이 세 개인 주인물(「세 번째 유방」)의 신화적 상상력, / 피부색이 다른 혼혈여성(「알리의 줄넘기」)이 겪는 이중 소외 등등 몸으로 시종(始終)하는 몸적 현실을 볼 수 있다.

이렇듯 인물 설정을 '몸'에 대한 전문적, 해부적 시선을 요하는 직업과 성향을 가진 인물로 이야기를 시작하고, 불구라는 몸적 멍에를 삶으로 펼쳐가는 인물들을 전면에 내세우기에, 천운영의 작품들은 몸 글쓰기로 일관하는 구조적 기반을 마련하고, 몸담론을 본격적으로 구축, 전개하고 있었다.

3. '가부장체제'에 대응하는 몸담론 - 정이현의 경우

정이현 작가의 경우는 앞서 살펴본 여성 글쓰기와는 달리, '여성성'을 탐색하는 과정에서 팰로스로고스적(남근이성적) 체제 내에 여성이 '몸'적 기능으로만 존재하고 있음이 담기는 과정에서 의도치 않게 몸담론이 형성되는 경우였다.

일리가레이나 버틀러, 길리건은 여성은 둘이면서 하나이고, 하나이면서 둘인 '두 입술의 성'적 특성을 가졌음을 지적하며, 팔루스의 남성처럼 '동일한 정체성'으로 설명될 수 없다고 보았다. 동시에 '여성성'은 남성적 언어로 환원될 수 없으며, '분해되고, 다양하며, 불안정하고 어떤 의미에서 파악 불가능한 것'이 된다고 보았다.[15]

더불어 남성과 여성은 오랜 시간 동안 이성/감성, 정신/육체라는 이원적 대립항에 의해 구분 인식되어 왔다. "지식의 주체에 대한 고전적 관점은, 일련의 이원론적 대립 속에 주체를 고정시켰다. 신체/정신, 정념/이성, 자연/문화, 여성적/ 남성적 등등 대립항들은 위계적으로 조직되어 지식 구성의 기본적인 구조를 제공해 온 바 있다."[16] 그러나 이원적 대립항에서 남성은 인류(man-kind)였기에 대립항의 여성은 인류로부터 '배제'되어 왔다. 이러한 남·녀의 이원적 체계는 '동일적'이고 '전체'적인 남성중심의 원리를 '합리'적인 것으로, '다양성'의 여성 원리를 '비합리'적인 것으로 간주하여 왔다. 이렇듯 남성중심주의 체제와 언어 속에 예나 지금이나 '여성은 존재하지 않았으며',[17] 배제된

---

15 졸고; 어문학 121집, Ibid, 274면 .

16 전혜은, 『섹스화된 몸; 엘리자베스 그로츠와 주디스 버틀러의 육체적 페미니즘』, 새물결출판사, 2010, 91면.

17 쥬디스 버틀러, 『젠더 트러블』, 문학동네, 2008, 118면.

'성'이였으며, 팰로스로고스적 언어 속에 부재했으며, 몸적 자아에 국한되어 왔다. "일리가레이는 '타자'를 재생산하며 그 안에서 자신을 발전시키는 하나의 성, 즉 남성적인 성만이 존재한다고 주장하고, 푸코는 남성적인 것이든 여성적인 것이든 성의 범주는 널리 확산된 섹슈얼리티의 규제적 경제체제의 산물이라고 주장하며, 위티그는 강제적 이성애 요구에서 성의 범주는 언제나 여성적이라는(남성성은 표시되지 않은 채로 있고, 그 때문에 '보편적'인 것과 동의어임) 견해를 보이며 이성애적 헤게모니의 파열과 위치 변경을 통해 성의 범주 자체가 사라질 것이며, 실상 일소될 것이라고 주장함으로써 푸코와 일치된 견해를 보인다."[18]

가. '팔루스' 상징체제를 가로지르는 여성들의 전략

초기의 단편집 『낭만적 사랑과 사회』에서는 남성중심적 체제를 살아가기 위해 여성들이 벌이는 다양한 위장전술과 전략들을 만나 볼 수 있다. 작품 「낭만적 사랑과 사회」의 '유리'는 부유한 남자와의 결혼이 인생 최대성공이라고 믿으며 '처녀막'을 교환으로 신분 상승과 안위를 꿈꾸는, 남성중심적 자본체제 이념에 길들여진, 전형적 여성의 모습을 보여준다. 유리는 결혼을 통해 신분보전을 하는 것이 '낭만적 사랑'이라고 믿는, 자신의 감정과 미래의 설계마저 자본사회의 물신주의에 잠식당한 여성의 모습을 보여준다. 그녀는 '스물네 해를 걸고' 처녀막을 결혼 성사의 교환카드로 준비하며, 사랑과 결혼을 신분상승의 계기로만 생각한다. 하늘나라에 들기 위한 10계명처럼, 그녀가 스물네 해 동안 준비해 온 〈처녀막 교환 10계명〉은, 여성을 '얇은 막' 수준으로 판단하는 우리 사회의 여성지위를 풍자하고 있다. 남성의 순결이 문제되지 않는 현실과는 달리 '처녀막'에 대한 통제와 관리가 동의되고 있는 남성중심체제를 패러독

---

18 쥬디스 버틀러, Ibid, 117-121면.

스하고 있으며, 사랑과 결혼에 대한 내재적 욕망마저 체제의 이데올로기에 잠식된 여주인공을 통해 남성중심 자본사회의 거대하고 두꺼운 조직체제를 실감케 한다. 더욱이 처녀막의 헌납을 통해 얻은 것은 '결혼' 약속이 아니라 '명품백'이라는 사실과 명품백을 건네고 차가워진 '낯선' 남자 곁에서 '유리'는 짝퉁백일까봐 불안해하는 모습을 보인다. 그녀는 남자가 준 선물이 짝퉁이 아니라 진짜 명품백이어야 사랑도 진짜라고 믿는데, 사랑이라는 감정마저 물질로 치환하여 계산하는 여주인공은 남성중심 자본체제에 길들은 전형의 여성이라 할 수 있다. 그녀는 선물이 명품백이라고 애써 믿으며 '우리는 사랑한다'고 단정하며 불안한 마음을 달래지만, 그녀를 둘러싼 결말은 '유리의 성이 점점 멀어져' 가는 것으로 묘사된다. 즉 주인공 '유리'가 꿈꾸는 성은 신기루일 뿐이라는 의미가 함축된다.

쉽게 깨지며, 깨지면 끝나 버리는 유리와 같이, '처녀막'은 쉽게 찢어지는 얇은 막이나 한번 찢어지면 그대로 전(全) 의미를 상실하는 특유의 속성을 갖는다. '처녀막'은 여성의 사회신분에 대한 엄격한 굴레이자, 체제의 낙화(落花)권 관리의 표상체이다. 그러나 엄격하게 관리, 통제되어온 처녀막이 결코 여성의 미래를 보증하지 않으며, 여성 몸과 더불어 여성 주체를 통제하고 억압해 온 기제일 뿐임이 깨지기 쉬운 '유리'를 통해 제유된다. 주인공의 이름이자 작품 내 소제목 「유리의 성」에 쓰인 '유리'는, 단순한 이름이 아니라 처녀막을 은유함과 동시에 타자(남성)에 의해 깨지기 쉬운, 불안한 여성의 지위를 은유하고 있다. 유리가 '스물네 해를 걸고 베팅'하는 회심의 카드가 남성들과 같이 지력이나 재력 혹은 체력 같은 실질적 능력이 아니라 몸의 '얇은 막'일 뿐이라는 현실은, '여성'은 남성을 받아들이며 애를 낳아 기르는 '자궁', 그 이상의 기능과 지위를 허락하지 않았던 팰로스로고적 체제를 환기시킨다.

이와 같은 남성중심 체제를 살아내기 위하여 여주인공들이 펼치는 위장술과 전략은 작품이 진행될수록 본격적으로 심화되는데, 작품 「트렁크」와 「순수」

의 여주인공들은 위악과 위법을 자행하며 전투적인 모습을 보인다. 체제의 법률과 규범을 역이용하며, 자신의 성공이나 자유에 걸림돌이 되는 지인과 가족을 가차 없이 살해하거나 제거한다. 「트렁크」에서 '나'는 몸매관리를 위해서 토해내기를 밥 먹 듯하고, 다이어트가 철저하게 몸에 베인 전문직 커리어우먼의 모습이다. 전신관리를 통해 완벽에 가까운 '몸'을 가꾼 나는, 남자 상사 '권'에서 '브랜든'으로 옮겨가며 몸적 관계를 맺은 댓가로 자신의 영위를 추구한다. 그러나 '권'이 나의 앞길을 방해할 수 있다고 판단된 순간 '나'는 권을 죽여버린다. 새로 산 소나타에 두 구의 시체를 싣고 다니는 '나'는 '차에는 아무런 문제도 없다'며 자신의 죄악에 두려움을 느끼거나 뉘우침조차 하지 않는 모습을 보여준다. 차가운 금속성의 새 자동차처럼 '나'는 언제나 질주할 뿐이며, '이제 겨우 천 킬로미터 주행했을 뿐'인 새 소나타처럼, '아직 갈 길이 멀었다'고 그녀는 자신을 진단한다. 마치 자동차가 체제의 금기(불법과 악행)와 무관하듯이, 금속성의 냉기를 발산하는 그녀는 시체를 은닉하고, 타인을 살해하면서도 계속 질주할 태세이다. '배제'와 '폭력'의 남성 원리를 모방하며, 몸(성)을 이용하고 타인의 몸을 제거하는 모습을 볼 수 있다.

이러한 악녀를 전면에 내세운 작품으로는 「순수」가 그 절정감을 보여주는데 주인공은 성가신 내연남과 (의붓)딸을 살인죄로 투옥시키며, 두 남편의 죽임을 이끌어 낸다. 그녀는 죽은 전남편들의 유산상속으로, 자본경제구조 내에서 경제적 상위층으로 신분상승함으로써 '자유인'이 된다. 「낭만적 사랑과 사회」에서 '유리'가 처녀막을 미끼로 상위층 진입에 난항을 겪고 있는 것에 비해, 「순수」의 '나'는 자산가들과의 중첩된 결혼과 술수를 동원해, 유리가 못 이룬 소망(자본사회의 상위층에 진입)을 성취한, 노회한 여성이다. 「트렁크」의 '내'가 남성과의 몸적 관계로 사회적 지위를 얻었다면, 「순수」의 '나'는 남성들과의 결혼 및 사별(살해)을 통해 자본사회의 자산가가 되는데, '나'의 결혼은 언제든 사랑의 결실이 아니었음이 작품 곳곳에서 드러난다.

지금 생각하면, 그것이 결정적인 실수였어요. 그는 그 더러운 행위가 뜨거운 사랑의 표현이라고 믿는 눈치였습니다. 지독하고 슬픈 일이었지요. 빈방도 많았지만 남편은 언제나 나와 한 침실에 들길 원했습니다.(「순수」, 『낭만적 사랑과 사회』, 107면)

그는 나의 남편이었고, 나는 그를 화나게 하고 싶지 않았습니다...... 나는 다른 남자와 사랑을 나눌 때조차 침대 머리맡에 전화길 놓아두어야 했답니다.
(Ibid, 108면)

그러나 이러한 그녀를 '악녀'라 규정짓기 전에, 그녀는 '순수한 자기만의 소리에 귀기울여야 행복할 수 있다'는 당부의 말을 독자에게 전한다. "당신도 부디, 어디서든 살아남으시길" 바라는 그녀의 축원과 "넘어지지 않기 위해, 부서져 산산이 조각나지 않기 위해", "박살나지 않기 위한" 몸부림이었다는 그녀의 핍진한 사연 앞에 독자는 여성들이 처한 현실을 환기하게 된다. 그녀들이 보여준 위장과 위악이 생존하기 위한 투쟁이었고, 남성중심적 영토를 살아내기 위한 '가로지르기' 담론이었다는 점을 공감하게 한다. 남성원리의 패권적 제국주의 하에 '배제'되고 '추방'된 그녀들은, 남성 원리를 모방하여 기존의 몸폭력, 성폭력, 기만을 당하던 입장을 역전시키는 레지스탕스의 모습이었음을 독자는 이해하게 된다. 남/녀의 역할을 바꾸어, 남성의 몸에 위해(危害)와 폭력을 가하는 새로운 악당 여성영웅을 형상화함으로써 남성중심체제에 대한 저항과 전복을 실험하는 모습이며, 이는 급진주의 페미니즘의 '투쟁'과 '운동'의 기조에 부합하는 모습이라 볼 수 있겠다.

여기서 여성들이 자신의 몸을 가꾸고, 이를 수단화하여 성공적인 결혼과 지위를 성취하려는 일반적인 모습들을 생각해 볼 수 있는데, 체제 내에서 보다 안전한 지위를 보전하려는 무의식적 욕망이 규율과 규범을 넘어 가감 없이 발현된 것이라고 읽을 수 있겠다. 실제 세계 여성들이 자기실현과 사회적 지위를 획득, 보전하기 위해 다이어트와 외모 가꾸기가 필수덕목이라는 현실에서, 또

적자생존의 무한경쟁체제에서 살아남기 위해서 위장을 하고, 몸적 자기결정권을 행사, 몸을 이용하는 여주인공들은 현 시대 여성들의 변화된 인식과 생활세계를 재현하고 있다고 보아야 할 것이다.

나. '두 입술의 성'적 몸이 갖는, '포용'의 도덕 원리

정이현의 '여성성' 탐색은 위장하고 저항하는 여성의 모습에 머무르지 않으며, 생리적, 몸적 상황으로 시선을 돌리며 새로운 여성성을 제시한다. 『낭만적 사랑과 사회』(2003)에서는 '배제'나 '폭력'의 남성원리를 모방하여 위장술 혹은 힘을 장착한 여성성을 형상화했다면, 『너는 모른다』(2006), 『오늘의 거짓말』(2007)에 이르러서는 남자와 가정을 '감싸고', '수용'하는 '두 입술의 성'의 여성 몸적 특성을 보여줌으로써, 여성주인공들은 반전(反轉)된 모습으로 형상화된다. '페니스'가 팰로센트리즘의 기본원리로 작동하며, 그 단일성의 특징이 '동일성'과 '배제'의 원리로 여성을 '부재'로 간주해 온 것에 반해, 여성의 생리학적 성(sex)은 '두 입술' 형태의 '복수성'으로 인하여, 남성의 '동일성' 원리와 대칭되며 '배제' 대신 '포용'의 특성을 갖는다. 두 입술은 둘로 나뉠 수도 없으며, 그렇다고 하나로 되돌릴 수도 없는 경계가 무화(無化)된 '몸(성)'이다. 두 입술의 '성'적 특성은 타자를 포함하고 잉태하는데, 이는 타자를 자아가 점유한다는 뜻이 아니라 타자와 자아의 경계가 무화되는 특성[19]을 가짐으로써, 여성 자아는 '감싸거나 수용하는' 성적 특성을 가졌다고 한다.

『오늘의 거짓말』 작품집에 실린, 「어두워지기 전에」, 「익명의 당신에게」, 「어금니」, 「위험한 독신녀」의 여주인공들은 위에서 언급한 여'성'의 특성인 '보살핌'과 '포용', '모성성'을 발휘한다. 한편 남성 인물들은 '악한'으로 설정 - 연쇄살인범(「어두워지기 전에」), 변태성욕자(「익명의 당신에게」), 살해자(「어금니」)라는

---

19 한국여성연구소, Ibid, 55-56면.

극한적인 인물 설정으로, 성차를 두드러지게 차이내는 이 고의적 장치는 여성의 '포용'하는 모습을 더욱 부각시킨다. 이는 여성의 '포용'과 '돌봄'의 원리가 선천적이고 본능적인 것이라고 보는 작가의 인식변화가 반영된 듯하다. 여성인물들은 남성들의 죄악과 비정상, 부족한 점을 적극적으로 포용하고 보살피는 모습을 보여주는데, 여성의 이런 '포용'하는 모습은 여성이 선천적으로 갖은 본능적인 자질인 것처럼 표현된다.

> 어떤 어미도 제 새끼를 지킬 수밖에 없다는 것, 그건 이미 윤리의 차원이 아니었다..... 나는 그 아이의 엄마이므로..... 용서할 수 있었다.(「어금니」, 『오늘의 거짓말』, 94면)

> 사랑하는 사람을 위해, 사랑을 지키기 위해, 제 안의 부적절한 욕망과 대면해야 하는 순간은 누구에게나 있을 것이다. 지금이 바로 그 숭고하고 비루한 때라는 것을 연희는 깨달았다. 이제부터 해야 할 일이 많다. 억지로라도 식욕을 내야했다.(「익명의 당신에게」, Ibid, 317면)

예문에서 보듯이, 여주인공들은 자식과 남편, 애인에게 모성과 보살핌으로 그들의 죄를 감싸고, 경계선이 없는 무한한 '포용'을 보여준다. 이성과 보편, 상식을 뛰어넘어 본능적인 모습으로, 사랑하는 이의 죄를 자신의 죄로 전이시키며, '나는 나와 영원히 화해하지 못할 것(94면)'이라며 오히려 자신을 단죄한다. 그야말로 무경계의 포용, 타자와 무경계의 심적 상태, 사랑하는 이와 배타적인 분리가 불가능한 상태[20]에 있는 여성의 모습[21]을 볼 수 있다.

---

20 참조; 한국여성연구소, 『여성의 몸─시각, 쟁점, 역사』, 창작과 비평사, 2005.
  박희경, 「두 입술의 미메시스─ 일리가레이 성차이론과 몸」, 『여성과 철학』, 철학과 현실사, 1999.
21 그러나 위와 같은 여성의 포용적 '성적 특성'이 다시 여성의 '희생논리'로 이어진다는 점, 또 여성의 '두 입술의 성'적 특성을 몸적 욕망과 무관하게 타자의 '포용'으로만 재현한다는 점, 또 시대적, 사회문화적 존재를 '성적인 특성으로만' 성차를 고정화한다는 점에서, 작품이 서사적 의미를 가지기 전에 작가의 의도가 생경하게 읽혀진다는 점을 지적할 수 있겠다.

여기서 작가가 이전까지 보였던 남성중심적 인식론에서 벗어나, '여성성'을 여성 몸의 성적 특질에서 찾으려 한 시각의 반전(反轉)은 기존 상징체제의 언어적 주체에서 몸주체 상정으로 이동한, 작가의 인식론적 변화를 읽을 수 있다. 남아가 어머니와 분리되어 아버지 이름의 상징계로 진입하는 경우와 달리, 여아의 경우는 어머니와 분리되기 힘든 환경에서 성장해, 다시 출산과 수유, 육아로 '자연'과 '타자'와 연결됨으로써 관계지향적 원리를 갖는다는 점에서, 2세대 페미니스트들은 '포용'과 '보살핌'을 여성성의 원리라 보았다.

이상에서 살펴본 바와 같이, 정이현의 몸담론의 경우는 여성이 처한 남성중심적 체제의 환경과 그를 둘러싼 가부장적 질서에서 여성들은 타자적 몸으로 기능, 존재하고 있음을 알 수 있었다. 더불어 '여성 몸(성)'이 대상(타자)을 수용하고 포용하는 성질을 지니며, 잉태와 수유, 양육, 살림 등 환경적으로 여성은 몸적 기능이 전부였다는 점이 드러난다. 정이현 작가가 재현하고 있는 '여성의 몸'은 타자(자식과 애인, 남편의 부양)및 자연(생산과 출산)과 관련 속에서만 그 기능과 의미를 갖는 장소라는 점을 알 수 있다.

들뢰즈나 가타리에게 있어서 '주체'는 다양한 생산의 귀결로서 다양체로 규정되며, 주체는 끊임없이 '타자로의 생성변화(타자—되기)'를 거치며 자기를 성립하게 된다. '주체' 개념의 변화와 더불어 여성의 '주체'를 묻는 여성성의 탐색은 기존 여성 이마고에서 탈주하며, 여성의 다양한 욕망을 발설하며 각기 다른 '여성성'이 변이체들을 전시하게 되었다. 정이현 작가의 인물들은 시종일관 '여성성' 묻기, 여성 주체탐색에 골몰함으로써 끊임없는 타자로의 생성변화 속에 다양한 여성 주체를 제시하여 왔다. 정이현 작가의 몸담론은 페미니스트적 여성 주체탐색의 여정에서 자연스럽게 접목되었다고 보아도 무방할 것이다. 정이현은 앞서의 두 여성작가와는 달리 사회적 스펙트럼 속에서 여성 주체의 '몸'이 처한 현실과 그들을 둘러싼 환경에 주목한다는 점에서, 팰로스로고스 사회체제 내에서 이질적이고 고립적 위치를 점유하는, 혹은 '팔루스'적 체제들을 감싸는 장소로서의 여성 '몸' 담론이라 말할 수 있을 것이다.

4. '거대자본 경제체제' 이탈자가 발화하는 몸담론
– 백가흠 작가의 경우

서구철학은 칸트를 비롯한 이전의 관념철학으로부터 벗어나 '주체'를 주체와 대상이 서로 얽혀서 지각 활동이 전개됨으로써 형성되는 존재로 보기 시작하였다. 즉 인간과 대상과 세계의 만남은 몸과 몸의 만남 그리고 몸 감관의 '지각'으로 이루어진다. 따라서 주체는 몸적 자아로서 세계에 속하게 된다. 몸과 관련하여 메를로 퐁티는 몸은 무엇보다 세계와 만나는 우선적 경험인, 지각을 하는 몸이라 설정하였다. 또한 인간 존재의 실존적 표현이며, 따라서 경험하는 인간은 심적 존재가 아니라 신체적 존재임으로 퐁티는 이런 점에서 인간의 몸은 인간 그 자체라고 설정한다.[22]

푸코는 주체의 '몸'을 권력이 그들의 통제를 각인하는 장소이자 권력의 사법적, 생산적인 관계들의 장으로 보았으며, 구성원의 몸에 대한 지속적인 훈육과 통제로 생리적 몸에 자발적 의도를 품도록 하는 것이 권력의 규율이라고 보았다. 따라서 사회문화적, 정치적 규율이 기입되는 장소로서의 몸을 지닌, 몸주체로서 실존하게 된다고 말한다.

또 메를로 퐁티와 미셸 푸코는 '몸 주체'가 유기체로서의 몸이라 상정하는데, 몸의 감각을 통하여 세계를 지각하고, 다양한 문화, 규범이 각인된 몸이기

---

22 퐁티는 본질을 파악함에 있어 우리의 신체적 경험을 도외시하지 않고 오히려 적극적으로 신체적 경험을 통해 파악하는 방법론을 택하는데, 지각이 순간적으로 어떻게 방향 잡히고, 어떻게 대상과 만나는지에 집중함으로써 지각의 현상/본질을 밝히고자 하였다.
따라서 퐁티의 주체는 세계를 관조하거나 세계를 의식으로 정립하는 주체가 아니라 세계에 몸담고 있는 주체, 육화된 주체가 된다. 개인의 실존은 몸과 영혼이라는 이분법을 넘어서는 육화된 주체의 존재양식으로, 이러한 실존은 몸으로 표현되고, 몸을 근거로 하며, 몸 자체임을 강조한다.
각주 인용; 졸고, 한어문교육 2014, 240면.

에, '주체'는 하나의 '동일성'으로 규정될 수 없다고 보았다. 팔루스적 주체 설정이 '동일성'의 원리를 따르는 반면, '몸주체' 설정은 다양한 세계와 교섭하는, '복수의 무의식적 욕망 흐름'을 따라가는 다양성의 특성을 지닌다. 개인적 몸의 지각, 경험과 더불어 사회·문화가 기입되며, 유기적으로 결합된 '몸주체'가 코기토의 '주체'를 대체하게 되는 대목이다.

이러한 연장선 상에서 들뢰즈는, 몸(신체)의 여러 기관이 갖는 복수적 욕망은 하나의 리비도로 귀결되지 않으며, 신체가 속한 관계에 따라, 접속하는 이웃함에 따라 인간의 무의식적 욕망은 다양한 본성을 갖는다고 말한다. 예로 입이란 신체기관은 먹고자 하는 욕망을 가지듯이, 몸은 신체기관에 따라 다양한 욕망을 갖는다. 또한 세계와 접한 상태에서 몸주체는 변화를 꾀하는 사회·문화적 존재이기도 함으로써, '몸주체'는 다양한 본성에 따른 '복수적 무의식의 흐름(차연)'을 가졌다고 보았다.

앞서의 장에서 몸담론은 기존의 상징언어적 인식과 체제를 탈주하며 새로운 인식론과 글쓰기 방식을 시도하고 있음을 살펴보았다. 그러나 기존체제가 팔루스(남근)적 체제와 언어라는 점에서, 남성작가의 경우 팔루스적 언어가 아닌 몸적 언어, 몸담론을 쓰는 이유는 무엇일 건인가. 실제 남성 글쓰기에 있어 팔루스적 언어를 벗어나야 할 필요가 없는지, 1990년대 이후 남성작가들의 경우는 몸담론이라고 구분지을 만한 작품을 찾기가 힘들었다. 이런 가운데 백가흠 작가의 작품은 보기 드물게 몸담론적 징후를 짙게, 반복적으로 드러내었는데, 남성작가가 몸담론을 통해 드러내고자 한 욕망은 무엇인지, 몸적 글쓰기에 내재되어 있는 인식은 무엇인지 살펴보도록 하자.

가. 생산적 욕망의 좌절에, 이주한 '몸'의 영토

백가흠의 작품집 『귀뚜라미가 운다』의 남성주인공들은 하나같이 우리 사회가 갖는 태생적 특권인 남성의, 팔루스적 힘의 특질을 갖고 있지 못하다는 공통점을 주목할 수 있다. 그들은 자본시장 경제에서 무산자층에 속하고, 정치권력의 힘과는 동떨어진 방외자적 위치에 머무른다. 남성인물들은 선천적 장애를 가진 '장애자'(「배꽃이 지고」의 지체장애, 「전나무 숲에 바람이 분다」의 육손), '거세된 남성'(「배의 무덤」의 아주 왜소한 남자, 「밤의 도전」의 게이, 「성탄절」, 「2시 31분」)의 어린 학생), '소외자'(「배의 무덤」의 도망자, 「귀뚜라미가 운다」이 무인도 거주자, 「구두」의 실업자)들로, 이들의 공통점은 자본경제사회에서 자본축적할 기회나 경제적 생산능력이 전무(全無)하거나 부실함으로 거개가 자본사회구조의 경계 밖으로 내몰린 '아웃사이더'라는 점을 주목해야 할 것이다. 이들은 자본과 생산의 기능을 상실한 무산자들로 자본주의 체제 내에서 살아가야 한다는 현실(때로는 가족을 부양하며)에 처해있다는 점과, 그들은 정상 괘도를 벗어나 폭력, 성폭행, 살인 등의 극단적 일탈의 일상을 공통적으로 드러낸다.

「구두」는 주인공 '남자'가 남성중심적 자본경제 체제를 살아가는 무산(無産)의 가장(家長)으로서 생계를 위한 아내의 '매춘'을 목도하며, 바로 가족들을 살해하고 자살을 한다는 이야기이다. 남자는 모친과 자녀, 아내를 살해하고 자살을 감행하면서, 그 이유에 대해 '특별한 이유가 떠오르지 않는다'(109면)고 진술한다.

> 남자는 왜 아내를 죽여야만 하는지 자문해본다. 특별한 이유는 떠오르지 않는다. 아내를 지극히 사랑하는 것도 아니고, 배신감이 몸서리치게 만드는 것도 아니다. 남자는 벌써 노모와 아이를 죽였으니, 당연히 아내도 죽여야 한다고 생각한다..... 밖으로 나온 남자는 죽으러 간다.(「구두」, 『귀뚜라미가 운다』, 109면)

예문을 통해서 남자의 '전 가족 살해'와 '자살'은 아내의 매춘행위에 대한 배신감이나 복수심 혹은 광기에서 비롯되지 않았음을 알 수 있다. 집안의 가장인

'남자'는 부양식구를 데리고 동반 죽음을 택함으로써 체제를 탈주하고 있다고 해석해야 할 것이다. 가장(家長)의 역할을 못하는 무능력도, 아내의 생계형 매춘도 어떠한 잣대로도 재단할 수 없는, 재상징화되지 않는 곳으로 탈주하기 위해서 '남자'는 체제의 삶을 끝내기로 한 것이다. 자본체제를 살고 있으나 자본이 없는 무산자가 혼자 힘으로 결정할 수 있는 것은, 그대로 계속 버티느냐? 죽느냐?의 선택 밖에는 없어 보인다. 따라서 모친과 아내, 자녀를 살해하는 패륜적 행위는 체제의 금기를 정면 위반함으로써 체제를 완강하게 거부하고 벗어나려는 의미를 함의하고 있다.[23]

이러한 파격과 파국의 서사전개와 결말은 백가흠 작가의 작품들에서 강박적으로 반복되는데, 작위(作爲)가 느껴질 만큼 항시 폭력과 살해사건을 반복적으로 드러냄으로써, 작가가 상정하고 있는 '주체'는 '몸'에서 시작되며 '몸'이 끝남과 동시에 끝나는 것이라는, 작가의 '몸 주체'의 인식을 의도적으로 피력하는 듯하다. 따라서 백가흠 작가의 폭력과 살해 모티프의 강박적 사용은 느와르 장르의 호객을 위한 폭력과는 달리, 체제와 질서에 대한 적극적 부정(否定)의 표출이라 보아야 할 것이다.

그러나 그들이 처음부터 체제 밖으로의 탈주를 계획한 지적인 보헤미안이 아니며, 가진 것 없고 희망과 미래도 없는 현실상황의 도피로 죽음과 파멸을 선택한다는 점에서, 백가흠의 작품들은 늘 스러지고 황폐한, 폐허의 결미를 보여준다. 무엇인가 붙잡을 것이 없고, 소중히 간직해야 할 것도 없는, 모든 의미가 허무해져 버린, 해체된 잔해들만이 무중력으로 떠도는 듯한 분위기가 작가가 의도한 서사적 의미라 보인다. 질서와 좌표, 선(線)들이 와해된, 해체적

---

23 들뢰즈는 죽음의 기저에는 "모든 형식에 저항하고 재현을 허락하지 않는 근거 저편"이라고 규정한다.
사토 요시유키, 김상운 역, 「2. 1 기관없는 신체와 죽음의 본능」, 『권력과 저항─ 푸코, 들뢰즈, 데리다, 알튀세르』, 도서출판 난장, 2012, 71면.

시대와 그 안에서 '몸'으로만 남은 군상(群象)들을 통해 '몸주체'가 현실적인 자아의 모습임을 드러내고 있다.

「광어」의 남성주인공은 어려서부터 기본적인 관계(가족)로부터 격리된 홀홀 단신의 고아인 관계로, 체제의 지식과 자본으로부터도 소외된 채 살아왔다. 부모나 가족의 울타리를 가져본 적 없고, 관심이나 기대조차 받아보지 못한 태생적 소외자이다. 따라서 '나'는 인간으로 성장하는 과정에서의 최초의, 기초적인 만남 - 몸의 살을 부딪치고, 어루만지고, 안아주는 가족의 품이 부재했기에, 늘 자기 몸을 안아줄 그리고 자기가 안아줄 타자의 몸을 갈망한다. 그러나 내가 만질 수 있는 '몸'은 도마 위에 오르는 생선들의 차가운 몸이 전부이다. 차가운 현실에 내쳐져 내 몸 하나가 전부인 '나'와 차가운 수조에 갇혀, 죽은 듯이 누어있는 '광어'는 별반 차이가 없어 보인다. 가족과 사랑하는 사람의 몸이 아니라, 매일 광어의 차가운 몸을 만지고 살을 바르는 '나'는 죽을 날만이 남아있는, 차가운 수조에 갇힌 광어와 줄곧 대칭되며 알레고리화된다.

> 내가 수족관 안의 광어를 보듯, 당신을 나는 보고 있다. 당신을 깨나지 않게 문을 열고 밖으로 나간다. 광어가 죽기 전에 내뱉는 가냘픈 바람 소리가 당신을 따라 나간다...... 어머니가 나를 버리던 날이 기억나는 것 같다.(「광어」, 『귀뚜라미가 운다』, 30면)

어려서부터 모든 관계로부터 차단된 고아인 '나'는, 태어나면서부터 체제 밖으로 '열외'되어, 체제가 호명하지 않는 존재[24]로 살아가는 많은 인생들의 전형이다. 자본경제 체제 하에서 증가되는 가정의 붕괴(이혼, 결손가정, 소년가장), 혈연 간의 윤리, 연대의식 결여(방임, 유기)...... 등에서 사회체제의 기본 단위(가정, 가족)마저 해체되는 작금의 현실이 드러나고 있다. 더불어 이에서

---

24 체제의 호명에 의해 자아는 그 사회 내에서 '주체'로 존립하게 된다.

양산되는 태생적 방외자, 추방자, 무산자들이 자본사회체제로부터 구조적으로 이탈, 추방되는 현실에서 상징체제 내의 예의 관념적 '주체'의 개념은 와해되고, '몸'으로만 존재하고 있는 실제적 모습을 담아내는 것이 작가가 드러내고자 하는 의미라 하겠다.

그러나 사회 구조적으로 양산된 '소외자'들이 체제에 안착하려 남들처럼 노력을 안했거나 발버둥치지 않은 것이 아니었다는 점은, 그들의 실의감과 우울한 정서들에 공감하게 한다. 「전나무 숲에서 바람이 분다」의 '남자'는 기억 속의 어머니 외에 아무 것도 가진 것이 없는, '육손'의 장애로 따돌림을 받아온 무산자이다. 그러나 젊은 시절 그는 세상이 인정하는 '신인왕 타이틀'을 거머쥐기 위해 모든 것을 걸고 치열한 라운딩을 펼쳤던 복싱 선수였다. 신인왕 타이틀만이 그를 상징체제 안에 한 '주체'로 호명하게 하기 위한 방법이었지만, 그는 신인왕에 도전했던 그 순간을 제외하곤 '전나무 숲'을 벗어나지 못한 채, 화전민의 삶을 이어가고 있다. 두텁고 높은 체제의 벽을 뚫고, 그 안에 발을 들여놓기 위해 유일한 자산인 몸인, '주먹 하나'로 생사를 건 혈투를 벌였지만, 체제에 안착할 '신인왕'이란 상징기호는 그에게 주어지지 않았고, 그는 다시 전나무 숲(자연)에, 사회와 무관하게 고립된 삶으로 되돌아간다. 그리고 오랜 시간이 흐른 지금까지도 매 순간, 젊은 날 '링'에서의 혈투장면이 현실상황과 오버랩되며 지속적으로 묘사된다는 점에서, 끝내 체제에 한 일원이 될 수 없었던, 좌절감이 그의 일생을 지배했음을 알 수 있게 한다. 즉 남자는 자발적 선택으로 화전민으로 돌아간 것이 아니라 사회체제의 '상징'적 의미를 획득하려 발버둥쳤지만 결국 실패하면서, 인생의 회한을 곱씹는 것이다. 전나무 숲에서 태어나서 끝끝내 그곳을 벗어날 수 없었던 전나무 숲에 부는 스산한 바람처럼, 그의 인생은 폐허의 스산함으로 가득 차 있다. 이 작품 역시 작품 「광어」와 마찬가지로 체제의 장벽에 가로막힌 채, 태생에서 마지막 순간까지 체제 밖에 머무를 수밖에 없는 소외자, 열외자를 다루며 그들이 갖는 황량하고 스산한 정서를 통해 해체된 세계, 구성조차 되어보지 못한 의미들이 진공상태로 떠돌고 있음을 느끼게 한다. 백가흠 작가의 이러한 몸을 통해 살아가는 인물들의 반복적 나열을 통해, 팔루스적 언어의 '주체'보다는 현실 속의 실재적 자아는 '몸주체'적 시간들을 영위하고 있음을 보여주며, 이러한 시대와 인식의 변화를 드러내는 것이 작가가 의미화하고자 한, 작품들 저변에 흐르는 역설이라 말할 수 있겠다.

이상에서 살펴보았듯이, 백가흠 남성작가가 형상화하는 서사의 근간에는 자본경제의 힘이 체제권력으로 작용하는, 사회경제적 인식이 공통되게 저변을 흐르고 있다. 앞서 언급한, 여성작가의 몸 감각이나 몸적 인식에 의한 몸담론, 정체성(여성성) 문제와 관련한 몸 주체의 몸담론과는 다르게, 백가흠 남성작가는 세계자본 경제구조에서 오로지 자신의 '몸'이 생산수단이거나, 기회마저 박탈된 무능력자, 가진 것이라고는 유일하게 '몸' 밖에 없는 무산자의 현실을 다룸에서 몸담론이 비롯되고 있음을 파악할 수 있다.

거대자본체제가 빈부계층의 격차를 더해가는 현실 앞에서 피지배층의 다수의 사람들이 사회구조적으로 권력(힘과 자산)과 무관하게 자연의 삶을 살아가는 과정에서 이성과 체제 언어가 규정해 온 '주체' 설정은 그야말로 관념 속에 머무르는 비실재적인 것이며, 동시에 몸적 주체들이 실재적 생활에서 사용하고, 그들에게 적용되는 언어는 몸적 언어, 몸적 담론임을 반복 재현, 강조하고 있다. 또 중심으로부터 소외되거나 단절되어 가는 대다수의 사람들이 생업을 위해 자기 '몸'을 통한 생산(자영업, 종업원, 1차 산업종사자 등)과 노동을 통해 살아가고 있는 실제적 현실이 묘사되어 있다. 체제의 이념이나 상징체계로부터 빗겨나 세계와 몸적 소통을 하고 있는, 점차 '대다수'를 차지해 가는 무자본의 소시민을 통해 급격하게 진행되는 자본사회의 계급화를 담아내고 있다. 이러한 계급화·계층화로 새롭게 재편되고 있는 현실 질서에서 관념적 팔루스의 '주체' 설정은 그 설득력을 잃어가고 있으며, 각기의 자아들이 제각기의 '몸

주체'로서 생활하고 있음을 서사화하고, '몸적 언어'에 국한되어 관계와 소통으로 삶을 꾸려가고 있음을 드러내는 것이 백가흠 작가의 몸담론의 특징이라 말할 수 있겠다.

나. 해체할 수 없는 가부장체제, 남성 글쓰기의 몸담론

백가흠 작품들의 하나의 큰 특징은 여성을 상대로 한 남성의 몸폭력, 성폭력이 작품들 거개에 공분모로 자리잡고 있다는 점이다.[25] 극한적이고 파괴적인 상황과 사건들이 나열되는데, 그 내용들은 주로 남성인물들이 여성들에게 폭행, 성폭행, 살해를 자행하는 모습들이다. 앞서 논의한 바, 남성주인공들은 자본체제 밖에 내쳐진 무력한 하층민, 무산자들인데, 그들이 유일하게 힘을 발휘하는 장소는 오로지 자기 여성의 '몸'에 대해서이다. 이런 구조는 반복되는데, 오로지 여성 앞에서만 '팔루스(남성)'의 사회문화적 특권의 힘을 발휘하는 모습에서, '팔루스'체제가 부여한 남·여성의 성적 지위와 체제가 정해놓은 '성정체성'을 읽을 수 있다. 제도권에서 주체로서의 위치를 점하지 못하고 구조적으로 이탈되어, 탈주체화된 남성인물들이 자신의 여성에 대해서는 생사여탈권을 관장하는 지배층, 권력층으로 급변, 격상하는 모습에서 여전히 가부장적 질서만은 이탈하지 않은 남성의 모습을 읽을 수 있다. 탈체제, 탈중심, 탈이데올로기화 되었던 남성주인공들이 가부장적 이념만은 마지막 보루로 남겨두며, 그 안에 거주하며 삶을 지탱하고 있는 모습이다. 남성인물들과 마찬가지로 백

---

25 남성작가가 몸담론을 형성하는 경우가 드물지만, 남성작가의 몸담론의 경우 남성의 물질적 힘의 행사, 가부장문화적 힘의 행사가 여성 몸과 여성 성에 이루어진다는 점은 문순태 작가의 경우에서도 동일하게 적용되고 있었다.
참조; 졸고, 「여성 몸과 '사랑 담론'의 역학관계 – 문순태 작품을 중심으로」, 『한국문학이론과 비평』, 한국문학이론과 비평학회, 2004.12.
졸고, 「성과 '성담론'을 통해 본, 삶의 내면과 이면– 문순태 작품을 중심으로」, 『현대소설연구』, 현대소설학회, 2004.9.

가끔 작가 역시 남성이기에 특권적 남성의 지위를 해체할 이유가 없는 듯, 마지막 상징적 위계로 가부장적 체제의 이념이 굳건히 지켜지고 있음을 '응시'하는데 그치는 듯하다. 작가는 이러한 남성중심적 질서에 대해, 태생적 특권을 포기할 이유도, 해체할 의도도 없는 듯하다. 한편 여성에 대한 '폭력'을 계속 자행하면서도 동시에 여성에게서 늘 '어머니'의 모습을 찾는다는 점에서 무의식에서는 오이디푸스적 욕망을 갈구하며, 현실에서는 팔루스적 힘에 대한 욕망을 '여성'을 통해 발현하고 있다.

> 여자는 무릎을 꿇고 엎드려서 텔레비전을 보며 키득거린다. 남자는 무릎을 꿇고 여자의 엉덩이 앞에 선다. 달구의 늙은 엄마가 달구에게 초저녁부터 매를 맞기 시작했다.(「귀뚜라미가 운다.」, 『귀뚜라미가 운다』, 52면)

> 달구의 매질이 길어진다. 밤이 깊도록 달구의 늙은 엄마는 달구에게 매를 맞고 있다.(Ibid, 53면)

작품 「귀뚜라미가 운다」에서는 '노모'에 대한 '달구'의 몸 폭력과, '여자'와 '연하 동거남'의 성적 몸관계가 작품 내내 병치되며, 남성의 여성 몸에 대한 폭력과 지배가 반복 재현되고 있다. 한참 연하인 동거남에게 '씨뱅년'인 '여자'와 아들에게 '시벌녕'이라 불리우며 폭력에 시달리는 '노모'는 이에 저항도, 불만도 품지 않는 모습을 보이는데, 사회 저변에 뿌리깊게 자리잡은, 남·녀 관계에 작동하는 남성중심주의의 불가항력적 위계를 볼 수 있다.

그리고 생활력이 강한 두 여성, 이에 얹혀사는 두 남성이, 생사(生死)로 이분화(여성의 죽음, 남성의 생존)되는 결말에 이르러서는 남성을 위해 모든 것을 희생하고 종복하는 여성과 여성 몸을 자기 소유물로 인식하고 타자화하는 남성의 인식을 주목할 수 있다. 남성중심의 위계질서 앞에서 천륜의 위계도, 인륜의 위계도 무화되고 있음에서, 남성중심주의의 이념은 남성에게 있어서는 이성적으로는 탈주할 수 없는, 강력하고 뿌리깊은 무의식적 욕망이라 보인다. 여성에 기대어 그녀들의 끊임없는 희생과 인내를 욕망하는 남성들의 무의식은 작가의 거의 모든 작품에서 읽을 수 있는 공통구조인데, '폭력'과 '배제'의 남성 원리마저 여성의 '포용'으로 감싸주길 바라는, 대모신(大母神)을 향한 신화적 상상력이 작가의 무의식에서 기인하고 있음을 지적할 수 있겠다.

여성을 향한 무자비한 (성)폭력과 희생을 강요하는 남성의 욕망 분출은 「밤의 도전에서」 절정의 모습을 보인다. 「밤의 도전」에서 '남편'은 생계의 방편으로 아내에게 매춘을 시키며, 무서운 매질로 새디스트적 폭행을 일삼는다. 또 매매춘하는 '조건남'들은 '여자' 몸의 상처를 보며, 걱정이나 위로가 아니라 자신 역시 가학적 욕망을 분출하며 '숨도 못쉬고 눈이 돌아가'게 여자의 몸에 폭력과 성폭력을 휘두른다. '남편'은 매춘과 매질에 쓰러지는 '여자'에게서 화대를 챙기며, 매춘의 회수를 늘려야겠다고 말하는데, 여성에 대한 남성의 힘의 행사가 가공(可恐)할 수위에 있음을 목도할 수 있다. 체제 내에서 아무런 '힘'도 갖지 못해 방출된, 더불어 몸 하나만 갖고 살아가는 남성 – 그들의 여자인 경우, 여성은 사물화, 도구화된 몸 그 이상의 의미를 갖지 않는 현실을 목도할 수 있다.

이렇게 이중적 배제(자본구조, 남성중심적 질서)로 인권사각 지대에 머무르는 여성들은 작품 「배의 무덤」에서 더욱 여실하게 그 모습을 확인시켜 주고 있다. 주인공 '남자'가 동네남자들에게 해야 할 복수를, 동네남자들의 부인들을 성폭력함으로써 되갚음한다든지, 자신의 딸과 아내의 몸을 매매(매춘)함으로써 돈을 마련하고, 동네남자들 역시 '남자'에 대한 복수를 '남자'의 아내와 딸에게 성폭력으로 되갚음 하는 모습을 보여준다. 이렇듯 백가흠의 남성인물들은 거의가 유일하게 여자의 몸에 대해서만 폭력적이고, 강력한 힘의 행사를 벌이는 모습들을 반복적으로 보여주는데, 이는 여성이 부재할 때, 남성의 힘은 특화될 수 없다는 작가의 통찰을 반영하는 듯하다. 사회체제에서 열외되고, 낙

오된 무능력한 남성들이 유일하게 남성적 힘을 확인할 수 있는 대상이 '여성 몸'이라는 점에서, '팔루스적 힘'은 여성 앞에서 혹은 여성 몸을 전제로 할 때 생겨난다는 명제를 환기할 수 있다.

Ⅲ. 몸담론 구성 방법론의 종합적 검토

이상에서 90년 이후 본격적으로 몸담론을 형성하는 4명의 작가의 작품을 살펴보았는데 은희경, 천운영, 정이현, 백가흠은 90년대 이후 본격적인 몸담론을 구축해 온 네 명의 작가라 말할 수 있겠다. 이 작가들은 각기의 다른 방식으로 몸적인 인식과 경험, 글쓰기로 몸담론을 형상화해 왔는데, 때로는 몸담론의 구성방식이 다른 작가에게 이어져 더욱 구체화, 심층화된 경우도 있고(유식론적 인식과 감관(感官)에 의한 몸적 글쓰기가 그렇다), 각기 작가 고유의 구성방식으로 몸담론을 형성하기도 하였다.

몸담론이 하나의 '담론' 양식으로 구분될 수 있는 데는, 몸담론은 기존담론과 달리 탈이성적 '언어'를 사용하고 있다는 것과 표현적 관점과 서술적 언어가 다르다는 점에 있다. 주체 설정의 변화와 그에 따른 인식의 변화, 인식변화에 따른 글쓰기의 변화가 기존담론을 대체하는, 지각 변동을 일으키고 있다는 점에서 하나의 '담론' 형성 이상의 의미를 갖고 있다고 말할 수 있겠다.

따라서 몸담론이 새롭게 담아내고자 한 의미는 무엇인지, 어떠한 글쓰기 방식으로 새로운 혹은 변화된 담론을 구성하는지, 그 구성 방법론을 종합적으로 검토하는 작업은 기존담론을 해체하는 새로운 담론의 향방과 담론 저변의 인식의 변화들을 살펴보는 작업일 것이다.

몸담론을 형상화하는 몸적 글쓰기 방식으로는 **첫 번째**, 감관(지각)에 의한 대상의 포착(색)과 몸의 반응(수), 몸적 느낌(상), 몸적 대응(행), 몸의 기억(식) 등 유식론적 인식(색(色), 수(受), 상(想), 행(行), 식(識))의 순서를 보여준다는 점에서 독창적인 글쓰기 지평을 열고 있다는 점을 꼽을 수 있겠다. 몸의 감각과 지각에 초점을 맞추어 대상을 수용하며 느끼는 감정을 진술하기에, 여기에는 대상에 얽혀있는 기존관념이 따라붙지 않음으로써(즉 상징체계가 동시 작동하지 않음으로써) 탈이성중심적인, 탈체제적인 글쓰기의 성과를 담지할 수 있었다. 이러한 글쓰기는 은희경 작가에게서 분명하게 드러나는데, 그녀의 작품들은 체제에 길들여져 불행을 일삼는 여성들을 향하여 '팔루스'적 언어와 힘의 특질에 대한 '응시'로 이성과 체제로부터 탈주, 통제와 억압을 벗어나는 삶의 방식들을 제시하고 있었다. 체제에 잠식당한 여성 vs 체제의 굴레를 응시하며 그곳으로부터 탈주하는 여성인물들을 줄곧 대칭하여 보여줌으로써 여성이 지양/지향해야 할 곳을 제시하였다.

이렇듯 은희경 작가의 몸담론은 여성담론과 교차되는, 독창적인 서사공간 - 새로운 주제와 새로운 글쓰기로 -을 형상화하며 1990년대를 주도하였는데, 그녀의 작품들은 몸 글쓰기가 곧 여성 글쓰기의 중요한 방법이 될 수 있음을 시사해 주는 전범(典範)이 되었다. 더불어 제행무상의 불교적 분위기를 주조(主潮)로 하는 은희경 작가의 유식적 인식론을 바탕으로 '몸주체'의 상정과 몸적 글쓰기 방식은 천운영 작가로 이어지며 몸담론 형성의 한 방법으로 자리잡게 되었다.

두 번째 몸담론을 형상화하기 위한 구성방식, 천운영 작가가 주로 사용한 '주인공'의 선별적 채택인데, 인물설정에 있어서 '몸'과 관련한 다양한 직업군의 인물들을 등장시킴으로써 몸에 관련한 거의 모든 상상력과 경험, 지식을 표현하는 방식이었다. 다양한 직업군(문신사, 발관리사, 도축인, 사진예술가, 박제사, 고문기술자, 미용사, 해부탐닉자)을 통해 몸을 만지고, 꾸미고, 탐닉하고, 분석하고, 해부하는 일들을 정치(精緻)하게 묘사함으로써 몸에 관한 서술과 묘사로 이야기를 시종(始終)하는 방법을 채택하고 있었다. 이러한 방법들을 동원함으로써 인물의 언행과 서술은 몸 글쓰기로 일관되었고, 따라서 기존 팰로스로고스체제의 이성적, 관념적 언어를 벗어나는 곳에 서사공간이 마련될 수 있었다. 결과적으로 탈체제적, 탈이성적, 탈이념적 담론을 구축하는 기법이자 서술방식이 되고 있었다.

몸담론을 구성하는 **세 번째** 방식으로는, 몸에 대한 해부적 관찰과 집중된 시각으로 전문가적 식견과 지식을 동원하며 '몸'에 밀착된 시각으로 서술을 전개하는 방식이다. '몸'에 대한 과도한 응시로 집착을 보여주는 인물들, 몸의 천형(불구자)을 가지고 살아가야 하는 인물들이 이성적 언술과 사고(思考)와 무관하게 사는 모습을 보여주었다. 그들은 줄곧 몸에 대해 응시하고, '몸'이 상대하는 피아(彼我)이자 대상이고, 몸의 이면(裏面)에 달라붙은 생(生)의 본연의 모습을 서술하는 방식이었다. 이러한 인물 설정으로 몸주체, 몸적 인식, 대상으로서의 몸에 관하여만 기술하게 되었는데, 체제의 언어와 기존 관념으로부터 탈주하여 새로운 영토를 확장하려는 작가의 의도적 장치였다고 말할 수 있겠다. 결과적으로 몸의 체험과 감각으로 세계와 대상의 실제적이고 실체적인 의미와 가치, 인식방식들을 새롭게 도출하고 있었다. 작가의 인식 기반이 몸적이라는 것과 표현방식(글쓰기)도 몸적 감각이나 지각(眼耳鼻舌身)을 정치(精緻)하게 작동시킴으로써, 기존 관념들은 재현되지 않았으며, 대상에 대한 새로운 의미와 해석, 표현들을 길어올리고 있었다. 천운영 작가는 이러한 구성방식으로 본격적인 몸담론을 전개하였으며, 또 '몸담론'을 하나의 담론으로 구분 지을 수 있게 하는 다량(多量)의 성과물을 구축하였다.

천운영의 작품들은 초기에서부터 지속적으로 많은 상징체계들을 전복하며, 해체적 인식과 의도를 드러내었는데, 이는 작가가 애초에 기존체제의 언어가 남성이성중심적 상징체계라는 점을 선험적으로 인식하고 있었으며, 그 기반인

'이성'과 '상징적 기표'에 대한 대체적 혹은 해체적 의도로 '몸적 인식'과 '몸적 언어'에서 출발했고 집중해 왔음을 추론할 수 있겠다.

네 번째 몸담론을 형성하는 또 하나의 글쓰기 방식은 여성, 남성의 성차에서 오는 '성'기관적 특성과 이에 기입된 문화적 특성을 서사화하는 방식에서 찾을 수 있다. 여'성'은 남'성'의 동일성의 원리와 달리, '두 입술의 성'의 형태처럼 '포용' 원리가 작동하는 몸적 특성을 가짐으로써, 팔루스적 '동일성'의 논리에서 벗어나려는 무의식을 갖고 있다고 파악할 수 있었다. 남성의 원리가 동일성의 원리로 패권제국주의적 남성중심사회를 만들며 타자와 여성을 배제하고 지배해 온 것을 조망하며, '팔루스'적 체제의 이방인인 여성들은 '여성성'에 대한 끊임없는 탐색으로 여성'성'에서 그들의 언어를 확립하고자 하였다. 정이현 작가의 경우 이러한 탐색을 지속해 왔는데, 팔루스적 체제에 안착하거나, 가로지르거나, 포용하는 '여성성'의 변이체들을 탐색하는 과정에서, 여성'성'(두 입술의 성)에 주목하는 모습을 보여주었다. 반면 은희경 작가와 천운영 작가의 경우는 팰로스 체제가 관리해 온 여성'성'을 자유롭게 행사하는 여성인물들을 대거 등장시킴으로써, 여성의 '성' 사용에 대한 결정권, 자유로운 선택이 자신에게 있음을 제시하였다. 여성의 '성'과 '몸'을 통제하는 남성중심체제의 경계선을 넘어선 여성인물들을 통하여, 자기 '몸'과 '성'의 독립적 운영에서 주체적인 자아가 비롯될 수 있음을 보여주었다.

반면 남성 몸 글쓰기의 경우는 남'성'의 '팔루스적 특권'을 여성에 대하여 행사하는 모습을 들 수 있는데, 남'성'이 갖는 동일성의 특성이 '배제'의 원리로 작용하며 여성을 타자화, 사물화, 도구화로 배제시키는 모습을 찾아볼 수 있었다. 이는 현실의 남·녀 관계의 실제적 모습을 재현한 것으로, 남성작가는 '팔루스'적 힘 발휘의 무의식적 욕망을 포기하지 않는 반면 여성작가의 경우는 '팔루스' 기표의 '텅 빈' 이면을 드러내거나, 때로는 남성의 '배제'와 '폭력'마저 '포용'의 원리로 감싸는 대조적인 모습을 보여주고 있었다.

다섯 번째 몸담론의 형성방식은 여성작가들에 의해 주로 사용되는 글쓰기로, 여성이 처한 사회정치적, 경제문화적 환경을 드러내는 방식이었다. 여성은 몸적인 특성으로 인하여 출산, 수유, 육아, 양육 등 몸적 기능이 주로 요구되었기에, 여성의 삶은 관념과 사상의 언어보다는 몸적 언어의 소통이 더 큰 비중을 차지하고 있음을 보여주는 방식이었다. 이러한 여성이 처한 환경의 모습을 담기에는 이성적, 관념적 언어보다는, '몸적 언어'가 여성의 실제적 모습과 생활계의 실체를 담아낼 수 있는 그릇이 되고 있었다. 이렇듯 정이현 작가의 경우는 그녀가 몸 글쓰기를 의도하지 않았으나, 여성의 실제적 삶, 현실적 실체 등 여성 삶의 재현이 내용상 몸담론의 결과물을 낳게 된 경우로, 따라서 그 구성방식은 기존 담론과 같은 관념적 해석, 상징개념에 따라붙는 연상(聯想) 전개 등 이성적이고 관념적인 언어와 사유를 보여주고 있었다. 즉 정이현 작가는 앞서 살펴 본 은희경, 천운영 작가와는 달리 몸적 인식과 글쓰기 방식 – 즉 감각기관(오관 혹은 육관)의 수용과 소통에 의한 인식과 글쓰기 방식 – 을 사용하지는 않았다. 다만 그녀는 여성을 둘러싼 다양한 사회적 환경을 주시하며, 여성의 '몸'을 통제, 억압하는 남근이성적 체제 혹은 여성들이 '몸'을 이용하여 그러한 세계를 가로지르는 방법 혹은 여'성'적 특질로 '포용'하는 방식을 서사화한 것이 결과적으로 몸담론을 형상화하게 되는 경우였다. 몸담론은 여성담론과 함께 1990년대 이후 비슷한 시기에 우리 사회에 본격적으로 소개되며 형성, 구축되어 왔는데, 두 담론은 포스트모더니즘적 인식을 기반으로 하며, 탈체제화, 탈중심화하는 시대적 인식의 변화를 다룬다는 점에서 때로는 교접하고 때로는 이접되는 양상을 보이며 전개되어 왔다.

여섯 번째 몸담론을 형상화하는 방식에는 체제와 주체의 구성 변화를 서사의 배경 분위기로 제유하는 방식이 있었다. 거대자본 체제 내에서 구조적으로 빈부 차가 벌어지고, 자본체제로부터 이탈하는 무산자, 하위층이 점차 다수를 이루어가는 현실을 다루는 과정에서 작품 전반에 걸쳐 와해의, 붕괴의, 피폐한 정서가 연출된다는 점이다. 이는 자본체제 구조에서 이탈된 탈체제자, 다수의 무산층의 현실과 분위기를 묘사하는 방식으로 전개되고 있었다. 이러한 방식은 백가흠 남성작가의 주된 기법이었는데, 황량하고 스러지는 듯한 서사 결미의 분위기는 자본경제체제로부터 내몰린 이탈자들의 피폐한 삶과 정서를 은유하는 것이었다. 와해되고 편린화되어 가는 가치들로 무중력 상태의 부유(浮游)하는 삶들을 둘러싼 분위기와 정서라 해석할 수 있다. 모든 중심(이념 혹은 체제)을 향한 구심력과 경계들이 와해되며, 기존의 가치들이 공중분해, 해체되어 가는 시대적 분위기가 제유되고 있다. 더불어 사회적 위치(지위)와 페르소나(사회적 자아)가 더 중시되는 남성이기에 경제문화적, 정치사회적 문제가 남성 몸 글쓰기에서 더 비중있게 다루어지고 있었다.

일곱 번째 몸담론을 형상화하는 또 하나의 방식은 '폭력' 모티프, 테마의 빈번한 사용을 들 수 있는데, '폭력'은 몸담론 형성의 중요한 테마라 할 수 있겠다. 팰로스로고스 체제를 구축하기 위해 권력과 지배층은 구성원들의 '몸'을 끊임없이 관리, 통제하여 왔다. 권력은 구성원에 대해 강력한 통제와 억압이 필요한 때는 폭행, 처벌, 감금, 추방, 사형 등등 구성원들의 '몸'에 대한 폭력행사를 합법적인 제도로 만들어 왔기에, 체제의 틀과 제도를 벗어나려는 몸적 자아에게 있어, 체제 '폭력'의 문제는 묵과하거나 좌시할 수 없는 주제이기에 자주 사용되어 왔다.

몸담론에 천착한 천운영 작가 역시 '폭력' 테마를 자주 사용하며 제도들 이면의 정치성을 드러내었다. 권력이나 유일신을 따르는 파수꾼들의 배제적인 '추방', 패권제국주의적 억압을 위한 일방적인 규제와 규범의 폭력성을 다루었는데, 실제적인 현실에서 권력이 통제하는 것은 피지배자들의 '몸'이었음을 드러내었다.

남성작가 백가흠 역시 거개의 작품이 '폭력'테마가 주(主)라는 점에서 기존의 몸담론을 보여주었던 문순태의 폭력 테마가 주를 이룬 방법과 공통된다.

'폭력'은 백가흠 작가의 문법이자 작품세계라 할 만큼 작품마다 빼놓지 않고 반복적으로 그 모습을 드러낸다는 점에서 남성작가들의 공통 문법을 짚어낼 수 있다.

백가흠의 주인공들은 한결같이 체제의 경계 밖으로 밀려난 무산층, 하위계층 속했는데, 그들은 다만 '몸'을 포기하거나/ '몸'을 유지(견디며 버티기)하는 수밖에는, 다른 선택지가 없는 하층계급을 대변하는 전형의 인물들이었다. 그들은 자본체제의 구조적 폭력에 노출된 삶을 보여 주었고, 체제 경계 밖의 무법천지를 '폭력'으로 맞대응하며 살고 있는 모습을 보여주었다. '폭력' 테마의 반복으로 체제가 주입해 온 질서, 규범들이 그 기능을 상실하여 가는 현실이 묘사되며, 몸적 주체로 '폭력'을 견디거나/맞대응 하는 현실을 드러내는 것이 작품의 심층적 의미라 하겠다.

반면 여성작가의 몸담론에 드러나는 '폭력'은 주로 애인, 남편, 아버지, 권력자와의 관계에서 남·녀의 서열의 위치를 나타내는 지표로써 사용되고 있었다. 현실적으로 매맞는 부인이 수치(數値)상 절반을 넘어가는 현실이 재현된 것이겠지만, 여성작가들이 형상화하는 '폭력' 테마 사용은 개별적으로는 가부장 질서로부터 탈주하는 그녀들의 기막힌 사연이자, 피지배자의 비실존적 상황을 드러내는 방식이었고, 거시적으로는 팰로스로고스 상징체제의 억압과 통제, 팔루스적 힘의 횡포와 부조리함을 들추어내는 방법이 되고 있었다.

마지막으로 **여덟 번째** 몸담론을 형상화하는 방식으로 남성이 갖는 '팔루스'적 힘에 대한 지향/지양의 문제를 다루는 것이었는데, 이 주제는 몸담론이 탈주해 온 영토가 기존의 '팔루스'적 체제와 언어였기에 다섯 작가들의 작품에 공통적으로 드러나는 주제였다. 남성주인공들에게는 팔루스적 힘에 대한 지향으로(가부장체제 유지), 해체하지 않으려는 경계선으로 남아 있었으며, 여주인공들에게는 지양해야할 억압과 통제의 경계선이었다.

백가흠의 남성인물들은 패륜을 불사하는 폭력, 살해 등의 원초적 본능을 노출하는데, 그 이면에는 규범과 규율을 초월하여 존재하는 '팔루스'적 힘에 대한 무의식적 욕망이 자리잡고 있었다. 남성주인물들 거개가 체제 밖으로 밀려난 이탈자들이기에 체제의 금기나 규율은 그들에게 적용되지 않았고, 그러기에 그들의 팰로스적 '힘'에 대한 욕망은 폭력이 난무하는 그로테스크한 서사공간을 만들어 내고 있었다. 작품들 거의가 여성을 대상으로 높은 강도의 유린과 배제, 억압, 폭력의 형태들을 보여주는데, 이는 가부장체제에 기댄 남성인물들의 팔루스를 '지향'하는 무의식적 욕망의 발현이었다. 자본체제에서 소외된, 거세된 남성들이지만 여성 앞에서는 무한한 팔루스적 힘을 발휘하는 모습에서, 팔루스적 힘은 여성을 전제로 할 때 그 힘을 발휘하게 된다는 작가의 통찰을 엿볼 수 있다. 이에서 '여성'은 가부장체제를 가능케 하는 기반이자 영원한 '타자'임을 알 수 있는데, 그러기에 탈체제, 탈이념화하고 있는 남성인물들마저도 가부장체제의 틀만은 마지막 보루로 삼으며, 그 기득권의 힘으로 현실을 버티고 있는 모습을 보여주었다.

반면 여성작가 은희경이나 천운영 경우는 '팔루스' 체제의 이면을 들추어 내며, '팔루스'가 텅 빈 기호 놀임을 주목, 이를 '지양'하는 여성들을 통해 다양한 탈가부장제의 방법들(독신, 이혼, 다수의 애인, 독보(獨步) 등등)을 제시하고 있었다. 정이현 작가의 경우는 이러한 '팔루스적 힘'의 원리를 모방하거나 위장하여 역이용하기도 하였고, 가로지르기 하거나(남성원리를 모방하여, 남성들을 배제하거나 제거하며, 악한 남성의 모습을 미메시스함), 여'성'의 원리로 이마저도 '포용'하는 등 – '팔루스' 기호에 대한 지양/지향의 다면적인 접근을 실험하고 있었다. '팔루스적 힘'을 중점에 놓고, 이에 저항/순응/포용하는 등 다각도의 여성성을 탐색한다는 점에서, 팔루스적 강박에서 벗어나지 못하는 여성의 세계인식 혹은 무의식을 읽을 수 있었다.

IV. 맺음하며 - 몸담론을 구성하는 방법론과 전반적 양태

이 책은 1990년 이후 본격적으로 구축되기 시작한 몸담론의 형태와 구성방식을 규명하기 위하여 몸담론이라 구분지을 만한, 몸적 글쓰기 특징이 두드러진 작가들과 작품을 대상으로, 작가별 몸담론을 구성하는 인식의 저변과 글쓰기 방식을 규명하고자 하였다. 작가들은 각기의 방식으로 몸주체에 대한 인식과 몸적 글쓰기를 진행해 왔는데, 이제 몸담론은 새로운 인식론과 형태를 담보하며 하나의 '담론' 양식으로 구분되기에 이르렀다.

90년 이후 작품들의 경우 몸적 글쓰기가 결과적으로 기존 체제에 대한 해체적 글쓰기로 수렴된다는 공통점을 추론할 수 있었다. 주로 기존체제의 관념적 언어와 상징기호 및 개인을 통제해 온 체제의 언어를 사용하는 대신, 감각적(지각) 언어를 선택, 몸적 인식과 감각의 언어 표현으로 새로운 글쓰기의 영역을 펼치고 있었다. 주체 설정에 있어서도 예의 코기토적 '주체'가 아니라 몸적인 주체의 인식을 피력하고 있었으며, 몸적 감각의 표현들로 대상을 포착, 새로운 의미 형성방식을 마련했다는 점에서, '몸담론'은 분명 새로운 영토를 개척하였고 독자적인 서사 영역을 구축하고 있었다.

90년대 이후 본격적인 몸담론의 경우 주체의 인식론적 변화를 기반으로 하여, 오랜 시간에 걸쳐 '주체'에 기입되어온, 기존체제의 이념과 인식방식들을 거두어 내는 작업들에 골몰하고 있음을 알 수 있었다. 몸주체가 새로운 몸담론을 필요로 했던 이면에는 기존체제와 체제의 언어를 응시하고, 이에서 탈주할 방법적인 시도가 필요했었다.

또 그들이 벗어나고자 했던 '기존체제'는 작가의 세계인식에 따라, 또 성별에 따라 '팔루스'의 텅 빈 기호체계이기도 하였고, 팰로로고스적 언어의 관념적 틀이기도 하였으며, 가부장 체계질서이기도, 거대자본 경제구조이기도 하였음을 살펴볼 수 있었다.

따라서 몸담론은 체계의 질서가 주인공들을 규제해 온 억압과 통제의 틀이라는 인식을 공통적으로 갖고 있었고, 다음은 체제의 불편함을 드러내거나, 그것으로부터 벗어나 자기 본래의 자연적 모습, 실체적 삶을 찾으려는 모습들이 공통된 의미였다. 이는 몸(감각)적 인식을 통해서 체험적, 실증적인 생활계의 언어를 지배담론으로 끌어들이는, 즉 새로운 서사공간과 서술방식을 마련하게 되었다. '감관(感官)'으로 대상을 집수·반응·해석하거나, 몸적 자아에 내재한 다양한 욕망을 쫓아 억눌린 욕망을 표현·분출하였고, 검열대상이었던 자신의 '몸'과 '성'에 대해 표현함으로써 그 동안 발설되어 오지 않았던 삶의 면면에 스며있는 실재적 의미를 형상화함으로써 인간 본연의 위치를 재설정하는 작업이었다. 형이하학으로 치부되던 생활계의 몸적 자아, 더불어 그 안에 내재되어 있는 다양한 욕망을 밖으로 표현하는 작업으로 이어짐으로써 기존체계가 제시해오던 형이상학적 '주체'는 현실에 부재함을 누설하고, 형이하학적 인간의 실제 모습을 기술하고 있었다. 상징체계의 이념과 관념을 거두어들인, 몸적 자아의 본래적 모습과 감추어온 본능이 그 본연의 모습을 드러내고 있었다.

그리고 본래적 자아, 다양한 욕망이 흐르는 자아를 복구하고자 체제의 관념적, 이념적 언어를 배제하고, 실재계의 체험적인 인식과 몸적 자아의 고유한 언어, 존재(be)의 언어를 마련하는 작업이 몸담론을 형성하는 과정이었음을 알 수 있었다. 기존 지식과 상식이 아닌, 자기 몸의 '감관(感官)'으로 대상을 인식, 진위(眞僞)를 식별하는 과정, 몸의 사용과 행위로 세계에 반응·대응하는 실제계의 자아 모습을 담아내는 방식은 새로운 의미의 담론이 형성되게 하였다. 더불어 몸에 깃든 욕망을 더 이상 적대시하거나 억압하지 않으며, 다양한 욕망에 대해 검열의 구애(拘礙)없이 이야기하는 것으로 몸담론이 형성, 구축되고 있음을 알 수 있었다.

〈Abstract〉

A Total Studies on Methodology and Epistemology of Body Discourses
- A Central of Body Discourses Is Figured Since 1990's -

Park, Sun kyoung

This essay try to investigate on a form and construt method of body discourses through research for four writers, they are Eun heekyoung, Cheon yunyoung, Jung eehyun, Back gaheum since 1990's. They have a each methods to going to writing on body discourses.

Body discourses have a big features are a new idea, new representa─tion by sensuous language of a bodily sense organ, instead of taking to pieces for an idealogical language, a symbolic code of a established dis─course that is control and suppress people.

This research present a 8 method of constructing body discourses by studies about 4 writer's method Theirs writings make up nature fitures and original figures of human in realities of life. So it enhance the val─ue of human's primarial existence and it makes free that human's nat─ural instinct, it dissolute a established concepts that human being cap─tured with a ideal, notion, moral.

The new prescription of human's being shows a process of meta─physical concepts transfer physics concepts, a ideal stationariness crash realities of existence. But that is human's being recover a essential realities.

From the beginning of Body discourses, Eun heekyoung, Cheon eu─

nyoung start and establish body discourse, they have founded it in Korea literary world. They suggest that the subject is body existence, existential subject. A existent body subject absorbs a object and world with one's six senses, is recorded a sprit, after that time a person have a conception, a dreaming, a injury. A conception for 'a body subject' of a writers compose narrative's base epistemology, also narration method and narrative method. Two authors write detailed observation body sense and communication with a world and object, illustrate and take to pieces in body. There are only exist 'a body-subject' is communicate by body to body without a value, system, order of the existing discourse.

Becoming serious process of bodily discourse, writer have conception in Buddhism's point of view on body, so they are accepted a object, a world with only body sense. From this point, authors started narrative with all sense of body, next after connected a behavior, a conscious-ness, a notion.

The suppress and manage of power organization, control to individual subject on completely and deeply rooted. Four writer's interest is ex-panding politic structure and a ideology that suppress and control in subject's body, because of being overthrown for "a fallus's established system". Body discourses and feminism discourse are based on post-modernism, deconstruct existed discours. Our body discourse started and became serious on Feminine writings.

Jung eehyun continue on writing and storytelling about womans's life, experience of daily at actual environment, so she would occupied a position on ecriture feminine. Jung arrange various 'eminity' through various woman's ego and show women is achieved a self identifying. In this process, her writing meet body discourses, because woman's life is full with body actives.

Baek Gaheum author has constructed on body discourse rarely among man author.

His heroes are proletarian on the society economy system and they don't criticize about their environment is excepted them. Heroes are showed body relations, life of body, act of body on real life, therefore expose life's real meanings in author's purpose. There are repeated materials of violence, murther, death, so we knows that one ego is started and died only with body. This is meaning that body is grounded and established for the self, it is author's cognition about "The body subject".

Furthermore a closing observate about isolation and solitude of body relationships, body subject is represented in a current situation being taken to pieces.

The other side, through hero's relation with woman, proletaria hero exhibit phallus force in the presence of a woman, repeatedly practice violence, sexual violence, murther to her. Therefore it is showed that a order Phllocentrism system isn't taking pieces until now by man writer. Other sides, in relationship among man & woman, Hero pursue desire of Mother, his bodily ego lay open unconscious desire against control system.

〈Key Word〉 Body Discourses, Body Philosophy, Bodily Writing, Phallo—Logos System, The Bodily Subject. Bodily Epistemology

2장

여성 글쓰기가 제시하는, '여성 정체성'의 문제

- 은희경 작가 -

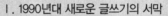

I. 1990년대 새로운 글쓰기의 서막

　은희경은 90년대 문단에 등장하여, 남다른 관찰력과 정치(精緻)한 문장과 섬세한 직조로, 여성만이 포착해 내고 여성 삶 속의 순간들에서 느낄 수 있는 정서와 사건들을 기록하여 왔다. 그 이전의 여성글쓰기에 비해 비로소 여성의 몸과 여성 몸에 깃드는 정신과 그 삶에 대한 본격적인 여성 몸 글쓰기가 그에게서 시작되고 완성되고 있다는 인상은, 그를 기존의 여성작가들을 포함하여 중요한 작가의 위치에 놓이게 하였다. '대형신인'이나 '90년대 중심작가'라는 평가에 걸맞게 두 편의 단편 작품집과 네 편의 장편에서 보이는 그의 역량과 기량은 남성, 여성작가의 구분을 떠나 90년대 대표작가의 자리매김을 하고 있다.

　1990년대 이후로 은희경을 비롯하여 발군의 여성작가에 의한 여성글쓰기가 본격적으로 이루어졌음은 우리 문단사에 또 하나의 큰 획을 짓는 특징이라 말할 수 있다. 이들의 작품 성향이 개방적 성담론을 그 기저에 공분모화하고 있다는 점은 여성 몸의 글쓰기가 이루어지는, 즉 여성의 자아찾기 혹은 여성정체성 확립이 이루어지는 시점에 우리 사회가 와있음을 말하여 준다.

　『새의 선물』(1996)은 그의 나머지 작품들에 일관되게 흐르는 〈'여성으로서 살기'에 대한 비관적인 안목과 세계에 대한 비판적 거리두기〉에 대한 이해를 돕는, 즉 그의 문법을 여는 「열쇠」 역할을 하는 수작이다. 물론 소설로서의 흥미라는 직무에도 충실하다는 점에서 많은 사랑을 받은, 그의 대표작이기도 하다.

『새의 선물』은 은희경 작가의 전기소설로 여겨지는 만큼, 또한 그의 작품세계를 관통하는 문법과 테마를 갖춘 작품이기에 그의 작품 분석에 초석이 되는 작품이라 말할 수 있다. '열두 살 이후 나는 성장할 필요가 없었다'는 주인공 진희는 어린 시절부터 관찰자의 시선으로 삶의 양면성, 자아의 양면성, 세계인식의 양면성을 해부하여 들어간다. 다른 작품의 주인공들이 보여주는 삶의 양태와 그 이면의 진실들은 이러한 유년기의 관찰에서부터 비롯되었기에 그 적확한 진술은 더욱 설득력을 얻게 된다. 오랜 기간의 삶에 대한 통찰에서 비롯된 그 이면의 진실들은 은희경 작품이 소설적 진실과 핍진함을 갖추게 하는 중요한 동력이 되고 있다.

II. 두 개의 시선, 삶과 그 이면

은희경 작품의 특징이라면 무엇보다도 마디마디를 찍어내는 시계(視界)와 포착된 이미지에 대해 풍부한 어휘와 이지적이면서도 논리적인 언어로 재단해 들어간다는 점을 꼽을 수 있다. 사건과 정황을 육입(六入−빛깔, 소리, 냄새, 맛, 접촉, 법)[1]에 의한 수용으로 이미지로 재현한 후, 사건 의미의 중심에 들어가 '해답'과 같은 작가의 독자적인 의미를 내놓는 방식이 그녀가 쓰는 문법이다. 즉 그의 작품의 상당부분은 여성특유의 예리한 관찰력을 동원하여, 사정거리에 들어선 것들을 몸의 감각기관으로 흡수하며, 다음 그 의미를 판단하거나 때로는 의미 없음을 밝히며 그 이면의 진실을 여지없이 들추어내는 방식이다. 순서는 몸의 감각기관 특히 시야(視野)에 의해 포착된 장면들을 단위로, 그것을 영상처럼 이미지화하는 방식을 주로 사용한다. 그리고 각 사건 단위에 그것이 갖는 고유의 의미와 새로운 가치를 덧붙인다는 점에서 수학적 계산과정 같은 특유의 순차적인 전개를 보여준다. 서술 전개의 완급을 조절하며 이지적인 톤으로 공감할 수밖에 없는 정답과 같은 해석을 덧붙인다는 점에서, 그의 삶에 대한 자문과 자답을 독자는 긍정적으로 수용하게 된다. 즉 수긍할 수밖에 없는 안목 제시에 독자는 작품과 작가의 서사공간을 공감하는 가운데 작품은 완결된다.

---

1   참조; 佛典刊行會 編, 김두재 역(譯), 『楞嚴經』, 佛教經傳5, 민족사, 1994.

그의 작품에서 반복적으로 표현되는 '바라보기'는 1차적인 의미를 형성시킨다.「새의 선물」이 경우 세계가 12살 난 어린 진희의 시선으로 포착된다는 점에서「사랑손님과 어머니」의 옥희를 연상케 한다. 진부한 사랑에 관한 이야기를 6세의 어린 옥희의 시선으로 서술하였다는 점에서「사랑손님과 어머니」가 작품의 독자적인 의미를 생성시킬 수 있었듯이, 『새의 선물』은 12세 소녀의 시선으로 어른들의 세계가 해부되기에 시종일관 초험자가 겪는 생소함과 아이의 악동적인 위악성으로 하여 이야기는 생생하고 흥미진진하게 전개된다. 글을 씀에 있어서 '악동적인 장난기'를 갖고 있다는 작가의 말처럼, 그것은 그렇다고 단순한 장난기나 악동적이 아닌, 삶에 대한 진실한 성찰과정에서 비롯되는 위악과 작의이기에 초짜의(어린이의) 탐험적 서술방식은 서사의 구성을 탄력있게 만든다.

> **삶이란 장난기와 악의로 차 있다.** 기쁨을 준 다음에는 그것을 받고 기뻐하는 모습에 장난기가 발동해서 그 기쁨을 도로 뺏어갈지도 모르고 또 기쁨을 준만큼의 슬픔을 주려고 준비하고 있을지도 모른다. ······ **삶이란 언제나 양면적이다.** 사랑을 받을 때의 기쁨이 그 사랑을 잃을 때의 슬픔을 의미하는 것이 듯이. 그러니 상처받지 않고 평정 속에서 살아가려면 언제나 이면을 보고자 하는 긴장을 잃어서는 안 된다. 편지를 가슴에 껴안고 즐거워하거나 되풀이해서 읽으면서 행복한 표정을 짓는 내 모습을 악의로운 삶에게 들키면 안 된다.
> (『새의 선물』, p.310)

이 글은 어린 진희가 첫사랑인 허석의 편지를 받고 스스로의 기쁨을 감추고자 애쓰면서 다짐하는 대목이다. 시집갈 나이가 다 된 이모의 편지받는 장면과 대조를 이루는 광경이다. 이모는 군인에게 보낸 위문편지의 답장을 받고서 '편지를 손에 든 채 마루 위를 왔다갔다 하는 폼이 보는 사람을 여간 정신 사납게', 했으며 '뛸 듯이 기뻐했다.'고 진희는 회상한다. 할머니의 부지깽이 앞에서도 펜팔을 이어나가기 위해 '전략적 속셈'을 써가며 하루에도 몇 차례씩 경자이모에게 달려가서 펜팔 속의 군인이야기를 하며 하루를 보내는 이모를 어린 진희는 걱정스러운 눈길로 바라본다. 그러면서 동시에 세상모르는 소녀적인 이모의 '사랑'에 '삶이란 장난기와 악의로 차있다'고 예단하는 주인공 진희는 '정말이지 제멋대로 행동'하던 이모의 성숙되는 과정을 관찰자적 시점으로 보여준다.

예견대로 이모의 사랑은 '눈물로 새워질 또 하루의 밤'을 맞으며 조용하고도 비통하게 막을 내린다.

어린 진희와 이모의 대조를 통한, 이러한 사랑의 양면성에 대한 통찰은 삶에 대해 낙관적이거나 긍정적이지도 않으며, 그렇다고 비관적이거나 부정적이지도 않은 '영악한' 시선을 갖게 한다. '괴로움도 즐거움도 아님과 좋음도 싫음도 아님이 그녀의 번뇌'(「그녀의 세 번째 남자」)라는 작가의 서술처럼, 은희경의 주인공들은 그 어느 축에도 속하려 하지 않는다. 제3지대에 머무른 여주인공들은 더 이상 삶에 속지 않는, 건조하고 무심한 '응시'의 시선으로 관조의 시간들을 살아가기에 어떤 사건에도 직접적인 반응을 하지 않는 모습이다. 그러나 그녀들은 이브의 후손으로 태어났기에 원죄의 상흔을 간직한다. 후속작인 『마지막 춤을 나와 함께』에서 진희는 '상처받지 않고 평정하게 살아가려면 언제나 이면을 보고자 하는 긴장을 잃지 않는' 것이 중요함을 강조한다. 사랑과 결혼 등의 표면적인 행복의 기호에 결코 속지 않는, 감정의 윤회를 끝낸 진희들이 은희경 작품을 끌고 나가는 대부분 주인공들의 모습이다.

이모가 군인 이형렬과 허석에게 의탁하고 소파수술을 하는 등 계속해서 미망의 덫에서 시행착오를 번복하는 것과 대조하여, 어린 진희는 첫사랑인 허석을 정리하면서 사랑의 번뇌와 그 이면을 통찰하며, 그것으로부터 벗어나는 방법까지 알아낸다. 다만 열두 살 진희 역시 첫 경험이기에 사랑의 아픔에 힘겨워하기도 한다. 이후 다른 작품의 '진희들'이 이별에 담담하거나, 동시에 세 명의 다른 남자를 준비하는 등 이별에 대해 충분한 면역성을 보여주는 것은, 열두 살부터 진희가 사랑의 이면을 분석하기에 가능한 것이리라.

> 나에게 있어 이별의 고통을 느끼는 것과 그 이별에 대한 항체가 분비되는 것은 거의 동시에 이루어진다. 음식물이 들어가자마자 침이 분비되는 것과 같다. 이별이 닥쳐왔다는 것을 깨닫자 그것을 녹여 없애기 위해 내 마음 속에서는 또 내가 두 개로 나뉘어진다.(『새의 선물』, p.198)

> 나는 어떤 극기훈련으로 이 이별을 이겨내야 할지 자신이 없고 막막하다. (한편 이상하게도 이 슬픔에는 단맛이 있어서 굳이 극기훈련을 통해 극복하고 싶지도 않다.) 그렇지만 이것을 극복하지 않으면 지금까지 쌓아온 삶의 균형을 잃을 것만 같다. 속이 상한 나는 걸음걸이도 터덜터덜 조심성이 없어진다. (『새의 선물』, p.202)

위와 같은 관찰 이후 은희경작가의 주인공들은 사랑에 빠져 허우적거리거나 영원한 사랑을 결코 믿지 않는 모습을 갖는다. 그렇다고 끊임없이 사랑을 진행하는 것을 멈추지도 않는 것이 작가의 역설(力說)이라고 보이게 만든다. 그의 주인공들은 제도권의 사랑을 이탈하여 있지만 진실한 사랑에 대해 고민하고, '너는 도대체 어디 있는거냐'고 동침하는 남자들이 묻지만, 그녀들은 항시 '지금 여기에서' 현재형 사랑에 충실한 모습이다. 영원불멸의 사랑도, 동심일체의 지속성도 믿지 않지만, 그녀는 혼자만의 '자위 따위는 애초에 관심 없었다.'며 사랑 행위를 지속한다. '내 몸을 모두 내 마음대로 정지시킬 수 있건만 심장만은 그럴 수가 없'(『새의 선물』)듯, 심장의 뛰는 박동은 그녀들을 '원치 않는데도 무의미한 열정을 가속'시킨다고 점을 포착한다. 따라서 사랑을 하느님의 지상명령이라며 받아들이듯이, 은희경의 주인공들은 상처와 배반이 준비된 '사랑'을 마치 구도(求道)의 화두처럼 변주(變奏)한다.

사랑에 관련한 황홀한 기호들과 그것이 갖는 환상과 틀을 만든 것은 세상의 표면일 뿐이고, 그것들은 동시에 그 이면에 아픔을 준비하는 악의로운 것들이라고 주인공은 진단한다. 따라서 그는 '사랑은 환상으로 시작되며', '환상이 하나하나 깨지는 것이 바로 사랑이 완결되어가는 과정'(『마지막 춤을 나와 함께』)이 그 이면의 진실이라고 파악한다.

> 진실하다면 누구든 섹스로부터 자유롭다. 그리고 만약 인생에 애틋함이란 게 있다면 바로 그런 섹스의 진실에서 비롯되는 것이리라. 자유로워지고 싶은 것이 삶에 저항하는 것처럼 보인다면 내 잘못이 아니다. **틀을 만든 세상의 잘못이다.**(「먼지 속의 나비」, p.271)

사랑의 미망을 쫓아, 환상 속을 거니는 이모의 행보에 대조하여 사랑의 이면을 쫓아 현실과 사랑의 실체를 해부하는 진희, 이 두 여자의 양축은 『새의 날개』 전편에 흐르는 중심 갈등이다. 다른 사건들이 진희의 관찰과 '어른들의 비밀을 해석하는 통찰력'을 통해, 시험되고 '생체실험'되는 대상이라면, 사랑에 관련해서만은 이모의 사랑에 대한 관찰과 함께 자기 자신도 꼼짝없이 겪어야만 하는 주갈등이 된다. 장군이가 똥장군이 되는 과정, 미스 리의 호객에 가까운 유혹 장면, 광진테라 아줌마의 가출과 귀경, 장군엄마와 최선생님의 성애장면의 발각, 마당극을 통해 본 교사와 학생 등 사건들이 진희의 시선에 포착되는 단편적인 해프닝으로 처리된다면, 진희와 이모가 벌이는 사랑사건은 두 여자의 사랑방식이 분명하게 대조되는 가운데 작품 전체를 가로지르는 중심 갈등이자 주제가 된다.

두 여자가 겪어나가는 사랑의 미로, 즉 '사랑'을 전개하는 두 가지 유형은 은희경 작가가 반복하는, 작가의 문법이다. 즉 그의 주인공들은 이모와 진희의 대조처럼, 그 한 부류는 미숙한 이모처럼 '사랑'의 환상에 들뜨고 상처 받는 여성들이다 (「열쇠」, 「이중주」의 어머니, 「짐작과는 다른 일들」, 「빈처」). 그들은 사랑의 종착점인 결혼을 하고서 겪는 신산함과 절절한 회한들을 토로하거나, 영원하고 절대적일 것 같던 사랑이 깨어짐에 소스라쳐 놀라는 영혼들이다.

반면 다른 한 부류는 사랑의 이면을 응시하며 동시에 이별의 아픔을 준비한, 남자에 기대지 않고 나름대로의 자아 확립과 해법들을 찾은, 어린 진희가 성장한 모습들이다.(「먼지 속의 나비」, 「이중주」의 인혜, 「마지막춤을 나와 함께」, 「그녀의 세번째 남자」, 「명백히 부도덕한 사랑」 등..)

　그러나 이 두 부류가 삶의 이면까지 통찰을 했던, 그렇지 못했던 남성중심의 사회를 살아가는 여성이라는 점에서, 남성 주위를 맴도는 타자로서의 삶에서 시작되고 있다는 점에서, 그의 작품들은 페시미즘적으로 흐를 수밖에 없는 운명에 처해있다.

　이러한 두 부류를 통한 삶의 양면 즉 표상된 기호와 그 이면의 의미를 관찰하는 시선은 세계에 접하는 자아에 대한 분석과 병행된다. 정신병력이 있는 어머니의 딸로서 진희 자신을 대하는 주변의 '시선'이 싫어, 그녀는 그 자신을 숨기는 방법을 터득한다. 그것은 자신을 '보여지는 나'와 '바라보는 나'로 분리하여 바라봄으로써, 세계 속의 자신을 관리하는 방법이었다. '왜 일찍부터 삶의 이면을 보기 시작했는가. 그것은 내 삶이 시작부터 그다지 호의적이지 않다는 것을 알았기 때문'이었고 '아마 그 때부터 내 삶을 거리 밖에 두고 미심쩍은 눈으로 그 이면을 엿보게 되었을 것'이라고 회상하는 주인공은 '누가 나를 쳐다보면 나는 먼저 나를 두 개의 나로 분리시킨다.'(『새의 선물』, pp.20~21) 이러한 자아 분리는 라캉의 '거울 속의 자아' 즉 타자적 자아를 발견하고, 본래적 자아가 타자적 자아와 더불어 세계와 벌이는 교섭단계를 보여주고 있다. 따라서 '출발선이 아주 불리한 위치'에서 시작되는, 즉 어머니의 무의식 단계와 아버지의 법의 이름이 거세된 여아는 일찍부터 세계와 교섭을 벌이는 '보여지는 나'를 '바라보는' 일은 세계에 홀로 던져진 존재가 부지런히 터득해야할 과제였다.

　따라서 '열두 살 이후 나는 성장할 필요가 없었다'는 회고는 단순히 소설적 트릭이나 치기에서 나온 말이 아니며, 이 진술은 은희경 작품의 주인공들이 보여주는, 즉 이전의 롤모델이 없던 여성−정체성을 이루는 모습들의 그 근거가 되는 말이라고 보아야 할 것이다. 이런 점에서 이 진술은 한 여성의 '자립 선언'에 가깝다. 근대 이후 근자에 이르기까지도 가부장적 사회체제와 삼종지도의 유교 문화 안에서 여성이 자기만의 정체성을 세운다는 것은 불가능에 가까운 일이었다. 남자에 기대지 않고, 남자로부터 독립된 주체로 살아간다는 것은 진희가 어려서부터 분리된 자아(Separated Ego) 단계를 거쳐 단단한 개인화(Individualization)를 추구했기에 가능한 일인 것이다.

이처럼 그의 주인공들이 이전에 없었던 여성정체성의 한 모델을 창출하고 있다는 점에서 은희경의 작품은 여성글쓰기로써의 그 가치를 발휘한다.

III. 몸의 주체와 실재계

'바라보는 나'와 '보여지는 나' 그리고 세계를 관찰하는 '시선'은 Eye(아이)를 통해서 I(아이)를 확립하는 중요한 통로이다. 시선(Eye) 혹은 감각기관을 통한 세계에 대한 인식이 없다면, 어린 '아이'는 한 자아(I)로 성장할 수 있을 것인 가? 인간은 감각기관의 수용을 통해서 입력되는 정보 없이는 주체도, 객체도, 세계도 형성시킬 수 없다. 진희는 일찍이 '시선'의 통로를 통해 세계에 대한 정보수집과 자기와 타자에 대한 경계와 성격을 파악하였기에 열두 살에 성장을 마칠 수 있었는데, 이러한 감각기관에 의한 몸적 수용과 몸적 해석들은 은희경 작품의 또 다른 문법이 되고 있다. 그는 작품 곳곳에 이러한 감각기관을 통해 흡수된 세계를 몸의 호흡을 통해 다시 재현해 놓는데, 시각과 촉각 등을 통해 이미지화, 영상화되는 비쥬얼적 특징은 그의 작품들이 페시미즘적인 우울한 분위기로 전개되면서도 생명체의 숨결과 생생함의 탄력을 유지케 하는 요인이 된다. 그런 점에서 작가의 육근(六根-眼, 耳, 鼻, 舌, 身, 識)에 대한 통찰과 육근에 의한 통찰은 단편을 비롯한 많은 작품들이 존재의 '처량함'과 '무의미함' 등 무력한 분위기를 담으면서도 작품의 탄성과 긴장을 잃지 않게 하는 기술방식이 되고 있다.

세계로부터 돌아오거나 세계를 들여올 곳은 '몸'이며, 자아로부터 발현될 것들도 몸의 중력으로부터 파장된다. 색계는 감각기관을 통해서 받아들여지는 만큼만 인식되고 내게서 존재할 뿐이다. 육근(六根)을 통해 수용된 세계는 여섯 가지 상(六相)으로 의식에 맺혀지고, 육진(六塵)으로 받아들인 여섯 가지 의식(六識)과정은 사물과 세계를 분별, 처리, 저장하여 우리의 정신을 형성한다. 세계는 우리 몸의 수용기관을 통해서만 인식되고, 수용된 양태로서 존재한다. 따라서 우리 몸을 투과하지 않은 객관적 세계란 포착되거나 현현(顯現)될 수 없는 것이며, 따라서 객관적 진리도, 객관성도 스스로 존재하지 않으며, 이는 끊임없이 개인의 주관성과 상관한다. 존재와 주체는 육근을 통해 수용된 세상과 다르지 않으며, 따라서 세계와 자아에 집중된 '시선' 및 '육식'은 존재와 세계 본질에 대한 물음과 답변을 찾아가는 열쇠가 된다.

기억을 붙잡는 강렬하고 짧은 영상, 소리, 냄새와 맛... 그것이 추억이다. 의미는 없는 것이다. 섹스도 마찬가지이다. 왜 굳이 의미를 가려내야야 하는가 섹스에 대한 정의를 내리고 유형을 나누고 문제점을 제시하고 바람직한 기준까지 만드는 일은 마치 각자의 화장실 가는 횟수와 양과 그 순간 원하는 쾌적 환경이 무엇이며 그 때 주로 무슨 생각을 하는지, 소리를 듣거나 냄새를 맡는지, 그렇다면 그 소리 및 냄새에 대해서는 어떤 견해를 갖고 있는지 따위를 조사하는 격이다.(먼지 속의 나비, p.271)

은희경 작가가 이러한 감각기관에 대한 묘사와 감각기관에 의한 통찰을 즐겨 사용하는 것은, 육근과 육식에 의해 생겨난 욕망과 백팔번뇌를 충분히 감안하고 있으며 동시에 허망(虛妄)과 번뇌를 깨치는 과정과 그 방식마저 보여주고자 함이다.

주인공 진희가 '바라보는' 시선을 통하여 조그만 벌레에 대한 공포를 극복하고, 선생님의 성기를 뚫어져라 쳐다봄에서 '성의 금기'에서 자유로와지며, '슬픔을 느끼는 나를 뚫어져라 오랫동안 쳐다'봄으로써 슬픔을 이겨내는 방법을 터득한다. 불교의 '관법(觀法)'을 통해 성장과정을 지낸 그의 주인공들은 슬픔과 아픔 혹은 기쁨과 행복 등 오욕칠정의 이면을 직시하고, 자기만의 해석을 내놓으며, 또 이에서 비롯되는 번뇌를 벗어나는 방식을 보여준다.

세상 표면의 것들과 이것들의 상대적인 이면을 통찰하는 작가의 시선은, 그 양면성을 부정 혹은 둘 다를 수용하는 변증법적 인식의 확대로 전개된다. 그것이 진정한 관조이자 중도적인 모습일 것이다. 주인공은 '안다는 것은 어차피 잘못 안다는 뜻이다. 분별은 모두 소용없다.'고 진술하는 바, 분별을 무분별하는 혜안을 얻고서 이른 '무의미함'에 작품의 세계인식이 놓여있음을 동시에 말할 수 있겠다.

이러한 연장선상에서 그의 작품세계는 허무와 무의미함의 세계인식을 노출하며, '삶에 대해 아무 것도 기대하지 않는 사람만이 그 삶에 성실하다'는 나름대로의 삶의 방식을 알려주기도 한다. 또 때로는 여느 주인공을 통해 육진(六塵)에 의한 허상적 백팔번뇌를 직시하며 이로부터 자유로워지기 위한 진지한 구도 과정을 보여주기도 한다.

> 미타심 보살의 말에 따르면, **백팔번뇌의 108은 사람의 여섯가지 감각이 여섯 가지의 번뇌**를 일으킬 때 과거·현재·미래가 있어 그것들을 곱해서 나오게 된 숫자라고 했다. 여섯 가지 번뇌에는 좋음·나쁨·즐거움·괴로움뿐 아니라 '좋지도 나쁘지도 않음과'와 '즐겁지도 괴롭지도 않음'도 들어 있었다. 그 말을 들으니 그녀는 자기를 떠나오게 한 것이 무엇인지는 알 듯도 싶었다.(그녀의 세 번째 남자, p.39)

'어딘가 뚫어질 듯한 시선을 두고 있는 것이 너무나 오랜 습관'이 되어버린 진희는 '관법(觀法)'을 통하여 일찍이 세계 구성의 본질이 되는 의식세계와 무의식 세계를 조절하며, 독립적 자아를 확립해 가고, 더불어 그녀는 매 사건마다 그 이면에 대한 정답 같은 깊은 통찰을 내놓는다. 절망을 숙주처럼 자라게 하는 희망이나 배반으로 완성되어질 사랑의 이면을 알면서도 그녀가 다시 사랑과 온기 있는 삶을 살아가는 것은, 미망(迷妄)의 윤회를 벗어나지 못해서가 아니라, '사랑에 대해 아무 것도 기대하지 않는 사람만이 쉽게 사랑에 빠지는 것'이라며 '사랑을 위해 언제라도 모든 것을 버리겠다는 삶에 대한 냉소에서' 기인된다고 말한다. 아무 것도 기대하지 않는 기대와 배반의 냉소를 극복하려는 사랑의 불지핌은 그가 아직 '몸'을 지니고 있는 실재계의 존재이기에 어쩔 수 없다는 것을 토로한다. '(심장) 박동은 내 스스로 원치 않는데도 무의미한 열정을 가속'시킨다고 고백하는 것이다.

그러나 무의미한 삶 속에서 무의미한 열정을 가속시킬 수밖에 없다는, 이러한 생에 대한 허무적 정진과 관조적 냉소는 비단 그의 관념적이거나 이지적인 통찰을 통해서만 이루어지는 것은 아니다. 여기에 은희경 작가를 언급하며 필연적으로 짚어내야 할 그의 마지막 문법이 있다.

Ⅳ. '여성 몸'과 그 안에 부재하는 '주체'

이 마지막 코드는 바로 그가 '그녀'로 이 세상에 왔다는 점이다. 여성작가의 여성글쓰기가 시작되는 대목이다. 여성으로 살아간다는 것은, 오랜 역사의 남성중심적 기존 담론과 모든 상징체계의 그 **이면**을 살아간다는 말에 다름 아니다. '지긋지긋한 여자들의 인생'이라고 내뱉는 노모의 말에는 '또 다른 인생'이 우리가 '생각해왔던 인생'과는 달리 있음을 말해준다. 작가는 대부분의 작품에서 '성(Sex)'과 '결혼'에 관련하여 그 주제와 단상들을 보여준다. 이것들은 대문자 여성 이마고의 '삶'을 발생시키는 기제이기에, 세상의 이면을 보기 위한 그의 '시선'과 '몸'은 이 문제를 집요할 만큼 반복적으로 다룬다.

앞서 다루었던 '몸'의 감각기관을 통한 인식과 주체의 형성 그리고 세계 수용과정과 더불어, '몸'과 '성(性)'에 대한 관찰은 사회적·문화적 코드를 읽어내는 중요한 출발점이 되기도 한다. 몸과 성은 인간의 정체성을 확인하는 공간이자 사회 내에서 주체가 실존하는 토대로, 인간 주체가 형성되는 시발점이자 세계 내에서 존재하는 귀환점이기도 하다. 인간실존의 자연성과 관계의 진실성과 자유를 추구하는 정점에 '몸'과 '성'이 있기도 하다. 또한 '성'이란 '타인과 공실존을 이루는 토대로, 개인이 자기의 성을 소유한다는 것은 성관계에서 상대방의 인간실존을 소유하는 것이며 상대방의 인간실존을 소유한다는 것은 세계 속으로 확산되는 인간의 개방성을 의미'한다(메를로 퐁티). 이 점에서 작가 역시 '성'과 '몸'을 통하여 자신이 얼마만큼 세계 속으로 확산될 수 있는지, 몸과 몸이 만나 어떤 형태의 실존적 공유의 삶을 살 수 있는지를 실험하고 있음을 감지하게 된다. 그의 주인공들은 반복적으로 결혼과 같은 사회적 틀과 제도를 벗어나며, 자연스런 성의 표출과 사랑이라는 몸의 소통, 그리고 몸과 함께 엮어지는 감정의 실타래를 순례하며 마치 구도자의 모습으로 시지프스의 바위를 끌어올리고 있다.

열두 살의 진희는 첫사랑 앞에서 '우는 나를 보면서 나는 아직 내게 사랑에 대한 환상이 남아 있었음을 알'아챈다. 사랑조차 시선의 '대상'으로 관찰하는 그녀는 "'바라보는 나'에게 이것이 나의 첫키스인 것이냐"고 스스로 물어보며, '이미 '성'이라는 금기를 극복했음은 물론 그것을 냉소로써 포장하여 폐기해 버린'다. 또 어린 진희는 금기의 '성'을 극복하기 위하여 선데이서울에 나오는 관능적 사진들이나 순덕이 아버지의 성기 주시, 성안에서 수음을 하는 남자들, 선생님의 성기를 뚫어지게 쳐다보는 등 도찰적 관찰과 탐독을 통해 금기되는 '성에 대한 냉소를 터득했다'고 회고한다. 따라서 이렇게 성장한 진희에게 '성'은 **자기 자신의 것**이다. 남편의 것도 아니며 처음 문을 연 남자의 것은 더더욱 아니다." 그리고 "처녀성을 가져간 사람이 내 주인이라는 생각"은 "그 모두가 내게는 어리석게만 생각된다"고 진술한다.

> 처녀성을 가져간 사람이 내 주인이라는 생각, 우연에 지나지 않는 그 사건에 운명적 의미를 두는 것, 그 모두가 내게는 어리석게만 생각된다. 내 생각은 세가지로 요약된다. 첫째, 첫 경험이란 운명이 아니라 우연이다. 둘째, 여자들이 그것을 체념적으로 받아들이게 된 것은 어릴 때부터 성에 대한 금기를 강요받기 때문이다. 셋째, 나는 극기 훈련을 통해 '이성의 성기에 관심을 가져서는 안 된다'라는 금기에서 벗어났으므로 '첫 경험'이라는 금기도 얼마든지 깨뜨릴 수 있다.(『새의 선물』, pp.246-347)

성장한 여주인공들은 그래서 '30분에 걸친 결혼식이라는 의식이 있었다는 사실 하나뿐'(열쇠)으로 결혼이라는 굴레 속에 머무르려 하지 않는다. 상대에게 모든 것을 기대는 정해진 '여성 역할'을 분담하기에는 주인공은 남성으로부터 독립된, 정체성이 완성되어 있었고, '성'을 매개로 남·여성의 역할을 구분하여 살아가기에는 '성'과 '결혼'에 대해 '냉소적'이었다. '나의 분방한 남성편력은 물론 사랑에 대한 냉소에서 온다'고 성장한 진희는 말한다. 이렇듯 작가는 그의 주인공들이 사랑에 냉소적이며 결혼에 강한 회의를 보이는 것을, 그의 작품세계에서는 당연한 귀결처럼 느껴지도록 설득하는데 성공한다. 제도권과 대치되는 여성의 이혼과 자유분방한 여성의 섹스가 거부감 없이, 핍진하게 다가오게 하는 것은, '사랑과 결혼' 그 이면에 대한 오랜 기간의 통찰과 끊임없이 자신의 '몸'으로 부딪치는 그의 치열한 실증적 자세가 기반되었기 때문이다.

반면 진희의 이모처럼, 진희의 관찰대상이 되는 여성들은 결혼을 운명으로 받아들이며 체념하고 있는 모습으로 묘사된다. 작가가 결혼과 사랑의 테마를 반복적으로 다루고 있음은 아직도 '진정한 자기의 삶이 무엇인지 알아내고 찾아내려 하기보다는, 그냥 지금의 삶을 자기의 삶이라고 믿고 견디는 쪽을 택'(『새의 선물』)하는 다수의 여성에 대한 일갈(一喝)이다. 자기 주체성을 지니지 못한, '여성정체성'에 대해 고민조차 안 해 본 여성들에게, 새로운 여성정체성의 모델을 제시하며 그녀는 '벗은 몸'을 통하여 사랑의 환상을 해부한다.

> 그렇게 열심히 살아가건만 아줌마는 자기 인생에 주인 행세를 하지 못하고 있다. 주어진 인생에 충실할 뿐 제 인생을 스스로 결정한다는 일은 엄두조차 내지 못하는 것이다. …… 여자의 경우 자기에게 주어진 삶을 그대로 받아들이도록 만드는 배후에는 '팔자소관'이라는 체념관이 강하게 작용한다. 불합리함에도 불구하고 그 체념은 여자의 삶을 불행하게 만드는데 결정적인 영향을 끼친다. …… 강제로 처녀를 잃었을 때 아줌마는 자기에게 닥친 불행을 이겨냈어야 했다. …… (아저씨) 자신이 아줌마 육체의 주인이란 것을 깨닫게 하자 아저씨의 테두리 속으로 돌아올 수밖에 없었던 것이다.(『새의 선물』, p.245)

주인공의 남성편력과 자유로운 성생활은 분명 쾌락적 방종이나 남성중심적 '성'문화에 대한 반항과는 다른 맥락에 기인한다. '몸'과 '성'에 대한 여성의 주체적 행사권에서 사회·문화적 틀과 관습인, 여성의 타자적 '몸'과 타자적 삶이 아닌, 주체적 자아를 찾으려는 대안 제시에 있는 것이다. '여성 몸' 속에 부재하는 주체를 대함에 정신과 몸, 그 본연의 관계, 본질적 제자리를 찾으려 하는 것이다. 제도와 틀, 사회·문화적 이데올로기가 정해놓은 아니마가 아닌, 자신의 '몸' 자연의 자리에서 '자아'가 비롯되고, 그것으로부터 살아가야 함을 보여주는 것이다. '성'과 '몸' —주체성 확립이자 사회·문화적 소통 통로인—, 그 이면에 대한 오랜 관찰과 실증적 토대에서 제시하는, 여성정체성 확립의 한 모델인 것이다. 여성작가의 여성 글쓰기가 보여주는, 여성정체성의 한 모델 제시라 할 것이다.

V. 여성 부재의 상징체제를 벗어나는, 여성 몸 글쓰기

'여성 정체성은 여성 몸 글쓰기에서 비롯되어야 한다'는 일리가레이의 지적처럼, 은희경의 작품은 '몸'의 감각기관을 통한 관찰에서 글쓰기가 시작되고, '몸'의 성(性)으로 여성의 삶이 전개되며, 여성정체성과 연계된 '몸'의 주체성으로 귀결된다. 그녀의 체제 '이면'에 대한 통찰과 분별은 '몸'의 감각기관으로부터 시작되기에 지배담론의 허상과 이데올로기의 관습이 끼어들 틈이 없이 전개된다. 주변에 난무하는 온갖 기호와 그에 관습처럼 붙은 의미들을 그녀는 처음부터 거부하며, 자기만의 '시선'과 '몸'으로 관찰하고 해석하기에 작품에 쏟아내는 그의 통찰은 '자연'과 '자아'만의 흐름을 갖는다. 상징체제의 모든 기호와 의미에 대해서 분석적 시야를 유지하는 그녀만의 논리적 서술전개는 끝임없이 '자아'로 환원되면서, '주체'와 '세계'의 형성기반과 세계의 소통 통로로서의 '몸'이 그 근간이 됨을 재현한다.

특히 여성정체성이 성립될 '여성 몸'에 대한 주인과 타자가 누구인가를 반문하며, 은희경은 '사랑'과 '순결'에 자기의 운명을 체념하는 많은 여성들을 향하여 '몸'의 실천으로써 성적 자유와 개방을 글쓰기 한다. 몸의 소통이 세계로의 확산이듯이, 그의 여성 몸 글쓰기는 여성이 세계로의 개방과 확산할 것을 함축하고 있다. 또한 작품 곳곳에서 보이는 불가(佛家)의 존재론적인 '허무'와 '천상천하 유아독존', 즉 하늘에서고 땅에서고 홀로이 한 개체로 살아가는 '몸'을 상기시키며, '여성 몸'에서 그들의 자아가 비롯되길 제안한다. 세상의 온갖 정형의 틀에 속아, '자기'와 '주체성'을 망각한 채 무지와 체념 속에 살아가는 굴레 속의 여성들에게 작가는 색즉시공의 '관(觀)'을 통해 체제의 미망과 허상들을 파헤침으로써, 그것들로부터 자유로워질 것을 당부하고 있는 것이다.

3장

몸담론의 새로운 인식론과 글쓰기 방식

- 천운영 작가의 몸적 글쓰기와 몸적 세계관 -

I. 몸담론 서막을 열다

20세기 말을 전후하여 현재에 이르기까지 한국 현대문학에 큰 지각변동이 있다면, '몸'에 대한 발견과 인식론의 전환을 꼽을 수 있다. 이는 서구의 '몸철학'이 기존의 관념적, 언어 논리적 철학 인식체계에 반하는, 탈관념적, 탈기호 체계적 인식기반으로 시작하여 철학의 주류로 확산되고 있다는 점에서, 인식론적 지각 변동에 동의하는 움직임이라 보여진다.

'몸철학'이 한참 소개되고 논의되는 상황 속에서 우리 문학은 1990년대 이후로 발군의 여성작가에 의한 '몸'과 '성'에 대한 도전적(90년대 분위기) 글쓰기가 본격적으로 수면 위로 떠오르며, '몸철학'의 지각변동만큼의 또 하나의 변화양상이 현대문학에도 전개되었다. 90년대 이후 이들의 작품 성향은 '몸담론'과 '성담론'을 그 기저에 공분모화하고 있다는 점에서 그 이전의 글쓰기와 인식성향에 획기적인 변환을 가져왔다. 이러한 '몸'에서 비롯되고, 몸을 향하는 주제와 글쓰기 방식은 2000년대를 넘어서며 여성작가에 국한되지 않으며 남녀 작가 모두에게 이데올로기나 관념과 규범에 얽힌 것이 아닌, 삶에서 몸으로 부딪치는, 몸(자신)으로 체험되는 새로운 가치와 실체들을 서사물로 끌어들이고 있다. 우리 사회에서 사적 담론에 머물던 몸담론이 지배담론의 주류로 떠오르는 계기가 되고 있다.

이는 여성작가에 의한 여성 몸—글쓰기[1]가 여성의 자아찾기 혹은 여성정체성을 확립하는 계기가 되었듯이, 이제 남·여성 작가에 의한 글쓰기는 체제와 제도권에 예속되어 왔던 '주체' 및 '몸'을 오롯이 그 개인에게로 되돌리는, 자연인으로서 '주체' 완성을 돕는, 그야말로 문학 본령의 목적을 수행하는 시점에 와있음을 대변한다. 또한 '몸담론'은 문학서사물에 있어서도 하나의 테마나 플롯으로 작용하기 보다는, 세계인식의 새로운 지평을 여는 인식론적 변화로 새로운 작품의 의미와 구성 방법을 시전하고 있다.

천운영 작가는 이 부분에서 작품의 인물들을 몸으로 먹고살아야 하는 계층을 등장시킴으로써 인류가 지적이거나 관념적이기 이전에 몸적이고 동물적인 시간들을 영위해 가는 종(種)임을 반복하여 형상화하고 있다. 그래서 영장류(靈長類)의 일상생활과 순간순간의 행동, 반응에 포커스를 맞추며, 그 적나라한 모습을 포착하는데 열중한다. 따라서 이런 주인물들이 보여주는 행위구조는 비문화적이고, 비관념적으로 흐르게 되며, 동시에 동물적이고 즉물적인 언행과 반응으로 구성된다. 그러나 이 부분이야말로 작가가 건져 올리는 새로운 의미와 형식을 가능케 하는 것이다. 그들은 기존의 관념과 가치기준에서 벗어나 있으며, 그들의 생활 순간순간에 일어나는 지각과 감각, 행동, 반응에 따라 삶의 가장 저변과 본질적 모습들을 피력하며, 그럼으로써 관념적 서사공간에 익숙한 독자들에게 체험적이고 생생한 현실과 감춰진 본능의 모습들을 선사하고 있다. 그들의 모습은 우리의 공적 담론 혹은 창작서사물에서 찾아볼 수 없었던, 아주 본능적이고, 동물적이기까지 한 낯선 모습인데, 이를 통해 작가는 인간의 모습과 언어사용역, 행위 가변영역을 형이상학에서 형이하학으로 이전시킴으로써, 그 본래의 자리를 찾는 성과를 거두고 있다. 천운영의 작품을 읽노라면 기존 작가의 작품에서 느껴볼 수 없었던 치열한 의미 재구성의 탐색과정에 동승하게 된다. 그의 이러한 독창적인 글쓰기 방식과 새로이 인식하여 보여주는 세계는 촌철살인의 철필과 이면의 진실들을 새롭게 들추어내기에,

---

1 『페미니즘의 역사 - 어제와 오늘』, 민음사, 2000, p.179.

독자의 인식 전환에 성공을 거두고 있다.

저자는 이를 천운영 작가의 핵심적인 문법이자 그의 작품세계를 꿰뚫는 중요한 테마이자 기술방식이라 보았기에, 과연 천운영이 우리 문단사에 몸담론의 지평을 열어 보이는 성과는 무엇인지 밝혀보려 한다. 천운영의 문장과 필력의 날카로움은 이미 여러 논자들을 통해 인정받은 바 있지만, 역시 그의 예리한 문장기술력과 새로운 세계인식(視野)의 방식은 그가 개척한 그만의 독창성이자, 본 장이 관심을 갖는 우리 문단의 새로운 에피스테메를 구축하는 작업이기 때문이다. 천운영의 작품은 '몸담론'이라는 포스트모던 인식을 재현하는 계기였으며 저자가 해체주의 담론으로 몸담론을 연구하게 된 동기를 제공할 만큼, 분명한 인식의 전환과 새로운 글쓰기 방식을 보여준다.

II. 파열되는 경계선들

1. 관념적, 이성적 담론을 벗어나는 몸–글쓰기

近者의 서구 철학적 인식론과 방법론은 그간의 언어에 의한 상징체계적 구조와 기호세계에서 벗어나 점차 '몸'과 '신체'에 의한 인식과 지각, 감각 등을 사유의 영역 속에 집어넣으며 탈이성주의적, 관념적 언어 지양의 인식론 변화를 드러내고 있다. 근자(近者)에 들뢰즈, 메를로 퐁티에 이어지는 '몸철학'은 기존의 이성중심의 인식론과 방법론이란 거대서사에서 과감하게 탈피, 그 인식론과 방법론을 달리하며 '지각적, 신체적' 인간에서 논의를 시작한다. 데카르트와 칸트의 경험적, 이성적 인식방식에서 벗어나 특히 메를로 퐁티와 들뢰즈는 지각과 직관의 동양철학적 인식의 방식을 끌어들이며, 몸철학 본격화에 영향을 주어왔다. 들뢰즈와 메를로 퐁티의 이러한 종합철학적(분석 철학이 아닌) 인식의 방식은 이성적 기호체계의 허구성을 간파하며, 몸과 자연, 종합철학의 방식으로 인간 '주체'를 재발견하며, 새로운 거대서사의 에피스테메를 열고 있다.

그러나 여기에 서구의 몸철학을 쫓아가는 우리의 학문적 풍토에 아쉬움을 갖는데, 예의 동양 사상이 4천년(불기) 이상의 전통을 가지고 '몸'을 논의하여 왔고, 또 이것들이 많은 기록물로 남겨져 있다는 것이다. 지각, 감각, 직관, 감성, 이성을 총동원하며, 그 인식론과 우주론이 초언어적인 경지에서 몸의 수행과 몸에 대한 의학 및 해부학적 자료를 방대하게 축적해 왔으며, 사념처(신 (身), 수(受), 심(心), 법(法))에 의한 자아형성과 세계인식 등, 자아의 생성과 세계의 관계를 밝혀왔던 동양철학에 서구의 몸철학이 근접하고 있으나, 우리 의 인문학이 서구 몸철학으로 '몸'을 새롭게 인식한다는 점은 사대주의적 습관 인가 싶어 안타깝다.

이제마와 허준은 사람은 뇌가 아니라 장기(臟器)로 생각한다고 말하였으며, 기원전부터 「내경」은 정신과 심사(心事)가 몸과 자연에서 비롯되고 있음을 포 착하며 2천년 간 관련 연구를 거듭해 왔으며, 불교의 유식론은 몸의 오관(五 官), 육관(六官)으로 자아와 세계가 구축되었음을 말하여 왔다. 사람은 몸을 숙주로 하여 2차적인 이성과 문화를 만드는 존재이기에, 인간의 모든 관념과 정신은 몸에서 시작(지각)되고, 결국은 몸만이 남아 생사(生死)를 결정짓게 되는 존재이다.

형이상학과 종교적 이데아 추구가 존엄한 가치였고, 관념적 작업자가 선망 의 대상이 되어왔던 관습 이면에는 육체적·동물적 삶을 하등의 것으로 치부 하는 기독교의 만물의 영장이라는 사상과 이성중심의 헬레니즘 문화가 그 중 심에 자리잡고 있다. 5행(나무, 불, 물, 금, 흙)으로 우주를 파악하던 동양처 럼, 우주의 4원소(물, 불, 흙, 금)를 얘기하던 고대 그리스 철학이 계승되었다 면 신중심의 신학과 인간중심의 이성언어의 역사는 과도한 초월성과 관념성을 남발하지 않았을 것이다. 신학 및 과학 이성의 역사는 '인간'에 대한 가치를 몸적, 자연적 존재라는 실재상황을 무시하며, 문화적, 상징체계적, 사회기호 적 지위에서 찾아왔다. 인간은 오랜 기간의 교육과정과 사회적 기능 획득을 위해, 동물과의 변별점을 찾아 무수한 가치체계, 상징언어를 구축하며 '문화적 동물'임을 자부해 왔다. 사회와 문명은 동물적 환경과 고된 생계 노동에서 벗 어나고자 하는, 즉 반자연적 담론, 소위 관념적, 형이상학적 담론을 추구, 적 층하는데 전념해 온 것이다. 따라서 서구 철학에서 정신과 분리된 몸은 언제나 주체(Subject)가 아니었고, 해부하거나 돌봐야하는 대상(Object)이였다.

　그러나 천운영 작품은 작품이 발표될 당시 문단에 만연해 있던 위와 같은 기존의 거대서사에서 벗어나 새로운 에피스테메를 열기 위해 탈관념적, 탈형이상학적 글쓰기를 지속 실천했다는 점이 돋보였다. 작품들 어디에서고 등장인물들은 기존의 이성중심적 거대서사의 영향 아래 보이던, 관념적 서술을 하는 인물이나 형이상학을 추종하는 인물들이 등장하지 않는다. 그의 작품은 주로 서술시점이 인물시점으로 기술되고 있는 특성을 지니는데, 주인물이고, 부(附)인물이고 그들은 지성이나 이성, 관념과 사유에서 벗어나 생활하는, 몸을 움직여 생활하는 생활인의 모습에 천착하고 있다. 문신사, 도살업자, 고물상, 꼽추(직장 갖기가 어려운), 식당주인, 판매원 등 몸을 움직여야 사는 인물들이다. 따라서 인물들 시점[2]으로 전개되는 서술기법은 관념적 언설이나 사유로부터 한참 떨어진 곳에서 시작되고 전개함으로써 기존의 이성중심의 거대서사를 거부하는, 탈출작업의 지속성을 보여준다. 소설이 산출하는 의미가 그것을 서술하는 시점에 따라 의미 결정된다할 때, 이러한 인물들이나 서술자의 탈이성적, 탈이데올로기적 특징은 바로 작품의 의미생성과 서사방식을 결정짓는 전제로 작용하고 있다.

　인물들은 관념적이거나 이성적 사유 대신 주로 몸의 감각기관과 지각을 동원하여 세상을 읽기하고 수용하는 특징을 보여준다. 감각과 지각은 시각이나 미각, 촉각, 후각, 청각 등 오관이 전부 동원되어 사용되는데, 촉수가 무척 예민한, 기관 없는 신체[3]로서 작동된다.

2　작품에 따라 때로는 주인공 시점, 때로는 이인칭(유령의 집), 삼인칭 관찰자 시점으로 서술함.
3　참조; 쥘르 들뢰즈, 『천의 고원』, 민음사, 2005, 6장.

① 『뚜껑에 붙은 아이스크림에 혀끝을 살짝 대어본다. 혀의 돌기마다 전해
오는 감칠맛에 나는 안달이 난다. 빨리 나를 먹어봐, 브라보콘은 달콤하
게 속삭인다. …… 목구멍을 뜨겁게 달구며 내 혀를 부추기는 욕망이
자라나도록 그냥 둔다. 그것이 점점 더 살이 올라 목구멍과 가슴 한 복
판을 지나 복사뼈를 짓누를 때까지 참고 견디며 포장지에 붙은 미세한
아이스크림을 샅샅이 빤다. 그러면 브라보콘은 제 몸을 촉촉이 풀어내
며 봉긋 솟아오르게 된다. 이제 가장 탐스러운 부분에 이빨을 들이댈
때다. 살 속 깊숙이 이를 박으면 나를 짓누르던 욕구가 순식간에 방출되
며 <u>화사한 황홀경이 찾아온다. 입천장을 뜨겁게 후려쳤다가 부드럽게
목젖을 통과하고 종내는 말간 침에 의해 단 기억이 지워지는 일련의 과
정, 천천히 그러나 격정적으로 브라보콘의 몸을 탐한다. 부라보콘 뿔을
입에 넣는 순간 정신의 한 부분이 내 몸을 이탈해 무한한 공간 속으로
빨려가는 것 같다.</u> 그러면서도 한편으로는 어머니의 젖꼭지를 입에 물
고 있는 듯 편안해지기도 하는 것이다. 아쉬우면서도 만족스러운 마지
막 한입.』(작품집 91면)**4**

위 예문은 내가 아이스크림을 감각하는 '화사한 황홀경'이다. 내 '혀의 돌기'
로 만나는 이들의 조우는 '달콤하게 속삭'이면서도 만나려는 욕망이 '목구멍과
가슴 한 복판을 지나 복사뼈를 짓누를 때까지 참고 견디'어야 하는 ─ 지극히
말초적이면서도 몸적이나 전(全) 존재적이기도 하다. 촉각과 미각을 동원하여,
아이스크림과 내가 상대적 존재에서 하나의 존재로 소통하는 과정이 전개 기
술된다. 만나는 대상과 세계는 우선 서술자의 감각기관으로 지각되고, 서술자
의 인식에 감수(感受)되며, 서술자와 소통하게 되는 방식이다. 감각되는 대상
은 나에게 수용되던가, 충돌하며 새로운 의미를 생성해 나간다. 이러한 기술방
식은 읽는 이에게 낯익은 아이스크림을 낯설은 대상으로, 새로운 의미로 안내
하게 된다. 이러한 기술방식은 독자로 하여금 독서를 하는 과정에서 모든 촉각
과 지각을 되살아나게 하는 힘을 발휘한다. 언어에 의해 관념만 남아있는 대상

---

4 천운영, 『바늘』, 창작과 비평사, 2001. ─ 이 작품집을 분석대상으로 하며, 이하 작품집은
   이를 말함.

(세계)에 대해 살아 숨쉬는 생기와 그 각기 대상(존재)이 가지고 있는 숨결을 새롭게 깨닫게 한다. 더불어 나의 몸존재와 대상 몸존재가 벌이는 상호작용에서 이미 관념화되어 박제돼 버린 의미들이 되살아나게 하며, 존재하는 모든 것들의 활력을 되새기게 한다. 생명이 없는 아이스크림과 같은 물질 대상도 내 몸과 소통하는 활성 대상인 것으로 되돌려 놓는데, 이는 세계에 대한 인식을 새롭게 하는 출발점이 된다.

더불어 우리 몸의 감각기관이 기계로서 부분적으로 기능하는 것이 아니라,[5] 감관이 곧 존재이자 정신이 됨을 위 기술방식은 보여주는 것이다. 즉 오이디푸스 신화[6]에서 벗어난, 무의식과 태생으로서의 자아들을 환기시키는 것이다.

따라서 그들에게 기존의 상식이나 세계에의 관념적 지식, 객관적 대상과의 거리감은 없다. '몸'으로 직접적으로 부딪치는 세계와 내 감관(感官)에 의해 집수(執受)된 대상들로 세계를 인식해 나간다. 이와 같은 일련의 모습들은 작품들을 기술해 나가는 주된 기술방식이 되는데, 작가의 의도가 여실하게 드러날 만큼 이러한 서술은 주된 기술방식이 된다.

> ② 나는 복숭아빛 피부의 스님을 기억해냈다. 스님의 삭발한 머리는 환하나 깨끗이 손질된 느낌을 주었고, 희끗희끗 올라오는 하얀 머리털은 은회색 모래가 반짝이듯 아름다웠다. 스님이 입은 낡은 승복조차도 언제나 희게 빛났다. 그런 스님과 죽음이라니.(작품집, 16면)

---

5 들뢰즈는 이를 '기관없는 신체'라 불렀는데 기관없는 신체란 분화되거나 지층화되지 않는, 지층화 이전에 존재하는 질료적 흐름을 의미한다.
   참조; 질 들뢰즈, 펠릭스 가타리 『천개의 고원』, 새물결, 김재인 역, 2001, 6장.
   이진경, 『노마디즘』, 휴머니즘, 2002, 433면.
6 오이디푸스 신화는 자연으로부터의 인간으로의 이행, 상상적인 것으로부터의 상징적인 것으로의 이행, 그리고 법과 질서, 문명으로의 이행이다. 욕망을 금하는 아버지를 죽인 형제들(프로이드), 그들은 양심의 가책을 발명하고 죄의식에 사로잡혀 아버지의 대체물(팔루스)과 족외혼(금기)을 만들어 낸다. 그들은 법과 질서와 문명의 발명자이다. 그러나 무의식은 '아버지를 모르는' 고아이다. 그것은 세계로부터, 자연으로부터 분리되지 않은 자연에서 생겨났다.
   쥘르 들뢰즈, 『앙띠 오이디푸스』, 민음사, 1991, pp.164-174.

③ 아주 민감한 한숨을 내쉬게 하는 부드럽고 달콤한 슈크림빵. 전화가 온 것은 바로 그때였다. …… 스님의 죽음을 알려왔던 문형사가 내 이름을 불렀다. …… 나는 고기 한 점을 입에 넣고 문형사의 말을 기다린다. 어금니로 질긴 떡심을 잘라낼 때 문형사는 엄마의 죽음을 전했다. 엄마는 자살했다. 시체는 금정산 계곡 하류에서 발견되었다. 시체보관실에 보관되어 있는 시신을 인수해 가라고 문형사는 더듬거리며 말했다. 수화기를 내려놓고 고기 한 점을 입에 더 넣는다. 얄팍하게 썬 마늘을 고기 사이에 올린다. 덜 익은 마늘이 혀끝을 아릿하게 자극한다. 마늘을 씹으며 바위에 찢긴 엄마의 모습을 상상한다. 그러나 상처투성이 여자의 하얀 알몸만 떠오를 뿐 엄마 얼굴이 생각나지 않는다.(작품집, 31면)

②와 ③은 주인공 서술자가 스님과 어머니의 죽음에 접하며 부고(訃告)를 듣는 순간을 묘사한 대목이다. 인용 글의 앞, 뒤 맥락에서는 일상생활을 기술하다가, 일상생활 한 순간의 감각에 연계해 죽음(살해, 자살)을 순간적으로 떠올리는 장면이다. 이 장면 뒤에는 갑작스런 죽음 사건 뒤에 자연스럽게 따라올 만한 관념적 추이나 상념의 전개가 전혀 없다. 그리고 ②는 스님에 대한 기억도 관념적 해석도 없는, 단지 그에 대한 시각적인 모습만을 떠올리며, 빛나던 이미지에 죽음은 어울리지 않음을 단순하게 '인지'할 뿐이다. 어머니가 사랑했던 스님에 대해, 스님의 죽음에 따라 당연히 딸이 가질 만 했던 소회(所懷)가 전혀 부가되지 않는다.

③은 어머니 자살소식을 들으며, 고기를 계속해서 먹고 있는 딸의 모습을 보여준다. 그것은 마치 슈크림빵의 부드럽고 달콤함을 지각(미각)하고, 얄팍하게 썬 마늘의 자극(촉각)을 감관(感官)으로 감수(感受)하듯이, 어머니의 죽음을 한 오관의 자극으로 인지한다. '마늘을 씹으며 바위에 찢긴 엄마의 모습'을 시각적으로 상상하는 모습에서 '바위에 찢긴 엄마'의 모습에 슬퍼하거나 괴로워하는 등 예의 관습적인 반응과 자동화된 사후(死後) 반응은 보이지 않는다. 대신 '상처투성이 여자의 하얀 알몸만 떠오를 뿐 엄마 얼굴이 생각나지 않

는다.'고 기술한다. ①에서 스님의 죽음을 희게 빛났던 모습과 대비해 떠올리듯, 어머니의 죽음 앞에서도 어쩌면 금기(부모의 알몸을 이야기하는 것)시 되는 묘사를 동원하며, '하얀 알몸'의 나신(裸身) 어머니를 떠올리고 있다. 어머니와 스님 간의 치정에 의한 타살과 자살 사건은, 주인공에게 모친의 치정이라는 치부의 괴로움이 아니라, '아름다운' 이미지로 단지 시각적인 인식으로 자리 잡는다. 주인공 자신은 추한 외모로 '남자가 말한 전혀 하고 싶은 생각이 안 들게 하는' 여자이기에, 치정이라도 사랑하다 죽어간 엄마와 그 내연의 스님이 '아름다운' 이미지로 남는 것인지, 모친과 승려의 치정에 얽힌 살인, 자살 사건에 미적 이미지를 부여한다.

이러한 ①, ②, ③과 같은 서술태도와 인식은 천운영 작품의 문법이라 할 만큼 반복되는데, 기존의 글쓰기 형식과 인식과 다른, 독자적인 스타일의 면면들이다. 인물 시점의 서술방식은 사건과 그에 대한 관념적인, 관습적인 사유의 연계로 이어지지 않으며, 지각된 사건은 내 기억 속의 지각된 어떤 이미지와 어울리며, 새로운 지각적 경험을 쌓아가는 과정으로 연계된다. 오히려 기존언어에 규정되어진 의미는 주인공들에게는 무의미한 것으로, 그들에게 세계와 사건은 오로지 나의 감각기관을 거쳐 들어오는, 대상 그 자체로만 인식됨을 다음 예문에서 더 확인할 수 있다.

④『툭 튀어나온 광대뼈와 꼽추를 연상케 할 정도로 둥그렇게 붙은 목과 등의 살덩이, 눈살을 찌푸리게 하는 목소리, 뭉뚝한 발가락. …… 남자가 말한 전혀 하고 싶은 생각이 안 들게 하는 이유들이다. <u>남자의 말을 들으면서 나는 추하다는 추상어가 명백히 눈앞에 펼쳐져 구체성을 획득하는 것을 느꼈다.</u> 거기에 나는 말까지 더듬는다.』(작품집, 13면)

⑤『별안간 무수한 별들이 눈앞에 덜어지면서 통증이 찾아왔다. 숨이 가빠 왔다. 남자는 테이블 귀퉁이에 손을 짚은 채 주저앉고 말았다. 엄청난 괴력을 가진 물건이 남자의 허리를 으깨는 듯한 통증. 허리에서 시작된

통증은 어느새 척추를 타고 올라가 어깨뼈와 목뼈까지 뻐근하게 만들고 있었다. 갈비뼈가 툭툭 부러지는 소리가 들렸다. 부러진 갈비뼈가 날카롭고 무자비한 칼이 되어 심장을 찔렀다. 남자는 딱히 어느 곳이라고 말할 수 없는 온몸에 통증을 느끼며 눈을 치켜떴다. 여자가 앉아 있던 소파에 움푹 팬 자국이 보였다. 낡은 천소파는 아직까지 여자의 몸을 기억하고 있었다. 그리고 서서히 스펀지의 원형을 회복하며 여자에 대한 기억을 지워내는 중이었다.

여자는 떠났다. 좀 더 정확히 말하자면 떠난 것이 아니라 증발한 것이다.』(작품집, 142면)

위 ④, ⑤ 예문에서 보듯이 작가에게 있어 세계는 언어와 기호로 고정화된 체계가 아니라, 내 몸과 상대의 육신이 행동하며 부딪치는 인식과정에서 받아들이는 대상으로서의 세계이다. 이렇게 인식된 세계는 앞서 ②, ③에서처럼 먼저 인식한 지각 상(想)과 어울리며, 혹은 타자와의 관계 속에서 자기가 획득한 지각들로만 의미가 생성되는 세계이다.

④는 자신의 추하게 생겼다는 관념에서 자괴감 같은 정서가 뒤따라오기 보다는, 여러 추한 대상을 자기 몸에서 찾아내며, '추하다는 추상어가 명백히 눈앞에 펼쳐져 구체성을 획득'해가는 과정을 보여준다. 미추(美醜)에 대한 관념, 사유 전개가 아니라 '추하다는 추상어'를 받아들이기 전, 시각이라는 감각기관이 작동한다. 즉 그 구체적인 대상의 시각적 모습이 나열된다. 갖추어진 세계를 관념적 사유전개나 개념 확인을 통해서가 아니라, 세계를 감관으로 체험(體驗)하며 인식하는 과정을 보여준다.[7]

④는 그토록 자신이 '매몰차게 밀쳐낸' 여자가 어느 날 문득 사라지고 난 뒤, 느끼게 되는 감각에 대해서 묘사하고 있는 부분이다. 그것은 그야말로 몸으로 느끼는 '통증'인데 '어깨뼈와 목뼈까지 뻐근하게 만들었'고 '갈비뼈가 툭툭 부

---

7 참조; 佛典刊行會 編, 묘주 譯, 『解深密經』, 佛敎經傳22, 민족사, 1996.
　　佛典刊行會 編, 김두재 역(譯), 『㮈嚴經』, 佛敎經傳5, 민족사, 1994.

러지는 소리가 들렸다. 부러진 갈비뼈가 날카롭고 무자비한 칼이 되어 심장을 찔렀다.' 작품 어디에서고 떠난 여자에 대한 고뇌나 넋두리는 없다. 말싸움이 아니라 몸으로 육탄전을 벌였던 남자와 여자의 몸적 소통의 단절은 역시 몸의 금단현상을 가져온다. 언어에 의한 사색과 고뇌가 아니라, 관념적 추상적 사랑이 아니라 몸과 몸 존재의 소통이 단절된 상태에서, 홀로 된 몸이 느끼는 단절 감이 뼈로, 심장으로, 몸 전체로 통증으로 그 모습을 드러내고 있다. 따라서 고통은 언어표현이 아니라 그야말로 '뼈를 깎는, 심장을 도려내는' 신체적 통증으로 다가온다. 슬프고 외로운 '감정'이나 '정서'의 표현이 아니라, 몸의 아픔과 '통각(痛覺)'의 전 오이디푸스 단계에서 표현된다.

이 때 떠난 여자의 몸은 정신과 육체, 정념과 기억(과거 존재) 등의 존재 전체를 의미하게 된다. 그리고 통증을 호소하는 남자의 몸은 대상을 통각 하는 주체이자, 전율하는 존재 전체를 의미하게 된다.[8] 즉 전적이고도 가장 강력한 강도의 세계가 포착되는 것으로, 관념상의 대상이 아니라, 몸의 죽음 즉 마지막 종말에 이르기까지 체험하게 하는 가장 강력한 상대가 되는 것이다. 육화되어 살아 숨쉬는 몸적 세계인 것이다.

이상에서 살펴본 바와 같이, 새로운 몸담론, 몸글쓰기는 의미를 결정짓던 관념적 체계와 이성을 벗어난 곳에서 시작하고 있으며, 자기 몸으로 체험하는 세계를 육감으로 받아들이며, 지각된 식(識)과 상(想)으로 세계를 인식하고, 다시 이들의 조합과 배치로 새로운 세계의 의미를 생성해 내고 있다. 육화(肉化)를 통한 개체별 의미의 생성과 새로운 몸적 인식을 선보이고 있다.

---

8 감각의 주체는 성질에 주목하는 사고하는 자도 아니고, 감각에 의해 영향을 받거나 변화되는 불활성 환경도 아니다. 그 주체는 어떤 존재의 환경에서 같이 탄생하는 또는 그와 종합해서 동시에 일어나는 힘이다.
메를로 퐁티, 『지각의 현상학』, 문학과 지성사, 2002, 324면.

2. 육화(肉化)되는 물상과 물상화(物像化)되는 인간

서사에서 배경과 장면 등 제시되는 공간 이미지는 서사물의 상상적 배경이 되기도 하며 의미 생성에 중요한 미장센이 된다. 예로 어둡고 음습한 공간 이미지와 밝고 활기찬 공간 이미지는 전혀 다른 서사 내용들을 파생시키는 미장센이다.

위에서 살펴본 바, 몸적 글쓰기는 감각적 인식의 내용과 지각적 묘사의 형식뿐만 아니라 기존의 서사물과는 달리 서사 배경, 공간 이미지 역시 신체화되어 있음을 주목할 수 있다. 인물의 감각, 지각 등 몸이 작동하듯이, 대상(敍景) 역시 살아있는 활성 유기체로 생동한다. 배경이 되는 세계 역시 살아있는 것의 생장, 소멸 등의 변화가 가능한 대상들로써, 이때 대상화되는 세계의 의미는 '대상의 변화에서 비롯되는 의미'가 된다. 앞서 살펴본 대로 몸담론이 한 주체의 정신을 기존 관념이나 상징체계에서 벗어나게 하듯이, 배경이 되는 세계 역시 제반의 기존체계에 박제되어 있지 않으며, 또 하나의 물활적 존재로서 각자의 몸적 주체성을 드러낸다.

① 붉은 보름달이 낮게 뜬 어느 날, 은행나무 아래에서 그와 그녀는 허겁지겁 옷을 벗었다. 어깨를 부풀린 가지 끝에서 은행알들이 떨어져 내리고 있었다. 몸을 움직일 때마다 은행들은 다 지난 암내를 풍기며 살 속 깊이 파고들었다. 그가 그녀를 안은 것은 꽉 찬 보름달 때문이었을 것이다. 보름달은 사람들로 하여금 경계를 넘어서게 만드는 묘한 힘을 가지고 있으니까. 그날 밤 도처에서는 숱한 경계들이 은밀하게 무너지고 있었으리라.(64면)

② 육체를 빠져나온 내 영혼이 짓뭉개진 머리를 바라보고 있다. 아직 신경이 살아 경련하는 몸뚱이와, 철길을 따라 흐르는 핏줄기와, 피냄새를 맡고 하나둘 모여드는 파리떼를 응시한다. 나를 박살낸 기차는 기적 소리를 울리며 유유히 사라진다.(60면)

③ 기차가 올 때면 다들 철둑에 모여 가장행렬이라도 맞는 듯 술렁거렸다. 나 또한 그의 손을 잡아끌고 철둑으로 올라가 환호성을 지르곤 했다. 그의 목에 팔을 감은 채 굽이를 돌아 사라지는 기차의 꽁무니를 오래도록 바라보았다. …… 국도는 심한 천식을 앓는 듯 가르릉가르릉 마른기침을 뱉어낸다. (61~62면)

①의 인용문은 보름달 아래서 청춘 남녀가 육체적 경계선을 넘는 장면을 묘사하고 있다. 보름달은 '사람들로 하여금 경계선을 넘어서게 만드는 묘한 힘'을 갖고 있으며, '그가 그녀를 안은 것은 꽉 찬 보름달 때문'이라며 보조자의 역할을 맡게 된다. 보름달이란 무생물체가 인물들의 운명적인 대사(大事)에 끼어들어 결정적인 원인제공자가 되며, 또 하나의 강력한 행위자로 '나'의 삶과 교섭한다. 이 부분은 흔히 배경을 시적 메타포화하여 서사의 전체 분위기를 제시하는 방식에 따라 단순 사용되는 것은 아니다. 다음 예에서 보듯이 배경과 서경(敍景)은 붙박힌 정물이 아니라 인물들의 생의 시간 속에, 혹은 그 위에서 인물들과 교섭하고 혹은 통제하는 또 하나의 개체로 존립하는 것이다. 인간과 더불어 만물상(萬物相)의 질량적, 몸적 대상성을 주목하는 작가의 인식은, 그녀의 작품에서 각기의 사물들에게 그 존재성을 부여하며, 실존재의 대상세계로 끌어들이는 모습을 보여준다.

②에서 나를 박살낸 기차의 질주는 주인공의 영혼에 결정적 상처를 낼만큼 '나'의 적막한 생활과 무미한 정서에 아주 강력한 강도의 충격을 주는 존재가된다. 이 작품, 『월경』의 주인공 서술자는 150cm도 안 되는 작은 키에 가분수의 머리통이 꼽추 등처럼 계속 자라나는 소위 '추녀'이자 생리도, 생장도 멈추어버린 '석녀'이다. 그래서 주인공 나는 거의 아무런 대인관계도 사회관계도 갖지 않은 채, 마당의 은행나무처럼 붙박혀 있을 뿐이다. 인간적 수준을 떠나 동물적 행동반경도 없는 나에게는 '철도'나 '은행나무' 같은 주변의 물상들이 오히려 더 역동적인 행동반경을 갖고, 오히려 나의 삶에 관여하고 통제하는

역할을 맡는다. 비활동적인, 무개념적인 인간의 존재 양태가 때로는 비생명체, 사물과 견주어 별 의미를 갖지 않는다는 의미들이 함의되며, 또 다른 세계인식의 방식들을 선보이고 있다.

③의 '그의 목에 팔을 감은 채 굽이를 돌아 사라지는' 기차는 나에게서 '유일한' 그를 앗아 갔고, 나는 '언젠가 기차가 다시 오리라 믿으며' 기차를 기다리며 살아간다. 그러나 '철로는 조금씩 앞으로 나아가려 하지만 몇 발짝 떼기도 전에 성성한 잡초더미에 가려지고 만다.' 그리고 '기차는 조문객 하나 없이 저 혼자 관 속으로 걸어들어가버린 것 같다'(60~61면)며, 돌아오지 않는 기차를 '조문객 없는 외로운 죽음'으로 인식하고 기술한다. 하기야 은행나무처럼 붙박힌 그녀에 비해, 기차는 훨씬 더 역동적이고 생생한 움직임을 갖기에 기차의 불회귀, 부재는 그녀에게 기차가 죽었다는 의미로 다가올 것이다. 이는 시적 표현이나 은유적 메타포가 아니며, 무생물보다 동력이 없는 인간의 무의미를 함의하며, 만물상(萬物相)보다 못한 소외된 인간이 갖게 되는 인식과 실상을 담아낸 것이라 볼 것이다.

이렇듯 서사 공간 속의 배경과 사물들은 미동조차 없이 삶을 사는 인물보다 훨씬 생동감 있는 몸적 주체로서 그 모습을 드러낸다. 그만큼 주인공은 살아도 사는 것이 아닌, 배경 대상체보다 활동과 교섭이 없는, 기차 철로 같은 도구 수준 아래까지 내려가 배경에 붙박혀 있는 무의미한 인생을 함의한다. 존엄한 인간이 아닌, 그렇다고 동물적도 못되는, 그래서 숨결만을 간직한 식물적인 수준에 머물러 있다. 그래서 또 '은행나무가 잘려나가면서 몸의 생장점 또한 사라졌는지 내 몸은 작정이라도 한 듯 자라기를 멈추었다'(62면)는 인식과 표현을 보여준다.

이상(以上)에서 살펴본 바, 흔히 세계에서 혹은 사회에서 일체의 관계나 교섭이 없는, 무기력하고 멈추어진 일상은 차라리 무생물보다 더 비실존적이며, 아무런 기능이나 의미가 없을 수 있다는 인간 존재의 실상을 마주할 수 있었다. 작품의 이러한 독자적인 발상은 우리 삶을 채우는 시간들을 통찰하며, 인간 존재의 실제적 의미가 어쩌면 '무의미'일지도 모른다는 작가의 통찰이 재현되고 있다. 동물보다 더 낮은 수준으로, 식물이나 무생물만큼 정체되고, 아무런 관념과 이성이 개입되지 않는 몸—주체 인간의 형이하학적, 존재의 무의미의 진면목을 마주할 수 있는 것이다.

상징체계 속에서 만물의 영장으로, 형이상학적 존재로 규정해 온 인간의 실상이 실제 그렇지 않다는 현실을 다각도로 부각시킴으로써 기존의 주체에 대한 규정이 얼마나 허무맹랑한 구호인가를 새삼 느끼게 하고 있다. 인간 존재의 규정에 대해, 형이상학에서 형이하학으로, 관념에서 실제로 옮기며, 기존의 주체인식 및 존재태(存在態) 영역을 부정함으로써 기존 거대서사를 벗어나 새로운 에피스테메로 이주(移駐)하고 있음을 확인할 수 있다.

작가의 이러한 탈형이상학적, 탈이성적 인간 존재에의 지향과 형상화의 성공은, 그녀가 몸담론을 더욱 공고히 하는 계기로 작용하는 것 같다. 관념적, 개념적, 규범적 굴레에 묶여 있는 인간에서 벗어나고, 실제 생활의 시간시간 사이에서 인간 자연의 모습과 본래적 자질을 드러내는데 작가는 계속해서 주력하는 것이다. 즉 인간을 추상적, 개념적 굴레에서 구출하며, 인간의 본래적 모습을 인정하고, 그 천연의 본능을 자유롭게 하는, 그녀의 일관되고 분명한 작가 의식이 흐트러짐없이 일관되고 지속되는 것이다.

다음에서, 인간 자아란 전적으로 몸에서 비롯되며, 몸으로 실존하며 동물적인 본능 충만의 몸을 가졌는가를 말하는데 집중하는 작가의 글쓰기를 보면, 우리는 작가의 의도와 방식을 좀 더 명확하게 알 수 있을 것이다.

3. 인간적 본능 탐구와 동물적 본능에의 귀환

천운영은 가끔은 소름이나 전율을 느끼게 할 수 있는, 섬뜩한 펜촉을 내장한 작가다. 읽고 난 후에 오래도록 확인되는 자상(刺傷)은, 작품의 인물들만이 상처를 입는 것이 아니라 기존 인간개념에 큰 상처를 입히는 것이었다. 작품 구성력도 그러하지만, 포착해내는 사건, 순간, 시각들의 날카로움은 인간 군상에 대해, 숨 쉬고 살아가는 것에 대해 새로운 눈을 뜨게 하는 생소함과 생생함을 전달하는 힘을 지니고 있다. 그만큼 그의 작품은 기존 서사물과 다른, 대상(세상) 포착의 정밀함이라는 차별화에 성공한다. 존재에 미치는 진정한 상처가 무엇인지, 그리고 인간의 진상이 얼마나 비루하고 야만스러운 것이지를 사실을 예로 들어 보여줌으로써, '이상(理想)을 추구하는 존재' 혹은 '만물의 영장(靈長)'으로 설정해 온 편향된 관념적 인간 해석이 얼마나 무지한 낭만성에서 비롯되었는지, 허구적 관념상에서나 존재하는지를 적나라하게 보여줌으로써, 독자로 하여금 인간이 형이하학적 존재라는 사실을 받아들이지 않을 수 없게 한다.

그의 인물은 동물적이다 못해 정교한 도구와 지능을 가진, 먹이사슬의 최후 야만 포식자로 등장하기도 한다.

> ① 골탕을 향한 그녀의 눈 속에는 먹잇감을 공격하기 위해 적절한 시기를 고르는 포식자의 집요함이 들어 있다. …… 그녀는 단단해진 골을 숟가락으로 잘라낸다. …… 식사를 마치면 이렇게 숨만 벌떡벌떡 쉬면서 와불처럼 누워 있는 것이 바로 진정한 육식동물의 특징이다. …… 그녀는 지금 소골을 손질하고 있다. 골의 굴곡 사이사이에 낀 핏물을 손가락 끝으로 세심하게 닦아낸다. …… 세월의 풍화에도 결코 공격받지 않는 그 견고함 …… 순간 골을 식탁 위에 올려놓고 마른행주로 핏기를 제거한 다음 얇은 막을 벗겨내지도 않고 선 채로 집어먹었을 터이다. 두 손가락만을 이용해 한 근 남짓한 소골을 순식간에 해치우는 모습을 볼 때마다 나는 등골이 서늘해지는 것을 느끼곤 한다.

작품『숨』은 고기 집을 운영하는 할머니와 소골을 따고 고기를 도축하는 손자가 살아가는 이야기이다. 작품 전체에 걸쳐 소를 소고기와 내장으로 만드는 과정이 자세하게 묘사되어 있다. 인물들의 하루 종일 씨름하는 일은 죽은 소를 먹기 좋게 가르는 일이고, 먹는 것은 소의 모든 부위이며, 배경도 마장동 도축시장이기에 만물의 살을 갈라내는 최상위 포식자의 일상을 보여준다.

그러나 동물 중에서도 '가젤'과 같은 초식동물은 주인공의 '이상형'으로 묘사되며, 초식동물을 포식하는 '야수(野獸)이자 마녀'가 인물들이다. 주인공 손자는 '모든 병을 육식으로 치료'하는 할머니가 '나를 육식 속으로 몰아넣고 속박하는 늙은 마녀'라 생각한다. 하지만 주인공도 '내 속에 잠재된 육식성'으로 할머니를 경원시하면서도 그와 같이 살아갈 수밖에 없는, 야만 포식자의 유전인자를 갖고 태어났다. '하루에 200두의 소머리를 아가리로부터 두개골까지 가르고, 소골을 부분별로 가르는 일'이 직업인 주인공은 할머니에 의해 '거세된 수소였다. 고기의 응취를 없애기 위해 어릴 적부터 거세된 수소. 감히 욕망조차 가질 수 없는, 그녀에게 잘 길들여진 고깃덩어리'라고 스스로를 진단한다. 다만 나는 '언제 덮칠지 모르는 그녀의 번뜩이는 송곳니를 보면 몸을 떨 뿐' 감히 대항하거나 벗어날 수 없는 연약한 동물일 뿐이다. 그래서 주인공은 '풀 냄새'의 그녀를 이상향으로, 위안으로 삼으며, 가젤인 그녀와 같이 다만 초식동물로 살아가기를 소망한다.

이상에서 보듯이, 작품『숨』은 다른 작품들과 마찬가지로 인간의 하한계가 어디까지인지를 작품 전면에 걸쳐 여실하게, 구체적으로 보여준다. 『숨』은 아예 하한계라는 경계도 없이, 인간이 다른 동물보다 더 야만한 존재가 아닐지 되묻고 있다. 그들에게는 어디에도 관념이나 로고스, 문화가 존재하지 않으며, 필요조차 하지 않음을 역설한다. 작품『숨』은 살아있는 포식자와 죽은 몸의 소가, 먹이사슬의 연장선상에서 '숨'쉬면 사는 것이고 숨이 끊기면 살지 않는다는 것을 이야기한다. 산다는 것의 의미가 새롭게 해석되는데, 원래 그 본질의 모습을 드러낸다는 점에서 그간의 '생(生)'의 이상적이고 관념적인 개념은 여지없이 해체되고 만다.

따라서 우리는 산다는 것은 『숨』이 있고 없는 것에 따른 것이고, 인간이라고 특징짓는 문화나 사유, 형이상학 등은 인간이 조성해 온 가공물에 지나지 않는다는 사실을 반추하게 한다. 작품은 몸으로 생계를 이어가는 더 많은 사람들과 몸을 벗어날 수 없는 모든 사람들의 실제 모습을 생생하게 다루기에, 현실적으로 기존의 인간의 규정과 관념들이 얼마나 두텁게, 정교하게 허상적 위상을 조직해 우리를 감싸고 있는지 근본적으로 깨닫게 한다. 기존 담론, 체계에 물들어 있는 우리들에게 몸담론은 훨씬 낮은 곳에서, 현실에 붙박혀 있는 우리 삶의 모습을 보여주고 있다.

> ② 사내들은 곰장어가 물 밖에서 파닥거리며 보여주는 드라마를 기다린다. 통구이를 시키는 사람들이 다 그렇듯 곰장어가 입속으로 들어가기 전까지 판 위에서 좀 더 오래 꿈틀거리기를 바란다. <u>나는 그들을 위해 쇠판에 곰장어를 올려놓은 다음 꿈틀거리는 곰장어를 누른 집게를 슬며시 놓아주기도 한다. 그러면 신경이 살아있는 곰장어는 마지막 발악을 하듯 과격한 몸부림을 친다. 아직 완전히 익지 않았을 때 가위질을 하면 잘려진 상태로 한참 더 꿈틀거리게 마련이다. 나는 가능한 한 오래 꿈틀거리게 하는 방법을 잘 안다.</u>(작품집, 129면)

②의 예문 역시 살아있는 꼼장어 불판에 굽기가 더 생동감 나도록 시간을 끌며 가죽을 벗기는 주인공과 가죽이 벗겨지는 꼼장어의 마지막 몸부림과 불판 위에서 파닥대는 꼼장어 보기를 즐기는 군상들의 모습이 야만스런 포식자 인간 모습을 담아내고 있다. 그러나 ②는 상위의 포식자가 생존하기 위하여 하위개체를 포식하는 수준이 아니라, 광포한 살육에서 쾌감을 느끼는 야만적 폭력본능을 더하여 드러내고 있다. 또 다른 '숨'(생명)을 요리하는 상위 포식자의 모습에서 인간이 다른 '숨'(생명)들에 가해온 폭력이 얼마나 비문화적이고,

몰개념한 것이었는지, 일반 동물보다 더 정교한 폭력을 행사해 온, 동물보다 더한 야만적 실제 모습을 묘사하고 있다. 인간은 갖은 도구를 사용하며 무수한 동물들을 괴롭히고 살육해 온 최후의 포식자로써, 폭력적 살육에서도 과히 여느 동물보다 이기적 동물임을 깨닫게 한다. 다만 생존을 위해 포식하는 육식동물과 달리, 유희와 식도락을 위해서 ②처럼 잔인한 살육을 식문화로 당연시해 온 인간에게 과연 '영장(靈長)'이란 기존개념이 맞는 것인지, 문화적이라는 인간에게서 '문화'는 무엇이었는지를 깊이 회의하게 한다.

문화와 관념으로 포장되어온 인간의, 그 실제 모습은 무엇인지, 과연 얼마만큼 개념 없는 야만을 장착한 '종속'인지를 작품들은 끊임없이 되묻는다.

> ③ 아내는 득달같이 달려들어 내 어깨에 이빨을 들이댄다. 질긴 고깃점이라도 물어뜯듯 두 손으로 어깨를 움켜쥔 채 사납게 으르렁대더니 어느새 내 머리끄덩이를 잡아챈다. 어깨의 통증은 사라지고 수만 마리 벌떼가 머릿속으로 날아들었다. …… 발길질을 시작하는 건 뒤엉킨 몸싸움이 끝나가고 있음을 의미한다. …… 곧이어 발길질이 쏟아진다. 아내의 두툼한 발은 몸 구석구석을 집요하게 파고든다. <u>아무리 꼬리를 내리고 도망가도 끝까지 따라붙는 집요한 짐승.</u> 그 앞에 내가 할 수 있는 일이란 벌레처럼 몸을 최대한 동글게 말고 공격이 끝나기만을 기다리는 것뿐이다.

위의 인용은 동물적 수준에서 한걸음도 더 나아가지 않은 부부의 실제 삶을 보여준다. 0촌 간의 싸움이 대화나 말싸움이 아닌, 동물적 의사소통인 몸싸움으로 이어지고 있다. 작품 「행복고물상」 이외에도 다른 작품(「등뼈」, 「유령의 집」, 「월경」 등)들에서도 자주 등장하는 몸—폭력을 통해서 작가는 인간 폭력 역시 종족 개체간의 생존방식이자 야만으로 규정짓던 본능표현의 한 방식으로 인식한다. 원한이 있고 미워서라는 관념이 개입되기 전, 무의식적 충동과 감정표현의 일환으로 폭력은 몸을 통하여 우선적으로 사용된다. 몸으로 무의식적 본능이 발현되고 몸으로 소통하는 이들 부부의 모습에서 부부관계는 가히 0촌간이라는 밀착감을 느끼게 된다.

몸의 소통이 허락되는 부부 사이의 육체관계는 때로는 교접으로 때로는 몸 충돌[9]로 이어져서인가? 우리는 그 관계를 무촌으로 상정한다. 천륜지간의 부자관계도 1촌인데 반해 부부관계를 무촌으로 상정한 것은 일심동체(一心同體)의 암수 한 쌍을 양성(兩性) 한 몸으로 보기에 그리했을 것이다. 따라서 무촌관계의 폭력은 유일하게 타인이나 공권력이 개입하지 못하는 양상을 띠기도 한다. 그래서인지 이들이 보이는 몸싸움은 가히 짐승스럽다. 아무런 관념도, 타인도 개입하지 않는 상황에서 부부 싸움이 여느 암수 한 쌍의 동물의 그것과 다르지 않는 모습을 볼 수 있다. 앞서 살펴본 바와 같이, 가족 간의, 부부 간의 몸폭력은 그것이 일상의 모습이라는 점에서 인간존재의 이데아는 현실에 없다는 점을 확인할 수 있다.

---

9 '성의 문제야말로 남녀 간의 가장 뿌리 깊은 지배, 종속을 보여주는 정치적 관계이다. 즉 가장 사적이라고 생각되는 부분, 가장 자연적이라고 생각되는 부분에서부터 남녀 간의 권력관계는 이미 시작되고 있는 것이다.'
장필화, 『여성, 몸, 성』, 또 하나의 문화 출판사, 1999, p.109.

III. 인간 개념에 대한 근본적 인식전환

포스트모던적 사유는 기존 이성중심의 거대서사를 벗어나려 이를 해체하는 작업으로 인식의 전환과 담론양식의 변화를 꾀해왔다. 몸담론은 이성중심의 기존담론에 대응하는 해체주의 담론의 한 양식으로 파악되는 바 논자는 이 지점을 염두에 두고, 90년대 이후 우리 문학에 몸글쓰기가 진행되고 있음을 주목하며, 새롭게 형상화되는 '몸담론'의 역할과 기능은 무엇인지, 어떠한 형식의 글쓰기와 인식을 담아내고 있는지 살펴보았다. 철학사에서 몸담론이 기존 관념철학의 인식론에서 벗어난 곳에서 출발하고 있듯이, 분명 우리 문학 내에서 형상화되고 있는 몸담론도 기존의 서사물이 구현하는 의미와 기법에 있어 많은 차이를 내포하고 있었다.

2000년대를 넘어서며 우리 문단은 기존의 언어체계 내의 관념과 상징체계 및 기호를 벗어나려는 해체주의적 인식을 보이며, 현실적으로 부딪히는 경험과 체험에서 새로운 의미를 찾고자 하는 움직임을 보여왔다. 포스트모더니즘은 기존 이성체계의 허구에서 벗어나 자본주의 사회의 실체적 경험에서 그 실제 현실을 통찰하는 인식으로 전개되어 온 바, 몸담론은 이러한 거대서사의 변화에서 신생한 담론이라 파악하였다. 몸담론은 상징체계와 언술적 관념체계 내에 있던 '주체'를 오로지 그 개인에게로 되돌리기 위한 정점에, 그리고 모든 관념으로부터 벗어난 자연인으로서 주체 완성 정점에, 또 각 개인의 '몸'에 그 기반과 근거를 마련하고 있다고 파악하였다.

천운영 작가는 그야말로 몸담론, 몸글쓰기의 전형을 보여주고 있었다. 그는 작품의 인물들을 몸으로 먹고 살아야 하는 계층을 채택하는 방법으로, 인류가 지적이거나 관념적이기 이전에 몸적이고 동물적인 삶을 영위하는 종속(種屬)임을 반복하여 형상화하고 있었다. 따라서 이런 주인물들이 보여주는 행위구조는 비문화적이고, 비관념적인 동시에 몸적이고 심지어 동물이기도 한 행위구조를 드러내고 있었다. 이를 통해 작가는 인간의 모습과 언어사용역, 행위 가변영역의 지평을 형이상학에서 형이하학까지 열어놓았음을 지적할 수 있었다.

우선 처음에 몸담론의 글쓰기 형식과 서술방식을 살펴본 바, 인물시점으로 서술되는 천운영의 작품은 등장인물을 지성이나 이성, 관념과 사유에서 벗어나 생활하는, 몸을 움직여 생활하는 생활인이었다. 따라서 인물 시점의 이와 같은 서술방식은 기존 서사물과 같이 사건과 그에 대한 관념적인, 관습적인 사유의 연계로 이어지지 않았고, 사건은 몸의 감각기관으로 단순 지각되고, 지각된 사건은 기억 속의 다른 상(象)들과 어울리며, 새로운 지각을 쌓아가는 과정으로 서술되고 있었다. 즉 몸담론, 몸글쓰기는 기존의 상징체계와 의미, 관념체계를 벗어난 곳에서 서술을 시작하고 있었으며, 자기 몸으로 체험하는 세계를 감각하고 받아들이며, 지각된 식(識)과 상(想)으로 세계를 인식하고, 다시 이들의 조합과 배치로 새로운 세계의 의미를 생성해 내는 글쓰기 방식을 취하고 있었다.

다음은 작품의 의미생성을 주도하는 서사배경, 공간 이미지 등 미장센들을 살펴보았는데, 대상적 세계 역시 제반의 관념과 체계에 박제되어 있지 않았으며, 사물들도 물활(勿活)화 되며, 각자에게 몸적 주체성(대상성)을 부여하고 있음을 알 수 있었다.

또한 배경과 서경(敍景)은 붙박힌 정물이나 정태(靜態)가 아니라 인물들의 생의 시간 속에 인물들과 교섭하고 혹은 인물을 통어하는 또 하나의 의미를 산출하는 존재로 역할하고 있었다. 오히려 주인공 서술자가 묘사하는 배경과 사물들의 환경은 인물들보다 훨씬 생동감 있게 의미를 창출함으로써, 환경에 갇혀있는 인간 존재의 무의미함을 함의하기도 하였다. 때로는 동물보다 더 낮은 수준의 야만으로, 때로는 식물이나 사물보다 정체된, 몸적 인간의 형이하학마저 거둬 낸, 의미와 가치를 벗어난 탈주체의 실제 모습을 마주할 수 있었다.

상징체계 속에서 만물의 영장으로, 형이상학적 존재로 규정해온 기존의 인간 개념은 이러한 글쓰기와 포착된 세계 내에서 여지없이 해체되고 있었으며, 인간 존재의 새로운 규정은 이상(理想)적 관념에서 현실적 실체로 이전(移轉)하고 있었는데, 이것은 기존규범과 관념체계에서 벗어나 자연인의 본래적 실태(實態)로 해방되는 과정이기도 하였다.

천운영의 몸글쓰기는 관념적, 개념적, 규범적 굴레에 살고 있는 기존 인간 모습이 아닌, 사실적인 생활의 시간들 사이에서 보이는 자연인의 모습과 본능적 자질들을 형상화함으로써, 인간 그 천연의 본능을 자유롭게 하고 있었다. 이는 기존의 인간 가치에 대한 기준의 전환을 재현하는 것이었으며, 본능적, 본래적 모습만으로도 인간의 다양한 의미는 간단치 않음을 시사하고 있었다.

마지막으로 이러한 인간의 본래적 모습과 폭력적 본능을 살펴보는 가운데, 인간의 실제적 참모습과 인간으로 산다는 것은 '몸에 숨이 붙어있는 것'이라는 거대한 인식의 전환을 발견할 수 있었으며, 거대서사가 이주(移住)했다는 점을 확인할 수 있었다.

4장

지배담론으로 진입하는
몸담론의 기법과 전략
- 몸담론의 새로운 인식론과 글쓰기 방식 2 -

I. 구체화되는 몸담론의 형태 찾기

　몸담론은 기존의 담론과는 확연히 다른 인식론과 의미론을 형성하고 있다는 점에서 문학 내에 몸담론은 어떠한 형태로 그 모습을 드러내는지, 또 몸담론을 통하여 새롭게 인식되고 형상화되는 것은 무엇인지 살펴보는 일은 중요하다. 이 장은 몸담론과 기존 담론의 경계선을 살펴보고, 몸담론이 생성해 내고 있는 새로운 반란을 추적하고자 한다. 저자는 선행의 연구를 통해 몸담론의 기술방식과 이에서 창출되는 몸담론의 새로운 인식방식을 살펴보았는데, 논의 과정에서 몸담론은 기존의 담론과는 확연히 대별되는 글쓰기 형식과 새로운 의미와 가치들을 담아내고 있음을 논의하였다. 몸담론은 하나의 지배담론으로 진입하는 과정에 있다고 보았는데, 더 이상 몸담론(성과 육욕, 몸과 나체, 탈정조, 탈순결)에 관한 작품 주제는 낯설지 않으며 은희경 이후 하나의 여성글쓰기로서 우리문단사에 또 하나의 지배담론으로 자리잡아 가고 있음을 지적할 수 있겠다. 따라서 예전에는 발설되지 않았던 주제와 사건 묘사들이 자연스럽게 형상화되고 있는 시점에서 과연 몸담론이 지배담론으로 자리잡아 가는 과정에서 그들이 사용하는 기법과 전략은 무엇인가.

　2000년대를 넘어서며 작가들에게서 보이는 주요한 글쓰기 성향은 기존의 언어체계 내의 관념과 상징체계 내의 기표놀이에 머무르지 않으며, 자신의 몸으로 부딪치고, 체험하는 모든 가치와 진실들을 서사화하고 있다는 점을 주목했다. 모든 관념으로부터 벗어난 자연인으로서 주체 완성 정점에, '몸'이 새롭게 그 인식의 기반과 근거를 이루고 있는데, 특히 천운영 작품의 인물들은 비문화적이고, 비관념적인, 동시에 몸적이고 심지어 동물적이기도 한 언술과 행위구조를 드러내고 있음에 주목하였다. 상징체계 속에서 만물의 영장으로, 형이상학적 존재로 규정해 온 기존의 인간 개념은 몸적 글쓰기와 몸담론으로 포착된 세계 속에서 여지없이 허물어지고 있었으며, 인간 존재의 새로운 규정은 형이상학에서 형이하학으로, 이상적 정태에서 현실적 실체로 하강하는 모습을 보여주었는데, 반면 그것은 규범과 관념에서 자연인의 본래적 실태(實態)로 비상(飛上)하는 것이었다고 파악했다. 즉 천운영 작품분석을 통해 본, 몸담론은 관념적, 개념적, 규범적 굴레에 묶여 있는 인간이 아닌, 사실적인 생활의 시간 시간 사이에서 인간 자연의 모습과 본래적 자질을 드러냄으로써, 인간 본래적 존재를 가치화하고 그 천연의 본능을 자유롭게 하는 것이었다.

이 장은 이러한 논의의 연장선상에서, '몸담론'이 문학서사물에 있어서 하나의 테마나 플롯으로 작용하기 보다는, 새로운 인식론적 기반을 잉태하며, 새로운 의미 구성방식과 서술방식을 진행시키고 있다는 통찰을 증명하고자 한다.

몸담론은 인간을 새롭게 조명하며 언어사용역, 행위 가변영역의 지평을 형이상학에서 형이하학에까지 열어놓는 성과를 가져오고 있다. 몸담론에 천착해 있는 여성작가 천운영은 기존 작가들의 작품에서 보여주던 세계인식과 기술방식을 여지없이 허물어뜨리는 전략을 구사하고 있으며, 몸으로부터 비롯되고 몸으로 부대끼며 호흡하는 '몸담론'을 형성하고 있기에, 계속해서 천운영의 작품을 통해 논의를 진행하려 한다.

그리하여 이 장은 앞선 논의의 성과 −몸담론의 새로운 인식론과 글쓰기 방식−에 덧붙여, 새롭게 시작된 '몸담론'이 지배담론으로 진입하는 과정에서, '몸담론'이 어떠한 기법과 전략으로 기존의 담론을 전복하고, 해체하는지 그리고 지배담론으로 진입하는지, 몸담론의 기법과 전략을 좀 더 살펴보도록 하겠다.

II. 몸담론 구축의 다기(多技)한 방법들

1. 분출되는 본능적 욕망의 담론화 – 성욕, 포식자의 식욕, 폭력적 본능

라깡은 남·녀의 성차를 주체가 상징적 거세에 대해 온갖 베일을 이용함으로써 완벽한 대타자에 대한 환상을 갖는지 아니면 완벽한 대타자란 존재하지 않음을 경험하고 그런 대타자에 대한 환상에서 벗어나는지를 중심으로 남성과 여성의 성차를 나눈다. 여기서 완벽한 대타자가 언어나 법 같은 상징질서 혹은 상징적 체계를 의미한다면, 이러한 타자로서의 상징계를 교란시키는 것은 바로 '순수한 욕망', '충동' 혹은 '주이상스'이다. 라깡이 의미하는 '여자'는 이 충동 혹은 주이상스(기쁨, 쾌락)를 보여주는 위치에 있다. 이런 논의의 연장선상에서 여성작가 천운영은 상징계의 전체성의 환상에서 벗어나는 포스트모던적 인식을 갖고 남근이성중심의 언어에서 벗어난 위치에서 그 이야기를 시작한다. 라깡은, 상징계의 전체성의 환상에서 벗어나 있는 여성의 경우는 상상과 환상 대신 실재계와 윤리적 측면에 맞닥뜨리게 된다고 말한다.[1] 즉 라깡적 의미의 '여자'는 보편적인 법이나 사회적인 체계로 대표되는 상징계의 '결핍'을 보여줄 수 있는 위치에 있으며 '환상을 가로지를 수 있는' 주체로서의 가능성을 가지며 실제와 윤리적인 문제를 다룬다는 점에서, 여성작가 천운영의 인물

---

1   참조; 여성문화이론연구소 정신분석세미나팀, 『페미니즘과 정신분석』, 도서출판 여이연, 2003, 179-198면.

들이 보여주는 상징계를 뒤엎는, 실재계의 여성인물들이 보여주는 탈상징, 몸적 실재계는 이론적 가설과 부합함을 알 수 있다.

천운영의 작품을 읽노라면 이성적 상징계를 만나기보다는 숨쉬며 살아가는, 인간을 포함한 모든 물상의 '몸'과 대상들의 실재계를 만나게 된다. 그리고 기존 창작 서사물이 그 형태상 수반해오던 언어적 개념과 의미의 외연 확장, 메타포와 알레고리 등의 문화적 지표들은 거의 사용되지 않으며, 작품 해석 상에서도 별 의미를 갖지 않는다. 더불어 추적해야 할 작품의 의미론적 관념 해석도 의미없음을 깨닫게 된다. 기존의 읽기와 해석의 방식 즉 상징계의 코드와 디코딩 분석작업을 작품은 거부하는 듯하다.

천운영의 작품은 기존담론을 지탱해 온 언어적 관념체계나 서사적 기호 상징체계가 전개되지 않는다. 이것과 동떨어진 위치에서 사물들과 인물들은 자신의 방식으로 호흡하고, 자기의 숨결을 뿜어낸다. 즉 그들은 자신만의 '몸'으로 세계와 부대끼고, '몸'이 자신의 욕망을 말하기 시작하는데, 일리가레이 수스는 여성 몸글쓰기를 새로운 여성주의의 대안으로 제시한 바 있다. 이후 몸담론은 몸글쓰기의 예들을 보여주고 있다.[2] 르네 지라르가 욕망의 삼각구도를 지적하듯이, 사람들은 자신의 욕망이 아니라 타인의 욕망을 욕망하여 왔다. 자기 몸과 자기자신의 요구에 따라 욕망하는 것이 아니라, 교육에 의해, 타인의 욕망을 따라, 주위의 경쟁구도에 따라 남들과 경쟁을 벌이며 획일된 가치들을 추구하는, 즉 상징기호들을 욕망해 왔다. 그러나 몸주체와 몸담론은 기존의 문화나 관념을 배제한 자리에서 자기 몸에 내재한 무의식적 욕망(때로는 동물적 본능)을 지배담론의 '검열기관'을 뚫고 발설하기 시작한다. 자기의 요구(need)와 욕구에 따른 욕망(desire)을 드러낸다. 그들의 욕망은 체계적 기호놀이나 관념적 상징체계가 쌓아올린 욕망이 아니라 그들의 몸이 요구하는 욕망을 따

---

2   참조; 『페미니즘─ 어제와 오늘』, 민음사, 2002, 한국영미문학 페미니즘학회 편역.

라간다.[3]

따라서 그의 작품을 분석하기 위해서는 기존의 기호에 따라붙는 기의들을 지워버리고 즉물적 실체를 받아들이는 그의 방식과 이러한 과정을 통해 재형상화되는, 그만의 의미들을 해석해야 하는 것이다. 따라서 본 논의는 논문에 적합한 체계적 언어, 관념적 용어나 상징적 수사를 추적하기 보다는, 몸에 감응하는 전–상징적 언어를 잡아내는 작업이 더 적확한 해석을 내놓을 수 있다는 딜레마를 안고 있다. 체계를 만드는 논문에서, 기존 체계를 벗어나는 '몸담론'과 실재계를 다루어야 하는 것이다. 그만큼 몸담론은 상징체계적 언어를 벗어난 곳에서, 다른 인식론에서 비롯되고 있는 것이다.

천운영의 작품들 어디에서고 서술자로 등장하는 주인물들은 관념적 고뇌 혹은 사색을 보이거나 형이상학적인 문학적 질의들과는 전혀 상관없이 하루하루를 살아간다. 주로 서술시점이 주인물 시점으로 기술되고 있는데, 인물들은 문신사, 도살업자, 고물상, 꼽추(직장 갖기가 어려운), 식당주인, 판매원 등 몸을 움직여야 하는 직종에 종사한다. 따라서 인물들은 자신들이 몸으로 느끼고, 부딪치며 감각되는 것들에 의해 일상을 살아간다. 지식이나 사상 및 사회관념과 지배담론 등과 무관한, 자연인의 모습이다. 따라서 그들은 사건이나 대상과 충돌할 경우 그들의 지각을 통한 감각적인 반응을 드러내거나 직접적인 행위의 대응방식을 보여준다. 작품 전체에 해당되는 이러한 특징들은 천운영의 작품들이 탈관념적, 탈형이상학적 글쓰기로 쓰여졌다고 말할 수 있게 한다. 소설이 산출하는 의미가 그것을 서술하는 시점(태도)에 따라 일정(一定) 의미결정된다 할 때, 이러한 인물들이나 서술자의 탈이성적 특징은 바로 작품의 의미생성과

---

3 분석할 작품집으로 『바늘』을 대상으로 하는데, 「바늘」, 「포옹」, 「월경」, 「당신의 바다」, 「등뼈」, 「행복고물상」, 「숨」, 「눈보라콘」, 「유령의 집」--- 등 이 작품집에 실린 작품들은 모두가 추녀나 곱추, 장애인, 정신쇠약자, 노약자, 어린이 등이 주인공으로, 이들을 중심으로 전개되는 사건은 관념적 세계를 기술하기보다는 '몸'적 글쓰기를 하고 있다.

서술방식을 결정짓는 기반으로 작용하고 있다.

위와 같은 이유로 작품의 인물들은 주로 이성과 관념적 사유보다는 자신의 욕망과 본능에 충실하다. 일상적으로 개인이 자신의 무의식적 욕망과 본능을 드러내는 일은 반사회적인 일로 인식되어 왔다. 아니 지배담론에서는 배척되거나 금기시되어 왔다. 그러나 천운영 작품의 인물들은 신분이나 직업상 사회 중심 지배계층에 빗겨나 있는 아웃사이더들이기에, 이들의 인식방식과 표출방식은 상징체계와 사회적 기호체계와 무관하거나, 비자발적으로 빗겨나 있다. 그 대신에 그들의 감각적, 직접적 행동반응 양식은 본능과 욕구에 충실한 비관념적, 몸적 언어체계를 갖게 된다. 그래서 이들의 세계 인지와 수용 그리고 세계에의 자기 표현은 전적으로 관념이 아닌, 몸에서 비롯되며, 몸적 언어를 구축하게 되는 것이다.

이러한 과정에서 천운영 작품의 인물들은 자신의 육체적 본능과 동물적 욕망을 유감없이 표현한다.

① (스님의) 삭발한 머리통에서 보였던 동물적인 느낌이 내 뒤틀린 성욕과 함께 뒤섞여, 고운 여자의 손이 스님의 머리통을 부여잡고 정사하는 장면이 생생하게 그려지곤 했다. (단편 「바늘」 중에서)[4]

② 아주 민감한 한숨을 내쉬게 하는 부드럽고 달콤한 슈크림빵. 전화가 온 것은 바로 그때였다. …… 스님의 죽음을 알려왔던 문형사가 내 이름을 불렀다. …… 나는 고기 한점을 입에 넣고 문형사의 말을 기다린다. 어금니로 질긴 떡심을 잘라낼 때 문형사는 엄마의 죽음을 전했다. 엄마는 자살했다. 시체는 금정산 계곡 하류에서 발견되었다. 시체보관실에 보관되어 있는 시신을 인수해 가라고 문형사는 더듬거리며 말했다. 수화기를 내려놓고 고기 한점을 입에 더 넣는다. 얄팍하게 썬 마늘을 고기 사이에 올린다. 덜 익은 마늘이 혀끝을 아릿하게 자극한다. 마늘을 씹으며 바위에 찢긴 엄마의 모습을 상상한다. 그러나 상처투성이 여자의 하

---

4   천운영 소설집, 『바늘』, 창작과 비평사, 2001, 17면 (이하 작품집).

얀 알몸만 떠오를 뿐 엄마 얼굴이 생각나지 않는다.(「바늘」 중에서)**5**

위의 ①은 어머니의 연인인, 스님의 죽음을 통보받고 떠오르는 이미지이고 ②는 어머니의 죽음을 통보받는 장면이다. 어머니와 '깨끗하고 아름다웠던' 스님의 죽음을 듣고 당연히 있을법한 슬픈 조의(弔意)는 표현되지 않는다. 부고(訃告)에 따른 관습적 예의와 당위적 애도표현이 전혀 드러나질 않는다. 어머니와 스님의 죽음과 부고(訃告) 앞에서 오히려 다소 불경스럽거나 황당함으로 느껴질 수 있는 성적(性的)인 이미지가 연상된다. 스님이라는 성직자와 자신의 모친의 성(性) 관계 및 나체 묘사는 기존담론에서는 분명 발설될 수 없는 '금기'이자 '위반'의 사안들이다. 더불어 두 어른의 부고 앞에서 연상되는 두 남녀의 나체묘사는 자신을 낳고 키워준 모친에 대한 능욕이자 배반이고 성직자에 대한 불경이라고 여겨져 온, 금기어들이다.

어머니와 스님의 죽음은 '나'에게는 에로스와 타나토스**6**의 본능과 연계되어 다가온다. 두 사람의 부고(訃告)는 곧 바로 어머니와 스님의 성교행위 장면으로 이어지는데 위의 ①이 성적인 에로스로 드러났다면 ②에서는 죽음과 대비되는 식욕 - 생에 대한 에로스(추구)를 보여준다. 그리고 이들 에로스는 죽음과 대비되기에 더욱 본능적이고 동물적으로 다가온다. 죽음에 즉면해서야 삶의 충동이 생기듯, 타나토스에 대한 '나'의 감각적이고 즉각적인 반응은 에로스적 본능과 연계되어 표현된다. 이때 에로스는 본능의 가장 순연하고 죽음에 반하는 생의 무의식적 욕구이기에, 성교의 연상은 추하지 않게 죽음과 생의 교차로 그 본래적 자연 순리에 자리잡게 된다. 죄의식을 가져야 할 것도, 비난받아야 할 것도 아닌 무의식적 에로스의 욕망이 사회관습적 검열기관을 뚫고 발설되는 것이다.

---

5 작품집, 31면.
6 참조; Bataille, Jeorge, 조한경 역, 『에로티시즘』, 민음사, 1999.

작품집 서두에 실린 이 작품 「바늘」이후에 실린 여러 다른 작품에서도 이러한 무의식적, 본능적 욕망은 때로는 식욕으로, 때로는 성욕으로, 때로는 폭력적 욕망으로 그리고 동물적 본능으로 그 모습을 달리하여 드러난다. 원초적 본능을 유감없이 그려내는데 성공한다. 기존 담론의 금기어들이 그 장벽을 넘어 중심담론화한다. 금기된 본능과 욕망 표현들이 하나씩 복원되어 세상에 드러난다. 천운영 작품은 이와 같이 실제적 지각경험과 핍진한 체현으로, 기존담론의 단순도식의 경계와 관념적 환원굴레를 뚫고 본능과 욕망과 무의식을 세상 밖으로 꺼낸다. 이러한 무의식적 욕망은 작품들을 더해가며 순차적으로, 때로는 징하게 때로는 악랄하게 그 본능을 드러냄으로써, 몸과 몸의 본능은 어둠 속에 갇혀있던 영어(囹圄)의 위치에서 지배담론으로 진입하게 된다.

③ 두 손가락만을 이용해 한근 남짓한 소골을 순식간에 해치우는 모습을 볼 때마다 나는 등골이 서늘해지는 것을 느끼곤 한다. 매일 이백여 마리의 소머리를 가르는 나로서는 그것을 먹을 수 없는 일이다. 그러나 의지와는 상관없이 내 혀와 위장은 그녀처럼 육식을 원하고 있다.(「숨」 중에서)[7]

④ 마귀같은 식충이 노인네. 손자가 결혼을 한다는데 송치라니. 송치란 어미 뱃속에 들어 있는 송아지를 말하는 것이 아닌가?(「숨」 중에서)[8]

위의 ③과 ④는 동물스런 '식욕'을 보여준다. 익히지도 않은 생 쇠골을 두 손가락을 이용해 먹는 모습과 하루에 200여 마리의 소머리를 가르고도 육식을 원하는 '내 혀와 위장'을 말하고 있다. 할머니와 마찬가지로 육식을 탐하는 '나'는 '내 몸에 냄새를 빨아들이는 강력한 필터가 숨겨져 있는 것'이라며 이해불가한 동물적 식욕을 자기의 것으로 수긍한다. 그리고 육식이 아닌 풀을 먹고

---

7 작품집, 37면.
8 작품집, 41면.

사는 초식동물을 이상향으로 여기는(주인공은 초식동물 같은 '그녀'를 세상을 견디어내는 창문이라 여긴다), 육식동물의 포식자적 본능을 유감없이 발현한다.

작품 「숨」은 소머리와 소 몸뚱아리를 가르는 주인공 '나'와 나를 그렇게 사육해 온 할머니의 이야기다. 소의 '단백질 타는 노린내, 응고된 피냄새, 응취, 적은 소털 냄새, 비계 썩는 냄새'가 진동하는 육가공업장에서 더욱 육식을 탐해가는 할머니와 손자의 이야기는 그야말로 인간의 동물적인 면모가 여지없이 드러난다. '인간'과 '동물'의 차이가 과연 어떠한 것인가?'라는 의문이 들게 하는 이러한 모습들은 그들의 생활을 통해서 자연스럽게 진술된다. 기존의 인간에 대한 형이상학적 관념을 비웃기라도 하듯이, 포식자의 모습과 동물적 본능을 보여줄 뿐이다. 만물의 영장이라거나 '인간적 존엄성'이란 예의 관념은 이들에게 이르며, 인간들이 애써 거짓으로 꾸며온 한갓 헛된 관념놀이에 지나지 않음을 반증이라도 하듯이 이들의 생활모습은 전적으로 철저하게 동물스럽다. 할머니나 나와 주변인물들은 '형이상학적 인간'이란 규정을 비웃기라도 하듯이 이들의 꾸밈없는 일상을 드러냄을 통해서 동물적 욕망과 생존의 본능을 발설한다. 이러한 모습에서 '몸이 인간 바탕의 실체적이고 본래적인 모습이다'라는 사실이 설득력을 얻게 된다. 기존담론이 형상화해 온 '인간'에 대한 예의 관념적 정의가 살아가는 사람들의 실체적 모습 앞에서 여지없이 부숴지며, 존엄한 인간이란 허구적 관념이 그 실체없음을 드러내는 것이다. 어쩌면 인류는 그 동물성과 원시성을 부정하며 숭고한 존재를 추구하며 살아오다 오랜 시간이 흐른 뒤, 스스로를 숭고한 존재라고 착각한, 관념적 놀이를 즐기는 유일한 동물이었을 것이다. 많은 상징체계와 축적된 문화, 역사 속에 인간은 자신 몸과 본능을 돌보기보다는 사회체계 속의 '자아'만을 양육시키며, 이데아적 삶만을 이상으로 추구하기로 합의, 공조해 온 것 같다.

④는 손자가 할머니에게 결혼 승낙을 받는 과정에서 승낙해 주는 대신 송치

를 구해오라는 할머니의 모습을 담고 있다. 결혼을 인생에 있어서 가장 중요한 인륜지대사라고 여겨온 예의 관념 역시 이 '마귀같은 식충이 노인네' 앞에서 여지없이 기존 개념을 상실한다. 자신의 핏줄이자 대(代)를 잇는 손자의 일생을 가늠하는 대사(大事) 앞에서도 할머니의 '몸이 으실으실하고 꼭 죽을 것만 같'은 생존의 본능이 발동한다. 손자의 결혼에의 정념을 넘어 태어나지도 않은 송아지, 즉 송치를 먹겠다는 포식욕을 드러낸다. 새로운 인생을 향하여 결혼이란 출발점에 선 손자의 진념을 마귀처럼 헤집어 놓는 것이다. 그러나 할머니나 손자는 '결혼'에 대한 기존관념이나 문화가치적 관념을 애초에 지닌 바 없는 듯한 삶을 살아왔다. 그래서 손자는 자기의 결혼을 모욕하는, 이런 할머니의 처사를 원망하지 않는다. 대신 군말없이 할머니의 몸을 보존해 줄, 송치를 구해오는 것으로 결혼은 허락받는 것이 된다. 세상에 태어나지도 않은 새 생명을 죽이고, 이를 먹는 모습에서 마치 축제의 카니발을 연상할 수 있다. 카니발의 어원적 의미가 살육제(殺戮祭)이듯이, 결혼 축제에 앞서 죽은 희생양을 먹으려는 할머니의 무의식적 반응 본능을 발견할 수 있다. 손자의 결혼에 앞서 발동하는 본능적인 카니발이자, 새로운 삶과 죽음에 대한 제의(祭儀)로만이 할머니의 식욕 충동을 해석할 수 있다. 손자의 '새로 시작하는 의미'의 결혼과 함께, 살아나는 할머니의 생에의 충동은 삶을 대체할 어린 희생양의 죽음을 필요로 하는 것이다.

이러한 개념 몰수하고 모든 문화적 관념에 앞서는, 주갈등과 동시에 연계되어 드러나는 동물적이고 본능적인 식욕은 천운영의 다른 작품들에서도 곳곳에서 발견된다. 이성을 제거한 동물적 욕구만이 있을 뿐이다. 그것은 충동적 생기로 때로는 생존 본능으로 때로는 폭력적 살해욕으로 드러나며, 유감없이 동물적, 원초적 본능들을 나열한다. 관념과 개념의 상징체계를 사는 인생이 아닌, 살아숨쉬는 포식자의 본능들이 적나라하게 진열되는 것이다.

그리고 이러한 실생활적 생존 본능의 발휘는 비인간적이라거나 비문화적이라는 개념과는 별개로 진행된다. 이를 두고 비인간적 혹은 비문화적이라는 지적한다면, 이는 오히려 비현실적 지적이라 여겨지게 만드는 것이다. 현실과 실제의 인간의 모습이 무엇인가 새삼 깨닫게 하는 것이다. '인간'이 지고한 가치 추구의 존재이거나 숭고한 존엄성을 지닌 존재라는 인간에 대한 정의는, 인간들이 추구해 온 이상적 존재의 상(像)이자 관념체계일 뿐, 실제에 있어서 실체적 인간의 모습은 동물 이상도, 그렇다고 동물 이하도 아닌 그저 몸적 존재라는 점을 재인식하게 한다.

그리고 이러한 작품 전개를 통하여 인간의 몸적 본능과 원초적 무의식 그리고 그에 충실한 생활에 대한 솔직한 표현들이 예의 인간에 대한 이데아적 정의를 대체하며, 몸적 본능과 무의식이 기존의 검열기관을 뚫고 지배담론으로 진입하는 것이다.

2. 기존담론의 전복과 비틀기 전략

위 1.에서 살펴본 바와 같이, 천운영의 작품들은 몸담론을 통해 그 무의식적 욕망들을 암실에서 현실로 끄집어내고, 관념적 기존담론을 실체적 현실 이야기로 대체한다. 상징체계와 '아버지 법의 이름'(라깡)으로 검열대상이었던 욕망들은 생존과 존재의 최후 보루인 몸을 담보로 체험적 담론을 형성하며, 그 표현이 금기시 되었던 본능과 욕망을 발설하고 있다. 이것은 작가의 분명한 주제의식과 문제의식이 돋보일 만큼, 반복적이고 강박적으로 드러난다는 점에서, 작가가 고안한 의도적 장치이자 문법이라 말할 수 있다. 이 장에서는 작가가 어떻게 기존담론의 관념체계와 상징체계를 해체하고 전복하는지 문법들을 살펴보고자 한다.

소설집의 제목이기도 한 단편「바늘」은 사람들의 몸에 문신을 새기는 여성 문신사가 주인공인 작품이다. 그는 문신이라는 기표를 사람 '몸'에 새김으로써 고객들에게 그들이 원하는 강함이나 딱딱한 외피를 입혀주는 '몸에 글쓰기'를 하는 직업을 가졌다. 그의 문신은 단순히 몸에 그림을 그리는 행위를 넘어, 강함이나 아름다움 등 삶의 의지를 부호로 새겨주는 작업이다.[9] 일종의 자신의 원망(怨望)을 자신과 세계에 알리기 위하여 자기 몸에 각인시키는 '기표놀음'인 것이다. 이는 앞장에서 지적한, 인간에 대한 정의를 '이상적 인간상'으로 개념화해왔다는 것과 같은 의미상의 알레고리가 된다. 즉 자기 몸에 기호를 입히고(문신), 실재계의 육신에 상징적 의미를 덧입히고 미화하는 것은 초라한 인간이 '이상적 인간성'으로 자신의 의미를 미화하는 것과 같다. 이는 상징체계 속에 자신의 육신(몸)마저도 귀속시키는, 호모로퀴엔스(언어적 동물)의 반복되는 언어화 작업의 일환인 것이다.

① 엄마가 바늘을 가지고 옷감에 수를 놓았다면 나는 인간의 연약한 육체에 수를 놓겠다. 김사장은 내 탈피를 도와줄 빛이었다. …… '노력'이나 '저축' 같은 글귀가 그렇다. 한번 열심히 잘살아보겠다는 의지와 결의가 살을 파는 아픔을 이겨내게 만들었을 것이다. 역으로 문신에는 앞으로 감수해야 할 삶의 시련들까지도 포함되어 있다. 육체와 그 위에 새겨진 글귀 사이에 공존하는 어떤 것. 그것은 아름다운 상처, 혹은 고통스러운 장식이다.(「바늘」 중에서)[10]

② "그때 난 알았지. 내가 살아남을 수 있는 건 두 가지. 거세를 하거나 강해지는 것. …… 내가 선택할 수 있는 게 뭐라 생각해? 강해지는 것밖에 없어. 넌 그걸 해줄 수 있잖아" "내가?" "내 몸을 가장 강력한 무기들로 가득 채워줘. 칼이나 활 미사일 비행기 뭐든"(「바늘」 중에서)[11]

---

9 중국 도가에서는 부적을 부호라 칭한다. 부호는 신에게 인간의 필요를 알리기 위해서 수은(금의 성분이 많기에 많은 기운을 모을 수 있다.)을 말린 경명주사로 상형문자화해서 몸에 지니고 다니는, 신과의 소통기호이다.
10 작품집, 27면.
11 작품집, 30면.

인용 ①에서 보듯이 '육체와 그 위에 새겨진 글귀 사이에 공존하는 어떤 것'을 새기는 주인공의 작업은 몸에 각종 주문된 부호를 수놓고, 그 문신(기표)에 자동적으로 부가되는 기의들을 살아나게 하는 글쓰기이다. '나를 찾는 대부분의 사람들은 나에게서 협각류의 단단한 외피를 얻으려 한다'는 표현처럼 문신은 대체로 강함을 지향하거나 삶의 의지를 지향하는 사람들의 의식을 투영한다. 그러나 문신이 실제로 강함과 힘을 가져오지 않는다는 점에서, 문신은 상징체계 내의 기표행위이다. (기표와 기의의 연결은 임의적이어서 기표는 실재와 무관한, 관념상의 상징이다.) 그럼에도 불구하고 살갗을 째는 아픔과 고통을 감수하는 사람들의 모습은, 언어상징 체계 내에서 완강하게 그것을 실재계로 받아들이며 사는 우리의 모습을 알레고리화 하고 있다. 상징체계 혹은 기호체계인 세계는, 몸에 새겨진 문신과 같이, 우리 '몸'을 의도적으로 에워쌓아온 관념적 작위나 인위적 집적물일 뿐이다. 본질적으로 실재하는 몸과 같이, 자연의 실체일 수 없다. 마치 존재의 본질이나 실체와 상관이 없는 임의적 표상체일 뿐인 기호처럼, 문신 역시 강함이나 아름다움의 실체가 아닌 강함과 아름다움을 지향하는 관념의 인위적 표상일 뿐이다.

그러나 사람들은 온갖 상징과 기호들로 주변과 세계를 만들고, 자기를 기호체계 내의 한 기호로 규정하며, 갖가지 기호체계와 상징체계 내에서 그것을 세계라 믿으며 그것으로 인간을 규정하고 자기를 한계지으며 살아간다. 1,2,3이란 숫자는 실재하지 않는 상징기호 일 뿐이고, 1시, 2시, 3시는 우리 삶을 옭매는 시간 상징체계로 그것은 관념 속에서 자리할 뿐, 그 실체가 실재하지 않는다. 역시 문신은 우리 몸에 또 다른 글쓰기의 관념적 의미행위이자, 기호화 행위이다. 실제 삶과의 문신의 괴리는, 우리 존재의 몸과 언어체계의 괴리처럼, 그것은 실체와 상징이라는 다른 차원의 세계 −실재계와 상징계−를 함의한다.

그러나 사람들은 ②에서 말하는 것과 같은 이유로 자신의 '몸'에 문신과 치장을 일삼고, 상징기호의 덧입히기에 골몰하며 산다. 오랜 기간의 교육기간을 거쳐 여러 가지 상징체계를 섭렵하고(인간만이 태어나서 수십 년간 상징체계를 배우는데 인생을 할애한다), 많은 지식을 습득하고, 온갖 관념 속에서 '자기'를 확정하고, 모두가 세계로 합의한 상징체계를 살고 있다. 오랜 기간에 걸쳐서 온갖 언어체계를 세계와 현실로 받아들이며, 스스로를 상징계의 자아로 인식해 왔다. 즉 언어로 규정지어진 상징체계 속에서, 언어로 생각하며, 상징적 관념체계 내에 자아를 확정하며, 자기 인생과 세계를 살아오고 있다.

작가는 이러한 상징 행위와 언어들을 '새끼손가락만한 바늘'로 합의하며, 문신사로 하여금 바늘 즉 글쓰기하는 도구인 '언어'가 세계를 수놓고 자아를 그려온 '가장 강한 무기'라며 은유적 진단을 내리는 것이다.

> ③ 나는 그의 가슴에 새끼손가락만한 바늘을 하나 그려주었다. 티타늄으로 그린 바늘은 어찌 보면 작은 틈새 같았다. 어린 여자아이의 성기 같은 얇은 틈새. <u>그 틈으로 우주가 빨려들어 갈 것 같다.</u> 그는 이제 세상에서 가장 강한 무기를 가슴에 품고 있다. 가장 얇으면서 가장 강하고 부드러운 바늘.(「바늘」 중에서)[12]

문신은 바늘로서 새겨지는 기호이다. 즉 바늘은 기호와 온갖 상징체계를 가능케 하는 펜이나 언어에 비유될 수 있다. 그래서 나는 '강함'을 새겨달라는 이웃집 남자에게 세계와 정신을 구성하는 언어, 즉 도구인 '바늘'을 문신으로 새겨주며, '세상에서 가장 강한 무기'라고 말한다. 온갖 상징체계는 세상에 다름 아니며, 기호는 상징체계를 가능케 하는 근간이기에, 온갖 기호를 새겨넣을 수 있는 바늘은 '가장 강한 무기'가 되는 것이다.

그러나 이러한 문신행위를 통해서, 문신은 실재(實在)가 아니고 다만 몸에 새긴 상징이자 기호일 뿐이라는 것이 암유된다. 이는 동시에 기호는 실재(實

---

12 작품집, 33면.

在)가 아니라 기표의 상(象)과 기의적 관념을 결합한 인위적 상징일뿐이라는 사실을 통찰하게 해준다. 그리고 여기서 실재하는 것은 '살을 파는 아픔'과 그 것을 견디는 몸과 '아름다운 상처, 혹은 고통스러운 장식'을 싣는 '몸'만이 실재 로 존재할 뿐임이 역설된다.

관념적 상징계가 아닌, 실재하는 실체적 진실은 바로 몸이라는 것과 몸과 함께 비롯된다는 것을 보여주는 것이다. 이는 바로 몸담론과 몸글쓰기를 통해 작가가 담아내고자 하는 주제의식이자 세계인식이기도 하다.

이상에서 살펴본 바와 같이, 작가는 문신이라는 기호화 행위를 전면에 세우 며, 그것의 비틀고 뒤집기를 통해서 우리가 살아가는 상징계의 기호화 행위는 실재적, 본질적 세계가 아님을 폭로하고 있다. 우리가 살아가는 세계가 관념 적, 개념적 상징으로 채워진 체제임을 드러내는 단편 「바늘」로, 작품집 『바늘』 을 시작하는 것이다.

다음 예문 ③은 「등뼈」의 한 부분으로 떠나간 여자를 그리워하는 주인공은 그녀를 그녀 '몸'으로만 기억할 수 있다.

③ 몸무게의 70%를 버티고 있으면서 제대로 돌보아지거나 가꾸어질 수 없 는 등의 천형.
순간 남자의 등뼈 사진 위로 여자의 등이 겹쳐 그려지기 시작했다. 여자 의 왜소한 등과 중심을 가로지르는 등골. 고랑 한가운데 수두룩하게 줄 진 등골뼈까지. …… 불거진 뼈를 가진 신체는 비애감마저 느끼게 한다. 비극적인 육체, 육체의 중심에 우뚝 선 등뼈. 그 마디마디가 처참히 드 러난 여윈 등.(「등뼈」 중에서)[13]

④ 엄청난 괴력을 가진 물건이 남자의 허리를 으깨는 듯한 통증. 허리에서 시작된 통증은 어느새 척추를 타고 올라가 어깨뼈와 목뼈까지 뻐근하게 만들고 있었다. 갈비뼈가 툭툭 부러지는 소리가 들렸다. 부러진 갈비뼈

---

13 작품집, 148면.

가 날카롭고 무자비한 칼이 되어 심장을 찔렀다. 남자는 딱히 어느 곳이라
고 말할 수 없는 온몸에 통증을 느끼며 눈을 치켜떴다.(「숨」 중에서)**14**

떠나간 그녀에 대한 그리움은 오직 그의 몸을 통해 인지되고 표현될 뿐, 추
억이나 관념적 추이가 전혀 드러나지 않는다. 다만 남자는 그리움 대신 몸의
통증을 느낄 뿐인데 남자는 '슬픔'과 '외로움'이란 추상적 관념놀이 대신 '남자
의 허리를 으깨는 듯한 통증'과 '갈비뼈가 툭툭 부러지는 소리'를 듣는다. 그녀
의 부재는 ③에서처럼 그녀 몸의 부재임을 확인시켜 준다. 남자의 그리움은
④에서 보듯이 온몸의 통증으로 다가온다. 어떠한 추상어(외로움, 그리움 등)
나 연계 관념으로도 표현되지 않은 채, 몸존재가 느끼는 몸통증과 기억되는
몸의 표상으로만 감각하고 교섭한다. 이는 고통을 심적으로, 상념으로 느끼던
기존담론의 언어사용을 뒤집는 것이며, 실제로 몸의 통증을 느끼고 그 통증을
견딜 수 없을 때가 '고통'이라는 것을 글쓰기 하고 있다. 고통(苦痛)의 통증을
느끼는 것은 상징어나 관념이 아닌, '몸'의 감각체를 통해서라는 당연하지만,
새로운 인식의 방식을 기술하는 것이다.

이는 앞서 논의한 '문신'의 상징적 기호 뒤집어보기와 더불어, 기존 담론을
완고하게 떠받치고 있는 상징적 언어체계의 텅 빈 인공(人工)성을 드러냄으로
써 과연 기존 상징적 체제담론에 실체적 세계 – 실제 고통을 포착할 수 있었던
가?–를 담아낼 수 있는가?에 대한 강력한 의문을 갖게 한다.

이는 기존의 상징체계적, 관념적 담론에 역행하는 '몸담론'의 필요성과 그
가치와 위상을 되짚어 보게 만드는 장치이자, 몸담론이 기존담론을 대체하게
되는 이유가 되기도 한다.

---

14 작품집, 42면.

3. 불구자와 기형 몸의 몸 글쓰기

천운영 작가는 기존담론의 상징체계를 뒤집거나 비틀기할 뿐만 아니라, 기존 담론에서 소외되거나 배제되는 것들의 언어를 통해서 기존담론의 허구성을 전면적으로 폭로하기도 한다.

작품의 인물들은 서두에서 언급한 바와 같이, 도시 하층민계급이나 소시민들이다. 거기에 개인별 특성을 살펴보자면, 추녀(「바늘」)나 곱추(「포옹」, 「월경」), 장애인(「유령의 집」의 아버지), 정신 쇄약자(「당신의 바다」, 「등뼈」, 「행복고물상」), 노약자(「행복고물상」, 「숨」), 어린이(「눈보라콘」, 「유령의 집」)이다. 작품집에 실린 모든 작품들이 노약자나 병자, 추물을 주인물로 등장시키고 있다. 이들은 하위계급에 속하는 사회적 신분과 노약자라는 개인적 신분으로 하여, 사회의 지배담론으로부터 이중적으로 배제된, 아웃사이더적 인물들이다. 하지만 기존 이성담론은 그들도 인간의 존엄성을 가진 한 개인이라고 믿게끔 해왔다. 그러나 기존 지배담론 내에서 그들은 배제된 아웃사이더일 뿐, 그들의 시야로, 목소리로 그들이 바라보고 표현하는 세계는 존재하지 않았다. 인물들이 보여주는 일상은 스산함마저 감도는 처절한 누추함과 철저한 소외로 인해 말라 비틀어져 있는데, 원천적으로 소외되고 배제된 이들은 지배담론에서도 늘 배재되어, 호명되지 않아 왔다. 체재 내에서 호명되었을 때 비로소 한 주체가 정립된다면, 호명되지 않음은 곧 정체가 규정되지 않음을 의미한다.

인물들의 일상생활 면면의 묘사는, 어쩌면 인간이란 평생을 묶여 사는 개처럼 그리 존엄하지도 않고 환경에 붙박힌 채, 존재 자체가 외면되는 삶을 혼자서 꾸려가는 것이 아닐까라는 생각을 가지게 한다. 어쩌면 현실의 안쓰럽고 미미한 실재 처지를 견디기 위해, 인간들은 찬란한 미래를 꿈꾸며 이상적 '인간상' 구호에 맹목적으로 투신해 온 것은 아닐까. '이상적 인간상'의 관념화 작업은 인간이 신의 모습을 닮아있을 만큼 아주 견고하고도 굳건하게 체계화 되어 왔다. 그리고 인류는 이상과 가치를 추구하는 존재로 경도됨으로써, 인간은 '몸'과 더불어 숨쉬는 자신의 동물적 DNA와 현실적으로 인간의 하찮음에 대해 집단적으로 부정해 온 것이 사실이다. 여기서 잠시, 현실을 직시하고 고발하는 리얼리즘을 떠올릴 수 있겠지만, 그것은 의도와 결말이 사회 상징계에 매몰되어 있다는 점에서, 몸적 주체가 실제계를 찾아가는 몸담론과는 그 인식기반이 다르다는 점은 확실히 구분되어야 할 것이다.

과거와 미래는 언어와 관념 속에 존재할 뿐, 실제로 호흡할 수 있는 실재계가 아니다. 내일은 언제나 내일일 뿐, 우리는 지금—여기(now—here)에 존재하는 현재적, 실재적 몸으로 한계지워 진다. 따라서 작가와 인물들이 보여주는 허상과 관념을 배제한, 인간들의 초라한 현실과 소외된 일상은 인간 존재의 기존 좌표에 대한 근본적인 회의를 불러일으키며, 오랜 역사 동안 다함께 회피해 온 현실의 실제를 직시하게 한다.

> ① 내가 곱사등이인 것은 내가 태어나기도 전에 정해진 운명이었다. 아버지의 정자가 엄마의 자궁 안으로 들어와 수정되는 그 순간부터 나는 이미 곱사등이었다. …… 옛사람들은 습한 사기(邪氣)가 몸에 침범하여 등을 굽게 만든다고 믿었다. 아버지가 내게 준 것이 다만 습하고 간사한 기운이었을까?(「포옹」 중에서)[15]

> ② 툭 튀어나온 광대뼈와 곱추를 연상케 할 정도로 둥그렇게 붙은 목과 등의 살덩이, 눈살을 찌푸리게 하는 목소리, 뭉뚝한 발가락… 남자가 말한 전혀 하고 싶은 생각이 안 들게 하는 이유들이다. 남자의 말을 들으면서 나는 추하다는 추상어가 명백히 눈앞에 펼쳐져 구체성을 획득하는 것을 느꼈다. 거기에 나는 말까지 더듬는다.(「바늘」 중에서)[16]

---

15 작품집, 220면.
16 작품집, 13면.

③ 은행나무가 잘려나가면서 몸의 생장점 또한 사라졌는지 내 몸은 작정이
  라도 한 듯 자라기를 멈추었다. 젖가슴은 열세 살 몽우리로 남아 있고
  키도 150센티미터가 안 된다. 열두 살에 시작한 생리도 이젠 하지 않게
  되었다. 무슨 신경인가가 끊어지고 호르몬 작용에 이상이 생겼기 때문
  이라고 한다. 내 몸에서 자라는 것은 머리통뿐이다. 커다란 머리통은 곱
  추의 등허리처럼 부담스럽고 거치적거리기만 한다.(「월경」 중에서)[17]

  인용 글 ①, ②, ③의 주인공들은 곱추이거나 난장이이다. 그것도 여자인물
들이라는 점에서 그들은 세계에서 가치가 인정되는 기호와 대치되는 천형을
'몸'에 부착하고 있다. 정신적 불구나 인격적 불구는 드러나지 않을 수 있으나,
몸의 불구는 세계인들에게 확실히 기호적 의미를 발휘하게 마련이다. 따라서
이 천형의 몸주체들은 태생적으로 기존담론에서 부정적이거나 거부되는 기호
를 몸에 장착함으로써 지배담론에서 한참을 빗겨나서 존재하게 된다.
  따라서 이들의 언어는 기존의 기호관념적, 이성적 지배담론에서 벗어나 비
롯되며, 몸의 천형을 혼자 스스로 받아들여야 하는, 몸적 삶을 구성하며, 철저
한 몸담론으로부터 시작되는 것이다. 그래서 인물들 대개는 기존의 서사 주인
공들과는 달리 몸에 대한 집착증과 같은 강박증세를 보여준다. 그것은 그들의
지배담론을 거부해서가 아니라 애초에 기존 담론으로부터 배제되었기 때문이
다. 따라서 그들의 언어는 체계적이지도, 관념적이지 않으며 따라서 허구적이
기보다는 실제적 현실에 밀착되어 있다. 따라서 그들의 언어를 통해서 보여지
는 일상은 장밋빛 미래나 사탕발림 구호의 속임이 통하지 않고, 생래적인 언어
에 밀착되기에 실제적 모습과 구체적 현실을 드러내는데 더 충실하다. 이러한
실재적이고 현실적인 목소리는 기존담론의 관념적 허구와 허상을 간파할 수
있게 하는 강점을 지녔다. 천운영의 작품들이 몸담론을 계속해서 구축하는데
성공한 것도, 이러한 '존재의 언어'를 발설하는 인물을 주인공으로 설정했기에

---

17 작품집, 62면.

가능했다고 볼 수 있는 것이다.

이렇듯 천운영 작가는 인물들을 기존체제 및 담론에서 소외와 추방의 기표들을 몸에 지닌 장애자나 노약자로 설정함으로써 몸담론의 글쓰기를 천착하여 들어가는데 성공한다. 더불어 몸적 글쓰기를 통한 실체적 현실의 형상화로, 기존담론과 몸담론과의 그 차이를 확연하게 구분 짓는데 성공하고 있다. 그것은 마치 푸코가 '추방'의 역사를 통해 추방을 담당한 권력구조의 역사적 실체를 드러낸 방법처럼, 소외되고 비천한 인물들과 그들의 언술을 통해서 기존 지배담론의 허구적 관념성과 비현실성을 드러내는데 일정 성과를 거두는 것이다.

4. '금기' 허물기를 통한 기존담론의 와해

이상에서 살펴보았듯이, 이 천운영 작가의 지속적인 몸적 글쓰기는 상징체계와 관념적 한계들을 거스르고, 뒤집는 작업을 수행하고 있다. 욕망이 무의식에서 탈출하여 현실에서 실존하게 되었으며, 인간의 내재된 동물적 본능이 규범과 상관없이 활보하도록 하였으며, 소외되었던 존재의 언어가 기존 이성담론의 대척점에 형성되고 있음을 알 수 있었다.

작가는 이러한 몸담론 전개의 방법론은 여기서 그치지 않아, 기존 상징체계를 해체하는 방법으로, 체제의 다양한 금기에 도전하는 방법도 채택한다. '금기'란 체계와 체제를 유지하기 위해 권력구조가 구획해 놓은 경계선이다. 예를 들어 인류학적으로 '근친상간'이란 금기는 족외혼을 지향한 것으로, 부족의 확장, 세력의 확대를 위한 금기였던 것처럼, '금기'란 권력구조를 공고히 하기 위해 세워놓은, 징벌을 위한 경계선이다. 경계선은 체제를 통제하기 쉽도록 한계를 정해놓은 선으로, 자연발생적인 것이 아닌 권력의 통치 용이를 위한 한계선이다. 따라서 작가는 지배세력이 정해온 '금기'를 차례대로 범함으로써, '경계선'을 허무는 작업을 지속한다.

① 그는 어둠 속에 몸을 구겨넣고 있다가 성난 황소처럼 불쑥 튀어나와 그녀에게 달려들곤 했습니다. 고양이가 쥐를 사냥하듯 방을 휘저으며 할퀴고 뜯고 몰아붙이며 그녀를 잡았지요. 그녀는 숨만 겨우 내쉬며 그의 매질을 견뎌낼 수밖에 없었습니다. <u>그 때부터 그는 뼈와 살이 있는 인간의 몸으로 존재한 게 아니라 그녀의 피를 빨고 영혼을 타락시키기 위해 다른 세계로부터 온 악령으로 존재했습니다. 흡혈귀처럼 말입니다. 그가 이빨을 들이대는 곳마다 그녀의 피부는 시들고 머리는 세고 뼈가 휘었습니다.</u> 그의 매질도 말발굽 소리도 멎지 않으면 아이는 집을 나와 유령의 집으로 향했습니다. 골목 끝에 서서 집을 돌아보면 그가 있는 집은 더 이상 집이 아니라 숨을 헐떡이며 으르렁거리는 음탕하고 난폭한 동물이 되어 있었습니다.(「유령의 집」 중에서)**18**

위의 ①은 작품 「유령의 집」의 일부분으로 아버지가 고양이 쥐잡듯 어머니를 잡아먹으려는 실제 생활을 묘사하고 있다. 이 작품은 놀이공원의 '유령의 집'이 배경이 되는데, '유령의 집'과 다를 바 없는 '나'의 집안의 이야기이다.

다리를 잃어 걸을 수 없어 불구가 된 아버지는 그의 분노와 원망을 어머니에게 쏟아놓는다. 폭력적 욕망을 유감없이 '악령'이나 '흡혈귀'처럼 발휘하는 아버지로 인하여 '집은 더 이상 집이 아니라 숨을 헐떡이며 으르렁거리는 음탕하고 난폭한 동물이 되어 있었'다.

악령이자 흡혈귀처럼 온갖 폭행을 일삼던 아버지는 결말에 이르러, 딸인 '나'에 의해 당신자신이 가르쳐준 박제기술로 유령인형으로 박제된다. 독자를 당신으로 칭하며 자신의 일상을 이야기하는 2인칭 서술자시점의 이 작품은, 결말에 이르며 독자에게 놀이공원 내 유령의 집에서 '붕대를 감은 유령'을 당신은 마주친 적이 있냐고 묻는다. '붕대를 감은 유령'은 사람이란 외형적 포장 속에 '악령', '흡혈귀'가 있다는 의미를 함축하고 있다.

이처럼 유령과 같은, 엽기적인 아버지에 이어 나의 엽기적인 행동은 '유령의

---

18 작품집, 199면.

집'이라는 공포적인 분위기 하에 수용되지만, 개별적으로 본다면 이 인물들이 보여주는 엽기성은 가공할 만한 충격을 주는 것이다. '악령'처럼 가족들에게 폭력을 자행하는 아버지의 폭력욕구나 동물들을 살해하는 아버지의 가해, 살해 욕구에서 '아버지'라는 어휘에 붙은 기존 개념은 끊임없이 해체되고, 완전하게 그 의미를 상실하게 된다. 따라서 주인공의 아버지를 처치하는 살해 욕구와 아버지를 박제해 버리는 주인공의 행동은 독자들에게 부친살해라는 패륜보다는, 공공의 적(公敵)이자 악령을 처치했다는 안도감을 안겨주기에 충분한 것이다. 아버지 같지 않은, 아버지란 유령을 제거함으로써 정의로운 가치가 획득되는 반면에 기존의 부권은 여지없이 해체되고 말지만 독자들은 비로소 악령으로부터의 해방감을 공유하게 된다. 여기에 '아버지'와 '부모'라는 기호에 부가되어온 기존 질서와 가치가 전복되며, 넘어서는 안 될 천륜이라는 '경계선' 마저 허무는데 성공하는 것이다. 작가는 폭력적 아버지 밑의 폭력적 자식의 재현을 통해, 부모와 가족의 실제적 의미를 묻는 것에 성공한다. 역시 가족 간의 육체적 소통관계를 통해, 천륜 인륜이란 기존언어로 포착되지 않던 가정 내의 실상을 몸담론을 통해 드러내고 있으며, 그 가운데 부모 및 가정이라는 오랜 믿음의 상징과 실체적 모습 간의 간극을 반추하도록 하고 있다.

작품 「등뼈」는 부부의 몸적 폭력을 묘사하는 과정을 통해 암수 한 쌍에 지나지 않는 부부관계가 적나라하게 그 모습을 드러낸다. 「등뼈」는 몸으로 교섭하고, 반응하고, 인식하는 부부의 진면목을 적나라하게 보여주는 작품이다.

> ② 여자는 등뼈가 유난히 도드라졌다. 동그랗게 솟은 어깨뼈와 새가슴, 시폰감의 치마 사이로 드러난 무릎뼈와 퀭하니 드러나 발목의 복사뼈까지. 여자가 무언가 강렬히 억누르고 있거나 모욕을 견뎌낼 때 그 뼈들은 시위를 하듯 일제히 솟아올랐다. 그때마다 남자의 몸 깊은 곳에서는 여자를 짓밟고 싶은 충동이 더욱더 강렬히 솟구치곤 했다. 그 욕구는 몸속 깊이 숨은 종양덩이와 같아서 남자의 의지와는 상관없이 무한한 번식력으로 자라났다.(「등뼈」 중에서)[19]

「등뼈」는 시종 몸 폭력의 강도와 몸으로 느끼는 통증의 강도로 부부의 관계를 묘사하는데, 애증과 그리움을 몸의 통증으로서야 감지(感知)하는 동물적, 몸적 관계가 재현되고 있다. 몸에 대한 무차별적인 폭력이 용인되는 부부관계의 묘사는 기존담론이 제시하던 부부관계의 전형을 여지없이 허물어뜨린다. 이들이 보여주는 모습은 부부라 칭하기 보다는 암수관계라 함이 더 정확한 표현이다. 실제 일상생활에서 많은 부부가 대화 없이도 많은 부분을 함께 소통하며, 사랑하며, 살아간다는 점에서, 「등뼈」는 이러한 현실의 실상을 담아내고 있다. 이 작품은 일반적이지는 않으나 폭력가정 내에 충분히 있을 만한, 강도 높은 새디스트적인 폭력과 매조키즘적인 심리상태를 노출하며, 밀착되고 고착된 암수의 애증관계를 보여준다. 언어가 갖는 개체들 간의 '거리감'이 생략되고 폭력적, 몸적 소통으로, 언어 이전의 원초적 관계가 작품 내내 지속된다. 이는 말로는 다 형언할 수 없고, 실제 말로 형용하지도 않는, 고착된 부부의 심리적 심연과 0촌 간의 몸적 소통을 여과없이 형상화하고 있다. 여기에 예의 '부부관계'라는 관습적, 관념적인 개념들이 또 하나의 폭력이었음이 드러나고, 전통적인 부부의 의미가 해체되며, 폭력과 야만의 경계선을 넘나드는 부부의 현실적 모습이 드러난다. 아무도 알 수 없는 가정 울타리 내에서 벌어지는 원초적 관계, 폭력이 난무하는 가정의 실체를 노출함으로써 앞서의 부녀관계에 이어 부부관계의 천륜, 인륜의 경계가 해체되고 있다.

앞서 논의한 「유령의 집」과 「등뼈」를 통하여 작가는 '가정'과 '부부'의 전통적 의미를 되물으며 그 견고한 울타리마저 무너져 있는 현실을 목도하게 한다. 전통적 가족구성 단위의 지각변동을 통하여 한 자아를 감싸고 있던 지반이 뿌리채 흔들리고 있으며, 그 틀 속에 더 이상 안주할 수 없는 현실을 재현하고 있다.

---

19 작품집, 139–140면.

따라서 우리는 이들 인물들이 몸으로 부대끼며 보여주는 몸담론이, 기존담론에 담지하지 못했던 혹은 안했던 실제적 상황과 적나라한 현실을 깨우치게 하며, 새로운 서사 형상을 갖추어 나가고 있음을 주목할 수 있다.

III. 무너지는 텅빈 기호 상징계

　포스트모더니즘적 인식은 기존의 과학이성중심, 남근중심주의의 거대 서사가 축적해 온 많은 상징체계와 체제의 틀을 벗어나며 해체주의적 성향의 새로운 거대서사의 인식을 제공하는데, 여성담론과 몸담론은 기존의 남근이성중심주의에 해체작업을 벌인다는 점에서 교접된다.

　천운영이란 여성작가가 쓰고 있는 몸담론은 상징계의 기존언어의 틀을 가로지르고 있다는 논의의 연장선상에서 한걸음 더 나아가 이러한 여성적 몸담론이 어떤 기법과 전략으로 기존 지배담론의 허울을 파헤치고, 새로운 서사형태와 의미망을 구축하는지에 대해서 살펴보았다.

　천운영의 작품은 기존의 기호에 따라붙는 기의, 관념성들을 지워버리고 즉물적 실체를 받아들이고, 이성적 사유방식이나 기존 상징계에 기대기를 거부하고, 그 실체의 의미와 현실의 면면들을 형상화하는 방식을 취하고 있었다.

　우선 작품의 인물들은 주로 이성과 관념적 언어에서 벗어나 자신의 현실과 본능에 밀착된 일상의 개인들이다. 기존 지배담론에서는 자신의 무의식적 본능을 드러내는 일은 검열되어 왔고, 더 나아가 '일탈'로 치부되거나 배제되어 왔다. 그러나 천운영 작품의 인물들은 신분이나 직업상 중심지배계층에 빗겨나 있는 소외자들이기에, 이들의 세계인식의 방식과 표현방식은 사회적 상징체계와 무관하거나, 비자발적으로 빗겨나 있었다. 대신 그들은 감각적, 직접적 행동반응으로 본능적 욕구에 충실한 비관념적, 몸적 언어를 사용하고 있었다. 성직자나 친모의 성욕을 노출하고, 인간 포식자들의 야만성, 가정, 부부관계 등 감추어진 공간에서 행해지는 잔혹한 폭력을 드러냄으로써, 몸글쓰기의 전략은 인간들의 본능 실체와 몸적 시간들을 여과없이 드러내며 인간 실체에 대해서 진지하게 회의하도록 하였다. 무의식적 욕망은 여과없이 본능적 모습을 드러냄으로써, 몸적 욕망과 본능은 오랜 억압의 검열 속에서 나와, 실제 모습의 핍진성을 무기로 그 모습을 당당하게 드러내고 있었다.

또 기존 상징체계의 뒤집어보기를 통해, 사람들이 실제가 아니라 관념과 기호의 세계에 갇혀있음을 적시하고 있었다. 즉 「바늘」작품의 문신행위를 통해서, 문신은 몸에 새긴 상징이자 기호일 뿐이듯이, 우리가 매몰되어 있는 상징체계는 실재(實在)가 아니라 인위적 상징질서일 뿐이라는 사실을 재확인시키고 있었다. 다만 실재로 존재하는 것은 '살을 파는 아픔'과 그것을 견디는 몸과 '아름다운 상처, 혹은 고통스러운 장식'을 싣는 '몸'만이 실재로 존재하는 것이라는 점을 역설하고 있었다. 관념적 상징계가 아니라 실재하는 현실적 모습은 바로 몸과 몸감각으로 수집하는 '실체'라는 것을 보여주었다. 이는 바로 기존 담론의 조작적 상징체계를 비틀기 함으로써, 관념과 기호세계의 인위적 비실체성, 허구적 구호성을 드러내었다.

작가는 여기서 더 나아가 기존 지배담론에서 소외되고 추방된, 불구와 기형의 인물들을 통해, 그 동안 가려져왔던 형이하학적 우리 인간의 실제적 모습을 캐내고 있었다. 또 주인물들은 불구인 동시에 아웃사이더였던 여자인물들이라는 점에서, 이 천형의 몸주체들은 태생적으로 기존담론(가부장 담론 포함)에서 부정되거나 배제되어 온 기호라는 점에서, 그들의 언어와 체험으로 이루어지는 서사는 기존담론과는 전혀 다른, 새로운 담론을 생산해 내고 있었다. 그들의 이야기는 기존담론에서 가려졌던 모든 것들에게 전혀 새로운 의미들을 부여하는 계기로 작동하고 있음을 알 수 있었다.

마지막으로 작품들이 기존담론의 경계를 해체하고 와해시키는데 성공을 거두고 있었다. 작가는 폭력적 부녀(父女)나 폭력적 부부의 몸 관계를 통해 현실의 몸주체 실상과 실제 우리 삶의 면면들을 드러내고 있었다. 가족은 한 '자아'가 비롯되는 최초의 관계라는 점에서 그 기반부터 흔들리는 지각변동을 포착하는데, '아버지'와 '부부', '가족'이라는 천륜, 인륜이 무너지는 실제 현실 노출로, 기존질서와 전통적 가치가 뿌리부터 와해되는 현실을 재현하고 있었다.

5장

본격화하는
'몸 주체'의 몸 담론
- 몸담론의 인식론과 글쓰기 방식 3 -

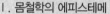

〈초록〉

　이 장은 천운영 작가가 등단에서부터 몸담론, 몸글쓰기를 시작하여 현재에 이르기까지 몸담론에 천착하여 본격화시키고 있다는 점을 주목하며, 우리 문단과 담론에 몸담론을 정착시키고 있는 그녀의 몸담론과 몸 글쓰기의 인식과 서사를 구성하는 방법들을 구체적으로 밝혀보고자 하였다.

　천운영 작가에게 있어 이야기를 시작하는, 담론을 형성하는 주인공 '주체'는 몸적이며, 그래서 실존적인 주체이며, 세계를 흡수하고 소통하는 '몸적 주체'이었다. 동시에 색, 수, 상, 행, 식의 색계(色界)에 속한, 색계를 이루는 '몸 주체'이었으며 더불어 정신과 상념, 꿈과 상처, 사회문화와 정치제도가 기입된 몸으로서의 주체이었다. 작가의 이런 '몸적 주체'에 대한 인식은 서사의 바탕을 이루는 인식론으로 이어지고 있었으며, 서술방식과 서사방식 또한 몸적 담론을 중심으로 작품을 구성하고 있음을 살펴볼 수 있었다.

　작가는 몸담론을 본격적으로 구축하는 과정에서 몸과 몸감각에 대한 정밀한 '관찰과 몸의 세계와의 접촉과 소통과정, 몸을 도해하고, 몸을 분해하는 수준에까지 천착하고 있음을 알 수 있었다. 기존서사가 보여주던 가치, 체제, 질서 등은 상징체계일 뿐 '몸 주체'들의 몸 소통에는 공허한 관념놀이일 뿐임을 살펴볼 수 있었다.

　또한 몸담론을 본격화하는 과정에서 작가는 색, 수, 상, 행, 식의 유식론적 몸 인식을 갖고 세계를 감각으로 집수하고, 그로부터 행위와 의식, 상념들을 연계시켜 나가는, 몸 감각에서 모든 시점과 이야기를 시작하고 있음도 알 수 있었다. 기존담론과는 달리, 몸감각과 몸적 경험에 초점을 맞추어 인식하고, 받아들이고 생각하기 시작하며, 의식이나 정신을 갖게 되는 순서로 작품을 서술하고 있음을 알 수 있었다.

　천운영 작가는 개개인의 몸에 대한 체제와 이데올로기의 억압과 통제, 감시, 감금의 역사에 대해서 시야를 확대하며, 몸적 억압과 통제가 얼마나 뿌리 깊게, 철저하게 개인들을 훈육, 점령, 지배해 왔는지를 비판의 시선을 보내고 있음도 살펴볼 수 있었다.

Ⅰ. 몸철학의 에피스테메

관념철학, 구조주의 언어학, 문화인류학으로 대표되는 근대의 에피스테메는 인간을 신의 영역에서 구출해 주체로서의 인간을 세워왔다. "'에피스테메'는 어떤 특정 시기, 어떤 지식분야에서 벌어지는 경험의 총체를 제안하고, 그 분야에 나타나는 대상의 존재 양식을 규정하며, 인간의 일상적 지각에 수사학적 힘을 부여하고, 나아가 인간이 진실하다고 생각하는 것들에 대한 담론을 지탱해 주는 조건을 규정한다."[1] 인간주체를 이데아의 영적 존재에서 생각(언어와 상징체계)하는 존재로, 데카르트의 코기토가 대뇌피질로 끌어내렸다면, 메를로 퐁티는 다시 인간 주체를 지각하는 몸으로 끌어내리는 새로운 에피스테메를 열었다고 말할 수 있다. 또, 하나의 에피스테메가 끝나고 다른 에피스테메가 출현하는 것을 푸코는 권력이라는 동력에 의한 지각 변동이라 보았는데, 권력 없이 요구되는 지식은 없으며, 지식 없는 권력의 강화 또한 없다고 보았기 때문이다.

포스트 모더니즘적 인식을 갖게 되며 근자의 서구 철학적 인식론과 방법론은 언어에 의한 기존 상징적 관념체계와 기호적 표상세계에서 벗어나 주체를 점차 '몸'과 '신체'에 의한 인식과 지각, 감각 등에서 찾기에 이르렀다. 탈이성주의적, 탈 이데올로기적 인식의 변화는 푸코의 '주체' 구성의 문제와 메를로

---

1   강미라, 『몸, 주체, 권력−메를로 퐁티와 푸코의 몸 개념』, 이학사, 2011년, 110면.

퐁티의 몸철학을 받아들이며, 서구의 에피스테메는 인간 주체를 대뇌피질의 언어영역에서 벗어나게 하였다. 감각과 지각하는 몸으로서의 주체를 상정하게 되었으며, 이론가에 따라 사회, 문화정치적인 이데올로기가 기입된 몸을 '주체'로 인식하게 되었다. 푸코의 몸이 생리적 몸이면서 동시에 정치적 장에 직접적으로 포함되어 있는 몸, 즉 규율과 훈육이 각인되고 기입된 몸이라면, 메를로 퐁티의 몸은 세계를 지각하는 몸, 질서를 경험하는 몸으로써, 인간 존재의 실존적 표현의 장이 된다. 따라서 현대의 '인간'은 형이상학의 심적, 관념적 존재로 더 이상 규정되지 않으며, 지각하고 경험하는 신체적 존재로 인식하기에 이르렀다.

그러나 이미 동양의 불가(佛家)사상은 4천년(佛紀) 이상의 전통 속에, 지각, 감각, 직관, 감성, 이성을 총동원하며, 그 인식론과 우주론이 이미 초언어적인 경지에서 몸의 수행과 몸에 대한 의학 및 해부학적 고찰과 사념처(몸(身), 감각(受), 지각(心), 법(法))에 의한 자아형성과 세계인식 등, 다기한 방법과 성찰에 의한 몸의 생성과 우주의 관계를 밝혀왔다. 동양의 지각에 의한 직관적 종합철학 및 소우주인 '나의 몸'을 중심으로 소우주와 대우주와의 관계에서 세계와 자연 속의 '자아'와 '주체'를 설정해 온 동양적 인식론이 비체계화, 비과학적 사상으로 머무르며 지배담론 및 제도권 교육 내에 진입하지 못하고 있는 사이, 동양의 몸담론은 서구의 몸철학으로 체계화되어 다시 새로운 에피스테메를 열고 있는 것이다. 덧붙여 설명하자면, 맑스는 서구가 대상을 정태적인 것으로 파악하고 있음을 지적하며, 대상을 활동적인 생활과정, 실천과정으로 변화됨을 파악해야 한다고 제안한다. 몸의 지각에 따라 바뀌는 대상의 의미, 사회적 맥락과 역사 속에서 주체와 대상을 이해하려는 맑스의 견해를 보더라도, 대물(對物)지식 중심의 서양인식론이 동양의 대생(對生)지식 중심의 인식론으로 확장되어 왔음을 지적할 수 있다.[2] 더불어 들뢰즈의 『안티 오이디푸스』는 인간의 무의식적 욕망을 '하고자 함'의 욕망이라고 정의하며 무의식이란 욕망의 재배치인 것으로 파악하며 서구 몸담론에 인식의 기반을 보탠다. 들뢰즈는 관계에 따라, 접속되는 이웃함에 따라 인간의 무의식적 욕망이 다른 본성을 갖게 된다고 역설함으로써, 주체를 '나'라는 몸적 존재가 세계와 접한 상태에서 변화하는 사회, 문화적 존재로 간주한다.[3] 따라서 이제 동양과 서양은 범위는 다르지만 인간 주체를 외부의 고정된 관념과 언어 및 상징체계에서 규정하지 않으며, 세계와의 간섭 속에 변화하는 감각적, 지각적 '몸적 주체'라 보기에 이르게 되었다.

몸 철학적 인식론의 영향을 받은 것인지, 생산체제 및 사회문화적 인식이 바뀌며 몸철학을 이끈 것인지는 이후에 그 전공자들이 밝힐 일이지만, 바야흐로 '웰빙'과 '에코'의 화두는 사회 · 문화, 정치권력, 생산 산업체계를 일정 지배하게 되었다. 세계적으로 휩쓸고 있는 이 진행은 몸철학의 인식론과 몸담론의 중심화로, 이후에도 오래도록 계속해서 논의될 것으로 보인다.

저자는 우리 문단의 몸담론의 본격적인 등장과 몸담론의 새로운 인식론과 글쓰기 방식에 대해서 논의한 바 있다.[4] 새로운 몸담론이 어떠한 기법과 전략으로 기존의 담론을 전복하고, 해체하는지 그리고 지배담론으로 진입하는지, 몸담론의 기법과 전략을 중점적으로 살펴보았다. 우리 문단에 본격적인 몸담론을 도입하고 구축한 작가로 평가받고 있는 천운영 작품을 연구한 바, 그녀의 글쓰기 방법과 소재, 배경, 인물설정을 통해 몸담론이 구축되는 형상을 살펴본 바 있다. 천운영 작가를 통해 본 몸담론의 기술방식은 언어적 관념체계나 서사적 상징체계를 탈피하는 방법으로 자신만의 '몸'으로 세계와 부딪기고, '몸'이 자신의 욕망을 말하기 시작하며, 자기 몸에 내재한 무의식적 욕망과 동물적

---

2   장회익, 『삶과 온 생명』, 솔 출판사, 1998 참조.
3   질 들뢰즈, 가타리, 최명관 역, 『안티 오이디푸스』, 민음사, 1994 참조.
4   박선경, 「몸 담론의 새로운 인식론과 글쓰기 방식」, 한국문학이론과 비평학회, 2007, 373-398면.
    「지배담론으로 진입하기 위한 몸담론의 기법과 전략」, 한국어문학회, 103집, 371-398면.

본능을 기존담론의 '검열기관'을 뚫고 발설하고 있었다. 그들의 욕망은 체계적 기호놀이나 관념적 상징체계가 주입했던 욕망이 아니라 순전히 그들의 몸이 요구하는 욕망을 따라가며, 즉물적 실체를 받아들이며 몸에 감각되는 전−상징적 언어를 사용하고 있었다.

또 이것이 가능케 하기 위하여, 인물들을 지성, 이성, 관념적 체계에서 벗어나 하루하루를 몸으로 살아가는 신분과 직업군들을 선택함으로써, 사건이나 대상과 부딪치며 그들의 몸감각을 통해 반응을 드러내거나 직접적인 행위와 몸적 대응을 하고 있음을 살펴보았다. 이러한 양태는 몸적 본능과 욕구에 집중하고 충실함으로써, 몸적 언어체계를 구축하고 있었다. 성욕 및 파괴적 본능(Eros & Thnatos), 최상위 포식자(인간)의 식욕과 폭력 본능을 유감없이 발휘하며 인간이 더 이상 형이상학적, 관념적 존재가 아님을 설파하고 있었다. 관념을 제거한 동물적 욕구와 충동적 생기와 생존본능, 폭력적 살해욕망을 거리낌없이 드러내며 인간의 동물적, 원초적 본능을 나열하고 있었다. 예의 '인간'에 대한 이데아적 정의를 허물며, 몸적 본능과 무의식적 욕망이 기존의 검열기관을 뚫고 지배담론으로 진입하고 있음을 논의하였다.

동시에 기존담론을 전복하고 비틀고 와해시키기 위하여, 기호와 상징체계는 실재적, 본질적 세계와는 거리를 둔 관념적이거나 개념적인 허상임을 드러내고 있었다. 지배체제에서 추방된 불구인(不具人)과 기형(奇形)인의 몸 글쓰기를 통해 기존담론의 관념성과 비실재성을 드러내는 방식을 보여주기도 하였다. 또한 부모와 자식, 가정, 부부의 실상과 실재를 드러냄으로써 기존담론 내의 '금기'를 허물고, 사회적 상징체계들을 와해시키는 작업으로 기존사회와 관념적 상징체계들을 허무는 작업들을 보여주었다.

철학사에서 몸담론이 기존 관념철학의 인식론이나 방법론에서 전혀 다른 에피스테메를 이루듯이, 몸적 서사물 역시 기존의 언어체계 내의 관념과 상징체계와 다르게, 오롯이 자신의 몸으로 부딪치며, 체험하는 경험과 사실들을 서사화하고 있다는 점은 중요사항이라 할 것이다.

그녀의 몸담론, 몸글쓰기는 기존의 상징체계와 의미, 관념체계를 벗어난 곳에서 서술을 시작하고 있었으며, 자기 몸으로 체험하는 세계를 감각하고 받아들이며, 지각된 식(識)과 상(想)으로 세계를 인식하고, 다시 이들의 조합과 배치로 새로운 세계의 의미를 생성해 내는 글쓰기 형식을 취하고 있었다. 또 작품의 의미생성을 주도하는 서사배경, 공간 이미지 등을 살펴본 바, 배경(대상적 세계)과 서경(敍景)은 붙박힌 정물(靜物)이 아니라 인물들과 교섭하고 혹은 인물을 통어하는 또 하나의 의미 있는 개체로 상호적 존재로 상관하고 있었는데, 몸담론은 몸이 부딪치는 세계가 하나의 물활적 존재로서 서로 의미를 교환하고, 주체 형성에 개입한다는 인식을 보여주었다.

또 몸담론을 통해, 만물의 영장, 형이상학적 존재로 규정해 온 기존의 인간 개념은 형이하학적인 존재로, 이상(理想)적 정태(靜態)에서 현실적 실체로 추락하였는데, 그것은 체제규범과 관념에서 자연인의 본래적 실태(實態)로 자유화되어 가는 과정이라 보았다.[5]

천운영은 그 이후에도 이상에서 살펴본 바와 같은 몸적 인식론을 바탕으로 몸적 지각과 감각을 통한 몸 글쓰기로 몸담론을 구축해 왔다. 10여년 전 작품집 『바늘』(2001) 발표 당시만 해도 생소했던 몸담론의 출발은 이제 우리 문단에 깊숙이 지배담론의 한 축을 이루게 되었다. 몸담론이 우리 사회에 지배담론으로 자리 잡는 과정에서 거기에는 분명 양적 확장과 질적 변화가 있을 것이라는 예단 하에, 본고는 몸담론이 기존담론을 구성하던 인식의 방식을 어떻게 바꾸며 하나의 지배담론으로 자리 잡게 되었는지, 어떠한 방법을 동원하여 몸담론을 확장하여 왔는지 그 양태와 현재 모습들을 살펴보고자 한다. 천운영은 본격적으로, 정치(精緻)하게 몸 글쓰기, 몸담론을 구축하여 왔기에, 또한 시종

5　박선경, 「지배담론으로 진입하기 위한 몸담론의 기법과 전략」, 한국어문학회, 103집, 371-398면.

(始終) 몸담론의 정전(正典)의 모습을 보여온 대표적 작가이기에 그녀의 작품집 『명랑』(2004), 『그녀의 눈물 사용법』(2008), 장편 『생강』(2011)의 작품[6]들을 분석의 대상으로 삼고자 한다.

---

6   천운영, 『명랑』, 문학과 지성사, 2004.
        『그녀의 눈물 사용법』, 창작과 비평사, 2008.
        『생강』, 창작과 비평사, 2011.

II. 본격적인 몸담론과 몸 감각에의 천착

1. 해체와 해부를 통한 '몸 주체'의 설정

메를로 퐁티는 '몸'을 정신이자 사유이며 실존이라 언명하며, 몸의 지각이나, 감각을 통해 대상과 교섭하고, 해석하며, 행동을 통해 세계 속에 주체로서 존재한다고 역설함으로써 불교의 유식론적 인식론을 선보인다. 퐁티는 '주체는 어떤 존재의 환경에서 같이 탄생하는 또는 그와 종합해서 동시에 일어나는 힘(energy)이라고 말하며, 감각적인 것은 운동적, 생명적 의미를 가질 뿐만 아니라 어떤 공간 지점에서 우리에게 제시되는 〈세계-에로-존재〉의 어떤 방식 이외의 것은 아니라'고 말한다.[7] 이는 기존의 서구철학의 인식론과는 전혀 다른 곳에서 출발하는 것으로, 불교의 유식론[8]에서 말하는 정신-주체가 형성되는 사념처(四念處 - 신(身), 수(受), 심(心), 법(法)에서 감각과 생각을 일으키는 것을 의미한다)의 구분처럼 언어 이전의 몸의 육관(六官)을 통해 대상(色)을 지각하고, 감정작용을 받아들이며(受), 개념이나 표상을 취한 심상(想) 작용을 일으키며, 반응하는 행위(行)를 하고, 인식과 판단의 의식(識)[9]을 한다

7　조광제, 『몸의 세계, 세계의 몸』, 이학사, 2004. 참조.
8　불전간행회, 『능엄경』, 1999. 참조.
　　오형근, 『유식학입문』, 불광출판부, 1992. 참조.
9　오온(五蘊)인 색(色), 수(受), 상(想), 행(行), 식(識)에서 색은 대상세계를 수,상,행,식의 넷은 보이지 않는 정신작용이다.

는 유식론과 같은 에피스테메를 여는 것이다.

천운영 작가는 작품을 더해오며 몸담론을 심화시키는 과정에서, 현미경 투시의 미시적 수준에 이르기까지 몸을 관찰, 해석, 해부해 들어가는데, 정치(精緻)하고도 섬세한 관찰과 전문가의 날카로운 촉수를 내세운다. 그녀의 작품을 읽노라면, 불교의 유식론처럼 세계와 대상에 대한 오관(五官)에 의한 감각적 포착(色), 감각기관의 수용(受), 이어지는 상념의 연계(想), 덧붙여지는 행동반응(行)을 기술하고, 이어 사유하고 판단 의미화(識)하는 – 순차의 글쓰기를 하고 있음을 발견할 수 있는데, 이는 몸철학과 유식론을 작품으로 재현한 듯한 확신을 준다.

전적이고 본격적인 몸담론을 구축하는 과정에서, 작가는 인물의 몸을 해부하고, 치밀한 전문가적 관찰묘사를 가능케 하기 위해 누드사진 전문가(「소년J의 말끔한 허벅지」), 발관리사(「명랑」), 육체고문 기술자(『생강』) 등을 등장시키며 그 외에도 몸에 집착하는 인물─ 자해를 연구하는 인물(「그림자 상자」), 피부병을 앓는 인물(「노래하는 꽃마차」), 유방이 세 개인 인물(「세 번째 유방」), 피부색이 다른 인물(「알리의 줄넘기」) 등등으로 설정함으로써, 서술자의 시야와 시점을 통해 몸과 몸 감각에 더욱 천착해 들어간다.

> 도드라진 등뼈에 가 박히는 한줄기 붉은 선. 이 비천하고 더러운 몸아. 영원히 채워지지 않을 더러운 욕망아. 어김없이 후려치는 매서운 채찍질. 울어라, 소리쳐라, 절규해라. 애원하는 등뼈, 절망하는 목, 울고 있는 어깨, 순종하는 엉덩이. 그는 살점이 뜯겨나가고 피가 낭자해질 때까지 가혹한 채찍질을 멈추지 않는다. 무의미하던 여자의 몸이 살아 움직이기 시작한다.
> 카메라에서 눈을 떼고 길게 숨을 내쉰다.[10]

---

10 「소년 J의 말끔한 허벅지」, 『그녀의 눈물 사용법』, Ibid, 11면.

예술전문 사진가의 피사체에 대한 투망은 대상을 투과하는 수준의 섬세하고, 집중된 시선일 것이다. 누드사진을 찍으며 나는 모델 '사람'이 아니라, 모델의 '몸'을 향해 말을 걸고, 주문을 쏟아내는데, 피사체 '몸'은 오롯이 하나의 '주체'로 상정된다. 피사체 몸에 생생한 활기를 불어넣기 위해 나는 그 몸에 폭력적 심상을 주입하는데, 몸은 그와 소통하는 듯 "살아 움직이기 시작한다".

'나'는 몸에 말을 걸며, 생생히 살아나게 만든다. 몸을 소통하는 피사체로 간주하며, 예술작품을 살아있는 것으로 승화시키고자 하는(사진작가) '나'의 주문에서, 몸에 사진작가의 예술정신이 기입(記入)되는 상황을 볼 수 있다. 이 장면은 천운영 작가의 몸 글쓰기 작업을 알레고리하고 있는데, 즉 사진작가가 피사체인 몸에 집중하고, 몸을 확대하여 관찰하고, 몸과 소통하고, 해석하고, 예술적으로 승화시키려는, 몸에 대한 천착이 소설가 천운영의 몸담론에 대한 작가정신을 은유하고 있다.

작가의 이러한 몸에 대한 천착은, 몸의 관찰과 소통, 물활(物活)을 넘어 몸을 도해(圖解)하고, 분해하는 전문적 해부의 수준으로까지 확대되어 왔다.

> 나는 칼을 받아들일 준비가 되어 있다. … 칼이 내 몸을 뚫고 들어오기 시작한다. … 고통도 쾌감도 느껴지지 않는다. … 칼은 점점 더 깊숙이 몸속을 파고든다. 모든 신경을 칼끝으로 집중시킨다. … 칼은 여전히 내 몸속에 들어 있다. 칼이 꽂힌 몸은 어쩐지 희극적으로 느껴진다. … 칼자루를 잡아당기자 붉은 피가 솟구친다. 피는 배를 적시고 허벅지를 타고 발등으로 흘러내린다. 나는 구멍난 육체를 보고 싶어진다. 피로 얼룩진 살덩이. 웅덩이처럼 어둡고 더러운 구멍. 피는 더 이상 흐르지 않고 칼이 빠져나간 자리에 남았던 피도 감쪽같이 사라져 버린다.[11]

---

11 「그림자 상자」, 『명랑』, Ibid, 222면.

배를 칼로 찌르면 치명적인 부상을 입거나 죽음으로 이어지게 마련이다. 그러나 '나'는 칼로 찔렀을 때의 몸의 변화와 반응에만 집중하느라, 예의 '죽음'에 따라오는 공포와 두려움이란 관념을 갖지 않는다. 따라서 몸의 죽음이 곧 나의 죽음이라는 연쇄 상념이 작동되지 않음으로써, 삶/죽음이라는 경계선을 초월한 모습을 보인다.

그래서 언제든 누군가가 나의 배를 칼로 찔러주기를 소망하며, 자신의 재산을 내걸고 칼로 자기 배를 찔러줄 사람을 구하는데, 이는 엽기적인 행각으로 보이기보다는 몸을 탐구하는 주인공과 작가의 치열한 정신으로 보인다. 일의 수행— 자신의 배를 칼로 찌르기—에 열중하느라, 흔히 죽음을 앞두고 사람들이 벌이는 죽음의 준비와 그로부터 가지치기되는 사망과 관련한 연상(공포, 두려움)은 전개되지 않는다. 한 '주체가 산다는 것'이 주체의 계속되는 행위이듯, 자발적 죽음 또한 하나의 행위일 뿐, 주인공에게 죽음은 종말의 의미와 연관되지 않는다. 가히 몸에 대한 천착이 죽음 및 종말의 경계선을 벗어나, 자신의 "구멍난 육체를 보고 싶어" 하는 욕망으로 확대된다. 더 나아가 칼이 꽂힌 자신의 몸을 '희극적'으로 느끼는 해방의 시야로 확대되며, 죽음에 연계되는 끔찍한 공포와 두려움마저도 습관적인 상상(개념), 상징구조화된 무의식이었음을 들추어낸다. 작품「그림자 상자」는 천운영이 펼쳐 보이는 몸 글쓰기 중 가히 '몸적 예술소설'이라 칭할만한, 실험적 구도(構圖)로 쓰여진 작품이라 할 것이다.

다락방에 누워 그곳에 슬그머니 손가락을 살짝 대본다. 정말 움직이고 있다. 움찔움찔. 규칙적으로 움직였다가 멈추기를 반복한다. 조금 더 안쪽으로 손끝을 넣어본다. 촉촉하고 보드랍고 몽롱하다.
나는 내 몸속에 이렇게 신비로운 곳이 존재한다는 사실을 처음 알았다. 이곳은, 새벽 숲 같다. 새들이 깃을 털고 꽃봉오리가 터지고 이슬방울이 맺히는 새벽 숲. 끝없이 펼쳐진 갯벌인지도 모른다. 여기 깊숙한 곳에 제 배를 밀고

빨판을 옴츠리고 살을 벌리며 움직이는 생물들이 산다. 이곳은, 우주다. 하나의 세계가 폭발하며 빛을 내고, 또 하나의 세계가 그 빛을 끌어당긴다.

내 몸에 축제가 벌어진 것 같아. 생크림처럼 몽롱하고, 불고데처럼 뜨겁고, 홍옥처럼 쌔끈한 내 몸의 축제. 내 몸의 가장 깊숙한 곳에서 시작된 떨림은 배꼽을 지나 명치뼈를 짓누르고 목구멍까지 단번에 치올라온다. 아..... 이런 느낌.... 진이에게 전화를 걸어야지. 사랑하는 사람이 생겼다고 당당하게 말해야지. 나도 심장 뛰는 청년이 되었다고 자랑해야지.[12]

'사랑에 빠져 있는 사람은 사랑을 사유(思惟)하지 않고 단지 체험한다. 이 사랑의 체험이 끝났을 때, 그는 돌이켜 생각한다.'[13] 위 예문은 사랑에 빠지는 순간의 몸적 반응을 묘사한 것으로, 자궁의 움직임을 통해 처음으로 자신의 몸에 그런 곳이 있다는 것을 알게 된다. "정말 움직이고 있다. 움찔움찔...... 내 몸속에 이렇게 신비로운 곳이 존재한다는 사실을 처음 알았다." 사랑에 빠진 자아를 그리기 위해 사랑의 달콤함이나 몽환적 상상력을 펼치는 기존의 서사 전개는 생략되고, 사랑을 처음 접하게 되는 감각적 경험과 처녀가 느끼는 몸의 충격 그리고 세상에 처음 발설되는 생경하고 생생함의 순간이 포착되고 있다. 기존의 관념적 '사랑'과 이에 연관된 모든 감성의 언어를 동원하지 않으며, 몸의 감각과 신체기관의 반응과 충격을 묘사하는데, 사랑은 지각과 감각을 통해 스며드는 것이지, 기존담론이 그리는 사랑처럼 상상, 관념의 언어로 생각하는 것이 아님을 깨닫게 한다.

"생크림처럼 몽롱하고, 불고데처럼 뜨겁고, 홍옥처럼 쌔끈한 내 몸의 축제. 내 몸의 가장 깊숙한 곳에서 시작된 떨림은 배꼽을 지나 명치뼈를 짓누르고 목구멍까지 단번에 치올라온다." 너무도 생생한 몸적 반응, 거부할 수 없이 밀려드는 몸의 진동, 자신의 의지나 예상을 뒤엎는 몸의 자극을 묘사한 이 부분은, 이것이 '진짜 사랑'이라는 깨달음을 갖게 한다. 사랑은 몸의 생생한 경험과

---

12 『생강』, Ibid, 97면.
13 강미라, Ibid, 77면.

충격으로 다가오는 것이지, '사랑'이라고 논리적 언어로 포착, 개념 정립되는 것이 아님을 보여준다. 즉 진짜 사랑은 좌측 대뇌피질 언어기관의 상사(想思)가 아니라, 이러한 전율과 떨림이 치올라오는 몸적 반응이 아닐 것인지. 잘 안다고 쉽게 인식되던 '사랑'의 에피스테메가 아예 다른 곳 – 몸에서 시작되고 있음을 지적할 수 있겠다. 적어도 기존서사물의 '사랑'과 비교할 때 천운영이 포착하는 '사랑'의 범주는 전적으로 몸에서 비롯됨을 알 수 있다.

2. 본격적 감각기관의 동원, 상념과 관념을 대체하는 몸 감각

천운영의 작품을 읽노라면, 기존담론에서 기술되던 사회·문화적으로 통용되는 사유체계, 연상(聯想)을 통한 상상의 관념공간 확장, 메타포 등의 기호상징계가 아니라, 인간을 포함한 모든 물상의 '몸'과 대상들이 살아숨쉬는 실재계를 접하게 된다. 동시에 이성적이거나 체계적인 관념적 서사가 아니라, 일상생활에서 '몸'을 통해 세계와 부딪치는 감지과정(色, 受, 想)이 선재하고, 이후 그 의미를 되새기고 판단하는(行, 識) 과정으로 기술된다. 즉 작가는 허구적 상상과 사유(思惟)를 전개하며 글쓰기 하는 것이 아니라, 몸 감각을 기록(글쓰기)함으로써 비로소 그에 반응하고 의미화하는 모습을 보인다. 이러한 몸 글쓰기는 작품이 진행되어 갈수록 본격적으로 진행되는 바, 관념의 개입과 상식적인(그래서 식상한) 사유체계를 불허(不許)하기 위한 듯, 작가는 더욱 진지하게 온 감각의 촉수를 세우며, 감각기관을 확장, 대상(세계)을 집수(執受)하는 과정을 보인다.

작품집 『명랑』을 시작하는 단편 「명랑」의 '나'는, 발 맛사지사이기에 손의 촉각과 후각으로 모든 대상을 인식하는 모습을 보여준다. 몸과 몸이 부대끼는 직업을 가졌기에 대상과 세상은 몸감각의 차원에서 수용되며, 상념과 개념이 전개되는 대신 '나'의 감각의 촉수는 또 다른 대상을 향해 움직인다.

그녀에게서 풍기는 늙은이 냄새 또한 죽음을 위장하는 방부제 냄새가 분명하다.[14]

늙은 여자가 내뿜는 담배 냄새는 내가 뿜어내는 냄새보다 좀더 강하고 어둡다. 방치된 지하창고 같다. 거기서는 생기가 잊혀지고 죽은 쥐가 썩고 노래미가 모이고 먼지가 굳는다.[15]

집 안은 온통 가오리 삭는 냄새다. 가오리가 삭으면서 나는 냄새는 어쩐지 노인네 방에서 풍기는 냄새와 닮아 있다. 그것은 상하거나 죽어가는 냄새와는 다르다. 죽었으나 썩지 않기 위해 제 몸을 삭히는 발효의 냄새. 내게서도 언제가 저런 냄새가 나겠지. 늙고 외롭고 쓸쓸해서 고함치는 냄새. 나도 노인네로 늙어가겠지만 어머니처럼 곱게 늙지는 못할 것이다.[16]

엄마가 신발을 꿰어 신고 내 앞으로 다가온다. 엄마에게서는 누린내가 난다. 비에 젖은 개털 냄새, 찬 바람에 노출된 가죽 점퍼 냄새, 엄마에게서 풍기는 냄새는 여자의 냄새가 아니다. 엄마의 목소리가 굵어지면서, 수염이라도 난 것처럼 코밑이 검어지면서부터 풍기기 시작한 그 냄새는, 사내들의 콧바람에서 묻어나오는 역겨운 냄새와 닮아 있다. 늙어가는 여자들에게서는 왜 남자 냄새가 나는 걸까?[17]

위 예문은 '나'는 냄새와 맛의 감각으로 세상을 받아들이고, 이후 감각수용에 따른 상념을 전개하는, 작가의 몸글쓰기 방식을 보여준다. 「명랑」에서는 특히 후각의 감각을 강박적이라 할 만큼 많이 사용하는데, 그녀는 할머니, 어머니, 아버지를 후각으로 수용한다. 가장 정서적으로 밀착되어 있고, 시공(時空)과 역사를 함께 해온 식구들을 받아들이는 통로는 생각과 사유를 통해서가 아니라, 내 몸의 일차적인 소통의 관문, 즉 감각을 통함으로써 식구들은 관념 이전에 내 몸 속에 녹아있는 나의 일부로 인식되고 있다. 언뜻 개별적으로 보이는 식구들은 "제 몸을 삭히는 발효의 냄새"가 "늙고 외롭고 쓸쓸해서 고함"을 치는 집안 분위기에도 불구하고, 다른 식구들을 제 몸의 일부로 인식하는

---

14 「명랑」, 『명랑』, Ibid, 11면.
15 Ibid, 12면.
16 Ibid, 16면.
17 Ibid, 29면.

공(共)감각이 발휘된다. 취업 못한 딸 몰래 가방에 용돈을 넣어주고, 빗속을 헤치며 집에 들어오지 못한 딸이 걱정돼 한 밤중에 먼 길을 찾아나서는 투박하고 무뚝뚝한 어머니, "죽음을 위장하는 방부제 냄새가" 나는 할머니의 맨발에서 "달짝지근하면서도 비린 풋내, 향기로운 발냄새"를 맡으며 발을 씻기고 발 맛사지를 해주는 '나'는 행여 한끼라도 노인네가 식사를 거를까 노심초사한다. "평생 자기 떡해 먹고 가꾸느라 자식도 돌보지 않고", "평생 일 한번 해본 적 없는" 시어머니를 수발하는 과부 어머니는 "노인네 머리맡에 자리끼를 놓는다. 그리고 나는 그것이 정화수라도 되듯 빌어보는 것이다. 내가 준비될 때까지만 살아달라고" 시어머니를 위해 기도한다. 가족들은 쾌쾌하고 삭아가는 살림 속에서 순간 서로 짜증과 원망도 해보지만, 하나의 유전자로 연결된 몸들처럼, 끈끈하고도 진한 가족애를 베어낸다.

예문에서 보듯이 '내'가 냄새를 지각하는 과정이 먼저 서술되고, 냄새의 색(色)에 따라 늙음과 죽음, 추함 등 관념이 이후에 뒤따라 서술되는 것을 볼 수 있다. 하지만 가족들은 이러한 관념(미추(美醜), 호오(好惡))으로 분류되기 이전 몸의 차원에서 하나의 '감각'으로 묶여, 서로를 수용하고 있는 모습이다. 늙음, 죽음, 추함이란 부정적 개념으로 표상화되기 이전에, 이들 피붙이들은 같은 시공 안에서 하나의 대기(大氣)를 몸으로 공유하며 진하고, 끈끈한 점액처럼 함께 엉기어 공존하고 있는 것이다. 그래서 그 어떤 관계보다도 일차적이고 몸적인 진한 관계, 가족애가 드러나게 된다.

> (할머니의) 곱게 빻아진 그녀의 뼈는 꼭 흰 명랑 가루 같았다. 남골당에 넣기 전, 나는 그녀의 뼛가루를 조금 덜어내 작은 상자 안에 담아두었다. 그리고 그녀의 발이 생각날 때마다 상자를 열어보았다. 그리고 손가락에 침을 묻혀 <u>그녀의 뼛가루를 묻힌 다음 혓바닥으로 맛을 보곤 했다.</u>
> <u>내 내부에는 언제나 나를 바라보며 침묵하는 그녀가 있다... 나는 내 속에 있는 그녀를 위해 명랑을 먹는다.</u> 설탕처럼 하얗고 반짝이는 명랑 가루에서는

그녀의 냄새가 난다.[18]

'나'는 할머니의 뼛가루를 맛봄으로써 자기 내부에서 "언제나 나를 바라보며 침묵하는 그녀"를 확인한다. 그리고 자기 속에서 자기를 바라보는 할머니를 위해, 할머니가 진통제로 늘 먹던 '명랑'을 할머니 대신 투여한다. 방부제 냄새, 제 몸을 발효하여 삭히는 냄새나는 할머니이지만, 죽음과 추함이란 관념적 꼬리표가 붙기 이전, 공(共)감각으로 서로를 수용했던 존재이기에 나는 내 몸속에 할머니의 뼛가루를 넣으며(할머니의 뼛가루를 먹음), 함께 미각과 후각을 공유한다. 어떠한 상징체계도, 관념도 개입되기 이전, 몸과 몸의 소통, 감각을 공유하는 가족이 하나의 '몸'이 되는 것을 볼 수 있다.

'명랑'은 진통을 참기 위해, "썩어가는 부패의 냄새를 감추기" 위해 할머니가 늘 먹는 '방부제'이며, (죽은 할머니 뼛가루를 먹음으로써) 내 배 속에 있는 할머니를 위해 나는 명랑을 먹고, 늘 할머니와 함께 있어 나는 다시 힘을 얻고 명랑해진다. 가족끼리 살아가며 서로 원망하고 애처로움에 짜증도 내지만, 서로가 있기에 다시 힘을 낼 수 있고, 내 근본적인 몸에 힘을 주는, 같은 DNA들의 몸적 교류를 포착함으로써, 작품은 우리가 존재의 유래(由來)에서부터, 거주의 시공 환경에서 '몸적 주체'로 살아가고 있음을 형상화하고 있다.

감각의 확대를 통한 세계와의 소통은 비단 후각 뿐만 아니라 몸의 감각 전체가 동원된다. 인물들은 오감각의 촉수를 세우며 세계와 대상을 인지하고, 수용하며 몸으로 세계와 소통하는 인물들에게서 관념적 언어가 아닌, 몸의 통점과 감각기관에 수집되는 자극에 반응하는 모습을 볼 수 있다.

작품 「멍게 뒷 맛」은 옆집 사는 '내'가 이웃집에서 들리는 소리에 청각을 확

---

18 Ibid, 37면.

대하며, 청취과정에서 기대와 환희, 기쁨과 실망, 힘을 얻거나 좌절을 맛보고 심지어 죽음에 이르게 되는 심상의 변화를 서술하고 있다. 옆집 그녀의 고통스런 비명을 '들으며' 생의 욕구를 채우기도 하고, 기력을 잃고 죽어가기도 하는 연관 심상(心想)들을 담아내고 있다.

> 당신의 울음소리를 듣는 순간 내 심장이 거칠게 뛰기 시작했다. 벽을 통해 들려오는 당신의 울음소리는 내 앞에 무릎을 꿇고 앉은 당신의 모습을 상상하게 했다. 당신의 비굴한 모습을 떠올리자 내 속에서는 <u>어떤 승리감 같은 것이 솟아났다. 남자가 소리를 지르면 지를수록, 당신 울음소리가 커지면 커질수록 나는 더 흥분되고 즐거워졌다.</u>
>
> 나는 당신의 울음소리를 더 듣고 싶었다. 여전히 벽에 매달려 당신의 울음소리를 기다렸다. <u>당신의 울음소리는 내게 알 수 없는 힘을 불러일으키고 있었다.</u> … 당신의 울음소리가 내게 어떤 활력을 가져다준 것이었다.[19]
>
> 그리고 당신이 손길이 내 몸으로 건너왔다. 당신이 누르는 멍게 살이 내 몸의 어느 즈음인 듯 나는 당신의 손놀림에 맞춰 호흡을 고르고 몸을 비틀고 있었다. 근질근질하면서도 몽롱한 기분이었다. … <u>당신의 향기와 멍게의 싸한 냄새에 나는 정신이 아득해졌다.</u>[20]
>
> 어떤 불행도 당신을 굴복시킬 수 없는 것 같았다. 당신에 대한 측은함과 적개심 사이에서 나는 갈피를 잡지 못하고 있었다. 하지만 당신이 불행하다고 생각될수록 더 즐거워지고 힘이 솟아나는 건 나도 어쩔 수 없는 일이었다.[21]

옆집에 이사 온 아름다운 부인에게서 나는 "내 자신이 늙고 추레하고 하찮게 여겨"(76면)지며, "나는 당신의 모든 것을 시기하기 시작"(76면)한다. 그런데 내게 다행인 것은 어느 날부터 그녀가 남편의 폭력에 신음과 비명을 지르기 시작한 것이다. 벽을 사이에 두고 나는 '촉각'을 확장시키며, 들려오는 그녀의 비명소리에 따라 기쁨과 흥분, 솟아나는 힘의 기분들을 느끼기 시작한다. 소리

---

19 「멍게의 뒷맛」, 『명랑』, Ibid, 77-78면.
20 Ibid, 81면.
21 Ibid, 83면.

를 '감각'(色)으로 '받아들이고'(受)에 이어 '기분(氣分)'(想)이 변화를 일으키며, 나는 타인의 비명(悲鳴)을 고대하고 집착하는 행동(行)을 하며, '당신의 울음소리가 없는 집을 견디기 힘들'(識)어 하는 인식을 갖게 된다. 색, 수, 상, 행, 식의 108번뇌[22]를 일으키며 결국 그녀가 죽고, 그녀의 고통스러운 비명을 더 이상 듣지 못하자 나 역시 삶의 생기와 의욕을 잃으며 죽어간다. 몸이 있는 한 우리는 색계(色界)에 머무르며, 대상을 접촉하고 받아들이며 상호작용할 수밖에 없는 몸적 주체이다. 불가(佛家)의 유식론에서 몸을 집수(執受)라 하는데, 집수(몸)는 감각을 통해 세상을 수집하고 유지·생리기능을 보존하는 역할을 한다. 몸의 감각에 따라 마음, 심리작용을 일으키는 유기적인 결합관계에 있고, 몸에 의하여 이 작용은 유지되며, 차가움이나 뜨거움, 기쁨이나 고통 등 감수(感受) 작용을 한다. 유식론에서 몸을 유지하는 것은 '마음, 심리작용'이라 하며, 이것을 식(識)이라 일컬었다.

나의 시기심과 질투심으로 유발된 '그녀의 불행' 원망(願望)에 따라, 기쁨과 환희의 심리작용을 겪으며, 어느 사이 나는 '그녀의 불행'에 대한 욕망으로 채워진다. 그녀의 비명소리 '듣기'는 '내 생의 활기'를 일으켜, 무의식적 욕망으로까지 자리잡게 된다.

> 나도 살고 싶다. 그러나 이제 당신 없이는 살 수가 없었다. 나는 당신의 불행없이는 어떤 활기도 갖지 못했다. …… 당신이 없던 애초의 삶으로 되돌아간다는 것도 불가능했다. 당신이 죽자 당신의 불행도 사라졌고, 내 생의 활기도 사라졌다. 내 인생은 당신과 함께 사라졌다. 하나의 죽음이 또 하나의 죽음을 이끈 것이다. …… 나는 죽어가고 있다. 그래 당신 이제 만족한가?[23]

---

22 108번뇌는 감각기관인 육근(안(眼), 이(耳), 비(鼻), 설(舌), 신(身), 식(識))을 통하여 받아들이는 상(想)이 호(好), 오(惡), 평등(平等) 3가지로 나뉘어 18가지 번뇌를 일으키고, 고(苦), 락(樂), 사(捨)의 3수(受)의 인식작용(6육근의 인식)이 벌이는 고뇌를 의미한다. ((6×3)+(6×3))×3)=108.

23 Ibid, 97면.

그러나 '그녀의 고통스런 비명을 듣기 원하는 욕망'은 그녀가 사라지자, 몸이 더 이상의 감각 · 심리 작용의 집수(執受)기능을 못하며, 따라서 자신의 욕망을 상실하고, 원천적 힘을 잃게 된다. 하나의 주체가 '몸'으로 감각하고 인지하며, 상념과 정념을 만들며 자아를 형성하는 것이 묘사되고 있다. 몸과 마음, 심리작용의 유기성을 드러내고 있는데, 욕망하는 귀의 감각(그녀의 고통스러운 비명)이 차단되자, 그녀는 마음도, 욕망도 상실하게 되고, 몸이 죽어가게 된다. '몸'의 감각이 비중있게 다루어지며, 한 주체를 살리고, 죽게 되는 과정이 묘사됨으로써, "몸은 대상(對象)이 아니라 살고 있는 주체, 매 순간 실존하고 있는 주체"[24]임을 재현하고 있다. 힌두교와 불가의 동양철학에서는 몸의 도움 없는 마음은 그 역할을 못한다고 보며, 몸 없는 정신, 정신없는 몸은 존재할 수 없기에 요가와 수련, 명상을 통해 정신과 몸의 조화를 추구해 왔다. 정신의 정(精)은 몸을, 신(神)은 마음을 의미하며, 몸과 마음을 하나로 보아 이를 일컬어 '정신'이라 한다. 「멍게 뒷 맛」은 몸의 '감각'을 확대경으로 부각시키며, '나'의 생기와 죽음을 통해 몸과 마음이 하나의 유기체임을 강조함으로써, 주체가 몸적 존재에 다름 아님을 형상화하고 있다. 작가의 인식론을 대변하는 작품이라 하겠다.

이처럼 작가는 본격적으로, 구체적으로 몸의 감각을 더욱 확대 − 조망, 재현함으로써 몸적 인식과 몸담론에 대한 그녀의 천착을 더욱 깊이, 분명하게 해온 것이다.

3. 정념과 상념을 위한 몸의 소통과 통제

앞서의 장에서 '감각'에 선(先)집중하고 연상과 인식으로 전개해 나가는 과정을 살펴보았다. 그러나 색→수→상→행→식의 과정은 일방향으로 흐르

---

24 강미라, Ibid, 48면.

는 것이 아니라, 쌍방향과 각기 전(全) 방향으로 서로 상응, 교섭하는 것을 작가는 놓치지 않는다. 이는 앞서 말했듯이 작가가 '본격적'으로 몸담론을 실험하고, 천착하여 확대하고 있다고 말할 수 있는 이유이다.

천운영의 몸담론은 때로는 집수(執受)의 순서를 바꾸어, 상념과 인식을 조절하기 위해 몸감각의 소통을 구하고, 또는 몸을 통제하고 억압을 하는 혼순(混順)의 과정들을 보여준다. 즉 생각(想)과 인식(識)을 판단하거나 조절하기 위해, 대상(色)과 감각(受)에 기대어 행위(行)를 조절을 하는 것이다.

> ① 사랑이란 당신의 몸이 다른 사람의 몸에 보이는 반응이라고 당신은 믿고 있었다. 당신 몸이 남자에게 반응하는 한 당신은 남자의 폭력을 참아낼 수 있었다. 그만큼 남자를 사랑하고 있다고 당신은 믿고 있었다. …… 그러나 당신에 대한 남자의 광적인 소유욕은 당신의 육체를 모두 흡수해야만 끝나리라는 것을 당신을 모르고 있었다. 어쩌면 당신도 남자의 발길질에 중독되어 있을지도 모른다는 생각이 들었다. 남자가 당신의 고통에 중독되어 있듯이, 내가 당신의 불행에 중독되었듯이.[25]
> ② 당신은 내 곁에 남아 생의 활기를 불어넣어주어야 했다. …… 당신의 불행 없이는 어떤 의욕도 생겨나지 않았다. 당신의 불행은 계속되어야만 했다. …… 나는 남자를 응원하며 빨리 본격적인 싸움이 펼쳐지기를 기다렸다. 내 몸은 벌써부터 입맛을 다시며 당신의 불행을 포식할 준비가 되어 있었다.[26]

①에서 "사랑이란 당신의 몸이 다른 사람의 몸에 보이는 반응이라고" 자신의 사랑하는 마음을 알기위해, 자신의 몸 반응을 살피는 모습을 볼 수 있다. 일반적인 경우처럼 사랑의 정서와 상념, 상상을 품는 것이 아니라, 상대에게 자신의 몸이 반응을 보일 때, 사랑을 확신하는 역순의 인식방식을 보여준다. 사랑 때문에 마음이 아프고, 가슴이 반응하는 예의 인식의 방식이 아니라, 몸

---

25 「먼계의 뒷맛」, Ibid, 85-86면.
26 Ibid, 87면.

과 몸감각의 통증과 떨림을 통해서 자신이 사랑하고 있음을 아는, 몸적인 인식의 방식을 보여준다. 몸의 떨림과 통증은 생각과 정념이 개입되기 이전, 대상(色)의 수용(受)이 자리잡히는(想)의 과정, 즉 상대(대상)를 감각하는 말초적인 부분의 진동과 전율에서 일어나는 것임을 이야기함으로써 종래의 사랑이 관념적이고, 심리적 내면에 자리잡는 것에 비해 원초적이고 동물적인 감각의 것임을 시사하고 있다. 인위적이고 상상력이 불러일으킨 감정이 아니라 어떠한 상념도, 관념도 개입되지 않은 몸의 본능적 반응에 포커스를 맞춘다. '사랑한다'는 선험적 상상과 판단이 개입되지 않은, 불가항력적으로 존재 간에 전기(電氣)를 일으키는 것이 사랑의 진면목일 개연성이 크다. 존재 간의 충돌 속에 일어나는 스파이크— 이에 대한 몸의 감지가 사랑의 모습일 것이라는 통찰에 이의를 붙이기는 힘들다.

이러한 불가항력적인 에로스는 타나토스의 본능으로 옮겨가며, 삶과 죽음의 관념적 경계선마저 무시하며, 사랑의 충돌은 폭력과 죽음으로 증폭된다. "당신에 대한 남자의 광적인 소유욕은 당신의 육체를 모두 흡수해야만 끝나리라는 것을 당신은 모르고 있었다." 사랑의 시발(始發)인 몸적 소통은 대상에 대한 집착과 소유욕으로 이어지며, 상대의 '육체를 모두 흡수'하는 원망(遠望)으로 발전된다. 그래서 그 여자의 부부와 '나'는 몸적 고통과 폭력을 통해, 서로의 사랑을 확인하거나(부부), 삶의 위로와 행복(나)을 느끼게 된다. '사랑'과 '생의 활기', '의욕'이란 심상(心想)이 몸의 억압과 폭력을 통해서만 얻어지게 됨으로써, 이 셋은 사랑하고 살기 위해 상대 몸의 통제와 폭력을 가하는 상황을 반복 연출, 꿈꾸게 된다. 에로스의 광적인 열망이 타나토스의 본능으로 연계되며, 이마저 열망하고, 흡수해 버리는 장면이 연출되고 있다.

③ 보름달을 두려워하는 늑대 인간처럼, 참회하는 악마처럼, 여자는 제 몸을 가두기로 했다. 여자는 짐승이 나타날 기미가 보일 때마다 자신의

다락으로 들어가 문을 걸어 잠갔다. 다락은 부적처럼 짐승을 막아주었다.[27]

④ 딸애의 눈에 순간적으로 감아돌던 빛은 아버지를 향한 것이 분명 아니었다. 딸애는 버러지를 보고 있었다. 발정난 개를 보고 있었다. 그것은 경멸과 혐오, 절망과 증오, 복수와 처벌을 다짐하는 결의의 눈빛. …… 그 계집이 필요하다. 내 귀에 훈기를 불어넣던 그 계집의 입김이 간절하다. 가냘픈 속삭임으로 내 목덜미를 간질이던 그 계집. 무엇보다 필요한 것은 그 계집의 채찍이다. 등을 후려치고 엉덩이를 휘감는 매서운 채찍질이다. 쿰쿰하고 들쩍지근한 냄새가 난다. 무언가가 썩고 있는 것이 분명하다.[28]

③은 제 안의 "짐승이 나타날 기미가 보일 때마다 자신"을 다락방에 가둔다. 이 때 자신은 전적으로 '몸적 주체'가 된다. 모든 감각과 통점을 지닌 육체를 가둠으로써 그 다음에 벌어지는 심상과 감정의 변화를 예방하는 행위인데, 정념과 관념 등의 심적인 변화를 억제하기 위해 몸을 통제하고, 억압하는 노력을 볼 수 있다. 기분과 상념, 상상, 관념 등의 전개를 조절하기 위해서, 선행되는 집수의 감각(感覺)작용을 통제하는 모습에서, 모든 백팔번뇌를 일으키지 않기 위해, 모든 '몸의 감각'을 관조(觀)하는 유식불교의 '몸'적 인식론과 수행방식을 연상할 수 있다. 그리고 이러한 천운영 작가의 몸 중심의 인식방식은, 그의 작품 도처에서 발견할 수 있는, 그의 몸담론 저변을 이루는 인식론이기도 하다.

④는 고문형사였던 아버지를 바라보는 딸의 시선을 담고 있다. 딸의 "경멸과 혐오, 절망과 증오, 복수와 처벌을 다짐하는 결의의 눈빛"을 보고나자 아버지는 '그 계집'이 필요함을 절실하게 느낀다. "내 귀에 훈기를 불어넣던 그 계집의 입김이 간절하다. 가냘픈 속삭임으로 내 목덜미를 간질이던 그 계집. 무엇보다 필요한 것은 그 계집의 채찍이다. 등을 후려치고 엉덩이를 휘감는 매서

---

27 「모퉁이」, 『명랑』, Ibid, 120면.
28 『생강』, Ibid, 159면.

운 채찍질"은 내 몸을 감싸안으며 통증을 완화해 주며, 또 후려치는 매서운 채찍질로 나의 죄의식을 속죄, 반감해 주기 때문일 것이다.

딸의 '시선'을 '봄(see)'을 통해 마음의 상처를 받으며, 나는 마음의 상처를 몸의 소통을 통해서 치유받으려 한다. '상처'와 '치유'라는 관념어가 개입되기 이전, 몸과 몸의 차원에서 상처와 치유라는 통각과 −대응이 일어남을 엿볼 수 있다. 그리고 '경멸, 혐오, 복수'의 분위기 역시 '쿰쿰하고 들쩍지근 냄새가 난다'고 후각을 통해 감지하는데, '나'라는 지각자의 지각의 장에 출현한 사물들은 서로 공간적인 관계를 맺고서 함께 상응하는 것을 볼 수 있는 대목이다.

나는 언어와 상징체계 내에서 딸에게 반응하는 대신 다른 "계집"이 필요하다는 다른 몸적 반응을 구한다. 언어로 처리하기 이전 감각과 집수(執受)를 통해 몸적 반응으로 대응함을 알 수 있다. 기존담론의 서술방식인 언어적 상징체계나 기호적 메타포들로 서사가 전개되지 않으며, 일체의 상징계와 언어의 지시기능, 개념화 작업이 생략된 채, 인물과 대상세계는 오직 몸적 감수(感受)작용만을 벌이며, 생활 속 경험적 실재의 모습을 드러내는 것으로 서사는 전개된다. 즉 딸의 경멸과 혐오에 찬 눈빛에 나는 체계 내 질서인 아버지의 위엄을 되찾으려 하지 않으며, 또는 고문기술자로서의 과거행적에 수치심을 느끼고 반성하는 등의 연상(聯想)과 상념의 관념체계로 들어서지 않는다. 다만 내 몸의 통점(痛點)들에 다시 '훈기를 불어넣'어주고, 내 몸을 감싸안아주거나 '매서운 채찍질'을 해 줄 계집이라는 대체 자극들을 찾을 뿐이다.

퐁티에 따르면 지각은 단지 감관과 외재적 대상들이 접촉한 결과가 아니라, 지성적, 감정적, 실천적 활동이자 세계에 참여하는 것이다.[29] 그리고 세계에 참여하며 소리, 냄새, 분위기는 서로 공간적인 관계를 맺으며, '몸 주체'에서 종합되는 것이다. 따라서 다양한 감각이 소통되고 정리되는 것은 관념적, 개념

---

29 조광제, Ibid.

적 정리와 연계로 이어질 것이 아니라, 몸 주체의 지각적 통합을 통해서 가능해짐을 위 예문들을 시사하고 있는 것이다.

4. 육화된 이데올로기 - 몸의 훈육, 통제, 억압

주체의 몸은 지배담론, 사회제도, 정치문화가 기입되어 통제되고, 억압받는 역사를 거쳐왔다. 항시 권력은 한 자아의 몸을 통과하여, 특정한 주체들을 생산해 왔다. 푸코는 몸에 가해지는 규율이 전 사회화에 동원되는 방법으로 '분할의 기술', '활동의 통제', '생성의 조직화', '힘의 조립', '시험', '감시 방법'을 계보학적으로 분석하기도 하였다.[30]

작가는 몸의 감각과 그를 통한 세계와의 소통 외에도 시선을 사회체제와 권력구조 속의 몸—주체의 역사와 실체로 확장시킨다. 개개인 몸에 대한 체제와 이데올로기의 억압과 통제, 감시, 감금에 대해서 관심을 가지며, 몸적 억압과 통제에 의하여 한 개인들이 얼마나 왜곡된 삶을 받아들이고 있는지, 체제와 이데올로기가 기입된 몸—주체인 개개인들이 과연 자기 동일성과 본연의 모습을 지킬 수나 있는지 – 몸에 대한 권력의 지배와 훈육에 대해서 작가는 신랄한 냉소와 비판의 펜촉을 날세움을 엿볼 수 있다.

「노래하는 꽃마차」는 가족찬양단, 거구가족찬양사역단의 가냘픈 몸으로 태어난 딸이, 단장인 엄마에게 가냘프고 예쁘다는 이유로 늘 사탄을 쫓는다는 구실로 구타와 동굴의 감금을 당한다. 동굴에 갇혀서도 많은 친오빠들에 의해서 겁탈당하는 주인공이 봄이면 심하게 피부병을 앓아 자신을 방에 가두는 남자를 사랑하는 이야기가 씌어진 작품이다. 몽환적 분위기와 운율적인 서술방식, 기승전결에 상관없이 상상이 펼쳐지는 대로 서사를 구성해 간 환상소설이

---

30 위의 책, 118면.

다. 그러나 꽃잎이 휘날리는 환상적 분위기와 반대로 내용은 처연하고, 그 실상은 그로테스크하다.

거구(巨軀)에서 나오는 힘의 질서만이 인정되는 엄마와 그에 순종할 수밖에 없는 형제들, 하나님을 찬양하며 더욱 강해지기만을 기도하는 엄마에게서 연약하고 가냘픈 어린 딸은 죄악의 씨앗이고, 남자들 욕정을 불러일으키는 사탄이 된다. 일곱에서 수 세기를 멈춰야 하는, 셀 수 없는 많은 자식을 낳은 엄마는 남편도 없이, 언제나 임신상태이고, 임신을 가늠할 수 없는 큰 배와 거구의 몸을 지녔다. 엄마는 딸과 정반대의 외모를 지녔고, 가냘픈 딸은 엄마에게 연약함으로 인식되며, 엄마는 자기와 반대되는, 가냘픈 몸과 연약한 딸의 외모를 구실로 '하나님의 이름'으로 단죄하고 처벌한다.

> 봄을 노래하지 마라...... 사내들의 욕정을 불러일으키는 시기이니... 예수 안에 있는 나는 결코 정죄함이 없나니..... 내 속의 마녀를 없애주리라. 내 손은 거대하고 잔혹하다. 내 손은 마녀의 뼈를 녹이고 살을 녹이고 죄를 녹이는 권능의 손이다. 성령의 힘을 부여 받은 손으로 머리채를 잡아주마. 욕정의 몸뚱이에 채찍을 휘둘러주마..... 인정해라. 네 속에 든 마녀를...... 이 더러운 마녀의 몸종아.
> 자식들아 보아라. 계집의 몸속에 든 마녀의 씨앗을 보아라. 이 작은 계집이 심기를 건드리는구나...... 귀를 밀랍으로 봉하고 밧줄로 몸을 묶어라. ...계집이 있을 곳은 깊고 어두운 동굴 뿐. 가두어라...... 계집을 풀어주는 자, 누구라도 어둠 속에 갇힐 것이다.
> 손을 거두어라. 이 말라비틀어진 계집아. 너와 친구 될 것은 죽은 쥐와 벌레들과 곰팡이들뿐이니..... 불러라 찬양의 노래를...... 정욕도 지나가되 오직 하나님의 뜻을 행하는 이는 영원히 거하느니.[31]

위 예문에서 보듯이, 하나님 찬양의 최고점에 있는 엄마에게는 종교의 기준점, 모든 가치의 criteria가 되는 하나님에 기대어, 그녀(엄마)와 반대되는 모

---

31 「노래하는 꽃마차」, 『그녀의 눈물사용법』, Ibid, 149-150면.

습은 곧 죄악이자 마녀인 것으로 단정되고, 죄인이자 마녀에 폭력을 가하고 심적, 몸적 억압과 추방을 행하는 것은 하나님의 찬양이자 사역꾼의 당위적 행동이 된다. 엄마는 유일신 사상의 배타성과 편협성, 그로 인한 폭력과 만행을 대변하는 인물설정이다.

유일신 종교의 이데올로기와 체제는 '배타성'을 전제로 할 수밖에 없기에, 태생적 폭력성을 요구받게 된다. 모든 가치와 모든 사람들의 정신이 유일신만을 판단기준과 가치로 삼아야 하기 때문에, 개개인들의 특성과 개성을 획일화하기 위해 폭력을 동반하는 것은 그들에게 필요악으로 이해될 것이다. 사람들을 억압하고 통제하고 단죄해 온, 종교의 배타성과 배제, 감금, 추방의 역사를 써온, 종교 이면의 역사를 이 작품은 메타포화하여 형상화하고 있다. 자신이 하느님을 강하게 믿는 만큼, 나와 같지 않은 이들은(하느님을 찬양하지 않는 자) 이분법적 선악의 종교적 기준에 따라 사탄이자 악마로 간주하고, 그들을 배제시킨다. 단죄와 추방은 신앙자들의 편의에 따라 억압의 상대를 지정하였는 바, 그들의 신앙과 사역들이 과연 이웃을 구원해 왔는지, 이웃을 구속, 감시, 억압해 왔는지 그 실제와 이면들의 역사를 작품은 메타포화하며 비판하고 있다. 작가는 용감할 정도로 과감하게 기독교의 배타성 ─ 이에 수반되는 배제와 차별, 폭력과 억압의 역사 ─을 은유하는데, 주인공의 어린 소녀시절부터 근거없는 '마녀'로 단정됨과 폭력과 감금, 단죄와 추방 당함의 세월이 이해할 수 없을 만큼 비이성적임에 따라, 종교의 권력, 종교체제의 폭력성, 신앙자의 무자비함이 고스란히 드러나고 있다. 십자가를 앞세워 중세 천년 동안 타인을 굴종시키고, 그들을 지배하며 마녀사냥을 일삼고 세계를 교회화하기 위하여 사람들에 대해 단죄와 처벌, 폭력과 전쟁을 일삼아 온 기독교의 폐해가 연상작용으로 환기된다. 작품 「노래하는 꽃마차」는 종교이데올로기와 종교집단이 벌여온 각 개인의 '몸'에 대한 억압과 폭력의 단면이 가족찬양단의 행태를 통해 은유, 비판하고 있는 작품이라 말할 수 있다. 누구나 몇 번씩은 접했을 뉴스 혹은 전해들은 신흥종교의 이면 이야기 — 지금도 어느 구석에선가 벌어지고 있을 신흥종교와 광신자들의 벌이는 폭력과 비합리적, 비이성적 행태를 작품은 소녀의 이야기를 알레고리하며, 은유와 암시를 통해서 비판하고 있다. 종교와 이데올로기가 '몸—주체'들에게 행해 온 억압과 통제, 또 교리와 신앙에 기댄 광신자들의 비이성적 미혹됨과 폭력이 지독한 패러독스로 은유되어 있다.

몸에 대한 감시와 억압은 종교만이 아니라 모든 권력과 힘을 행사했던 체제가 사용하던, 사람들을 관리, 조종하는 근본적인 수단이자 방편이었다. 수많은 개체와 개성을 하나의 목소리로 통제한다는 것은, 이면에 배제와 추방, 압력과 폭력이 뒤따랐다. 모든 권력은 각 주체의 '몸'을 얼만큼 통제하고, 억압하며, 생산성을 착취하고, 추방하는가에 달려있었다. 몸—주체들을 군복으로, 교복으로, 작업복으로, 죄수복으로, 단체복으로 주체들을 체제의 기능으로 특화시키고, 훈육시키고 통제해 왔다. 몸—주체를 구분시키는 옷 외에도, 작업 시간으로, 건강한 몸으로, 지적인 교육으로, 생산성으로, 강인한 단련으로, 강금 시간으로 몸—주체들을 훈육하고 규율화해 왔다.

인류는 내 몸의 자유와 몸에 가해지는 여러 형태의 억압과 폭력에 저항해 왔다. 시민혁명으로 노예의 몸으로부터 자유의 몸을 가지게 되었으며, 노동투쟁으로 자본가의 노동력 착취로부터 내 몸의 권한을 늘려왔고, 민주화 정신으로 권력이 행사하는 몸—주체에 대한 억압과 고문을 고발, 근절해 왔다.

작품 『생강』은 권력체제가 학생들의 민주화투쟁을 공권력으로 압살하려던 시절의 고문기술자의 이야기를 쓴 작품이다. 실제 고문기술자의 당시 진술을 기사로 보며 작가가 창작한 작품이어서, 당시 청년기 이상의 사람들이라면 누구나가 당시 상황과 그 사람의 행적을 기억하고 있을 것이기에 작품은 좀 더 생생하게, 그 시대와 시절에 대해 반추하게 만든다.

작품은 고문기술자가 세상에 폭로되고, 고문자인 '내'가 도주하며 내 몸을 세상 사람의 눈에 띄게 하지 말아야 하는 순간에서 시작된다. '나'는 "장의사집 둘째주인"이란 별명에 맞게, 악명 높은 고문기술자이다. 그러나 나는 '고문'을 몸에 대한 예술과 의술이라 여기며, 몸에 대한 상식과 지식을 보여주며, '몸'에 고문하는 전문적, 예술적 기술들을 자랑한다.

　'나'는 국가의 권력구조에 충직한 신하이자 아버지 '박'(그는 미천한 아버지 대신, 자기 주변의 최고권력자였던 '박'을 아버지라 부르고 그렇게 인식하기로 한다.)의 충성스런 아들로 자기 일에 최고의 기술로 최선을 다했을 뿐이라는 명분을 갖는데, 이는 그가 믿는 진실이기도 하다. 따라서 사람의 '몸'에 공권력의 억압과 폭력을 행사하는 고문기술자인 '나'는 장편이 끝나갈 때까지도 자신의 당위성과 정당함에 굳건한 소신과 언행을 보여준다. 여기서 그도 공권력 행사의 피해자일 뿐, 어떤 영화나 부귀도 얻지 못하고, 충성스럽게 아버지 '박'을 따랐던 하수인 '나'는 독자의 미움보다는 연민과 측은함을 얻게 된다. '자기의 사랑을 위해 최선을 다했다'는 그의 반성적 독백은, '고문'은 한 개인이 저지르는 폭행이 아니라, 체제와 권력이 권력을 유지하기 위하여 행하는 '몸—주체'에 대한 탄압과 처벌이라는 것을 느끼게 한다.

　'몸'을 고문하고, 폭행했던 '나'는 이제, 세상에서 내 '몸'을 숨겨야하는 처지로 전도된다. 작품 대부분이 미용실 '다락방'에 몇 년간 '몸'을 숨기는 상황에 대해서 서술되는데, 주체는 '몸'을 제외하고 형성될 수 없다는, '몸'을 기반으로 인식과 정신과 주체가 성립되는 몸적 철학이 서사의 근간을 이룬다.

　그리고 '나'에게 고문을 당했던, 집 문 앞에 몇 년을 찾아와 하루종일 서있던 '사내'는 고문에 대한 '아픈 기억'보다는, 고문 당시의 몸에 각인된 통각에 '몸적인 반응'만을 보인다. 고문을 견디지 못해, 상관없는 일가친지들의 이름을 호명했고, 그들은 간첩으로 고문과 처형을 당했던 것이다. 고문을 당했던 '사내'는 '나'를 잡으러 집 앞에 서있기보다는, 자신의 인생(정신)을 끝내버린, 비겁자로 인생을 살게 한 '창조자' 주위를 서성거릴 수밖에 없게 된다. 몸에 대한 고문이 한 개인의 영혼과 정신을 파멸시키고, 결국 '몸—주체'가 스러져가는 모습을 '사내'는 보여준다.

고문자의 딸인 '나'는 몇 년 간 숨어있는 아버지를 지키기 위해 다락방에 아버지를 머리에 이고 살며, 세상의 온갖 번뇌와 고통을 되새긴다. 전적인, 절대적이었던 첫사랑도 아버지로 인해 떠나보내고, '나'는 대학을 자퇴하고 사람 머리를 만지는 미용사가 된다. 결국 아버지, 어머니, 딸 세 식구는 '몸'을 만지는 직업으로, 그들을 통한 서사는 더욱 '몸담론'으로 천착하여 들어간다.

> 말해봐요. 아빠가 무슨 짓을 했는지, 알고 싶어요... 당신의 세포 하나하나에 살아 있는 그곳을, 내 몸에도 살게 해줘요. 모든 세포의 기억을 당신의 혀로 기억해 내서 내 혀에 새겨줘요. 목구멍을 후려치고, 심장을 부수고, 내장이 찢겨나가도 상관없어요... <u>그 이야기가 내 몸 속으로 완전히 들어와서 다시는 새어나가지 못하게, 실핏줄 하나, 세포 하나가 다 느낄 수 있게, 그래야 내가 저 위에 계신 아버지를 배반할 수 있을 테니까</u>... 다락방에 오르신 아버지, 보세요... 당신이 부숴놓은 사람이 나를 바스러뜨리는 소리를 들으세요. 당신이 새겨놓은 통증이 내 몸에 새겨지는 소리를 들으세요.
> 그가 내 몸에 들려준 이야기. 그의 몸에서 내 몸으로 건너온 이야기... 허벅지에 흘러내린 피의 이야기. 심장이 뿜어낸 얼음의 이야기. <u>당신이 그의 몸에 새긴, 바로 당신의 이야기. 당신의 혀가 내뱉은 이야기... 내 몸이 부서지고 먼지처럼 흩날려 사라진다 해도, 당신이 행한 악행과 당신의 악행으로 만들어진 그 모든 것을, 당신의 그 지옥을, 내 몸에 새기기로 했다.</u>[32]

고통스런 기억을 '타인' 몸에 새긴 '아버지'와, 그 타인들의 몸에 새겨진 고통의 이야기들을 자기 몸에 새기려는 '딸'이 – '몸'을 중심으로, 타인과 자기의 몸에 아픔과 상처들을 새겨 넣음이 이야기 교차되는 장면이다. 딸의 계속되는 정신적 고통과 번뇌는 결국 아버지에게 고문을 당했던 사람들의 상처를 자기

---

32 『생강』, Ibid, 184–185면.

몸에 옮겨 새기기에 임한다. 아버지가 고통을 새겨 넣은 '사내'와 몸을 섞으며, 그 신음소리를 다락방에 영어(囹圄)된 아버지에게 들려주기도 한다. 자기 몸에 새겨 넣는 상처와 고통은 아버지의 죄값을 딸인 자기 몸에 새김으로써 아버지의 '죄'를 확인시켜주고, 타인의 몸에 고통을 새겨 넣은 원작자에게 되돌려주겠다는 딸의 처방이자, 아버지 몸에서 나온 딸인 자신에 대한 처벌인 것이다.

'몸은 무엇보다 세계와 만나는 우선적 경험인 지각을 하는 몸이며, 또한 인간 존재의 실존적 표현이다. 우리가 세계 내에서 경험을 할 때, 그 경험하는 인간은 심적 존재가 아니라 신체적 존재이다. 이런 점에서 인간의 몸은 인간 그 자체이다.'[33]

---

33 강미라, Ibid, 51면.

III. 몸주체와 몸철학을 서사화하는 몸담론

　천운영의 몸담론을 연구해 온 바, 작가의 몸적 인식과, 몸글쓰기는 작가의
작품 전체의 분량만큼이나, 본격적으로 심층적으로 지속되며 완성단계에 이르
른 듯하다. 작품이 더해갈수록 작가는 몸적 인식론으로 무장한 채, 기존담론의
서술방식과 인식의 방식을 전복하며 그녀만의 독자적인 기술방식, 독창적인
작품세계를 구축하여 오고 있다.

　천운영 작가에게 있어 이야기를 시작하는, 담론을 형성하는 주인공 '주체'는
몸적이며, 그래서 실존적인 주체이며, 세계를 흡수하고 소통하는 '몸적 주체'
이었다. 동시에 색, 수, 상, 행, 식의 색계(色界)에 속한, 색계를 이루는 '몸
주체'였으며 더불어 정신과 상념, 꿈과 상처, 사회문화와 정치제도가 기입된
몸으로서의 주체이었다. 작가의 이런 '몸적 주체'에 대한 인식은 서사의 바탕
을 이루는 인식론으로 이어지고 있었으며, 서술방식과 서사방식 또한 몸적 담
론을 중심으로 작품을 구성하고 있음을 살펴볼 수 있었다.

　천운영은 작품집 『바늘』(2001) 발표 당시만 해도 생소했던 몸담론을 양적으
로, 질적으로 확장시키며 본격적인 몸적 글쓰기를 하며, 몸담론을 지배담론의
한 축을 이루게 한 작가라 말할 수 있다. 본 글은 몸담론이 지배담론으로 자리
잡는 과정에서 몸담론이 어떠한 방법을 동원하며 확장하여 왔는지 그 양태와
실재를 살펴보았다.

　작가는 몸담론을 본격적으로 구축하는 과정에서 몸과 몸감각에 대한 정밀한

'관찰'과 몸의 세계와의 접촉과 소통과정, 몸을 도해하고, 몸을 분해하는 수준에까지 천착하고 있음을 알 수 있었다. 몸의 일상적 산 경험과 충격적 체험 앞에 관념과 이데올로기는 개입될 수 없었으며, 더욱이 진위, 미추, 선악의 판단 등이 인위적이고 조작적인 것임을 알려주었다. 기존서사가 보여주던 가치, 체제, 질서 등은 상징체계일 뿐, '몸 주체'들의 몸 소통에는 공허한 관념놀이일 뿐임을 살펴볼 수 있었다.

또한 몸담론을 본격화하는 과정에서 작가는 유식론적인 인식으로 세계를 감각, 집수하고, 그로부터 행위와 의식, 상념들을 연계시켜 나가는 방식으로, 몸 감각에서 모든 시점과 이야기를 시작하고 있었다. 선험적 연상이나 관념이 연계되어 이야기를 서술하는 기존담론과는 달리, 몸감각과 몸적 경험에 초점을 맞추어 인식하고, 받아들이고 생각하기 시작하며, 의식이나 정신을 갖게 되는 순서로 작품을 서술하고 있음을 파악할 수 있었다.

천운영 작가는 그 외에도 사회체제와 권력구조가 몸—주체를 어떻게 다루고 통제해 왔는지에 대해서도 통찰을 넓히고 있었다. 개개인의 몸에 대한 체제와 이데올로기의 억압과 통제, 감시, 감금의 역사에 대해서 시야를 확대하며, 몸적 억압과 통제가 얼마나 뿌리 깊게, 철저하게 개인들을 훈육, 점령, 지배해왔는지를 비판의 시선을 보내고 있음도 살펴볼 수 있었다. 종교 이데올로기를 앞세운 종교집단이 '몸 주체'에게 행해온 억압과 통제, 집단을 유지하기 위해 개인들을 마녀로 단죄하고, 폭력과 전쟁을 치러온 비이성적, 비합리적 권력을 고발함을 볼 수 있었다. 동시에 모든 권력구조와 체제가 사람들을 관리, 조종하기 위하여 개인들의 '몸'을 통제, 억압, 폭력을 가해온 현실에 대해서도 비판의 시선으로 고발하고 있었다.

〈Abstract〉

Becoming Serious on The Body-Subject's Bodily Discourse on Unyoung, Cheon

This research focus on that Unyoung, Cheon get into the body-subject and a body discourse seriously.

From the beginning, she establish body discourse and until now, she have founded it in our literary world. For a auther, the subject is body existence, so that is existent subject. A existent body-subject absorbe a object and world with one's six senses, is recorded a sprit, a conception, a dreaming, a injury.

A conception for 'a body-subject' of a writer is composed narrative's base epistemology, also narration method and narrative method.

A auther write detailed abservation body sense and communication with a world and object, illustrate and take to pieces in body.

There are only exist 'a body-subject' is communicate by body to body without a value, system, order of the existing discourse.

Becoming serious process of bodily discourse, writer have conception in Buddhism's point of view on body, so she is accepted a object, a world with only body sense.

From this point, author started narrative with all sense of body, next after connected a behavier, a consciousness, a notion.

Cheon's interest expand politic structure and Ideology that suppress and control in subject's body. The suppress and control in subject's body. The suppress and mandge of power orgarnization control a invidual subject by completely and deep rooted.

〈Key Word〉 Bodily Discourse, Philosophy on The Body, A Writing on The Body, Sense of Body, Suppress of Power Organization.

6장

페미니즘 이론과 문학에서의 '여성성' 변이와 증식 과정

- 정이현 작가의 작품을 중심으로 -

I. 주체성과 여성성 변화의 관계

　1990년대부터 2010년대에 이르기까지 우리의 여성 문학은 기존 문단에 없었던 새로운 주제 – '대문자 여성성'의 해체와 새로운 '여성성'의 형상화와 또 다른 인식 즉 여성 고유의 인식과 생활을 생성하고 표출해 옴으로써, 탈근대의 해체적 담론을 주도해 왔다. 여성 문학은 여성들이 겪는 사회, 문화적 환경과 '배제'된 주체가 겪는 '불편한' 인식들과 '부재'해 온 목소리들을 정리된 서사로 구체적으로 담아옴으로써, 다차원적인 굴레 속에 갇힌 여성 주체를 반추해 보고, 주체로서 생존하기 위한 전략과 해결방안들을 모색해 왔다.

　여성적 글쓰기는 주체와 타자, 젠더 주체와 성(性)적 주체, 지배계급과 피지배계급, 주체와 비체 등 리좀적인 확장으로 이어지며, 여성의 상상력만큼이나 다기(多岐)하게 전개되어 왔다. 여성의 새로운 가능성과 여성이 동의하는 '여성성'을 향하여 유목적 재현의 과정을 거치는 가운데, 여성 담론을 구축하는 성과도 가지게 되었다. 주체 구성이 계급, 인종, 종족성, 젠더, 나이, 사회적 상징체계, 차별적 규범 속에서 이루어지듯이, '여성성'에 대한 다양한, 다층적인 물음은 여성들의 자기 정체에 대한 되물음이며, 세계(사회, 문화, 정치, 신체, 심리) 속의 지정학적 위치 찾기이기에, 그 재현의 양과 속도는 30년 새에 '여성'에 대해 많은 인식의 변화와 지위의 변화를 가져오게 하였다.

　1990년대 여성문학을 논할 때 '여성성'은 '여성 정체성 찾기'의 맥락으로 여성 문학에 대한 평가기준으로 작용되기 시작하였고, 2000년대 이르기까지 '여성성' 복원은 곧 여성 문학으로 대변되기도 하였다. '여성성'과 관련한 논의는 여성의 사회참여와 페미니즘적 인식이 양적·질적으로 성장하면서 과잉담론화를 불러올 만큼 성장, 확산되어 왔다. 1990년대 이후 2010년대에 이르기까지 여성 문학은 '여성성'에 대한 자기선언을 끊임없이 번복하는 행보를 이어가며 탈근대, 탈주체, 탈중심 담론을 이끄는 견인차 역할을 담당하기도 하였다. 이러한 작업들을 통해 '여성성'은 가부장제가 기획해 온 고정된 '여성성'을 벗어나, 그 변이의 폭이 넓고, 깊을 수 있음을 확인해 왔다.[1]

주체의 규정은 몸철학이 유입된 후 코기토의 관념적 주체로부터 사회, 정치문화적 훈육과 상징체계가 기입된 '몸주체' 논의로 이어지며, 시간의 차연과 글로벌적 공간화에 따라, 또 각기 다른 사회제도와 정치문화적 환경이 구성하는 다양한 모습의 '주체'로 인식하게 되었다. 주체는 더 이상 고정된 개념이 아니며, 주체를 상정한 중심담론 또한 유목적 절합으로 확대와 재편성의 길을 모색하고 있다.

따라서 '여성성' 또한 탈주체와 담론의 해체 과정에서 재정의를 모색해 왔고, 여성성 정의와 개념은 유목적 확장과 증식의 변모 과정 중에 있다. 새로운 페미니즘적 '여성성'을 기술하는 용어에 대해 브라이도티는 "모니끄 위띠그는 '레즈비언', 주디스 버틀러는 '가면무도회의 패러디 정치학', 드 로레티스는 '중심외적 희한한 주체', 브라이 도티는 '유목적 주체', 또 다른 페미니스트들은 '또 하나의 다른 역사를 지닌, 페미니즘적 여성 주체라는 의미에서 〈여성 되기〉', '전유되지 않은 타자들', '탈식민 주체' 등등"[2] 개별자들의 수만큼 많은 여성성, 성적 주체성이 있다는 점을 지적하였다.

이렇듯 주체가 역사적으로 고정된 개념으로부터 벗어나왔듯이, 시대 및 사

---

1   이 책에서 사용하는 '여성성' 개념은 페미니스트들이 논의해 온 여성–젠더 정의와 관련하여 사용해 온 용어, '여성 정체성, 여성 주체, 성적 주체성'의 개념을 아우른다.
2   로지 브라이도티, 박미선 역, 『유목적 주체』, 도서출판 여이연, 2004, 29면 참조.

회문화에 따라 '여성성' 역시 변이체들로 확장, 재생성되어 왔다. 동시대를 살면서도 사회적 공간과 정치문화적 환경에 따라 여성들은 각기 다른 '여성성'을 요구받는 현실에 처하며, 사회지식에 따라, 개인의 통합적 특성에 따라 각기 다른 '여성성'을 취득해 왔다. 따라서 '여성성'의 탐색작업은 또 다른 새로운 '여성성'을 향해 열려있는 시도이며, 여성 주체성은 유목적 확장의 노정 중에 있음을 주지할 수 있겠다.

또 '여성성'에 대한 이론과 문학적 탐색의 성과는 그간 '여성의', '여성에 대한' 세계인식을 변화시키고, 사회 전반에 유의미한 변화를 초래했고, 다양한 변이체들을 생산, 축적하여 왔다는 점에서 그 의미는 이미 부정될 수 없는 곳에 이르렀다.

따라서 이 장은 '여성성'의 현주소를 개괄하는 기존 평론과는 달리, '여성성'에 대한 그 동안의 페미니즘 이론들을 정리하는 가운데, 우리 문단에서 '여성성' 이론이 어떻게 수용되고 우리사회에 변화를 불러온 인식의 저변을 이루어 왔는지, '대문자 여성성(남성중심체제가 제시해 온 기존 여성성)'이 어떠한 변이과정을 거쳐 그 두텁고 어두운 굴레를 벗어왔는지 살펴보고자 한다.

정이현 작가는 페미니즘의 '여성성의 변화'를 대변하는 듯, 작품 초기에서부터 현재에 이르기까지 스스로 '여성성'을 번복하며, 다양한 변이체를 형상화해 왔다.[3] 정이현 작가가 '여성학 전공자'이기 때문이었는지, 그녀가 작품에서 형상화하는 '여성성'의 변이체들은 페미니즘 이론들이 제시해 온 '여성성' 개념의 변화과정을 순차적으로 작품화하고 있다는 특징을 지님으로써, 이 작가의 작품을 통해 우리사회에서 논의되어 온 '여성성'의 변화과정을 살펴볼 수 있게

---

3 정이현 소설집, 『낭만적 사랑과 사회』, 문학과 지성사, 2003.
　정이현 소설집, 『오늘의 거짓말』, 문학과 지성사, 2007.
　정이현 장편소설, 『너는 모른다』, 문학동네, 2009.
　정이현 장편소설, 『사랑의 기초』, 문학동네, 2012.

한다. 정이현 작가는 상이(相異)한 '여성성'을 스펙트럼처럼 펼치며, 지속적으로 '여성성 탐구'라는 구조와 문법을 가져왔는데, 그녀는 우리 사회의 페미니즘 이론 보급 이후 '여성성'에 대한 인식 변화와 페미니즘 이론의 수용 과정을 보여주는 문학적 자료를 제공한다.

따라서 방법론적으로 정이현 작품에 드러난 '여성성'에 대한 인식이 시간의 추이와 작품의 순서에 따라서 변이, 확장되어 가는 과정을 고찰함으로써, 우리 사회와 문단의 '여성성'에 대한 인식의 변화, 페미니즘 이론의 수용과정을 살펴보도록 하겠다.

II. '여성성' 논의의 변이와 증식 과정

1. 페미니즘 이론의 '여성성' 논의 과정

1980년대 중반부터 우리 사회에 보급, 전파된 페미니즘의 이론과 맞물려 우리 사회의 여성에 대한 인식과 위상은 급격한 변화를 가져 왔다. 여성의 사회화에 따른 탈가족화, 핵가족화, 만혼, 이혼, 출산 감소 등의 급격한 증가율은 그간 20여 년의 시간 속에 우리 사회 전반에 많은 변화를 가져왔다. 이러한 변화에는 여성의 인식 변화를 가능케 했던 여성담론의 생성, 보급, 확대가 활발하게 전개되었던 것이 중요한 요인이 된다. 바르사이유 감옥을 탈출했던 지식인들이 대량 글쓰기로 프랑스 시민혁명을 주도했던 것처럼, 남성중심적 담론에서 출발했던 여성 글쓰기와 페미니즘 이론의 확대 보급은, 남근이성중심(Phallogocentrism)적 언어의 한계 속에서 좀처럼 표현할 수 없었던 '여성' – 문화적 실체들, 사회정치적 현실의 경험적인 주체– 들을 드러냄으로써, '대문자 여성성(기존에 통용되던 여성성)'에 전반적이고도 유목적인 인식의 변화를 불러왔다.

그렇다면 앞서 제기한 우리 사회 전반과 사회적 인식에 '여성성'에 대한 변화를 가져오게 한, 페미니즘이 제시해 온 것은 무엇인지, '여성성'과 관련하여 그 정의의 변화와 개념의 증식과정을 살펴보도록 하자.

"언어가 매개물이자 주체를 구성하는 지점이라는 점을 받아들이면 언어 역시 우리 문화의 축적된 상징 자본이라는 점을 알 수 있다. 주체 구성의 문제는 주어진 코드들의 '내면화'의 문제가 아니라 발화의, 발언틀의 겹겹의 층들, 그것들의 퇴적 작용, 기입들 사이에서 일어나는 협상과정이 된다."[4] 이런 관점에서 남성중심주의 담론 속에 존재해 왔던 여성들은 언어 자체가 남근로고스적 언어이며, 언어에서 비롯된 모든 상징체계가 남성중심의 두터운 체제와 문화를 이루고 있음을 인지하며 그렇다면 여성의 이야기는 어떤 언어로 시작해야 하는지 고민하기 시작하였다. 더불어 여성 젠더의 출발점이 되어야 할 여성성은 남성중심적 상징체계와 이데올로기 속에서 어떻게 정의내려야 하는지 그 근본적 물음을 지속해 왔다. '여성성'에 대한 수많은 탐색은 페미니즘 이론이 본격화되면서, 여성성은 항시 페미니즘 논의의 그 근본 명제의 위치에 있었다.[5]

시몬 드 보부아르, 베티 프리단은 '전통적 여성성의 부정'을 통해 여성들이 남성들과 동등하게 자신의 본래적 실존에 도달해야 한다고 강조한다. 페미니즘 1세대에 속하는 이들은 남성의 역사(his-story) 논리에 맞춰 남성적 '동일성'의 원리를 여성성의 규범적 원리로 삼았다. 이들은 '성'과 무관한 '개인' 혹은 '주체'의 개념을 '정체성' 문제의 중심에 두었으며, 이러한 '정체성' 개념을 기반으로 모든 여성들이 남성과 동등한 개인으로 인정받고자 하였다. 그러나 이 과정에서 이들은 남성의 규범을 그대로 여성의 규범으로 차용하는데, '동일화' 및 '보편화' 등 남성중심적 원리에 기반을 두는 점이 이후 한계점으로 지적되기도 하였다.

이어서 페미니즘 2세대라 불리는 1970~1980년대 영미 페미니즘은 여성을 둘러싼 한계적 상황을 비판한다. 자유주의적 페미니스트, 급진적 페미니스트,

---

4   로지 브라이도티, Ibid, 47면.
5   줄리아 크리스테바의 '여성주의 3세대 구분'은 '여성성' 정의의 변천에 따라 3세대로 나누어 보았다.
    이현재, 『여성주의적 정체성 개념』, 여이연 이론 15, 2008, 34-41면 참조.

사회주의 페미니스트들[6]인 이들은 모성적 경험, 성별분업, 가사노동, 무불임금, 생물학적 경험, 딸의 성장과정에서의 심리적 경험, 억압의 경험과 같은 여성적 경험을 강조하며, 적극적으로 '여성성'을 주목하였다. 이들은 여성의 인간적 능력실현을 방해하는 사회와 질서를 비판하는데 주력하였는데, '여성중심주의 페미니즘'(Genocentrism Feminism)이라 불리는 제2세대는 '여성성'을 '차이'와 '다름' 속에 이해하고자 하며, 보살핌 등의 여성적 원리에 강조점을 두었다.

그러나 이들이 '차이'를 강조함으로써 기존의 남성중심적 원리와 마찬가지로, 언제나 주체였던 남성과 그렇지 않았던 여성을 또 다른 존재로 위치지음으로써 여전히 소외계층에 머무르게 했다는 점이 그 한계점이라 지적받았다. 동시에 여성성의 강조로 남녀의 차이를 여성의 '희생논리'로 메우려 한다는 점에서 또 다른 남성중심주의의 변형이라 훗날 비판되기도 하였다.

이들 중 낸시 초도로우는 여아와 '모성'의 논의를 통해, 여아는 어머니와의 분리가 불필요한 성장과정에서 '관계 지향적'인 자아를 갖게 된다는 점을 주목한다. 출산과 육아가 어머니에게서 딸에게로 이어짐을 강조하며, 그녀는 '자연'과 '관계'를 지향하는 특징에서 '여성성'을 찾을 수 있다고 하였다.

일리가레이나 버틀러, 길리건은 여성성을 '남성적인 것' 혹은 '인간적인 것'이 아닌 '여성적인 것'에서 찾아야 함을 역설하였다. 이들은 논의를 남성과 다른 '차이' 및 '여성성'에 강조점을 두며, 여성중심적인 방식으로 '여성'을 이해하려고 하였다. 일리가레이나 버틀러, 길리건 등은 여성심리의 독특성에 주목하며, 여성은 둘이면서 하나이고, 하나이면서 둘인 '두 입술의 성'적 특성을 가진 존재로 '동일한 정체성'을 가질 수 없다고 보았다. 동시에 "'여성성'은 남성

---

6   이들을 아이리스 마리온 영은 '인간주의 여성주의 humanistic Feminism'로 칭했다.

적 언어로 환원될 수 없으며, '분해되고, 다양하며, 불안정하고 어떤 의미에서 파악 불가능한 것'이 된다[7]고 보았다. 앞서의 1세대가 남성의 '동일성'의 원리를 여성에 적용시키려 한 반면, 이들은 '다중성'과 '탈동일성'을 여성적 특징으로 보았다.

일리가레이에 따르면 남성적, 여성적 특성 뿐 아니라 남성, 여성을 가정하는 본질적인 젠더 문법까지도 이원적 체계의 산물이라 보았다. 이원적 구조는 남성과 여성을 대칭적인 위치에 놓지만 여성은 역사상 남성과 대칭적인 위치에 존재하지 않았으며, 이원적 체계는 인류=남성(man-kind)의 대립적 위치로 여성을 설정함으로서, 여성을 보편적 인류에서 제외시켜 왔다고 주장하였다. 이러한 남·녀의 이원적 체계는 전복적인 '다양성'의 특질을 갖는 '여성성'을 ('합리/비합리'의) '비합리적'인 것으로 간주하여 '배제'하여 왔고, '동일적'이고 '전체'적인 남성중심의 원리를 합리적인 것으로 간주해 왔다고 지적하였다. 프랑스 페미니즘과 후기 구조주의 이론에서는, 다른 여러 권력체계가 섹스(性)의 정체성 개념을 생산한 것으로 간주한다. "일리가레이는 '타자'를 재생산하며 그 안에서 자신을 발전시키는 하나의 성, 즉 남성적인 성만이 존재한다고 주장하고, 푸코는 남성적인 것이든 여성적인 것이든 성의 범주는 널리 확산된 섹슈얼리티의 규제적 경제체제의 산물이라고 주장하며, 위티그는 강제적 이성애 상황에서 성의 범주는 언제나 여성적이라는(남성성은 표시되지 않은 채로 있고, 그 때문에 '보편적'인 것으로 성의 범주로 분류되지 않음) 견해를 보이며 이성애적 헤게모니의 파열과 위치 변경을 통해 성의 범주 자체가 사라질 것이며, 실상 일소될 것이라고 주장함으로써 푸코와 일치된 견해를 보인다."[8]

버틀러는 성적 정체성은 그 자체로만 존재하는 것이 아니라, 특정한 사회적 맥락에서 작동하는 다양한 차이/ 차별화의 과정 속에서 구축된다고 말한다.

---

7   이현재, Ibid, 38-39면.
8   쥬디스 버틀러, 『젠더 트러블』, 문학동네, 2008, 117-121면.

"성별 정체성 자체가 재현 체계 속에서 구성되는 기호라고 보는 드 로레티스는 푸코의 성의 기술을 젠더의 기술에 차용하며, 어떻게 성별이라는 것이 사회적인 기술 혹은 장치에 의해 구축되는가를 보여 준다.

버틀러는 젠더라는 것이 본래적인 것이 없는 것에 대한 일종의 모방이고, 생물학적 성차라고 알려진 섹스 역시 사회적 성별인 젠더만큼이나 사회적 수행과 심리적인 각본화를 통해 가정된 "자연성"을 획득하려는 담론들의 정치학이라고 본다."[9]

> "젠더는 양성 간의 정치적 대립이 나타나는 언어적 지표이다. 젠더는 여기서 단수로 사용되는 실은 두 개의 젠더란 없기 때문이다. 오직 하나만이 존재하고 그것은 여성적인 젠더이다. 남성적인 것은 젠더가 아니다. 남성적인 것은 남성적인 것이 아니라 일반적인 것이기 때문이다."(Monigue Witig)[10]

'젠더'는 여성에게만 통용되는 언어로, 남성은 젠더로 이분되는 대칭점이 아니라 보편적인 것으로 받아들여져 왔음이 위티그와 일리가레이에 의해 지적된다.

따라서 일리가레이와 버틀러는 여성고유의 성은 팔루스 원리가 아니라 여성의 '성기'인 '두 입술의 성'에서 찾아야 한다고 주장하는데, 여성의 '하나이지 않은 성'은 음핵과 질을 여성성의 지점으로 삼았다. 그들은 프로이트 담론에 여성성이 부재했음을 지적하면서 논의를 시작하는데, 팔루스의 형태학은 남성을 준거로 하여 여성을 결핍과 부정으로 정의해 왔음을 간파한 것이었다.

반면 일리가레이는 여성의 섹슈얼리티를 두 입술로 재정의하며, 두 입술로서의 여성의 섹슈얼러티란 여성적 성이 "끊임없이 서로를 스치며 애무하는 두 입술과 같다는 의미이다. 두 입술이 하나도 아니고 둘도 아닌 것은 두 입술이

---

9   김은실, 『여성의 몸, 몸의 문화정치학』, 또 하나의 문화 출판사, 2001, 54면.
10   쥬디스 버틀러, Ibid, 121면.

주체 속에 타자를 포함하고 있기 때문이다.… 따라서 하나이지도 않고 둘로 나뉠 수도 없는 특성을 지닌 두 입술이 성기관(음순)과 발화기관(입)을 동시에 표현한다는 사실은 제유나 은유의 수사학에 머무르지 않는 일리가레이의 특유의 미메시스적 실천을 보여주는 것이다."[11]

근자의 '여성주의적 페미니즘'이라 불리는 제3세대는 1세대의 '남성중심적 페미니즘'과 2세대의 '인간주의적 페미니즘', '여성중심적 페미니즘'이 여전히 '여성성'의 정의가 '희생논리'를 기반하고 있다는 점을 비판하며, 타자를 '배제' 하지 않는 여성주의적 원리를 기반으로 여성성을 도출해야 한다고 주장한다. 3세대 페미니스트인 도노번은 외설과 강간으로 특징지을 수 있는 파괴적이고 제국주의적인 남성주도의 문화가 아니라 여성의 체험과 실천으로부터 새로운 도덕적 비전을 찾으려 했다. 여성의 우뇌적 세계와 남성의 좌뇌적 세계는 다르다. 여성은 정치권력을 가져보지 못했으며, 가정에서 사적 노동에 종사해 왔으며 가족 내에서 자아의 형성과정이 남아와 다르다. 이 같은 여성 상황은 여성 특유의 의식, 인식체계, 도덕률, 미학을 형성해 놓았다고 말한다. 파괴적이고 제국주의적인 남성 주도의 문화가 아니라, 여성의 성별적 체험과 환경으로부터 비롯되는 여성적 도덕원리 – '인정'을 주체의 기반 원리로 삼을 것을 제안하는 바, 이 원리는 자아가 관계 속에서 타자를 '인정'해야 사회관계를 이룰 수 있다는 점에서 그 타당성을 인정받는다.

여성은 지적으로나 육체적으로 '정복'의 역사를 써온 남성과는 달리, 여성이 겪는 월경과 임신, 출산과 육아를 할 수 있는 '수용'과 '보살핌'이란 여성의 생물학적 특성과 더불어 아이를 기르는 모성적 경험 및 여성에게 주어진 사회적, 환경적 역할을 수행하는 과정에서 체화된 것이 '여성성'이라는 점에서, 큰 이

---

11   한국여성연구소, 『여성의 몸—시각, 쟁점, 역사』, 창작과 비평사, 2005, 55—56면.

견이 없는 듯하다. 동시에 '모성'과 육아에서 비롯된 '보살핌'이라는 여성의 '도덕성'은 '분리적 관계'와 '개별'을 주축으로 하는 남성의 것과는 다름을 '인정'해야 하는 것이지, 이러한 여성의 생물학적, 사회적 특성을 '비합리성'으로 폄하해서는 안 된다고 주장한다. 더불어 "이들은 제국주의와 파시즘, 근대합리성 같은 남성적 원리가 타자를 '극복'하거나 '저항'하는 것인 반면, 여성적 원리는 생물학적, 사회적, 환경적 조건 속에서 타자에 대한 '보살핌'과 '관계지향'을 해온, 타자를 '인정'하는 도덕을 기반으로 해야 한다고 주장하였다."[12]

또 이들은 남성적 원리인 '동일성'의 원리는 '배제'로 이어지는데, 이를 극복하는 도덕적 여성원리인 타자에 대한 '인정'은, 여자뿐 아니라 남자들도 자기 동일성을 실현할 수 있게 한다고 역설한다. "데리다는 서구의 사유는 남성중심주의의 '동일성'의 논리에 지배되어 왔으며, '동일성'의 논리가 주체를 '자기 동일적인 통일'로 이해하게 하였다고 지적한다. 데카르트 이후 근세 철학은 의식의 통일과 그것의 직접적인 자기 현전이라는 관념에 사로잡혀 있다. 주체는 통일되어야 하고, 사유와 의미의 자기 동일적인 원천이 되며, 의미화의 관점은 주체가 파악하는 범위를 벗어나는 일이 없다는 믿음이 우리를 지배해 왔다. 그러나 데리다에 의하면 주체의 통일성은 실패하게 되어 있다. 왜냐하면 통일은 하나를 만드는 것이 아니라 '배제'하는 행위를 통해 안과 밖을 만들 뿐이다."[13]

즉 모든 사회적 주체들은 도덕적 여성 원리 안에서 타자를 '배제'하지 않는 가운데, 자아를 실현할 수 있는데, 따라서 '인정'의 원리는 남·녀 구분을 초월해 공공의 질서원리로도 설득력을 갖는 바이다. 여성성 역시 성차의 '차이'를 '인정'하고, 타인을 '배제'하지 않는 '인정'의 도덕 속에서 찾아야 된다고 보았다.

---

12 이정원, 「주체성의 문제」, 『여성과 철학』, Ibid, 141면.
13 이정원, 〈제3세대 페미니즘〉, 『여성과 철학』, 철학과 현실사, 1999, 149면.

이상, 간략히 살펴보았듯이 '여성성'의 논의는 페미니즘 이론의 근본명제의 중심위치에서, 그 정의에 끊임없는 변화와 증식의 과정을 가져왔다. 시대와 사회, 역사와 권력구조의 변화 속에서 여성의 위상과 지위는 변이, 변화되어 왔는데, 이는 페미니즘의 선행이론이 현실과 경험적 세계의 변화에 많은 영향을 끼쳐왔고, 때로는 인식을 깨우치고 계몽, 교육하는 역할도 해왔음은 부정할 수 없다. 동시에 문화, 문학작품, 전시를 통해 우리 생활과 인식에 보급, 침습하는 역할도 담당하여 온 것이 사실이다.

2. 남성과 '분리'되는 여성 인물, 인물과 '분리'되는 여성 작가

" '여성적 글쓰기'는 씨수의 견해로는 단순히 새로운 글쓰기 양식이 아니라 사회적, 문화적 규범들의 변형을 위한 선행적 움직임이고, 전복적 사고를 위한 도약의 공간인 바로 그 변화의 가능성이다. 여성은 '여성적 글쓰기'를 개발함으로써 서구 세계의 사고 방식, 말하는 방식, 그리고 행동방식을 변화시킬 수 있다고 주장한다. 작가인 씨수와 달리, 정신분석가인 일리가레이는 '여성적 글쓰기'는 프로이드와 라깡의 사고를 포함하는 남성적인 철학적 사고로부터 여성적인 것을 해방시키는 것이 그 목적이라고 보았다."[14]

정이현 작가의 '여성글쓰기'는 남성중심적 체제에서 여성들이 존재하기 위해, 살아내기 위한 행위의 전략을 다각도로 형상화한다는 특징을 가졌다. 초기의 작품들은 남성중심의 체제를 살아가기 위한 여성들의 다양한 전략과 위장 전술들을 보여준다. 순진하고 수동적인 기존 여성 이미지에 반해, 겉으로는 순응하나 이면으로는 '위장'하거나 '전략적'인 모습인 것이 드러나는데, 생존을 위해 적극적이고 투쟁적인 모습을 보여준다는 점에서 기존 여성성과는 다른 여성 이미지를 재현한다.

---

14   김해옥, 『페미니즘 이론과 한국 현대 여성소설』, 도서출판, 박이정, 2005, 71~72면.

작품 「낭만적 사랑과 사회」는 중산층의 경계선상에서 신분상승하기 위해 영악함을 보이는 '유리'와 계산을 튕기는 그 가족들의 일상을 그리고 있다. '강남의 관문, 반포 진입'에 성공한 유리의 엄마는 강남의 27평 시민아파트를 베르사유 궁전으로 착각하며, 스스로를 중산층이라 굳게 믿고 사는 소비자본주의에 지배받는, 도시주부의 전형적인 모습을 보여준다. 거대 자본주의 사회의 소비하는 피식민자로서의 역할에 충실하다 못해, 스스로 골몰하고 있는 모습이다.

딸 유리는 '내 인생 엄마처럼 사는 일은 절대로 없을 테니까'라며, 타산적인 어머니를 뛰어넘으려는 야심찬 계산을 펼친다. 사회 상위층에 진입하기 위하여, '결혼'을 신분상승의 계기로 삼으려는 야무진 전략을 세우며 청춘을 보내는 것이다. 주인공 유리는 부유한 남자와의 '결혼'을 낭만적 사랑이라 믿는데, 어려서부터의 가정환경과 부모교육의 영향으로, 사랑과 생존, 생활의 문제가 분리불가능한 것이라는 인식이 박혀있기에 그녀는 자신의 계산적 행동을 계산된 것이라는 인식조차 갖지 못한다. 따라서 그녀가 외쳐대는 낭만과 사랑은 자본주의 체제와 사회의 위계질서가 기입된, 상징체계를 기반으로 하기에 그녀는 사랑하는 '감정'조차 계산 위에서 발현시킨다.

그녀는 결혼=신분상승=낭만적 사랑을 위해 "인생 스물네 해를 걸고" 자신의 '처녀성'을 헌납하는 결정적 순간에 '건곤일척'한다. 그녀는 사랑과 결혼마저 신분상승의 수단들로 전락(轉落)시키는 자신의 모습을 절대 깨닫지 못하는, 남성중심체제의 전형적인 '여성성'을 대변한다. 남성중심사회의 거대자본 지배체제에 적극적으로 종속되고, 안착하려는 욕망이 그녀의 모든 가치에 우선하고 있으며, 그녀의 감정마저도 이에 잠식되어 있는 모습을 보여줌으로써, 과연 어머니를 뛰어넘는 딸의 모습을 보여주기도 하다.

따라서 그녀는 남성중심적 체제에 성공적으로 안착하기 위해, 또 자본사회의 핵심 부유층에 진입하기 위해 '처녀막' 카드를 '스물네 해를 걸고' 야심차게 준비해 왔다. 처녀막은 처녀성을 상징하는 것으로 "박해받는 소수집단에서는 처녀성이 특별한 가치를 가진다. 육체의 구멍에 대한 단속이 특히 성적인 것과 결부되는 것이다. 더 정확히 말하자면, 몸의 오염에 대한 기준은 그 사회에서 성차를 받아들이고, 위치 짓는 방식과 밀접하게 맞물린다. 남성의 순결이 거의 문제되지 않는 것과 달리 여성의 순결은 엄격하게 지켜지며, 순결하지 못한 여성은 엄청난 처벌"[15]의 기준점이 된다.

유리가 신분상승을 위해 〈처녀막 교환〉을 10계명으로 기술하는 장면은, 천국에 들기 위한 계명처럼 진지하게 묘사되는데 이는 우리 사회의 여성 억압의 굴레를 함의하고 있다. 작품의 서술은 예로 일. 샤워는 혼자서, 남자보다 먼저해라, 삼. 머리를 촉촉하게 적셔라 팔. (잠자리에서) 엉덩이를 들지 마라, 십. 혈흔은 함께 확인해라와 같은 행동지침들이 전략전술처럼 진지하게 진술되고 있다. 그녀가 지켜온 '처녀막'은 우리 사회에서 남성중심성과 남성의 거대자본 체제의 상징체계가 여성을 어떻게 억압하고 훈육시켜 왔는지, 보여주는 중요한 메타포가 되고 있다. 비단 유리에 해당되는 것은 아닐 것이다. 여성 몸에 대한 통제와 억압이 모두에게 동의되고 있는 현실을 지적할 수 있는데, 여성의 '성'이 암묵적으로 남성중심 체제의 관리 대상이 되고 있는 현실과, 여성이란 존재가 몸의 '얇은 막'으로 평가되는 현실, 그리고 자기의 내재적 욕망마저 체제의 규범에 잠식된 여주인공을 통해 남성중심 체제의 거대하고 두터운 벽을 읽을 수 있게 한다.

또한 유리가 '인생 스물네 해를 걸고 베팅'하는 비장의 카드가 처녀막이라는 설정에서, 처녀막이 여성을 통제해 온 사회적 굴레였다는 점을 환기할 수 있겠다. '처녀막'은 순결과 부정(不淨)을 가르는 경계선으로서 "더글라스에 따르면, 순수와 부정을 가르는 규율들은 사회의 모든 질서행위를 관통하는데, 깨끗함/

---

15 전혜은, 『섹스화 된 몸―엘리자베스 그로츠와 주디스 버틀러의 육체적 페미니즘』, 새물결출판사, 2010, 61면.

오염의 문제는 단순히 위생학적 문제가 아니라 질서/무질서를 구축하는 상징 체계이자, 공동체를 유지하기 위한 정치적인 원리라는 것이다. 오염의 문제, 비체화의 문제는 처음부터 경계선의 문제와 맞물려 있다는 점에서 근본적으로 정치적인 사안이다."[16] "본질의 존재론에 따르면 여성은 '있을(be)' 수 없다. 여성들이야말로 차이의 관계이고, 배제된 것이며, 영역이 스스로를 소거하는 수단이기 때문이다. 여성들은 또한 항상 이미 남성적인 주체의 단순한 부정이나 '타자'로만 이해될 수 없는 '차이'이기도 하다. 앞서 논의한 것처럼 여성은 주체도 타자도 아니며, 이분법적 대립 경제에서 나오는 차이이고, 남성적인 것을 자기 독백의 산물로 만들려는 책략 그 자체이다."[17] 따라서 처녀막 카드라는 여주인공의 전략이, 본질적 존재론에서 여성은 '있을(be)' 수 없다는 명제를 증명하는 소재로 사용되고 있음을 지적할 수 있겠다.

그러나 여성에게 순결의 상징인 '처녀막'을 요구하는 남성중심의 체제가, 처녀막으로 여성의 미래를 보장하지 않는다는 점은 이 소설의 결말을 패러독스로 이끈다.

> "아래께의 둔하고 벙벙한 통증은 아직 사라지지 않고 있었다. 나는 루이뷔통 쇼핑백 위에 가만히 손을 얹어보았다. 순간, 맹렬한 불안감이 솟구쳤으나 곧 가라앉았다. 집에 가자마자 보증서를 확인해 보면 될 것이다. 그리고 설마 면세점에서 '진짜 짝퉁'을 취급할 리는 없을 것이다. 조용히 운전에 몰두하고 있는 그의 옆얼굴이 어쩐지 낯설게 느껴져서, 나는 마음 속으로 황급히 고개를 저었다. 아니다. 아니다. <u>누가 뭐래도 그는 내가 사랑하는 사람이다. 우리는 서로, 사랑하는 사이다.</u>
> <u>유리의 성이 점점 멀어져가고 있다.</u> 큐빅처럼 흩뿌려진 서울의 불빛들이 눈 한 번 깜빡이지 않고 나를 바라다본다."(작품집, Ibid, 35면)

---

16 전혜은, Ibid, 54~55면.
17 쥬디스 버틀러, Ibid, 118면.

작품 내 마지막 소제목 「유리의 성」의 결말이자, 작품의 결말이 되는 위 인용글은 처녀막과 명품백을 교환한 실상을 깨닫지 못한 채, 이를 사랑이라 믿어버리는, 아니 믿고 싶은 유리의 독백을 담고 있다. 유리의 처녀성을 갖은 남자는 "너 되게 뻑뻑하더라"라는 반응을 남기고, 준비한 명품백을 유리에게 건네지만, 유리는 그 상황에서 명품백이 짝퉁일까봐 걱정하는 모습을 보인다. 그리고 진짜 명품백이 사랑이라는 믿음 하에, 사랑을 감정으로 느끼는 것이 아니라 물질로 치환하여 계산한다. 이에서 거대자본구조 하에 감정마저 물신화되어 버린 개인들의 정서와 자본화되어 버린 결혼과 사랑의 풍속을 읽을 수 있다. 주인공이 '유리'라는 이름을 가졌다는 것과 '유리의 성이 점점 멀어져가고 있다'는 결말은 처녀막은 여성 억압의 굴레로만 작동할 뿐, 한 여성의 미래를 보증하지 않으며 따라서 깨지기 쉬운 유리와 같다는 것을, 그리고 그것을 지키려 '24년에 걸쳐 베팅'을 걸어온 유리는 언제든 깨지기 쉬운 불안한 여성의 지위를 대변하는 것이다.

다음은, 작가가 이런 여주인공을 희화화한다는 점에서 남성중심적 '여성성'을 풍자하고, 남성중심체제가 벌이는 여성의 억압을 응시함을 알 수 있는데, 그렇다고 작가가 다른 대안도, 새로운 비전도 준비하고 있지 않음을 지적할 수 있다. 페미니즘 1세대가 '전통적인 여성성'을 부정하면서도 남성의 규범을 그대로 여성의 규범으로 삼는 동일화 및 보편화하는 한계로 비판받았음을 상기할 수 있는 대목이다. 즉 '공감되지 않는 주인공'과 '주인공과 공감할 수 없는 작가'가 기존 남근중심체제에 갇혀있음을 지적할 수 있겠다. 즉 작가는 주인공과 같은 체제의 질서에 살며, 주인공을 '배제'하고 '분리'시키며 다만 바라봄으로써 거리화할 뿐, 이러한 상징체계와 체제를 '응시'하는 수준에 머물고 있는 것이다. 다시 말해 작가 역시 '배제'와 '분리'의 남성중심적 체제의 원리를 벗어나지 못하며, 그 주변을 무력하게 배회하고 있음을 알 수 있다. 아이리스

영은 '차이'의 재개념화를 위한 방법으로서 '억압'의 다양한 정의를 제안한다. 영은 '억압'을 착취, 주변화, 무력함, 문화적 제국주의, 폭력으로 나누었는데, 이는 남성중심적 원리였다고 지적한다.[18]

3. 남성적 원리를 모방하는, '배제'와 '투쟁'의 '여성성'

2.장에서 살펴 본, 남성중심 체제를 살아가기 위해 여주인공들이 펼치는 위장술과 계산은 다음 작품들에서 좀 더 노골적으로 전략화되어 간다. 작품「트렁크」와 「순수」는 사회의 법과 규범을 속이며 그것을 역이용하는, 야망에 찬 노회한 여성들을 보여준다. 그녀들은 겉모습과는 달리 자신의 성공과 안위를 위해 온갖 술수를 동원하며 주변의 남성들을 이용, 기만하고, 그들을 살해하거나 제거해 버릴 만큼 힘과 위용을 갖춘 모습이다.

「트렁크」의 '나'는 전문직의 캐리어를 쌓아가는, 반듯하고 자기관리에 철저한 여성이다. 음식토하기 등의 다이어트를 생활화하고, 머리에서 발끝까지의 외모관리는 물론 생활과 시간관리까지 완벽한 커리어우먼이다. 나는 여'성'을 활용하여 직장상사 '권'에서 '브랜든'으로 옮겨가며 직장 내에서 앞선 지위를 획득하고 보전한다. 직장 내 현재의 지위에 이르기까지 권의 도움이 분명 있었지만, 권이 자신의 캐리어를 훼손할 수 있다고 파악된 순간, 그녀는 가차없이 권을 죽인다. '소녀의 주검'을 신고해야 한다는 권의 주장에 그녀는 권과의 사생활이 노출될 경우, 회사 내 자기가 쌓아온 캐리어에 손상을 입을 것이라는 판단만으로 권을 살해한다. 그리고 아무런 두려움이나 뉘우침조차 없이 다시 철저한 자기관리의 유연한 일상으로, 냉정한 그녀의 모습으로 돌아간다. 가히 기존 여성이미지에 상반하는, 다소 그로테스크한 악당의 이미지를 가졌다.

그녀의 소나타에는 두 구의 시체가 실려 있지만, 그녀는 시체를 실은 채,

---

18 참조; 이상화, 〈페미니즘과 차이의 정치학〉, 『여성과 철학』, 철학과 현실사, 1999.

출근하며 '차에는 아무런 문제도 없다'고 말한다. 그녀의 차가움은 새로 산 소나타(차)가 감정이 없는 것으로 제유되는데, 야망에 찬 그녀의 질주는 '이제 겨우 천 킬로미터를 주행했을 뿐'이고 '아직 갈 길이 멀었다'고 기술된다.

「트렁크」의 '나'는 우리 문단에 새롭게 등장하는 여성인물로, 헐리웃 영화에서 봤음직한 위악적 '악녀'의 모습이다. 기존담론에서 '악녀'가 이질화, 경원화, 배척되어야 할 위치에 머물렀다면, 정이현은 이러한 '악녀' 주인공들을 전면에 내세우며 새로운 '여성성'의 출현을 시도한다. 그리고 작가는 그녀들에 대한 도덕적 평가를 '악녀'에서 '적자(適者)'의 것으로 돌려놓으며, 남성중심적 여성 이마고로부터 그녀들을 무한 탈주시킨다. 여주인공은 남자를 포획하고, 살해하거나 제거해 버리는데, 기존 담론에서 남자들의 전유물이었던 폭력과 악행을 여성들도 행사할 수 있음을 보여준다.

이는 결과적으로 기존의 여성성을 해체하는 과정이 되며, 여성인물에게 수락되던 행위의 지평을 넓혀 놓는 결과를 가져온다. 기존의 수동적 '여성성'이 전복되고, 여성의 행위와 처세가 남성의 것과 동일한 수준으로 재현된다. 이는 수동적이고 희생적 여성성을 강요 받아온 여성에 대한 억압적 굴레와 기존의 인식을 전복하는 시도라고 말할 수 있다. 남성중심 체제에 대한 전위적 저항과 여성 억압, 성차별의 기존 질서를 전복하려는 의도라 파악되는 바, 급진주의적 페미니즘 글쓰기의 한 예를 보는 듯하다.

기존담론에서 때로는 악당이 우리의 잠재된 본능적 욕망과 폭력본능을 분출해 주어 악당 영웅의 한 자리를 잡듯이, '여성 악당'의 출현은 남성중심 체제에 투쟁하는 여전사의 일대기처럼 그려지고 있다. 그리고 "어디서든 살아남기 위해서, 언제나 행복하기 위해서 점점 더 강해지고 아름다워지기 위해서"(작품집, Ibid, 150면) 필사적인 그녀들에게 여성독자는 더 이상 악녀라는 칭호를 붙이기 어렵게 된다. 그녀는 완벽한 모습이었고, 차가운 도시 전문직 여성으로서의 품위와 감각을 놓치지 않으며, 세상에 난무하는 수단과 방법을 동원하여 자기 길을 가는 약육강식의 세계에 '적자'로 읽혀지기 때문이다.

오히려 그녀들의 모습에서 새로운 여성시대를 열고자 하는, 과도기의 '여성영웅'의 모습을 읽게 된다. 따라서 독자들은 체제에 맞서 강인함과 냉철함으로 승부를 벌여가는 그녀의 삶을 더 지켜보고 싶다는 암묵적인 승인을 하게 되는데, 이는 작가가 제안하는 '여성성'의 새로운 롤모델이 되고 있다.

이렇게 차갑고 무서운 여성이미지는 작품 「순수」에서 더욱 그 모습이 견고해 진다. 작품 「순수」의 제목은 그녀들이 '순수' 콘셉으로 완벽하게 자신을 위장한다는 의미로 해석되어야 할 것이다. 기존 담론이 여성에게 부과하는 '순수'라는 이미지에 맞추어, 작품의 서술은 주인공 그녀의 '순수'한 듯한 담담한 억양으로 진행된다. 세 번의 남편 죽음 중 두 명의 남편은 그녀의 용의주도한 계획에 의해 피살된다. 그녀는 두 번의 남편 살해에 대해 자신의 완벽한 알리바이를 준비함으로써, 첫 번째 남편의 교통사고마저도 그녀의 의도가 있었을지 모른다는 의심마저 불러일으킨다. 왜냐하면 그녀는 첫 번째 남편마저도 신혼여행 때부터 마음에 들어 하지 않았기 때문에 두 번째, 세 번째 남편의 용의주도한 피살에서 보여준 실력이라면 첫 번째 남편도 그녀가 제거했을 것이라는 의심이 들만큼 완벽한 처세와 술수를 보여주기 때문이다.

> "옆자리의 남자는 그제야 부스스 눈을 뜨더군요. 나는 낮은 한숨을 내쉬었습니다. 그가 바로 며칠 전에 결혼한 나의 첫 번째 남편이었던거예요"(「순수」, 103면)

세 명의 남편들이 죽게 된 데에는, 주인공이 기존 질서 내에서 여성 혹은 부인(婦人)에게 요구되던 덕목들에 완전 반(反)하는 자질을 가졌다는 것에서 찾아야 할 것이다. 남성중심적 상징체계 내에서 '여성'은 가정과 남편, 자식을 지키고 양육하기 위해 온유, 부드러움, 포용, 희생, 헌신 등이 요구되어 왔다.

융기언들은 인류문화를 분석하며 남성이 갖는 이미지로 '힘, 태양, 권력, 투쟁, 냉정함' 등등을 나열하는 반면, 여성이 갖는 이미지는 '온유함, 따뜻함, 부드러움, 구원, 모성' 등을 꼽는다. 이는 오랜 역사 동안 남성중심의 상징체계가 가져온 대극적인 이미지이자 두 양성(兩性)에게 요구하는 덕목이었다.

길리건은 여성의 도덕추론과 남성의 도덕추론의 차이를 설명한다. 여성의 도덕 추론은 '보살핌'이라는 여성적 실천에서 우러나온 책임과 관계의 개념을 주축으로 한다. 관계보다는 '분리'와 '개별'을 주축으로 하는 남성적 정의(定意)의 도덕성과 다르다고 말한다.

그러나 정이현이 작품 「순수」, 「트렁크」가 보여주는 여성이미지와 여성인물들이 보여주는 덕목들은 이러한 기존 여성 이미지를 전복하거나 배치(背馳)하고 있다는 인상을 줄 만큼 반여성 이미지들을 형상화한다는 점에서, 기존 규범으로 벗어난 새로운 '여성인물', '여성이미지'를 생성하고 있다. 「트렁크」에 이어 「순수」의 여주인공은 관계 '분리'적이고, '개별'적인 여성자아의 모습을 보여주는데, 언제나 냉정한 그녀는 이기적이며 위악한 부인이자 사악한 어머니의 모습을 보여준다. 그녀들은 자신에게 불편함을 주는 대상들을 제거 대상으로 인식하는데, 가족도 예외는 아니라는 점에서 기존의 거대서사를 벗어난다. 그녀들은 '개별', '분리', '배제'의 남성적 원리를 모방하고 남성적 처세를 행함으로써 그녀들의 가정은 붕괴되고, 남편들은 죽게 되는 결과를 초래하는 것이다.

> ① 영안실에 찾아온 여고 동창이, 립스틱이 좀 진하지 않으냐고 귀엣말을 하기 전에 나는 불타는 레드, 새빨간 빛깔의 루즈를 발랐다는 사실을 까맣게 잊어버리고 있었습니다. 여자 화장실의 더러운 거울 앞에 서서 나는 휴지를 몇 겹 접어, 밑을 닦듯 입가를 쓰윽 문질러 닦았습니다.(「순수」, 101면), (첫 번째 남편 죽음에 대한 진술)

② 남편은 출근 전에 끈끈한 키스를 빠뜨리는 법이 없었으므로 나는 숨을 쉬지 않고 그의 입에서 풍겨나오는 누린내를 참아내야 했어요.(Ibid, 107-108면). (두 번째 남편 죽음에 대한 진술)

③ 멍청하게 징징거리지 마라. 하나도 귀엽지 않아. 네 아빠가 그러는데, 넌 그 순간에도 어린아이처럼 흐느끼며 남자에게 매달린다지?(Ibid, 119면)

위의 예문에서 ①에서 '나'는 남편의 죽음에 대해 슬픔이나 애도의 감정을 보이지 않는다.

②는 두 번째 죽은 남편에 대한 그녀의 감정을 보여준다. 그녀는 내연남(남편의 운전기사)을 이용하여 남편을 살해하고, 내연남을 살인자로 만들어 감옥에 가둠으로써 제거한다. 그리고 남편들의 유산상속으로 자본사회에서 자본을 가진 '자유인'이 된다.

③은 내(어머니)가 딸(전처 딸)에게 말한 내용으로, 딸은 이 말을 계기로 친부를 살해하고 교도소에 감으로써 '나'는 가족인 남편과 딸을 동시에 제거한다. 어머니가 어린 딸의 패륜사실(남편과 그 딸의 성적인 관계)을 지적할 수 있는 것은, 보호자가 아니라 '개별'적 개인이라 인식할 때 발설이 가능한 말이다. 그녀가 가족 사이에서 마저 '관계 지향적'이기보다는 '개별'적이고 '배제'하는 관계를 맺고 있음을 알 수 있다. 그녀는 '개별'적 원리로 딸의 패륜사실을 지적할 수 있는 것이고, 딸은 그런 새 엄마와 한 패가 된 친부를 '살해'하게 되는 것이다. 희생자는 남성, 가해자는 두 여성이 되는데, 가해자와 살해자가 여성들이라는 점을 주목할 수 있다.

모성애(Maternity)는 18세기 산업혁명 시대에 만들어진 용어이다. 가족애와 모성애란 용어가 이 시기에 만들어진 이유는 산업일꾼, 즉 노동력의 재생산을 위해서 부르조아 계급에 의해 유포된 이데올로기의 산물이었다. 낭만적 사랑과 스윗홈, 모성애 등의 용어 탄생은 신흥 부르조아들이 왕정과 귀족사회로 되돌아가지 않기 위해, 또 노동력 확보를 통한 산업이익 증대를 위해 만들어진 지식지배층이 유포한 이데올로기였다. 이런 체제 하에 수탈의 대상은 여자와 어린이, 피지배층과 피식민자였다. 그러나 「순수」의 여성 자아는 오랜 도덕적 관습으로 자리잡았던 모성애 뿐 아니라, 여성에게 요구돼 왔던 어떠한 도덕적 자질도 치워버리고 있다. 어머니의 보살핌과 모성애, 딸의 순종과 수동적인 기존의 여성적 자질을 폐기하고, 그 자리에 언어 폭력과 몸 폭력을 거침없이 행사하는 위압적이고 거친 자질들을 채운다. 이는 여성이 '배제'와 '개별'적 남성적 자질을 가질 때, 가정과 남녀관계의 관습은 붕괴될 수밖에 없다는 점을 시사한다.

이어서 그녀는 "순수한 자기만의 소리"를 세상 살아가는 가치판단의 근거로 삼아야 "행복할 수 있다"는 말을 독자에게 직접 건네고 있다. 그녀를 '악녀'로 판단했을 기존 규범과 그녀가 제시하는 '자기만의 소리'라는 판단기준 사이에서, 작품은 끝내 그녀를 악녀이기보다는 생존경쟁의 적자(適者)로 손을 들어주고 있다. 이는 "여성이 남성과 정치적으로 동일한 권리를 가져야 하며, 같은 노동에 대해 똑같은 임금을 받아야 하고, 사회적으로도 남성과 같은 힘을 보장받아야"[19] 한다는 급진주의적 페미니스트들의 주장을 떠올리게 하는 대목으로, 작가는 '가해'와 '폭력'을 행사하는 그녀들을 통해 또 다른 여성성을 제시하고 있다.

「트렁크」, 「순수」의 여주인공은 남성중심적 세상을 살아나가기 위해 '개별'적이고 '독립'적인, 그래서 '고립'되기에 더욱 '투쟁'하는 (남성적 원리를 장착한) 여성의 모습을 재현하고 있다. 그녀들은 '악녀'이기보다는 약육강식의 세계에서 생존하기 위해 투쟁과 배제, 냉정함 등의 남성적 특질을 장착하는데, 이는 남성중심 사회에서 '배제'되고 '부정'된 여성이 남성중심사회를 '가로지르

19　이현재, Ibid, 10면.

기' 위해 벌이는, 전복과 반란의 투쟁인 것으로 읽혀진다. "일리가레이는 '남성 중심적 상징질서가 부여한 말을 하면서도 정작 자신은 그 말 속에 머무르지 않고 빠져나가는 미메시스를 '담론 가로지르기'라 명명한다. 남성적 담론을 뒤흔드는 '가로지르기'는 남근적 욕망의 자기재현 질서에 균열을 내면서, 그 질서에서 은폐된 지점들을 드러낸다. 그리고 이를 통해 자기동일성의 원칙이 자신을 성립하고 재생산하기 위해 '배제' 혹은 '추방'한 '여성적인 것'의 흔적을 드러낸다.'고 말한다."[20]

이어서 그녀가 독자에게 건네는 "당신도 부디, 어디서든 살아남으시"라는 기원(祈願)은 그녀들이 벌였던 '투쟁'과 '폭력'이 애초에 그녀들이 그런 자질을 가졌던 것이 아니라, 남성중심의 체제에 살아남기 위해 벌인 필사적인 투쟁이었다는 것을 알게 한다. 이들이 보여주는 것은 관념적이거나 이데올로기의 기입(記入)으로서의 '여성성'이 아니라, 스스로 세계와 투쟁하고 개척해 나가는 실천적이고 삶에 적극적인 '여성성'의 재현이라 할 것이다. 결과적으로 작가는 이들을 통해 대문자 여성의 이마고를 해체, 전복하는데 성과를 거두며, 새로운 여성 이마고를 형상화하는데 성공하고 있다.

그러나 이러한 변화는 외형적 행위를 통해서 드러날 뿐, 그녀들은 아직도 "넘어지지 않기 위해, 부서져 산산이 조각나지 않기 위해", "박살나지 않기 위한" 몸부림을 한다는 점에서, 우리는 과연 이 전사(戰士)적 투쟁에서 여성들이 자신의 내적 동일화를 이루는 것에는 실패할 것이라는 점을 예견하게 된다. 즉 남성중심적 체제에 저항하기 위하여 위선과 위악을 펼쳐나가는 과정에서, 여성주인공들은 주변과 세계로부터 자신을 은폐시키고 위선자와 범법자로 살아가야 모습이기 때문이다. 그녀가 투쟁을 통해 결국 다다르게 되는 곳은 체제질서의 밖으로, 투쟁을 통해서도 여전히 그녀들은 이방인, 아웃사이더로 남게

---

20 한국여성연구소, Ibid, 54면.

될 뿐이며 오히려 범법자로 모두에게 배척되는 위치에 머무르게 되는 것이다. 그런 위치에서 자기 동일화는 이룰 수 없는 것이고, 사회적으로 배척되고 용인되지 않는 모습이기에 진정한 '여성성'의 아젠더가 될 수는 없다는 추론에 다다르게 된다. 창작서사물 안에서 가능성 탐색의 시도일 뿐, 경험적 현실계에서 이를 롤모델로 삼기에는 무리가 따르는 '여성성'인 것이다. 이 역시 변화되어야 할 과도기적 '여성성'의 한 제시일 뿐인 것이다.

따라서 남성적 원리인 '배제'와 '투쟁'을 모방하고 추구하는 것에서 과연 여성이 자기 실현을 이룰 수 있는지, 남녀가 똑같은 정체성을 갖아야 되는지 대해서는 아직 해답을 제시하지 못하는 한계를 이 작품들은 내재하고 있다. 왜냐하면 여주인공들이 남성과 같은 힘과 폭력을 행사하는 과정에서 그녀들은 행복하지도, 정상적이지도 않은 모습으로 남기 때문이다. 동시에 사회적이지도, 합법적이지도 않기 때문에 자아 동일성을 이루는 것과는 거리가 멀어 보인다. 그리고 남성과 동일화하려는 '여성성'이 폭력과 배제, 개별적이고 제국주의적인 남성적 원리를 미메시스한다는 점에서 여전히 남성중심적 인식을 기반으로 한다는 점에서 이 역시 한계로 지적할 수 있다.

4. 성차(性差)가 강조되는, '모성'과 '보살핌'의 '여성성'

페미니즘 이론에서 '여성성'에 대한 정의가 증식과정을 거치며 변모해 왔듯이, 작가는 작품 초기에서부터 지금까지 '여성성'의 변이와 증식과정을 작품으로 형상화해 왔다. 『낭만적 사랑과 사회』(2003)에서, 『너는 모른다』(2006), 『오늘의 거짓말』(2007), 『사랑의 기초』(2012)에 이르기까지 작가가 제시하는 '여성성'은 스펙트럼처럼 다양한 변모를 거듭하는데, 초기에 보여준 모습에 비해 상반된 '여성성'도 실험적으로 재현하고 있다는 점에서, 정이현 작가의 '여성성'에 대한 지속적인 탐색은 그녀 작품세계의 시학으로 자리잡고 있다.

『오늘의 거짓말』에 이르며 정이현 작가는 앞서의 작품집에서 보여준 남성중심주의적 '여성성'의 한계를 탈피하여 또 다른 탐색을 시도, 진행한다. 남성중심적 인식과 이데올로기를 기반으로 할 때, 여성은 여전히 타자일 수밖에 없다는 점을 앞장에서 한계로 지적하였다. 프로이트가 지적한 대로 '작은 남자(음핵)'인 여'성'적 특징은 페니스의 부재로 인하여, 여성은 팰로센트리즘 담론에서 늘 '배제'되어 온 존재였다. 남성중심적 이데올로기가 신체적 성(penis) 특질을 기반으로 생성되었던 것처럼, 여성중심적 사고 또한 여성의 신체적 성(Sex)에서 그 논의를 시작해야 한다는 주장이 부각되었다. 이에 대해 일리가레이와 쥬디스 버틀러는 '여성성'을 '부재하는 펠로스'가 아닌, 여성 고유의 성적 특징인 '두 입술의 성(性)'에서 찾는다. 두 입술은 존재 자체가 하나이면서 둘이고, 둘이면서 하나인 특성을 갖는다. 또 입술은 '감싸거나 수용하는' 특성을 지닌다.

'섹슈얼리티의 장소(음순)이자 동시에 아닌 비성적 장소(입술)로서 두 입술은 팔루스 형태학적 논리가 파악하지 못하는 곳을 가리킨다. 가부장제가 만들어낸 여성성에서 제외된 곳으로서 두 입술/음순은 분명히 팔루스의 동일성에 근거하는 담론을 모방하지만 그 담론에 갇히지 않고, 그 담론질서를 흐트러뜨린다. …… 두 입술은 우선 그 복수성으로 인해 팔루스의 동일성 논리와 대립한다. 그런데 이 복수성은 특이하다. 두 입술은 원래 서로 떨어져 있던 두 존재가 합쳐진 것이 아니기 때문에 둘로 나뉠 수도 없으며, 하나였다가 둘로 나뉘진 것도 아니기 때문에 하나로 되돌릴 수도 없다…… 두 입술은 자신 안에 타자를 이미 포함하고 있다. 그러나 이는 타자를 자아에 소유하거나 점유한다는 뜻이 아니라 오히려 타자가 자아의 경계를 무화시킨다는 것이다. 그래서 언제나 자신 안에서 스치는 두 입술은 ―마치 임신한 여성이 둘이지만 각각 개별적인 하나로 나뉘지 않고, 그렇다고 해서 원래 하나이지도 않은 것처럼― 타자를 안고 있는 자아, 더 이상 자아와 타자의 배타적인 분리가 불가능한 상태

를 의미한다.'21

우리는 앞서 작품집 『낭만적 사랑과 사회』에서 남성적 체제에 살아가기 위하여 위장된 가면을 쓰거나, 그에 저항하는 여성들을 살펴볼 수 있었다. 이후의 장편 『너는 모른다』, 소설집 『오늘의 거짓말』에서는 남자와 자식과 가정을 '보살피고' '수용'하는 '두 입술의 성'적 특질을 보여준다는 점에서, 작가가 제시하는 '여성성'은 앞선 작품집에 비해 정반대의 탐색을 시작한다.

장편 『너는 모른다』에서는 불신과 비밀을 간직한 가족의 '개체'들이 '모성성'을 통해 유대관계를 맺으며 하나의 가족으로 변화해 가는 모습을 보여준다. 불가능할 것 같던 가족구성원들의 장벽이 '모성' 앞에서 녹아내리고, 진정한 가정을 탄생하게 하는 '위대한 모성'이 그려진다. 중국 화교 여자로서 이중(二重)의 '배제'를 받으며, 모든 것에서 물러서서 방관하던 주인공 진옥영이 딸의 실종사건을 맞아 전 자신을 내거는 사투(死鬪)를 벌이는데, 주인공이 보여주는 '모성애'는 딸과 자신 뿐 아니라 가족 모두를 치유, 구원하고, 희망을 주는 해결점으로서 제시된다.

초기 단편집 『낭만적 사랑과 사회』에서 여성들은 '위장, 책략, 냉정함, 배타적'인 위선과 악한의 자질들을 보여주었다면, 이에 반해 두 번째 단편집 『오늘의 거짓말』의 여주인공들은 반대로 '인내, 포용, 배려'하는 자질들을 보여준다. 작가는 전자에서 남자친구나 남편, 가족을 속이거나 공격하고 장벽을 두는 여성 인물들을 형상화했다면, 후자에서 작가는 애인, 남편과 가족을 포용하고 희생하는 여성 인물들을 형상화함으로써 '여성성'의 정의를 스스로 번복하는 반전을 보여준다. 작위성이 짙게 드러날 만큼 두 소설집 간에 제시된 '여성성'

---

21   한국여성연구소, 『여성의 몸—시각, 쟁점, 역사』 Ibid, 57면.

은 상반된 이미지로 재현된다.

이들은 결혼제도에 부응해 가정에 안착하려 노력하고, 남편이나 애인과 자식을 위해 여성들은 전적인 헌신과 희생을 다하는 모습을 보여준다.(「어금니」, 「어두워지긴 전에」, 「익명의 당신에게」, 「위험한 독신녀」) 전작 소설집이 개인의 문제에 초점을 맞추었다면, 『오늘의 거짓말』에 이르며 사회제반 문제들에 직면한 여성의 문제에 초점을 맞춘다. (소비자본 사회의 이면과 소외-「삼풍백화점」, 원조교제 및 사회적 강자와 약자의 부당거래-「어금니」, 온라인의 허위 댓글, 사회에 확산된 무력자에 대한 공포-「오늘의 거짓말」, 사교육의 실태와 바람난 가족-「비밀과외」, 순화소년원의 실체-「빛의 제국」, 왕따의 소외, 사회병리-「위험한 독신녀」, 현대인의 단절과 범죄-「어두워지기 전에」)

이는 작가 정이현의 시각이, '여성성'은 개개인 차원에서 생래되는 것이 아니라 사회적 규범과 제도, 젠더와 상징체계 등 복잡한 층위의 기입(記入)에서 비롯된다는 인식에 다다른 것으로 읽을 수 있다. 성적 정체성이란 그 자체가 본질적인 내용을 담보하는 것이라기보다는, 외부의 다른 정체성 혹은 정치적 담론과의 관계 속에서 결정된다는 인식을 비로소 가지게 된 듯하다.

「어금니」에서 '나'는 아들의 원조교제 사실과 아들에 의해 교통사고로 죽은 소녀와의 대면에서 통증을 느껴가며(치통으로 제유), 아들의 유죄를 포용하는 어머니의 모습을 보여준다. 소녀를 죽게 한 도덕불감증의 '아들'과 문제를 능란하게 무화(無化)시켜 버리는 '남편'의 모습에서 기만, 폭력, 부도덕함, 부당거래가 만연한 남성중심의 사회체제를 응시한다. 그리고 가난하고 힘없는 어린 여성의 죽음이 '단순 사건사고'로 처리되는 현실을 보며, 나는 지속적인 '통증'을 느끼지만, 이런 가족 남성들을 끊임없이 '용서'하고, '포용'하는 여성성을 보인다.

> "그가 현수의 아버지이듯, 나는 그 아이의 엄마이므로... 용서할 수 있었다"(「어금니」, 94면).

하지만 남편과 자식을 용서하는 대신 자신을 향해서는 '아마도 나는 나와 영원히 화해하지 못할 것'(「어금니」, 94면)이라며 자기자신을 부정(否定)하고 단죄한다. 그러나 그 대신 자식과 남편에게는 끝없는 '모성성'을 발휘하는데, 이는 여성이 갖고 있는 생래적이고 본래적인 자질인 양 표현한다는 점에서 전적으로 변화된 '여성성'을 제시한다. '러딕은 어린 자식을 양육하고 보살펴야 하는 모성적 활동과 모성적 사고를 토대로 한 도덕적 이상을 제시한다. 모성적 활동과 모성적 사고를 토대로 하나의 도덕적 이상으로 구성된 것이 바로 모성적 비폭력인데, 이 이상(理想)을 지탱하는 것으로서는 포기, 저항, 화해, 평화유지의 네 가지가 있다'[22] 말한다.

주인공은 "어떤 어미도 제 새끼를 지킬 수밖에 없다는 것, 그건 이미 윤리의 차원이 아니었다."며 모성과 보살핌의 여성적 원리를 설파한다. '러딕의 체계에서 근본이 되는 모성적 활동과, 모성적 사고라는 것은 자식과 어머니간의 긴밀한 관계를 전제로 한다. 자식은 홀로 설 수 없는 의존적 존재이고, 이러한 자식에 대한 자연스러운 사랑에서 어머니는 모성적 활동을 시작하는 것이다. 이 관계에서 중시되는 것은 독립성과 자율이 아니라 상호의존성과 보살핌의 활동이다. 우리가 어떤 사람을 보살피고자 하는 마음이 자연적으로 우러날 때 우리는 그 사람과 "함께 느낀다". 즉, 이때 우리는 그 사람을 수용하고 더 나아가 그와 함께 보며, 함께 느낀다. 이러한 상태를 이상적인 것으로 보는 노딩스의 체계에서는 나와 다른 사람 간의 경계선을 전제로 하는 독립성과 자율성이 설 자리를 잃는다. 그러다 보면 '보살핌의 윤리'로 묶일 수 있는 여러 입장들에 있어서 자율성은 공통적으로 배제된다고 볼 수 있다.'[23]

'여성성'은 남성의 '배제'나 '추방' 원리에 있지 않고, '보살핌'과 '인정'이라는

---

22 허란주, 〈페미니즘과 자율성〉, 『여성과 철학』, Ibid, 33-39면.
23 허란주, Ibid, 41면.

도덕적 '여성성'에 기반한다고 본 버틀러와 길리건의 논의를 떠올릴 수 있는 대목이다. "길리건은 여성의 도덕추론과 남성의 도덕추론의 차이를 설명한다. 여성의 도덕 추론은 보살핌이라는 여성적 실천에서 우러나온 책임과 관계의 개념을 주축으로 한다. 관계보다는 '분리'와 '개별'을 주축으로 하는 남성적 정의의 도덕성과 다르다고 말한다."[24]

> "두 입술은 자신 안에 타자를 이미 포함하고 있다. 그러나 이는 타자를 자아에 소유하거나 점유한다는 뜻이 아니라 오히려 타자가 자아의 경계를 무화시킨다는 것이다. 그래서 언제나 자신 안에서 스치는 두 입술—마치 임신한 여성이 둘이지만 각각 개별적인 하나로 나뉘지 않고, 그렇다고 해서 원래 하나이지도 않은 것처럼— 타자를 안고 있는 자아, 더 이상 자아와 타자의 배타적인 분리가 불가능한 상태를 의미한다."[25]

이들에 따르면 경계선을 갖지 않는, 관계지향의 '여성성'은 타자와 배타적인 분리가 불가능한 상태로 '타자'를 보살피고 포용한다. 작품 「어두워지기 전에」의 '나'는 사회 일원으로서 결혼에 대해 적극적인 자세로, 가정을 꾸린 신혼 주부이다.

> "나는 남편을 사랑한다. 깊이 고민한 적은 없지만 그것을 의심하지는 않는다...... 이를테면 동지애 같은 것이라고 믿는다."(작품집 『오늘의 거짓말』, 274면)

그런데 여기서 발생되는 문제는 남편이 4명의 유아를 죽인 살인범이라는 것이다. 그러나 나는 남편의 거듭되는 '도와달라'는 말에 4명의 유아살해와 남편의 외도라는 수용불가능한 사건에 대해 남편을 추궁하거나, 회의를 느끼는 과

---

24 김혜숙 외, 『여성과 철학』, Ibid, 142면.
25 박희경, 〈두 입술의 미메시스— 일리가레이의 성차이론과 몸〉, 『여성과 철학』, Ibid, 53면.

정도 없이, 남편의 중대한 범죄를 자기의 아픔으로 치환하고 이를 수용하는 모습을 보여준다.

> "두 계절이 넘도록 사건의 관련자 모두들 지옥과 연옥을 번갈아 겪고 있다
> 는 것만은 부인할 수 없는 사실이었다"(『오늘의 거짓말』, 284면)

부부라는 이유로 4명의 유아를 살인한 살해범을, 남편이라고 이해하고 용서하며 포용하는 여성의 모습은 작가의 실험의식이라 할 만큼 극한적 설정이다. 남편이라는 이유로, 연쇄살해범으로부터 도망치려 하거나 신변의 두려움도 느끼지 않는 모습에서 '포용'과 '돌봄'의 여성적 본능이 자기 생존본능에 앞서는 것을 지켜볼 수 있다.

이러한 '포용', '보살핌'의 '여성성'은 작품 「익명의 당신에게」에서 더욱 강조되어 드러난다. 연희는 부부도 아니고 약혼자도 아닌, 상현의 '도와달라'는 부탁 한마디에 '사랑하는 사람을 위해, 사랑을 지키기 위해', 자신의 모든 것을 거는 '숭고하고 비루한' 선택을 한다.

> "사랑하는 사람을 위해, 사랑을 지키기 위해, 제 안의 부적절한 욕망과 대
> 면해야 하는 순간은 누구에게나 있을 것이다. 지금이 바로 그 숭고하고 비루
> 한 때라는 것을 연희는 깨달았다. 이제부터 해야 할 일이 많다. 억지로라도
> 식욕을 내야 했다. 연희는 샌드위치 조각을 맹렬히 씹어 삼켰다."(「익명의 당
> 신에게」, 311면)

> "연희는 b대학 부속병원 원장을 직접 찾아갈 것이다... 병원장의 비서가 만
> 남을 제지한다면 부원장을 찾아갈 것이다. 병원의 모든 보직 교수들을 다 만
> 날 것이다. 아니면 b대학 총장이라도, 국무총리라고, 대통령이라도, 그 누구
> 라도"(「익명의 당신에게」, 317면)

사랑하는 남자를 위해 자신의 안위는 아랑곳 않고 위조와 위법을 자행하는 희생적 사랑을 구가하는 모습을 볼 수 있는데, 타자와 자아의 경계선이 무화되고, 희생적으로 타자를 끌어안는 여성적 자질이 형상화되고 있다.

위에서 살펴본 바와 같이, 작가는 『오늘의 거짓말』 작품집에 이르며 '보살핌'의 자질을 보이는 여성들을 형상화한다. "길리간은 보살핌의 원리는 '도덕적 판단의 보편적인 자기선택적 원리'로서 채택한다고 말하며, 노딩스는 '나는 보살펴야 한다'는 언명은 오로지 내가 보살핌의 윤리에 입각하여 살아가겠다고 스스로 결정했을 때에만 나를 움직일 수 있을 것이며, 따라서 '나의 의무를 근거지워 주는 것은 내가 보살피고자 하는 성향에 내재된 관계성에 가치를 부여했기 때문이다.'라고 말함으로써 보살핌이 관계맺음에 기초하고 있음을 말한다."[26]

이 작품집에서는 여성 자아가 욕망하는 것은 자기가 돌보고, 사랑할 수 있는 타자에 대한 '보살핌'과 관계지향, 경계 없는 사랑을 지향하는 여성 성향이 재현된다. 앞선 작품집에서 보여주던 '분리', '배제'의 남성적 원리와 정반대로 '포용, 보살핌'의 '두 입술의 성'을 가진 여성성으로의 전면적인 변화를 살필 수 있다.[27]

작가의 이러한 보살핌의 여성성 탐색은 새로운 여성성을 제시하려는 듯하다. 『오늘의 거짓말』에서는 분명 전 작품집의 투쟁적 모습과는 상반된 모습을 보여주는데, 파괴적이고 제국주의적인 남성주도의 문화가 아니라 여성의 체험과 실천으로부터 여성 고유의 정체성을 탐색하는 듯하다.

---

26 허란주, Ibid, 46-47면.
27 '생물학적으로 여성은 측두엽에서 남을 돌보고 보살필 때, 옥시토신이라는 호르몬이 흐르는데 이는 여성만의 특징이라고 한다. 옥시토신이라는 호르몬은 여성이 행복을 느끼게 하는 호르몬으로, 여성은 자신이 살아가기 위한 방편으로 남을 돌보고 감싸는 본성을 지녔다'고 한다. 이는 '두 입술의 성'을 가진 여성이 감싸고 수용하는 성기의 성적 성징을 갖고 있다는 일리가레이와 쥬디스 버틀러의 '여성 자아'의 논의와 동괘에서 해석할 수 있는 부분이기도 하다.

그러나 이런 여성성의 강조가 여성의 '희생논리'로 이어진다는 점과 성차의 강조가 차별화로 이어진다는 점에서 오히려 남성중심적 여성 이마고의 또 다른 변형에 불과한 것이 아닌가라는 우려를 남기기도 한다.

또 여성인물이 희생과 보살핌의 도덕적 덕목을 갖는데 반해, 남성인물은 완전범죄를 저지른 '연쇄살인범'(「어두워지기 전에」), 변태성욕자(「익명의 당신에게」), 원조교제와 살해를 일으킨 아들(「어금니」) 등 '악한'으로 설정된다는 점에서, 성차(性差)를 두드러지게 차이화 하는, 남·녀 인물의 차별적 설정은 작가의 기획된 의도를 알 수 있게 한다. 너무 적극적으로 희생하는 여성이 나쁜 남성을 위해 자신을 희생하며 남자의 잘못에 대해 객관적 판단없이 무조건 포용하고, 보살피는 모습에서 '성차'를 확정하고, 맹목적인 희생을 단행한다는 점에서 '보살핌'와 '포용'의 '여성성'을 강조하는 작가의 작의(作意)를 마주할 수 있다.

그러나 여성의 희생논리로 그 '성차'를 메우려 한다는 점에서 성차별주의, 식민화된 여성들의 기억으로 환원하는 듯한 우려를 빚어내기도 한다. "독일 페미니스트 학자 미즈, 벤홀트−톰센, 베를호프의 책에서 개진된, 〈마지막 식민지로서의 여성이라는 개념 정립〉은 제3세계 문제에 관한 페미니즘 연구에 참신하고 귀중한 해석적 모델이 되었다. 이 모델은 인종, 계급, 젠더를 함께 고려하면서 복잡하지만 일관된 하나의 '억압체계'를 인식한다. 이 모델로 알 수 있는 것은 성차별주의가 식민지 경험에 기인한 또 다른 억압에 의해 강화되어 제3세계 남녀에게 가해지고 있다는 사실이다."[28]

---

28 쥬디스 로버, 최은정 외 역, 〈3. 탈식민주의 페미니즘〉, 『젠더 불평등』, 95−97면.

5. 타자와 성차를 '인정'하는 '여성성'

이러한 정이현 작가의 '여성성' 탐색의 노정은 이후 장편소설『사랑의 기초』 (2012)에서 또 다른 변화를 보이고 있어, 페미니즘 이론을 반영하는 이 작가가 궁극적으로 제시하게 될 '여성성'은 어떠한 모습일지 그 귀추가 기대되는 바이다.

『사랑의 기초』는 여성작가 정이현과 남성작가 알랭 드 보통, 두 남·녀 작가가 같은 제목과 사랑 주제로 남·녀 간의 시각을 비교하며, 그 '차이'를 엿볼 수 있도록 기획된, 두 작가가 각기 집필한 작품 중의 한 권이다. 정이현 작가의『사랑의 기초-한 여자』는 20대 남녀의 연애와 사랑을 여성적 시각에서 쓰여졌다면, 알랭 드 보통의『사랑의 기초-한 남자』는 결혼한 40대 부부의 사랑을 남성적 시각에서 쓰여진 작품이다. 정이현의『사랑의 기초-한 여자』는 연애를 시작하고, 사랑을 진행하고 마무리짓는 과정에서 두 남·녀가 갖는 각기 입장과 심리적 '차이'를 섬세하게 드러내고 있다. 더불어 남녀 인물이 처한 경제, 사회적 조건과 환경 속에서 사랑과 이별의 과정이 단계별로 묘사되는데, 사랑의 시종(始終)이 남녀 누구의 잘잘못도 아니며, 누가 '배제'되거나 '희생'하지도 않는 모습이 그려지고 있다.

> "그들은 사랑을 지속하는 데에 실패했으나 어쨌거나 이별을 위한 연착륙에는 실패하지 않았음을 알아야 했다. 비행기 동체도 부서지지 않았고 크게 다친 사람도 없다고, 그렇게 믿어야 했다. 그렇다면 목적지에 다다르지 못했대도 충분히 의미 있는 비행이었다는 것도. 한때 뜨거웠던 열정이 느린 속도로 사그라져가는 것을 함께 지켜보았다는 측면에서 그들은 고장난 조종간을 끝까지 지킨 기장과 부기장처럼 서로에게 동지애 비슷한 감정을 느끼고 있는지도 몰랐다."(『사랑의 기초』, 208면)

남·녀가 자연스럽게 만나 관계를 맺고, 다시 각자 자기의 길을 가는 과정을 남녀 각기의 입장에서 묘사함으로써, 앞 장에서 살펴본 모습처럼 여성이 피해자도, 가해자도 아니며 더불어 희생자의 모습도 아니게 형상화된다. 남녀의 각기의 입장에서 사랑의 시종(始終)을 겪는 과정에서의 성차가 있는 대로 표현되고, 그 차이를 자연스럽게 '인정'하고 있다.

남성이든 여성이든 타자와 대타자에 대한 '인정'을 통해서 온건한 사회적 관계를 맺고 계속적으로 정상적인 삶을 영위할 수 있다. 작가는 이 작품에 이르며 남·녀 성차를 있는 그대로 '인정'하고, 타자를 '인정'하는 것에서 자아가 온전한 동일화를 이루어갈 수 있음을 제시하는 듯하다. 배제 논리 자체를 극복하는 여성주의 페미니즘의 '인정'의 개념은 여자뿐 아니라 남자들의 온전한 자아실현을 위해서도 마련되어야 하는 것이다. 모든 인격체들은 이러한 '여성주의적' 패러다임 안에서 비로소 배제의 메커니즘에 빠지지 않고 자신의 동일성을 실현할 수 있다는 것이다.[29] 종전에 '성차'를 응시하고, '차이'를 전제로 여성이 '투쟁'하거나 '희생'하는 모습에서 '여성성'의 가능성을 타진한 시도와 달리, 있는 그대로의 자아와 타자의 '차이'를 인정하는 데에서, 여성이 자기동일성을 이루게 됨을 보여주고 있다. 로지 브라이도티가 근자의 페미니즘 이론을 고찰하며 '페미니즘이 질문이라면 성차의 긍정이 그 해답'[30]이라고 결론을 내린 것을 반영한 듯이, 남녀의 '성차'를 '인정'하는 것에서 작가는 '여성성' 탐색 여정의 닻을 내리고 있다. 이후에 작가가 또 다른 '여성성'을 제시할 지는 페미니즘의 '여성성' 논의의 변화와 함께 지켜보아야 할 일이다.

---

29 이현재, Ibid, 41면.
30 로비 브라이도티, 박미선 옮김, 『유목적 주체』, 도서출판 여이연, 2004, 31면.

III. '여성성' 변화의 열린 지평

이 장을 통해 여성 작가들의 다양한 '여성성'을 재현한 작업들이 실제 현 사회에서 보이는 '여성성'을 대변하기도 하고, 문학의 선행 제시로 우리 사회에 '여성성'에 대한 인식의 변화를 불러왔다는 점을 상기하며, 이러한 변화를 반영한 정이현의 작품을 통해 다양한 '여성성'의 변이체들을 살펴보았다. 이는 동시에 페미니즘 이론의 보급이 우리 사회와 문단에 수용된 양상과 여성 이마고의 뚜렷한 변이체들을 살펴보았고, '여성성'에 대한 인식변화의 과정을 살펴보았다.

페미니즘의 '여성성' 논의는 사회, 정치문화, 정신분석, 생물학 등의 유목적 교접으로 변이, 증식되어 왔다고 말할 수 있는데, "유목민은 고착성에 대한 모든 관념, 욕망, 혹은 향수를 폐기해 버리는 종류의 주체를 형상화한다. 이러한 형상화는 본질적인 통일성 없이, 그리고 그러한 통일성에 반대하면서 이행, 연속적인 이동, 상호협력적인 변화들로 이루어진 정체성에 대한 욕망을 표현"[31] 하고 있었다.

이 글에서 살펴본 바 '여성성'의 탐색은 유목적 탐색으로 다기적으로 그 '여성성'의 가변역을 넓혀 놓았으며, 지속적인 작업으로 기존 여성 이마고는 해체되고 있었다. 여성작가가 보여준 새로운 '여성성'의 변이체들과 증식의 과정은

---

31 로비 브라이도티, Ibid, 31면.

여성에 대한 기대지평을 열어놓았으며, '여성성'은 고정된, 관습적 개념이 아니라 이후에도 이행(移行)과 확장을 지속할 실천적 개념이라는 것을 알게 해주었다.

이상에서 살펴본 바와 같이, 여성작가의 '여성성' 탐색의 과정은 남성중심적 체제에 대한 비판적 응시에서 출발하여, '여성중심적' 시선으로 기존 체제에 대한 저항과 전복을 시도하는 '여성성', 또 다음은 성차를 '차이'화하고 희생논리로 '포용'하는 여성성을 보여주다. 그 이후에는 남·녀의 차이 및 타자를 '인정'하는 모습 등 변화, 생성되는 '여성성'을 제시함으로써, 결과적으로는 기존의 '대문자 여성'의 신화들과 이미지를 걷어내고 있었다. 이러한 여성성의 급진적이고 다기한 변화들은 '신인류'의 탄생에 버금가는 성과를 거두었다고 말할 수 있을 것이다.

정이현 작가 및 일반 여성들이 또 다른 '여성성'을 보여줄 가능성은 포스트모던적 해체주의 인식과 더불어 탈중심의 인식 지평이 열림으로써, 무한한 변이체들이 더욱 양산되리라 기대되는 바이다.

⟨Abstract⟩

A Change & Increase Process of 'Feminity' on Feminism-theory and Literature Works
-Focus on Ee-Hyun, Jung's Works-

Park, Sun-Kyoung

This Research look into a course of change and increase on 'Feminity' discussion by feministic point of view in accordance with 'feminism theory' spread in our society.

On center with Ee-Hyun, Jung's literature works with feminism theory, it look around a various aspects of 'Feminity' substance.

Ee-Hyun, Jung's works arrange different identity of feminine through present a diverse characters in multifarious actual situation. So it can look around alteration and propagation on concept of 'Feminity' in our society. Ee-Hyun, Jung continue on writing and storytelling about womans's life, experiences of daily at actual environment, so she would occupied a position on ecriture feminine.

Jung arrange various 'Feminity' through various woman's ego and show women want to achived a self identifying. She has asked continuously on 'Feminity', her figuration works on 'Feminity' that is in progress until now.

She had started by looking critical gaze on Phallocentrism with criticism of phallocentric feminism −⟨Romantic Love and Society⟩, ⟨Girl's generation⟩, tried to cross and resistance against Phallocentrism rules with a view of Genocentrism Feminism −⟨Trunk⟩, ⟨a Purity⟩. And she asked again about 'Feminity', focus on 'Difference' between men and women— 〈A Lie of Today〉, 〈A molar〉, 〈A Dangerous Spinsterhood〉, 〈Before becoming Darkness〉, 〈To you of Anonymity〉.

In 〈Romantic Love and Society〉, auther show a woman is accupied traditional pallocentrism through showing woman's a limit situations and environment. In 〈Trunk〉, 〈A Purity〉, a woman pursue and achive violence and supremacy like man's. But because woman mimesis man's principal on violence, exclusion, disconstruction, woman remains a criminal and a outsider on social rules, organization. So woman can't achieve ordinary identity.

After this, author present 'difference' between man and woman, she searches feminity through 'moternity' and 'take care' figuration in ≪You don't know≫, ≪A lie of Today≫.

The most resent, auter suggest 'recognition' on the others and sexual difference for 'feminity' achivement in ≪A basement of Love≫.

Ee-Hyun, Jung's research on 'Feminity' is continuing until now.

〈Key words〉 Motherhood, Maternity, Phallocentric feminism,
Gynocentric feminism, Feminine feminism, Exclusion,
Difference, Sexual difference, Ecriture feminine,
Rhizomatic figuration.

7장

남성작가가 구성하는 몸담론 방법론과 인식론

- 백가흠 작가를 중심으로 -

Ⅰ. 남성 작가의 해체작업의 영역과 특징

　몸철학이 기존 관념철학과 전혀 달리, 지각기관을 통한 몸적 인식으로 출발하여 관념적 체계들을 해체하듯이, 몸담론 역시 기존담론의 언어 구성과 상징체제를 전복하고, 이탈하며 새로운 인식론과 글쓰기 방식을 구사하고 있음을 저자는 연구해 왔다.

　우리 문단의 몸담론의 등장과 본격적인 진행을 몸담론의 인식론과 몸담론을 구성하는 글쓰기 방법을 통해 살펴본 바, 인식의 방식은 체제의 코드와 관념적 상징체계가 주입했던 욕망들을 거둬내며, 몸의 감각과 반응에 따라 세계를 인식하고, 직접적 몸의 행동/반응으로 몸적, 무의식적 욕망을 따라가며, 상징체계 내의 의미가 아닌, 자아의 본래적 의미들을 찾고 있음을 알 수 있었다.

　더불어 글쓰기 방식은 사유와 관념체계, 상징체계를 탈출하며, 몸의 감각을 통해 사건과 세계를 글쓰기하며, 내재적인 무의식적 욕망과 동물적 본능을 발설하고, 몸의 반응으로 세계와 대응하는 몸의 반응을 기술하고 있었다. 즉물적 실체와 부딪히는 몸의 감각, 전−상징적 언어로 글쓰기하고 있음을 논의하여 왔다.

　몸담론을 구축하는 구체적인 방식은 지성, 이성, 관념적 체계 밖에 있는, 몸으로 살아가는 직업과 신분의 인물들을 설정함으로써 그들의 감각적 수용, 직접적 행동양식을 보여주고, 몸적 본능과 자신의 욕구에 충실한 −이데올로기에 물들지 않은− 인간 본연의 모습을 보여준다. 또한 폭력적 인물을 통해서 인간의 동물적, 원초적 본능을 드러냄으로써 '인간'에 대한 예의 관념적 정의를 해체하며 무의식적 욕망에 충실한, 본래적 자아를 끄집어 내는 방식을 보여 주고 있었다. 더불어 불구와 기형의 인물들을 통해 기존담론의 관념성과 비실재성을 드러내고 있었으며, 몸과 몸이 부딪뜨리는 부부와 가정의 폭력적 실상에 신음하고 죽어가는 '몸 주체'를 드러냄으로써, 상징체제(우리의 일상인)의 거대한 감옥들을 허무는 작업을 하고 있음을 논의하여 왔다.

이러한 작업은 여성작가의 여성글쓰기를 분석을 통해서 이루어졌는데 몸담론과 여성담론이 기존담론을 해체하는 포스트모더니즘적 인식을 기반으로 하며, 우리의 몸담론은 태동에서 본격화되기까지 여성 글쓰기를 중심으로 이루어져 왔다. 여성글쓰기가 몸담론의 구심동력이 되어온 것은 사실이지만, 몸담론이 여성 전유물은 아니기에 이 장은 우리 몸담론의 전형(全形)을 찾고자 남성작가가 글쓰기한 몸담론도 살펴보고자 한다.

백가흠 작가는 근래 우리 문단에서 남성작가로는 보기 드물게, 몸담론을 본격적으로 형상화하고 있다는 점에서 논의의 대상으로 삼았다.[1] 몸주체가 새로운 '주체'로 설정되는 현 시점에서, 남성 '주체' 설정의 변화와 주체 변이에 따른 인식의 변화, 그것을 기록하게 되는 몸담론의 기술방식을 살펴보고자 한다. 남성작가들에 의한 몸담론은 기존 담론과는 어떻게 다를지, 또 여성작가의 몸담론과는 어떻게 다른지, 과연 기존의 팰로센트리즘적 언어를 벗어나고 있는지, 남성작가에 의한 몸담론의 구성방식과 세계인식을 살펴보도록 하자.

---

1   백가흠 작품집, 『귀뚜라미가 운다』, 문학동네, 2005.

II. 이성중심 체제를 온몸으로 거부하는, 몸적 폭력들

1. 주체 재설정에 따른 몸철학의 전개 – 메를로 퐁티, 푸코, 들뢰즈, 여성 담론

포스트모더니즘의 해체적 흐름은 기존의 언어상징적 관념체계 안에 머물러 있던 '주체'를 세계와 접촉, 소통, 감수(感收)하는 '몸적 주체'로 대체하게 되었다. 언어가 세계를 구성하는 매개물이자 주체를 구성한다는 것을 논의하면서, 언어 역시 우리 문화에 축적된 상징 이데올로기라는 점을 알게 되었다. 언어가 매개물이자 주체를 구성하는 지점이라는 점을 받아들이면 언어 역시 우리 문화의 축적된 상징 자본이라는 점을 알 수 있다.

주체 구성의 문제는 주어진 코드들의 "내면화"의 문제가 아니라 발화의, 발언들의 겹겹의 층들, 그것들의 퇴적 작용, 기입들 사이에서 일어나는 협상과정이 된다.[2] 이후 주체를 구성해 온 상징체제의 언어들을 거두어내며 이데올로기가 담긴 언어의 층들, 규범 등의 문화적 축적형태, 이것들이 주체에 기입되는 과정들이 주목되기도 하였다. 관념과 상징체계, 이데올로기 안에서 영토화되어온, 그것들이 기입된 '주체'의 개념은 축적기입된 이데올로기적 언어들을 거두어내며 탈영토화하는, 욕망의 복수(複數)성으로 꽉 찬 '몸적 주체'로 대체되는 양상이다.

---

2   로지 브라이도티, 박미선 역, 『유목적 주체』, 도서출판 여이연, 2004. p.47

메를로 퐁티를 시작으로 서구철학은 칸트를 비롯한 이전의 관념철학으로부터 벗어나 주체를 "현상학적 장" 즉, 주체와 대상이 불가분적으로 엮여서 지각 활동이 전개되는 장을 본격적으로 제시하며, '몸—주체'에 대한 논의를 전개한다. 그에 따르면 인간과 세계의 만남은, 지각하는 주체와 분리되지 않는데 이 '지각자'는 몸으로서 세계에 속하게 되는 주체이다. 지각은 무의식이나 정신이 아니라 몸과 함께, '몸'을 통해 이루어진다. 몸과 관련하여 메를로 퐁티는 몸은 무엇보다 세계와 만나는 우선적 경험인, 지각을 하는 몸이라 설정하였다. 또한 인간 존재의 실존적 표현이며, 따라서 경험하는 인간은 심적 존재가 아니라 신체적 존재이므로 퐁티는 이런 점에서 인간의 몸은 인간 그 자체라고 설정한다. 퐁티는 본질을 파악함에 있어 우리의 신체적 경험을 도외시하지 않고 오히려 적극적으로 신체적 경험을 통해 파악하는 방법론을 택하는데, 지각이 순간적으로 어떻게 방향 잡히고, 어떻게 대상과 만나는지에 집중함으로써 지각의 현상/본질을 밝히고자 하였다.

따라서 퐁티의 주체는 세계를 관조하거나 세계를 의식으로 정립하는 주체가 아니라 세계에 몸담고 있는 주체, 육화된 주체가 된다. 개인의 실존은 몸과 영혼이라는 이분법을 넘어서는 육화된 주체의 존재양식으로, 이러한 실존은 몸으로 표현되고, 몸을 근거로 하며, 몸 자체임을 강조한다.

반면 미셸 푸코는 사회적, 문화적, 정치적 연결의 장이자 권력의 의도가 새겨지는 '몸 주체'를 말한다. 푸코에게 있어 몸은 "담론과 권력의 영역들이 그 자체를 각인하는 장소이자 권력의 사법적, 생산적인 관계들의 연결점 또는 극점"으로, 즉 몸은 담론과 권력의 어떤 효과, 권력의 어떤 작용이 드러나는 장소이다. 이런 의미에서 몸은 정치적 장의 의도를 드러내는 몸, 즉 '의도적인 몸'이다. 훈육과 통제, 억압 등 몸에 대한 각인은 규율의 실행에 대한 은유로, 생리적 몸이 의도를 품도록 하는 것은 규율이라 보았다. 그렇기에 사회문화적, 정치적 규율은 또한 영혼을 구성하게 되고, 따라서 인간은 어떠한 사회, 역사적 조건이 기입된 몸 주체로서 실존하게 된다. 역사와 문화는 몸에 새겨지고, 따라서 인간의 몸은 자연적이면서도 문화적이라고 설명한다.

여기서 메를로 퐁티와 미셸 푸코에게 있어 공통되게 드러나는 '몸 주체'는 유기체로서의 몸이다. 유기체로서의 몸은 세계를 지각하고 세계와 결합해야만 하고, 비개인적 실존으로 이루어짐을 의미한다. '세계에의 존재'로서 세계를 지각하고, 세계가 각인된 몸이기에, '주체'는 하나의 자기동일성으로 규정될 수 없으며, 복수 무의식적 욕망의 흐름을 따라가는(기관없는) 신체로서의 주체(몸주체)가 된다. 개인적 몸의 지각, 경험과 더불어 사회·문화의 기입이 '몸'에서 유기적으로 결합된 몸주체가 코기토의 '주체'를 대체하게 되었다.

이러한 연장선 상에서 들뢰즈는 기관없는 신체를 역설하며 기계 개념과 연결하여 부분적인 신체(몸)를 욕망의 기계(입 기계−식욕..)로 설명[3]하며 여러 기관의 '하고자 함'의 복수적 욕망은 하나의 리비도로 귀결되지 않는다고 보았다. 들뢰즈는 신체가 속한 관계에 따라, 접속하는 이웃함에 따라 인간의 무의식적 욕망이 다양한 본성을 갖는다고 말한다. 즉 '무의식이란 기관없는 신체 상에서 욕망하는 기계의 생산이고, 그것의 변형이며, 그러한 생산과 반생산, 변형을 야기하는 리비도의 투여이고, 그러한 투여의 양상을 규정하는 욕망의 배치'라고 말한다. 더불어 신체적 주체를 세계와 접한 상태에서 변화하는, 사회·문화적 존재라고 정의하며, 다양한 본성에 따른 "복수적 무의식의 흐름"을 가졌다고 보았다. 들뢰즈는 주체에 대한 서구 사상의 고전적 개념이 어느 정도로 차이를 정체성 개념의 하부집합으로 다루고 있는가를 강조한다. 주체는 동일성의 측면에서 정의된다. 즉 주체는 모든 다양한 자격 조건들과 속성들 속에서 하나이자 동일한 것으로 남아 있는 대문자 존재의 규범적 관념과 등식으로서 정의된다. 주체에 대한 형이상학적 담론의 단성성univocity은, (사유에

---

3   참조; 이진경, 『노마디즘 1, 2』, 휴머니스트사, 2002.

본래부터 내재되어 있는) 규범적 이미지에 근거를 두고 있는 형이상학의 도덕적 담론에 의해 재생산되어 왔다. 들뢰즈에게 모더니티는 이러한 이미지가 붕괴되면서 또 다른 형태의 재현에 길을 열어주는 계기가 되었다.[4] 들뢰즈가 꾀하는 바는 가능한 차이들의 복수성이라는 측면에서 '차이'를 긍정하는 것이다. 즉 차이들의 긍정성으로서 차이, 그렇게 되면 들뢰즈는 '합리성'을 조직화 원리로 특권화하지 않는, 경험들의 복합적 층위들이라는 측면에서 의식을 재정의하게 된다. 들뢰즈는 인간의 무의식을 '다양한 욕망이나 기계들이 증식되며, 서식하는 서식처'라 보면서, 욕망들의 접속, 흐름들의 통접, 강렬도의 연속체가 지속되는 곳에 존재하는 '기관없는 신체'를 우리가 도달해야 할 '주체' 개념이라 제시한다.

이러한 신체적 자아와 몸철학의 대두와 관련되어, 우리의 몸담론은 거의 대부분 여성작가의 글쓰기를 통해 형성되고, 확장되어왔음을 저자는 논의해 온 바, 기존담론 대 해체담론은 남근중심의 이성담론(Phallologocentrism) vs 여성들에 의한 몸담론이라는 공식을 서사분석을 통해 구체적으로 살펴보아 왔다. 즉 서양철학적 전통에서 정신의 형이상학적 위치는 정신과 신체라는 대극적인 이원론적 존재로 인간을 규정지으며, 정신과 신체의 이원론에 남자/여자를 나누어 대입시켜 왔다.[5] 영혼의 합리적인 부분이 몸을 지배해야 한다고 주장하는 플라톤 철학에서 비합리적인 몸은 여성과 직결되며, 남성을 초월적 의식주체로 보고, 여성을 내재적인 신체와 연결시키는 서양의 철학적 전통에서, 여성은 당연히 남성과 평등할 수 있는 자격을 박탈당한, 열등한 지위에 있어왔다. 이런 전통에서 정신/몸의 이원론은 남성/여성 이원론과 뿌리 깊게 연결되면서 여성에 대한 평가절하의 근거, 기존체제의 도덕이 되어왔다.

---

4   로지 브라이도티, Ibid, p.168.
5   한국여성연구소 편, 『여성의 몸 - 시각, 쟁점, 역사』, 창작과 비평사, 2005, p.21.

또 프로이드의 욕망의 삼각구조를 승계한 라캉은 어머니의 몸으로부터 '본래적 자아'를 분리시켜, '아버지의 이름'의 세계, 즉 언어 상징질서를 습득한 자아를 현실적 '주체'라 규정해 왔다. 따라서 '아버지 명명의 세계' 즉 남성중심적 언어가 기입됨으로써 상징계의 현실적 자아를 구성하며, 팰로스로고스적 언어로 호명될 때에서야 인간은 한 '주체'로서 인정받아 왔다. 더불어 서구적 사유와 남성적 섹슈얼리티는 동일한 형태를 갖는 이종동형태(isomorphism)로, '단일성, 자아의 형식, 가시적인 것, 반영가능한 것, 그리고 발기를 통한 형태를 특권화'[6]한다는 점에서 남근이성중심주의(Phallologocentrism)의 사유와 남성적 성은 동일한 기반을 가져왔다.

반면 어머니의 몸적인 무의식계는 팰로스로고스적 언어에서 분리되어 무의식계로 가라앉음으로써 여성의 언어는 '침묵의 언어'로 대변되며 오랜 역사 동안 상상계에 머물러 왔다. 즉 프로이드의 남근을 기초로 한 남근이성중심(Pallologocentrism) 질서 속에 여성은 애초에 상정되지 않았으며 상징계에 진입하지 않은 분리된 타자로 존재해 왔다. "남성/여성 대립구도에 은유되어 있던 합리성/비합리성, 이성/감성, 주체/객체 등의 상징적 이분법이라는 위계적 이항대립 구도는" 여성으로 하여금 "일반적 타자이면서도 계급, 민족, 인종 등이 중층적으로 개입된 '구체적 타자'의 구체적 경험"을 하게 해온 것이다.[7]

이렇듯 기존의 담론이 팰로스로고스적 체제의 언어였기에, 여성들은 자신들의 이야기를 시작하기 위해, 체제의 언어가 아닌, 몸감각과 몸적 인식을 통해 자신들의 이야기를 쓰기 시작하였다. 또한 팰로스로고스적 기존체제의 이데올로기와 언어를 해체하는 중심에 여성적 글쓰기가 선두적 역할을 하는 바, 이는 몸으로 분류되던 여성의 몸적 환경(다이어트, 용모, 출산, 수유, 양육, 돌봄 등)과 몸적 인식으로 하여 여성의 몸담론은 전면적인 시도를 이어왔다. 근자의

---

6   한국여성연구소 지음, Ibid, p.58.
7   참조; 우줄라 I 마이어, 송안정 역 『여성주의철학입문』, 철학과현실사, 2006, pp.271-273.

여성글쓰기를 통한 몸적 인식론과 몸담론의 확대는 기존 팰로스로고스적 담론을 해체하는 작업에 중추적 역할을 담당해왔다고 평가할 수 있다.

2. 체제 밖으로 소외된, 혹은 탈주하는 주체들

백가흠 소설집 『귀뚜라미가 운다』의 작품들을 두고 김형중은 "백가흠의 주인공들은 예외없이 엄마를 사랑한다. 연인이자, 창녀이고, 구원의 대상인 엄마를" 찾고 있다고 분석하며, 프로이드에 기대어 남성주인공들이 '리비도 도착'이라는 신경증을 갖고 있다고 결론 내린다. 그는 "최근 우리 소설들의 특징을 '무중력' 상태"라고 볼 적에, 억압이 없기에 리비도의 '퇴행'이기 보다는 '도착'이란 결론이 훨씬 적합하다"[8]고 말한다. 그러나 억압을 받지 않는 무중력의 인물들을 다시 팰로스로고스 체제의 인식적 기반이 되는 리비도 원리로 해석, 재단하는 모순을 보여주고 있다. 즉 그는 "억압 자체가 존재하지 않는, 그래서 어떠한 현실 원칙도 개입하기 힘"(p.277)듦을 말하면서, 동시에 팰로스로고스 체제의 기반이 되는, '리비도'적 도착으로 판단함으로써 전제와 추론이 상충하는 모순을 보인다. 체제의 억압과 원칙이 개입하기 힘든 그들에게 다시 기존 리비도 원칙을 적용하기에, 인물들은 정신병리자로 규정될 수밖에 없었다. 획일화된 원칙을 해체하고 탈주하며 복수적인 무의식의 욕망들을 발설하는 주인공들을 기존체제의 이데올로기로 재단한다면, 그들은 모두 정신병리자로 귀결될 수밖에 없는데, 작금의 인물들이 분열증적 요소를 보이는 것은, 해체된 인물들에게 습관적으로 기존원리를 적용하는 비평의 인식적 한계도 빈번히 마주하게 된다.

그렇다면 몸담론을 보여주는 남성작가 백가흠의 『귀뚜라미가 운다』의 남성주인공들은 어떠한 욕망들로 구성된 자아인지, 기존담론과 달리 어떠한 세계

---

8   김형중, 「남자가 사랑에 빠졌을 때」, 백가흠 작품집, Ibid, p.277.

인식을 가진 몸주체인지, 그들이 보여주는 세계인식의 방식과 글쓰기의 방식을 통해 살펴보도록 하자.

작품집 『귀뚜라미가 운다』의 남성주인공들은 사회적으로 남성적 힘(Phallus)의 특질을 지니지 못한, 거세된 남성의 모습을 갖고 있다는 공통특징을 보여준다. 하나같이 경제·사회적 측면에서 소외되거나 인정받지 못하는 남성이라는 공통적 자질을 갖고 있다. 남성주인공들은 육손〈전나무 숲에...〉, 지체장애자〈배꽃이 지고〉, 백오십센티 작은 키에 깡마른 체구, 도망자〈배의 무덤〉, 무인도에 정착한, 외떨어진 소수인〈귀뚜라미가 운다〉, 고아〈광어〉, 게이의 자식〈밤의 도전〉, 실업자〈구두〉, 어린 학생〈2시 31분〉, 〈성탄절〉 들로, 모두가 남성의 팔루스가 갖는 사회, 문화적 힘의 특질을 지니지 못하고 있다. 주체를 그/그녀의 의식과 일치하는 것으로 보았던 고전적 관념을 극복하려는 들뢰즈는 무의식을 창조적인 장으로서 강조한다. 다시 말해서 무의식을 아직껏 알려지지 않은 원천들을 담는 심층의 그릇으로서가 아니라, 그/그녀의 의식과 주체의 구조적 불일치를 표시하는 것으로서 강조하게 된다. 여기서 불일치는 사유하는 주체를 남근이성중심적 체계에 기초한 사유의 규범적 이미지로부터 분리시키는 근본적인 이접이라 할 수 있는데,[9] 백가흠의 남성 주인공들은 규범적 이미지로부터 완전히 벗어나 있다는 점을 주목해야 할 것이다.

〈구두〉의 '남자'는 실업자로, '아내'의 가족 생계를 위한 매춘을 '외도'로 단정해 버리고 그 대응방식으로 어머니와 딸, 그리고 아내를 살해하는 행위를 벌인다.

> 아내는 자꾸 뭔가 말하려고 입을 달싹거린다. 남자의 칼질은 다시 시작된다. 창자가 배 밖으로 흘러내린다. 아내는 천천히 죽어간다. 눈에는 피눈물이 고여 있다. 남자는 죽어가는 아내를 아무 느낌 없이 내려다보고 서 있다. 아내

---

9   로지 브라이어토디, 전게서, p.143.

는 몸 안에 있는 피를 한 방울도 남김없이 쏟아내고 죽는다...... 아이와 어머니를 죽인게 후회되지 않는다...... 밖으로 나온 남자는 죽으러 간다...... 자신이 죽인 가족들 옆에서 죽고 싶지는 않다.(작품집, p.110)

　남자는 아내가 외간남자와 벌이는 교성을 듣는 순간에 아내의 외도로 단정하고 "죽이기로 다짐"하고 가족들을 살해하는 급작스런 반응을 보인다. 그러나 정말 아내의 외도라고 판단했고, 그에 대한 보복으로 무고한 자신의 어머니와 딸을 죽이고, 자신마저 죽는 대응 행동은 타당성, 개연성을 잃고 있다. 서사는 그 이유와 타당한 근거를 생략하고 있지만 우리는 '남자'의 처지와 그가 놓인 상황을 통해 그 이유를 유추할 수 있다.
　'남자'는 자본주의 체제의 구성원으로서의 기능을 상실한 채, 동시에 체제를 살아가야 하는 무능력한 가장이다. 따라서 실제 생활현실에서 남자에게 주어지는 경험은 자신의 무능력 확인과 불안한 현실과 불투명한 미래일 뿐이다. 가족을 부양해야 하는 가장이라는 점에서, 남자는 체제 이데올로기의 경계선 상을 오가며 위태롭게 존재할 수밖에 없음을 파악할 수 있다. 남자는 '특별한 이유가 떠오르지 않는다'(p.109)며 자신의 살해 동기를 미처 확인하기 전에 서둘러 가족동반 죽음을 결행하는 모습을 보인다. '남자'가 살해동기를 인식하고 확인한다는 것은 자신의 무능력을 재확인해야 하는 일일 것이고, 자신의 처지를 분명히 인식한다 해도 무력한 상황이 바뀌지 않는 것이다.
　이렇듯 '남자'는 자본경제 체제 밖에 내몰린 무능하고 무력한 처지에 놓여있으나, 그가 사는 현실은 '아내'의 외도가 용납되지 않는 가부장적 체제의 이데올로기가 작동된다는 점에서 그와 그 가족은 비극적인 결말을 맞이할 수밖에 없게 된다. '남자'는 아내의 매춘이 가족의 생계를 담당하기 위한 것임을 무의식적으로 알았기에, 무고한 어머니와 딸을 먼저 죽이고, 다음 아내를, 그리고 스스로 자살을 선택했다는 것을 추론할 때에 온 가족 살해와 자살의 동기는 타당성을 획득하게 된다. 가족의 생계를 책임지지 못하는 자신의 무능력함을 스스로 재확인하기 전에, 집에 돌아오자마자 식솔들을 전부 죽이고 자신도 죽는, 전폭적인 대응방식에서 살해/자살의 동기는 확연해 진다. 가족을 부양할 능력도, 그렇다고 이후에 가능성이나 대책도 없다는 현실인식 하에 식솔들과 함께 죽는 것으로, 가장의 책임을 마감해 버리는 결행을 벌이는 것이다.

'가족들을 위해 그런 것이라고 말하는'(p.115) 아내의 마지막 간절한 눈빛을 읽으면서도, 아내의 심장에 '연거푸 칼을 꽂'는 남자의 모습에서 체제가 기입한 온갖 덕목과 질서들이 파기되며, 최후의 선택으로 타나토스의 본능이 분출하는 모습을 볼 수 있다.

> 남자는 왜 아내를 죽여야만 하는지 자문해본다. 특별한 이유는 떠오르지 않는다. 아내를 지극히 사랑하는 것도 아니고, 배신감이 몸서리치게 만드는 것도 아니다. 남자는 벌써 노모와 아이를 죽였으니, 당연히 아내도 죽여야 한다고 생각한다. 아내를 죽이기 위해 둘을 죽였으니 다른 생각이 나지 않는다...... 밖으로 나온 남자는 죽으러 간다. (p.109)...... 남자가 죽기로 결심한 날이다. 아니 죽어야만 하는 날이다. (작품집, p.114)

위 예문에서 남자가 온 가족을 살해하는 과격한 대응행동이 질투나 복수심에서 기인한 것이 아님을 확인할 수 있다. 남자는 가족을 데리고 체제 내의 삶을 끝내는 것인데, 이는 체제 및 도덕의 경계선이 해체되는 현실과 실제 상황을 드러내는 것이기도 하다. 남자의 무능력도, 무너진 가장의 권위도, 아내의 매춘도 어떠한 가치기준으로 의미화되거나 재상징화되지 않는 곳으로 탈주하는 모습이며, 체제의 지배이데올로기를 무화(無化)시키는 주체의 붕괴라고도 해석할 수 있겠다. "유목민은 집 없음이나 강제적인 장소이동을 의미하지 않는다. 오히려 유목민은 고착성에 대한 모든 관념, 욕망, 혹은 향수를 폐기해 버리는 종류의 주체를 형상화한다. 이러한 형상화는 본질적인 통일성 없이, 그리고 그러한 통일성에 반대하면서 이행, 연속적인 이동, 상호협력적인 변화들로 이루어진 정체성에 대한 욕망을 표현한다.[10]

그리고 직계존속, 비속, 배우자 살인, 자살 등은 체제가 정한 패륜과 금기를 정면 위반, 파기함으로써 기존의 관념 및 가치의 향수를 끊어내고 벗어나려는 전폭적인 저항이라 말할 수 있을 것이다. 개인에게 훈육되고 기입된 사회적 질서, 책임과 의무의 윤리 등 상징질서를 해체하거나, 그곳으로부터 탈주함으로써 어떠한 이데올로기도 개입될 수 없는 몸적 주체로서의 가능성만이 오롯이 남게 되는 것이다. 이에서 상징체계 내에서 한 '주체'로 중력을 갖고 안착하지 못한, 무중력의 주체들(남자와 그의 어머니, 딸, 아내)이 체계의 경계선들을 벗어나게 되는, 불가피한 현실이 형상화되며 포스트모더니즘적 해체의 인식을 마주할 수 있다.

백가흠 작가가 '폭력, 살인, 죽음'의 소재와 사건을 반복적으로 사용하는 것은 단지 호기심과 호객을 위한 엽기적인 사건배열이 아니라, 주체의 실존적 의미를 묻기 위한 장치로 사용되었음을 추론할 수 있겠다. 푸코에게 있어 몸은 "담론과 권력의 영역들이 그 자체를 각인하는 장소이자 권력의 사법적, 생산적인 관계들의 연결점 또는 극점"[11]이다. 즉 몸은 담론과 권력의 어떤 효과, 권력의 어떤 작용이 드러나는 장소이다. 몸은 정치적 장에 직접적으로 연루되어 있다. 이런 의미에서 몸은 의도를 드러내는 몸, 즉 '의도적인 몸'이다. 더불어 '주체'를 설정하는 문제에 있어서 주체는 '몸'에서 비롯되어 몸의 죽음과 함께 그의 이야기(인생)도 끝나게 됨을 반복하여 드러냄으로써 '몸'이 곧 주체가 설정되는 장소이자 주체이게 하는 기반임이 강조되고 있다. 이는 남근이성 상징체제로부터 벗어나고 있는 탈체제, 탈이성적 인식의 성향을 드러내며, 근자의 '몸주체'적 인식의 변화를 드러내기 위한 장치였다고 말할 수 있다.

---

10 로지 브라이도티, Ibid p.59.
11 강미라, 『몸, 주체, 권력 – 메를로퐁티와 푸코의 몸 개념』, 이학사, 2011, p.129.

작품집에 나오는 남성 주인공들은 거의가 사회·경제적 생산구조에서 벗어나 있으며, 몸의 수고를 통해 하루를 연명하는 무산층의 모습이다. 작품 〈전나무 숲에서 바람이 분다〉에서 외딴 숲에서 홀로 자연을 채취하며 살아가는 '남자'는 권투선수 출신으로, 작품 내내 권투시합에의 기억이 반복 묘사됨으로써, 생의 '의미'를 그것에서 건지려 했던 '남자'의 투쟁과 좌절을 읽을 수 있다. 몸의 전력을 다해 치열한 라운딩을 벌이는 모습에서 체제의 '의미', 즉 체제의 제도권에 들기 위해 안간힘을 썼던 남자의 젊은 시절을 볼 수 있다. "푸코의 몸은 생리적 과정들의 장소, 즉 생리적 몸이면서 동시에 정치적 장에 직접적으로 포함되어 있는 몸, 즉 의도를 띠는 몸 또는 영혼이다. 각인은 규율의 실행에 대한 적절한 은유다. 생리적 몸이 의도를 품도록 하는 것은 규율이기 때문이다. 그렇기에 규율은 또한 영혼을 구성한다."[12]

버티기만 하면 신인왕 타이틀을 거머쥘 수 있는 좋은 기회였다. '출세해서 고향으로 가는 거야'. 남자가 전나무숲을 향해 말했다. 숲을 떠돌고 있는 엄마를 보고 있었다...... 남자는 상대를 찾았다. 링 구석에 전나무들이 서 있었다. 전나무숲 한가운데 상대 선수는 우뚝 서 있었다. 상대 선수의 키가 전나무만큼 높아 보였다...... 전나무 한 그루가 자신의 복부를 두드리며 남자에게 다가왔다. 남자는 라이트 훅을 크게 휘둘렀다. 그것은 전나무에 대한 위협이었다.(작품집, Ibid, p.140)
– 남자의 다음 펀치가 나가기도 전에 상대 선수는 링 위에 꼬꾸라졌다. 그가 쓰러지지 않았더라도 남자는 더 때릴 힘이 없었다. 남자는 휘우뚱 청코너로 가서 숨을 골랐다. 다시 전나무숲이 링 위에 병풍처럼 펼쳐졌다.(작품집, Ibid, p.147)
– 전나무숲에 사는 오래된 영혼들이 나무에서 내려와 남자를 부추겼다. 수많은 혼들림이 남자의 몸을 드나들었다...... 경찰 옆에 여자가 서 있었다. 전나무숲을 똑바로 보지 못하고, 비스듬히 서서 바람을 피하고 있었다. 남자는 끊임없이 젖이 흐르던, 조그맣게 부풀어오른 여자의 젖가슴이 떠올랐다. 바람

---

12 강미라, Ibid. p.37.

소리에 묻혀 말소리가 더듬더듬 들려왔다. "가아서언구우, 자아수...... 살인...... 이 여자를 가앙가안, 혀염....." 전나무숲에서 오래된 영혼들의 수군거림이 들려왔다. 전나무숲에는 오래된 영혼들이 살아 달이 뜨지 않는 밤에 숲으로 들어온 이를 잡아먹었다.(작품집, Ibid, p.153)

'남자'의 타이틀전의 옛 모습은 현재의 숲속생활 모습과 교차, 반복 묘사되며 현재의 모습을 알레고리한다. 격전이 점점 치열해지고, 결국 쓰러지고 마는 라운딩의 모습은, 남자의 삶이 과거에서 이어져 현재까지 신산(辛酸)하다는 것과 결국은 좌초될 남자의 운명을 은유한다. 체제의 벽을 주먹 하나로 뚫으려 온몸으로 부딪치다, 결국 그 벽을 넘지 못했던 '남자'의 생애가 라운딩의 격렬한 접전으로 은유됨으로써, '타이틀'이라는 상징체제의 기호 추구는 결국 손에 쥘 수 없는, 흩어져버리는 '숲의 바람소리'와 같은 것으로 제유되고 있다. 몸적 경험 그 이상도, 이하도 아닌 인간의 실체적 모습이 남자를 통해 그려지고 있다. 생사를 건 혈투로 체제가 요구하는 상징적 "의미"(타이틀)를 추구했던 '남자'의 모습과 환청처럼 들리는 전나무숲 바람소리의 오버랩은, 삶의 의미를 찾으려했던 전쟁같은 시간들이 허망함을 좇는 비실체적인 관념적 추구에 지나지 않았음을 중의하고 있다. 여기서, "의미"를 기획하고 생산하는 이데올로기들이 해체되는 가운데, 의미 '지향'이 바람으로 흩어지고 있는 인생들을 간파할 수 있겠다.

작품 「광어」에서는 삶의 의미조차 품어보지 않았던 주인공을 만날 수 있다. 인간의 기본여건인, 타인과의 관계망에서조차 고립된 한 주체를 통해 주체의 기본 구성조건을 탐색하고 있다. 「광어」의 주인공 '나'는 잠시 만난 다방 아가씨의 품 속에서 어머니를 찾는 청년으로, 그는 흔히 부모에 의해 주입되는 삶의 의미나 추구해야할 가치조차 기입이 안 된, 홀홀단신의 고아이다. 그가 본능적으로 추구하는 의미는 자기 몸을 안아줄, 그리고 자기가 안아줄 가족의 품이다. 그러나 그에게 유일하게 허락된 몸은 광어의 몸으로, '나'는 광어의 몸을 죽이고 회 뜨는 일에서 유일하게 다른 '몸'과 만날 수 있다. 주인공은 돈과 권력 등의 힘의 질서는 물론 피붙이 하나없는, 인간의 관계에서마저 벗어난 곳에 존재해 왔다. 인생세간의 기본요건인 '관계'에서 차단된 '나'와 수조에 갇혀 죽은 듯 누워있는 '광어'가 대칭구조를 이루며 번갈아 묘사되는데, 나와 광어, 둘 중 누가 낫다고 말할 수 없는, 몸적 인간의 현실이 묘사된다. 어머니로부터 버림받은 이후로 몸적 관계를 맺을 가족조차 없는 채, 차가운 현실에 내쳐져 외로운 '몸' 하나로 버티는 주인공이, 차가운 수조에 숨죽여 엎드려 있다가 결국 차가운 도마 위에서 자기의 살이 발라지는 것을 눈뜬 채 바라보는 광어의 모습으로 알레고리화된다.

체제와 기본 인간관계로부터도 단절된 주체의 절대적 고립 상황을 조명하는 가운데, 몸과 몸의 만남, 몸을 매질로 하여 타인과 만나게 되는, 주체의 실존적 기본여건을 탐색, 제시하고 있다고 보아야 할 것이다. 몸을 매질로 하여 다른 몸과 부딪치고, 관계를 맺고 관계 속에 형성되는 몸적 자아가 주체를 형성하는 기반이자 주체 자체라고 보는 작가의 인식이 반어법을 통해 형상화되고 있다고 말할 수 있다. 더불어 몸주체를 통해 몸적 관계마저 해체되는 현시대 인식과 상황이 담겨지는데, 사회경제적인 여건 하에 가정 해체, 기아(棄兒)된 고아 및 고립된 자아들을 조명함으로써, '주체'란 개념설정마저 벗어나 있는 몸적 자아의 실존적 상태가 드러난다.

이와 같이 몸 하나로 삶을 지탱하는, 체제 경계선 밖의 아웃사이더들을 인물로 설정하는 작가의 기법적 방식은 작품 〈배의 무덤〉에서 인물 설정의 의도가 더욱 확연히 드러난다. '남자'는 윤락녀인 아내와 성관계를 가져왔던, 동네남자들에 대한 복수로 그들의 아내들을 모두 겁탈하고 밀항으로 도망친다. 타지에서 연명만 하는 생활로 20여년의 청춘을 보낸 뒤 귀향하지만, 이내 동네남자들의 복수로 매장당해 죽는다. '성'적인 몸으로 살아가는 아내와 딸을 두고, 몸 하나(생명)를 유지하기 위해 20년을 노동하며 유랑하다 결국 그 몸이 매장

당하는 것으로 '남자'의 삶과 이야기는 막을 내린다. 남자나 부인, 딸, 어머니 모두 몸의 연명과 몸적 관계로 삶의 시간들을 채우는 모습이다. 이 작품 역시 주인공이 살아가는 일상의 현실에서 실제적 생활이 몸적 관계 속에 몸적 존속을 위해 이어질 뿐임을 드러내며, 이상적 가치나 관념이 아무 쓸 데 없는, 실재 현실의 모습들을 드러내고 있었다. 체제의 질서나 관념적 가치들은 이들 삶과 동떨어진 개념일 뿐, 실제 생활에 아무런 영향도 미치지 않는, 무의미한 개념이나 구호일 뿐인 것으로 전락한다. 이는 백가흠 작가가 다양한 배경과 이질적인 주인공들을 설정함에도 불구하고 작품들에 공통되게 흐르는 무의식으로, 관념과 사유, 이념과 상관없이 삶을 영위하는 다수 개인들의 일상적인 실재 모습이다.

이상에서 살펴보았듯이, 백가흠 작품의 인물들은 거개가 자본시장 체제에서 가진 것 없이 몸 하나로 살아가야 하는 자아들의 모습이 형상화된다. 그들의 모습은 관념과 지식, 이데올로기 등의 기존 상징체계의 질서와는 무관하게 삶을 영위하고 있음을 보여주는데, 상징질서는 그들 삶에 아무런 의미없는 체제일 뿐이라는 점이 반복적으로 형상화됨으로써 강조되고 있다. 더불어 그들은 무산자 층으로 소외되고 내어몰린 삶을 살지만, 자신의 처지를 회복하려 하거나 자신을 소외시킨 체제에 불평조차 하지 않는다는 점에서 체제의 모든 이데올로기가 작동하지 않는, 경계선 밖의 인물들이라 단정지을 수 있다. 체제가 기입한 의미 추구, 체제가 제시한 가치 지향, 체제 현실에 대한 비판정신 등, 어떤 '의미'와 '정신'의 무게도 갖지 않은 무중력의 상태인 것이다. 몸의 부딪침, 몸적 노동으로, '살기'에 초점이 맞추어진 사람들에게 미래나 지향점은 오히려 관념적 환상, 허망한 정신적 유희에 지나지 않는 듯하다. '지금, 여기'에서 몸 하나로 버티는 하루살이 삶을 살아가는 그들에게 이데올로기, 가치, 윤리…… 등의 기존의 모든 가치와 의미는 그들의 삶과 무관한 것임이 누누이 강조된다. 이는 몸주체들에게 체제의 이데올로기, 사회적 관념, 윤리적 질서

등의 상징체계는 더 이상 그들을 포획할 수 없는 찢어진 그물망일 뿐임을 확인하려는 듯하다. '몸' 하나로 세상에 던져져 몸으로 부딪히며 살아가는 몸주체를 통해서, 이성적인 기존체제와 담론에서 벗어난 세계인식과 몸주체의 몸적 관계, 몸 활동을 펼치는 인물들의 행위구조만으로 작품을 구성하고 있음을 지적할 수 있겠다.

여기서 우리는, 현 문단의 경향이 사회적 약자인 무산자 주인공을 대부분 채택하고 있다는 점과 더불어 재논의해 볼 수 있다. 세계 거대자본의 경제체제로 빈부의 양극화가 가속화되고, 금융자본 시장으로 구조적 빈민이 양산되고, 생산수단의 자동화로 일자리가 줄어드는 현실에서 주인공들과 같은 처지의 사람들은 점차 늘어가고 있는 추세이다. 부와 힘을 축적할 수단도, 체제에 안착할 기회마저 주어지지 않는 사람들이 점차 '다수'를 이루게 되는 현실에서, 다수 중 불특정 개인으로 설정되는 주인공들은 위와 같은 환경과 특성을 드러내는 전형으로 등장하는 것이다. '주체란 이데올로기가 호명할 때 그에 응답함으로써 탄생하는 것'이라는 알튀세의 설정에 기대어, 이들은 분명 자본체제 내에서 '주체'로서 호명되지 않은 '타자'[13] 혹은 아웃사이더에 속한다. 이러한 '타자화된' 자아들(거세된 남성, 무산자, 실업자, 여성, 소수자, 빈민 노인층 등)이 점차 대중을 이루게 되는 현실에서, 지배계층을 위한 기존체제는 더 이상 다수에게 의미없는 질서이자 그들을 억압하는 경계선으로만 기능할 뿐이다. 기존 상징체제가 더 이상 다수를 위한 체계가 아니게 됨으로써 다수의 대중은 탈주를 시도, 기존 체제를 해체하는 여정에 오르게 되었음을, 주인공들의 세계인식과 행위구조를 통해 알 수 있게 된다.

---

13 재인용; 박선경, 「페미니즘 이론과 문학에서의 '여성성' 변이와 증식 과정」, Ibid. p.272.

3. 폭력/성폭력이 가해지는, 몸주체의 실존적 모습

백가흠 작가의 작품들을 읽다보면 그로테스크하고 극한적인 상황들을 자주 접하고, 끔찍한 사건들을 계속해서 마주하게 된다. 『귀뚜라미가 운다』작품들 모두에 폭력과 성폭력, 살인이 나오는데, 그의 작품들이 이것들로 채워지고 있다해도 지나친 말이 아닐 것이다.

앞장에서 인물들 모두가 무산자 계층으로 자본주의 체제에서 소외된 모습을 갖고 있음을 살펴볼 수 있었는데, 이 외에도 인물들이 법치 체제의 경계선 밖에 거주한다는 공통점을 보여준다. 주체와 주체가 만나는 과정에서 권력과 힘의 질서가 개입될 때, 양 주체는 지배와 피지배, 가해자와 피해자, 식민자와 피식민자의 관계로 서열화된다. 주체 간의 서열화는 하위의 주체를 '타자'화하게 되는데, 대상화된 타자에게는 폭력과 성폭력, 살해, 식민 등의 몸의 통제, 억압, 노동력 착취가 지속돼 왔다. 백가흠이 자주 보여주는 폭력과 성폭력, 식민, 지배, 살인 등의 사건들은 이와 같은 의미들을 파생시키기 위한 배치로, 백가흠 작가가 몸담론을 형상화해 가는 글쓰기 방식이자 그의 작품들을 가로지르는 문법이기도 하다.

『귀뚜라미가 운다』작품집은 살인과 죽음 등 타나토스의 욕망을 발설하는 장면들로 가득차 있다. 극한적 상황을 살펴본다면, 칼로(〈구두〉, 〈2시 31분〉), 목졸라서(〈구두〉, 〈2시 31분〉), 던져서(〈배꽃이 지고〉), 땅에 파묻어(〈배의 무덤〉), 모친을 때려(〈귀뚜라미가 운다〉), 등떠밀어(〈2시 31분〉) - 죽이고, 목 매달아(〈구두〉), 얼어(〈전나무 숲에서…〉) - 죽는다. 이러한 살인/죽음 사건에 더해 폭력과 성폭력 등, 몸폭력의 가해/피해는 작품 전체에 공분모로 자리잡고 있다. 그런데 작품들이 이러한 극한적인 상황과 엽기적인 사건들만을 반복하고 있다면, 작품의 문예적 가치나 작가정신이 의문시 될 수 있는데, 작가는 대칭(Parallelism) 형식을 동원함으로써 극한적 상황과 사건들은 보편성과 개연성을 획득하게 된다. 작품집의 거의 모든 작품들이 인물들 배치에 있어 대칭적인 병치형식을 반복적으로 사용하고 있는데, 이는 백가흠 작가의 대표적인 서사문법이다. (작품 〈배의 무덤〉에서는 갈보 남편인 '남자'와 주인공 남자에게 강간 당한 '동네 여편네들'/ 여편네를 잃은 '동네 남자들'과 동네남자들에게 당한 '남자의 부인과 딸' 간의 성폭력의 복수가 병치, 반복되고, 〈구두〉는 성매매하는 '아내'와 '외간 남자들'/ '나'와 '장님마사지사'의 성매매가 대칭구조를 이루고 있다. 〈배꽃이 지고〉는 폭력과 성폭력으로 일상을 살아가는 '과수원 주인'과 당하는 '개순'/ 폭력을 당하는 '병출'과 '과수원댁' −두 부부가 폭력 및 성폭력의 가해자와 피해자로 병치되어 있고, 〈밤의 도전〉에서는 게이의 자식 '제이'와 양성애자 '보름'/ 새디스트 '남편'과 메조키스트 '여자'의 두 관계가 일탈된 성 문제로 병치되어 있다. / 〈2시 31분〉에서는 '여자'와 '여자의 아들'/ '남자'와 '수정'이 얽혀 질투와 살인의 동형구조(Isomorpheme)를 대칭 나열한다. 〈성탄절〉에서는 내가 사랑하는 어린 '듀나'와 듀나와 성관계하는 늙은 '남집사'/ 복수로 '남집사의 딸 수은'과 성관계를 맺는 '내'가 욕망에 얽힌 성관계로 병치구조를 이루고 있다.) 두 갈등구조를 병치, 나열하는 과정에서, 대칭갈등은 서로간에 은유와 알레고리 역할을 하며 심층적 주제를 현실화, 재현시킨다.

우선, 비루하고 가혹한 현실을 살아가는 인물들을 동형구조로 반복 제시함으로써, 실재 현실의 삶이 결코 이성적이지도, 윤리적이지도, 정신적이지도 않다는 점을 역설한다. 작품들은 지배 체제 뒤안에 있던 낙오자들의 삶에 깊이 천착하며, 누추하고 비루한 현실의 실재적 모습들을 전면에 배치하는데, 무질서하고 비이성적이며, 본능적인 모습들이다. 그러나 이러한 모습들이 실재적 현실의 진짜 얼굴(眞面目)이라고 공감된다는 점에서, 더 이상 이데올로기가 담긴 언어와 관념적 사유는 실재 삶과 무관하다는 인식을 공감하게 한다. 언어가 제시해 온 진리와 실재 사실 간의 괴리, Idea와 Hule의 괴리, 사유하는 이성과 살아가는 몸의 괴리를 느끼게 함으로써, 이성적 주체와 몸적 주체의 세계인식과 담론 구성방식의 차이를 현현시키고 있었다.

작품집의 모든 작품들이 폭력과 성폭력이 난무하는 남·녀의 관계를 드러내는데, 남성주인공들에게 여성인물들은 본능 폭발, 욕망 분출의 대상이 되고 있었다. 앞에서 남성인물들이 모두 상징체제 내에서 팔루스적 특질을 갖지 못한 남성임을 살펴보았는데, 그러나 남성 주인공들은 여성 앞에서만은 팔루스적 특권을 발휘하며 성별의 우위를 보여준다는 점이 주목된다. 여성은 거세된 흔적도 갖지 않았다는 듯이, 거세된 남성 주인공들은 여성 앞에서는 언제나 팔루스적 힘의 특질을 발휘한다. "성적 정체성이란 그 자체가 본질적인 내용을 담보하는 것이라기보다는, 외부의 다른 정체성 혹은 정치적 담론과의 관계 속에서 의미를 가질 뿐이라고 설명한다. 그렇기 때문에 성적 정체성은 그 자체로만 존재하는 것이 아니라, 특정한 사회적 맥락에서 작동하는 다양한 차이/차별화의 과정 속에서 구축되는 주체라고 보았다."[14] 작품 대부분에서 남성인물들의 보여주었던 무력함과는 별개로 여성에게 폭력과 성폭력, 살해를 가하는데, 여성인물들은 단 한 번의 저항도 보이지 않은 채 남성의 폭력과 성폭력을 일상처럼 수용하는 모습을 보인다. 그럼으로써, 남성에게 '타자'로 인식되고, 여성 자신조차 스스로를 '타자'로 인식하고 있음을 알 수 있다. "여성/어머니는 남성적인 주체의 실질적인 통일성을 소유하지 못한다. 가장 중요한 것을 꼽자면, '여성적'인 것에 끊임없이 환원됨으로써 여성 자신은 무(無)화된다. 즉 무한한 것의, 양가적인 것의, 혼합된 것의 기호로서 여성/어머니는 '~이 아닌 다른 것'으로서 끊임없이 환원, 산화된다. 이성중심적인 체계의 이항 구조 속에서 영원한 대립근, '타자'로서 '여성'은 가장 다양하고 종종 모순적인 용어로 남겨진다. 여성의 "은유—되기"만이 유일한 상수로 남는다. '여성'은 위임되는 것이자 스스로를 정의할 권력이 전혀 없는 것이다. '여성'은 규범의 긍정성을 확인해 주

---

14 김은실, 『여성의 몸, 몸의 문화정치학』, 도서출판 또 하나의 문화, 2001, p.55.

는 이상(異常)이다."**15**

> 달구의 늙은 노모가 달구에게 매를 맞고 있다...... 바람횟집 여자는 자신의 신음소리가 새어나가지 못하게 엎드려서 손으로 입을 막고 있다. 달구의 노모도 비슷하다. 손으로 입을 막지는 않았지만, 어금니를 단단히 물어 거친 숨소리만 코로 작게 새어나온다. 두 집의 여자들이 자신의 신음소리를 막은 이유는 서로에게 들키지 않기 위해서가 아니다. 혹 들을지도 모를 이 집 밖의 사람들 때문이다...... 달구의 매질이 길어진다. 밤이 깊도록 달구의 늙은 엄마는 달구에게 매를 맞고 있다. 지난 밤 남자와 여자는 두 번의 섹스를 했고, 달구 노모는 한밤중이 되어서야 좁은 틈에서 나올 수가 있었다.**16**

위 예문에서 보듯이 작품은 두 쌍의 남녀가 보여주는 원초적 관계가 줄곧 병치되어 교대로 묘사된다. 노모를 수시로 두들겨 패는 '달구'와 남한테 자식 흉보일까 자신의 입을 막으며 아들의 폭력을 견뎌내는 '노모'가 "폭력" 가해/피해의 몸적 관계를 보여준다. 다른 한 쌍은, 연하의 '남자'와 동거녀 '여자'가 남성 주도의 성관계를 통해 몸적 관계를 보여준다. 노모에게 '씨뱅년', 한참 연상의 동거녀를 '시발년'이라고 부르는 달구와 남자는 노모와 여자의 생활력에 기대어 살면서도 확실한 남성 상위의 지위를 보여준다.

그러나 두 쌍의 남·녀 관계는 결말에 이르며 생(生)/사(死)로 대립된다. 달구의 폭력으로 결국 파도에 잠기는 '노모'와 생계수단인 전어를 건지려다 바다로 떠내려가는 '여자' 대 / 일치감치 피신한 '달구'와 여자의 핸드백을 챙겨 피신한 '남자'로 양분되어 대조적인 결말을 맞이한다. 생과 사로 양분되는 남성 대 여성의 결말은 남성의 무능력과 여성의 능력을 불문하고, 여성 앞에서 언제나 우위의 위치를 차지하는 남성중심의 현실을 함의하고 있다. 현실과 일상에서 확고하게 굳어진 남·녀 간의 힘의 질서를 드러내는 것이며, 이는 작품이

---

15 강미란, 전게서, p.147.
16 작품집, p.35.

말하고자 하는 남·녀의 사회적 역학관계로 곧 작품의 주제가 되고 있다. 이러한 남·녀의 역학관계는 작품집 대부분에 걸쳐 반복되는데, 가부장 체제가 유지해 온 남·녀 주종관계의 질서만은 해체되지 않으며, 여전히 굳건한 경계선으로 지켜지고 있음을 재확인할 수 있다.

동시에 여성의 고통에 전혀 개의치 않는 남성들과 폭력 피해를 일상으로 여기는 여성들이 형상화된다는 점에서, 여성을 남성의 '타자'로서만 인지하는 작가의 인식을 지적할 수 있겠다. 남성 작가의 언어와 인식에서 여성을 하나의 '주체'로 상정하지 않는, 굳건한 남성중심적 인식과 언어체계 안에 있음을 알 수 있다. "언어가 매개물이자 주체를 구성하는 지점이라는 점을 받아들이면, 언어는 우리 문화의 축적된 상징 자본이라는 점을 알 수 있다. 주체 구성의 문제는 주어진 코드들의 '내면화'의 문제가 아니라 발화의, 발언틀의 겹겹의 층들, 그것들의 퇴적 작용, 기입들 사이에서 일어나는 협상과정이 된다."[17]

작품 〈밤의 도전〉에 나오는 '남편'은 새디스트로 '여자'에게 무서운 매질을 가함으로써 성적 만족을 느끼며, 생계의 방편으로는 자기 '여자'에게 매춘을 시킨다. 다른 남성주인공들처럼 사회적 무능력자인 그는 '여자'를 수단으로 생활한다. 또 '조건남'(고객)은 여자 몸에 들은 멍과 상처를 보고 위로나 걱정 대신 '숨도 못쉬고 눈이 돌아'갈 만큼 여자를 패며 가학의 욕망을 분출하는 모습을 보이는데 이에서 여성을 도구화, 사물화하는 남성의 인식을 지적할 수 있겠다. 그리고 성·폭력으로 만신창이가 되어 집에 돌아온 여자에게 남편은 화대를 챙겨 '(매춘을) 오늘부턴 정말 두 탕이라도 뛰어야지 안 되겠'다며 밥을 먹으로 나간다. 그러나 여자는 자신의 생활과 종속상태에 일말의 회의나 불만도 보이지 않으며 자연스럽게 받아들이고 있는 모습을 보임으로써, 대상으로써의 '타자화'된 여성의 모습을 보여준다. 인권이나 자주권이 유린된 채, 피학적 삶

---

17 강미란, 전게서, p.47.

에 길들여져 수단이자 사물로 인식되고, 이에 길들여진 여성의 모습을 보여준다.

〈배의 무덤〉의 '남자'는 갈보인 아내와 동네 남자들이 성관계를 가졌다는 이유로, 그들의 부인 14명을 남김없이 강간한다. 그리고 '남자'는 20년간 밀항하여 해외로 도피하고 그 기간 동안 동네 남자들은 '남자'의 어린 딸을 상대로 성관계의 복수를 한다. 그러나 20년 만에 집에 돌아온 남자는 '수다방'(윤락업소)에 딸을 팔아 돈을 챙기고, 동네 남자들은 원한의 복수를 위하여 '남자'를 땅에 파묻어 죽이며 얘기는 끝난다.

여기서 동네부인들 전부를 강간한 후 타지로 도피하자마자 그곳의 매춘녀와 2개월을 살면서 "처음으로 행복해"하는 '남자'의 모습과 딸을 윤락업소에 파는 모습, 아내와 딸을 그리워하거나 걱정하는 모습을 전혀 볼 수 없다는 점에서, 여자를 자신의 소유물 혹은 사물로 인식하는 남성들을 살펴볼 수 있다. 자신들의 여자를 둘러싼, 남자와 동네 남자들의 쌍방 복수극은 '사랑' 때문이 아니라, 자기 소유물의 훼손에 대한 복수극이라 말할 수 있다. 남성인물들에게 여자는 대상으로서의 한 '주체'가 아니기에 사랑하는 대상이 될 수 없으며, 도구화, 사물화, 소유화된 '타자'로서 인식하기에, 아무런 연민이나 죄의식없이 폭력과 성폭력을 행사하는 것이라 말할 수 있다. 가부장 체제의 남성이기에 아무런 죄책감 없이 여성에 대한 폭력과 성폭력을 일상적으로 자행하고, 극한의 상황까지 치달을 수 있는 현실이 그려지고 있다. '본질의 존재론에 따르면 여성은 '있을(be)' 수 없다. '여성'은 '차이'에서 만들어지고, 배제된 것이며, 영역이 스스로를 소거하는 수단이기 때문이다. 여성들은 또한 항상 이미 남성적인 주체의 단순한 부정이나 '타자'로만 이해될 수 없는 '차이'이다. 여성은 주체도 타자도 아니며, 이분법적 대립 경제에서 나오는 차이이고, 남성적인 것을 자기 독백의 산물로 만들려는 책략 그 자체이다.'[18]

이렇듯 작품들은 법률과 도덕 등 체제의 질서가 무색한, 인물들의 극한적 행위를 반복적으로 보여준다는 점에서 체제 질서의 경계선을 벗어난 남성주인공들의 이야기로 시종일관한다. 그러나 이상에서 살펴보았듯이, 가부장적 체제의 질서만은 여전히 해체되지 않으며 강력하게 적용되고 있음을 지적할 수 있겠다.

여기서 확고한 가부장체제의 질서로 사회적으로 남근적 힘의 특질이 거세된 남성주인공들이지만 여성 앞에서만은 남근적 힘을 발휘하고 있는 상황에서, 가부장적 질서는 여성을 전제로 할 때만이 가능해지는 질서라는 점을 유추할 수 있다. 남성적 힘의 특질이 고유한 내재적 힘이 아니라 여성을 기반으로 한 남성 상위의 사회·문화적 상징질서라는 점을 확인할 수 있는 것이다. 다시 말해서 가부장체제는 여성을 배제하고 억압하는, 두껍게 적층된 사회적 질서라는 점을 명시할 수 있게 된다. "프로이드는 여성을 성기(음핵)가 페니스에 비해 '작은 남자', '부재하는 페니스'로 상정하였다. 프로이트의 예술에서 여성의 성기가 없다는 발견은 오감 중에서 시각이 가장 확실한 인식의 통로를 이루는 서구의 인식체계에서 결정적인 의미를 지닌다. 이 체계에서 '보이지 않는 것'은 곧 '없는 것'이 되는 것이다. 없음이란 상징계 안에서 여아가 남아보다 열등하다는 것이 아니라 문자 그대로 없음, 즉 무(無)를 말한다."[19]

작가는 기존체제의 경계선을 해체하는 가운데 남성중심적 체제의 경계선만은 해체하지 않으며, 여전히 그 안에서 거주하고 있는 남성적 인식의 한계를 드러내고 있다. 이는 가부장체제의 경계선은 여성을 배제하는 선이기에, 여성자아만이 가부장체제의 억압을 인식할 수 있고, 따라서 여성만이 이 경계선의 해체 필요를 느끼는 것이며, 이는 성차별적 이데올로기라는 점을 확인할 수 있게 한다.

---

18 쥬디스 버틀러, 전게서, p.118.
19 『여성의 몸 – 시각, 쟁점, 역사』, 한국여성 연구소, 2005, p.50.

작품집에서 남·녀 관계에 있어서 또 다른 반복구조는, 남성인물들이 '어머니'를 그리워하고, 상대 여성에게서 어머니의 사랑을 찾는다는 점이다.

· 나는 천천히 자리에서 일어나 당신이 빠져나간 문만 바라본다. 얼굴 없는 어머니가 불쑥 들어올 것 같다.(작품집, p.30)
· 전어기념으로 함 하까. 엄마야" "엄마라고 부르지 말라카이. 징그럽다(p.47)
· 니는 엄마가 필요하다 카더이, 이젠 아도 필요하나?(p.49)
· 열목이를 보면 엄마가 떠올랐다. '엄마' 하고 남자는 참으로 오랜만에 속으로 불러보았다.(p.139)
· 밤이 되면 여자가 수줍게 윗도리를 들추고, 병출씨에게 젖을 나누어줍니다. 주인 사내도 한없이 부푼 여자의 젖 가슴을 포기하지 않습니다. 여자는 첫번째 아이를 가진 후부터 젖이 멈추지 않고 줄줄 흐릅니다...... 과수원주인은 번드러운 금니로 젖꼭지를 물고 삽니다.(p.235)

작품집에서 보이는 여성과 남성의 관계는 여성을 대자적 '주체'로 인식하지 않기에 타자적 대상인 몸의 관계로만 시종일관 하는데, 남성인물들은 어머니의 젖꼭지와 여성과의 성관계, 폭력을 가할 수 있는 여자와 '몸'으로만 만나게 된다. 최초의 여성인 어머니 몸에서 나와 어머니의 젖꼭지에 기대어 생존하고, 성장기간에 필요한 귀속 공간이 어머니의 품이라는 점에서 '어머니의 몸'은 한 자아의 무의식을 형성하는 기반으로 인식되어 오고 있다.

앞장에서 상징계에서 탈주한 주인공들에게 현실(상징계)의 억압(검열)은 더 이상 통제기능을 발휘할 수 없으며, 체제의 질서는 그들의 삶에 아무런 영향을 행사하지 않고 있음을 살펴보았다. 이것은 한편 상징계의 검열을 받지 않음으로써 본래적 자아의 욕망과 무의식적 본능을 표출하는 것이 가능해 짐을 의미하는 것이다. 따라서 주인공들은 폭력과 성폭력, 살인, 가장의 무책임 등 체제의 금기를 위반하며 본래적 자아의 욕망에 따라 폭력본능과 쾌락의 본능을 검열을 뚫고 드러내는 것이라 보아야 할 것이다. '어머니의 젖꼭지'에 집착하거나 어머니를 찾는 노년, 중년의 남성주인공들을 프로이드의 리비도이론에 기대어 '퇴행'이라는 정신병리로 규정하기 보다는, 이성적 주체가 아닌, 몸주체에 담긴 몸적 욕망들, 무의식적 본능들이 발현되고 있다고 해석해야 할 것이다. 금기하는 것을 위반할 경우 '정신이상자'로 분리하는 이성적 상징체제의 질서로 주인공들을 다시 억압하고 재단할 수 없으며, '금기'였던 폭력적 본능, 성적 본능, 몸의 욕망 표출이 체제의 경계선과 검열을 뚫고 발설되는 것이라 보아야 하는 것이다. 따라서 현실질서(상징체제)에서 탈주한 남성주인공이 무의식으로 가라앉았던 어머니와의 결합에 대한 욕망과 어머니의 태반과 젖꼭지에서처럼 노동과 책임감이 없던 완벽한 생존공간에 대한 욕망을 여과없이 발설하는 것이다. 앞서 살펴본 바와 같이 상징체제를 탈주한 몸주체들이 '복수적 무의식적 욕망들의 흐름들'을 따라 본래적 자아의 모습들과 본능들을 드러내는 것이라 말할 수 있겠다.

Ⅲ. 남근중심주의(Phallocentrism)만을 남기는, 몸적 주체의 해체 작업

　이상의 논의를 통해 백가흠의 작품들은 이성과 과학의 신앙이 만들어 온 합리적 질서나 상징체제의 관념적 사유를 파기하고, 몸으로 하루하루를 살아가는 몸주체들의 일상과 실제생활에 천착하고 있음을 살펴볼 수 있었다. 작품들마다 기존 세계인식과 담론의 서술방식과 거리를 벌이면서 굳건했던 현실 질서, 이데올로기적 언어의 이념과 가치들을 무의미한 것으로 돌려놓는데 성과를 거두고 있음을 알 수 있었다. 대신 그 자리에 무력하고 무질서한 인물들의 생활과 일상을 담음으로써 탈체제와 탈이성, 탈이데올로기하는 군상들을 채워넣고 있었다.

　주인공들은 생산·산업의 경제구조에서 소외된 무산자층이라는 것과 자신의 불편한 현실을 벗어나려 하지 않는다는 것, 그리고 자신을 배제하는 사회체제에 항거하거나 비판하지 않는 공통된 모습과 정신을 보여주고 있었다. 더불어 그들은 체제가 구성원에게 기입해 온 삶의 개념적 가치, 미래지향적 의지 등 '개념'과 '정신'에 있어서 무중력의 상태에 놓여있음도 보여주었다. 세상에 던져진 '몸' 하나로 살아가는 주인공들의 몸적 관계, 몸의 생활, 몸의 행위 구조만으로 서사가 이루어짐으로써 작가가 의도하는 몸주체가 갖는 삶의 실재적 의미들이 내재적으로 형상화되고 있었다.

작품들에서 몸에 대한 폭력, 살인, 죽음 등의 소재와 사건이 반복됨으로써, 한 자아는 '몸'의 탄생에서 시작되어 몸의 죽음과 함께 그의 생(生)도 끝나게 되는 이야기가 거듭 형상화 되었는데, '몸'이 곧 주체가 설정되는 장소이자 주체의 기반이라는 작가의 '몸주체'적 인식론이 밑바탕이 되고 있음을 알 수 있었다.

더불어 몸주체의 절대적 고립과 외로움을 주시하며, 몸적 관계마저 해체되는 시대 상황과 시대적 인식을 담아내고 있었다. 기본적 인간관계 및 가정의 해체, 혹은 기아(棄兒)와 고립된 자아들을 통하여, 사회적·현실적 페르소나마저 형성되지 않은, 몸적 자아의 실재적, 실존적 모습들을 마주할 수 있었다. 주어진 환경과 여건에 의해서 저절로 탈주체화되는 개인들을 형상화함으로써 탈체제, 탈이데올기화가 진행되는 환경을 드러내고 있었다.

반면 남성주인공의 여성과의 관계를 통해서는 무산자이자 무력한 남성이 여성에게만은 팔루스적 힘을 발휘하며 폭력과 성폭력, 살해를 가하는 모습을 반복적으로 보임으로써, 탈주체, 탈체제, 탈이데올로기화 하는 가운데서도 여전히 가부장적 질서만은 해체되지 않고 있음을 분명하게 보여주었다. 남성작가가 갖는 마지막 경계선이라 할 만큼, 여성에 대해 확고한 상위에 위치하는 남성주인공들이 반복적으로 드러나고 있었다. 남성중심적 체제를 살아온 '남성작가'이기에 가부장 체제의 경계선을 남겨두고 있음을 지적하였다.

그러나 남·녀 관계에 있어 남성주인공들이 어머니와의 결합에 대한 욕망을 스스럼없이 추구하는 모습을 보임으로써 몸적 자아들이 체제의 검열을 뚫고, 무의식적 욕망들을 자연스럽게 발설하고 있음을 알 수 있었다. 체제의 이데올로기와 경계선을 벗어난, 혹은 탈주한 그들이기에 그는 어머니의 젖꼭지와 어머니와의 결합에 대한 욕망을 아무렇지도 않게 드러내는, 본능에 충실한 몸적 자아들임을 알 수 있었다. 즉 상징계의 사회적 자아에 있어 여성은 남성적 힘의 특질을 드러낼 수 있는 '타자'에 지나지 않았고, 상상계의 본래적 자아에 있어서는 여성은 어머니와의 결합 욕망을 분출하게 하는 영원한 타자임을 알 수 있었다.

이와 같이 백가흠의 작품의 주인공들은 관념과 가치추구, 세계질서가 아니라 약육강식의 동물적 원리, 힘에 의한 지배 종속의 원리가 작동하는 현실의 실재적 모습들을 보여주고 있었다. '존엄한 인간'이라는 기존 관념을 무색하게 만드는 몸적 자아들이 이데아를 추구하는 이성적 자아를 대신하고 있었고, 적자생존의 실재계(현실) 모습들에 천착하고 있었다. 자기 몸 하나를 의지하여 탈체제, 탈이데올로기의 현실을 살고 있는 복수의 주인공들은 이데올로기적 언어의 관념성과 언어 상징계의 허구성을 지속적으로 해체하고 있었으며, 몸이 처한 실제 현실이 몸주체가 실존하는 자리임을 분명히 하고 있었다.

〈Abstract〉

Man Author Construct a Method and Epistemology of Body Discourse
- With Ga-Heum, Baek's The Crikets are Coming as The Control Figure -

Sun-Kyung, Park

Body discours and feminism discourse are based on postmodernism, deconstruct existed discours. Our body discourse started and became serious on Feminine writings.

But, this research studies man author write body discourse for the whole body discourse. Ga-Heum, Baek author has constructed on body discourse rarely among man author.

His heroes are proletarian on the society economy system and they don't criticize about their environment is excepted them. Heroes are showed body relations, life of body, act of body on real life, therefore expose life's real meanings in author's purpose.

There are repeated materials of violence, murther, death, so we knows that one ego is started and died only with body. This is meaning that body is grounded and established for the self, it is author's cognition about "The body subject".

Furthermore a closing observate about isolation and solitude of body relationships, body subject is represented in a current situation being taken to pieces.

The other side, through hero's relation with woman, proletaria hero exhibit phallus force in the presence of a woman, repeatedly practice violence, sexual violence, murther to her. Therefore it is showed that a order Phllocentrism system isn't taking pieces until now. After sides, in relationship among man & woman, Hero pursue desire of Mother, his bodily ego lay open unconscious desire against system control.

⟨Key Word⟩ Bodily Discourse, Body Philosophy, Bodily Writing, Phallus-Logos Centrism, Postmodern Subject.

8장

전통적 의미의 몸 인식, 여‘성(性)’ 인식

- 문순태 작품을 통해 본, ‘몸’과 ‘성’에 대한 기존 인식 -

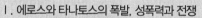

〈논문 초록〉

성(性)과 전쟁은 억압이며 때론 광기이며 억압의 분출이라는 점에서 일상적 규범보다는 일탈적 규범의 무의식을 드러내는데, 에로스와 타나토스의 이면적 하위 형태의 기제로 자리잡고 있다. 성과 전쟁은 금기의 사항임과 동시에 금기의 위반, 혼돈, 함몰, 죽음, 파열, 본능의 폭발, 폭력, 약탈, 상실, 충돌, 식민지와 피식민지, 가해자와 피가해자, 히스테리라는 공통의 분모도 갖는다.

그러나 사회제도와 체제가 전쟁에 의해 전복되면, 이 순간에 성과 폭력이라는 '금기'와 '금기위반'의 경계는 허물어진다. 이 시절의 틈을 타서 개인들은 복수와 욕망분출을 통해 '금기'를 '위반'하고 사회체제가 다시 정비되면 이는 다시 개개인들에게는 복수의 원한과 욕망의 억압 등 '恨'으로 맺혀지게 되는 것이다.

전쟁은 無法과 본능의 분출, 폭력과 힘의 행사라는 점에서 전쟁과 '性'은 인간의 억압된 본능에 일정 부분을 차지하고 있음을 연구를 통해 확인하여 보았다.

문순태의 작품이 전쟁소설이라고 일컬어지는 것처럼, 역시 작품 밑바닥에는 '성'과 '성폭력'의 담론이 작품을 이끌어가는 원동력으로 흐르고 있었다. 그 이면에는 '성'폭력의 무의식이 갈등의 주원인으로서 사용되었으며, 이러한 '성'에 관련된 폭력적 본능이 작품의 모티브가 되어 이야기를 이끌어가는 견인차 역할을 하고 있음을 지적하였다.

그러나 아쉽게도 인물들은 성폭력을 자행한 남자들의 상처만 인식할 뿐, 직접적으로 폭력을 당해 온 여성의 '몸'을 또다시 욕구불만의 해소의 장, 화해의 장으로 사용한다는 점에서 전통사회의 남성'중심'적 여성 '몸' 통제의 경계선이 얼마나 두터운 것인가를 드러내기도 하였다.

마지막으로 여성의 '성'만을 '금기' 안에 엄격히 통제해 온 우리 문화의 현실 단면을 확인할 수 있었고, 전통적인 인식 안에서 '성'에 대한 인식은 강력한 남성'중심'의 인식이었다는 점을 알 수 있었다.

Ⅰ. 에로스와 타나토스의 폭발, 성폭력과 전쟁

문순태의 작품은 전쟁의 혼란한 환경에서 벌어지는 몸폭력, 성폭력을 주로 다루며, 이에서 재생산되는 복수극과 원한극이 '몸'을 중심으로 이루어짐을 재현함으로써, '몸'에 대한 우리의 기존인식과 정서를 기록하고 있다. 19세기말부터 20세기를 살아가는 인물들의 이야기는 우리의 전통적인 '몸'과 '성'에 대한 인식을 보여주는데 이는 매우 희소한 가치를 지닌다. 이는 앞서 다룬 1990년 이후 본격적으로 전개되는 몸담론과 비교할 수 있게 하며, 또 기존의 '몸'에 대한 인식과 사회적 규범을 제공해 주는 기록물의 가치를 지닌다. 몸담론적 관점에서 볼 때, 작가의 문법이라 칭할 수 있는 '몸'과 '성(性)'에 대한 폭력 테마의 반복적 사용은, 우리의 전통적 '몸'에 대한 처우와 인식이 어떤 것이었는지를 재현한, 기록된 자료를 제공하고 있다.

문순태의 작품이 '한(恨)의 문학'으로 지칭되는 데는, 작가가 전쟁을 전후로 벌어지는 몸에 대한 폭력, 성폭력을 주로 다루었기 때문이라고 말할 수 있다. 작품들은 몸에 대한 폭력, 성폭력은 인권의 경계선 침범이라는 의미임을 가르쳐 주는데, 인권이란 '몸'의 경계선 수호라는 교훈을 남긴다.

앞서 살펴 본 4명의 작가가 보여주는 해체주의적 사유가 아니더라도, 문순태가 주로 사용하는 전쟁 테마는 전쟁에 의해 해체된 세계, 무너진 체제 질서를 재현한다는 점에서 '해체주의'적 상황과 인식을 보여준다. 여기서 잠시, 우리는 몸담론이 태동되고 서식하는 기반에는 '해체주의'적 인식이 있다는 공통점을 발견할 수 있다. 전쟁 기간은 치안부재, 혼란한 시기를 틈타 억눌려왔던 욕망이나 본능이 분출되며, 금기위반, 불법행위가 자행되지만, 이를 통제할 권력과 보편적 규범체제가 작동하지 않는다. 따라서 전쟁의 시기가 지연될수록, 이성적 언어보다는 감정적이고 본능적 언어가 폭발 분출하며, 체제와 금기 같은 질서들이 해체되고, 그 시기에 관념적 담론 대신 몸적 담론이 대체되었음을 추론할 수 있겠다.

전쟁을 통해 더 극명하게 형태를 드러내는 에로스와 타나토스는 삶/죽음과 관련된 무의식의 裏面임을 심리학자들은 지적해왔다.[1] 性과 전쟁은 이러한 에로스와 타나토스가 현현된 기제로 성과 전쟁은 때론 광기이고, 억압의 분출로 그 모습을 드러낸다. 이런 특징으로 '성(性)'과 '전쟁'은 둘 다 제도권의 통제를 받으며 금기의 대상이 되어왔다. 가장 주목할 것은 성과 전쟁의 문제는 시종일관 '몸'과 연계되어 드러나는 규범 이탈, 폭력의 금기위반에 다름아니라는 점이다.

'금기의 위반은 대부분 의식과 관습에 이해 정해진 규칙에 따라 행해진다. 성적 욕망이 그것을 금하는 복잡한 금기에 비롯되듯이, 살해 욕망은 살해를 금하는 금기와 무관하지 않다. 살해의 금기는 성의 금기에 비해 보다 강하고 보편적인 방식으로 살해를 제한하고 있기는 하지만, 살해의 금기도 성의 금기와 마찬가지로 어떤 상황에서만 그것을 금하고 있을 뿐이다.

실제 결투, 복수, 전쟁 등에서는 살해가 용인된다. 금기를 범해도 되는 것이다. 결투, 복수, 전쟁 등은 규칙을 준수해 가면서 금기를 범한다. 살해의 금기 역시 육체적 존재는 오직 결혼에 의해 허용되듯이 〈관습에 의한 어떤 경우〉에

---

[1]   에로스와 타나토스는 연속성을 보장한다는 의미에서 언제나 짝을 이루어 다니는 테마이기도 하다.
       참조; Jeorge Bataille, 조한경 역, *L'Erotisme*, Édition de Minuit, 민음사, pp.106-107.

는 허용되는 성의 금기와 다르지 않다는 점에서 둘은 금기와 금기 위반을 통해서 추구된다.'[2]

바타이유는 '성'과 '전쟁'의 연관성에 대하여 '폭력이 그 자체로는 잔인한 것이 아니지만, 위반을 저지르는 중에 누군가가 그것을 조직화하면 그것은 잔인하게 된다. 잔인성은 조직적 폭력의 한 형태이다...... 조직적 폭력의 한 형태인 잔인성과 마찬가지로 에로티즘도 기획되어지는 것이다. 잔인성과 에로티즘은 금기의 한계를 벗어나기로 결심한 사람의 계획에 의한 것이다. 그 결심이 물론 모든 경우에 적용되지는 않겠지만, 일단 한쪽에 발을 들여놓으면 다른 쪽에 몸을 담는 일도 어렵지 않다. 술취한 사람에게는 모든 금기의 위반이 가능하듯이 잔인성과 에로티즘은 일단 둘 중의 하나를 넘으면 별 차이가 없는 이웃사촌들이다.'[3]라고 말한다. 이렇듯 성과 전쟁의 금기위반은 동시적 발생의 특징을 갖는다.

성과 전쟁은 금기의 사항임과 동시에 금기의 위반, 혼돈, 함몰,[4] 죽음,[5] 파열, 본능의 폭발, 폭력, 약탈, 상실, 충돌, 식민지와 피식민지, 가해자와 피가해자, 히스테리라는 공통의 분모도 갖는다. 이러한 것들은 체제의 질서 내에서

---

2   Jeorges Bataille, Ibid. pp.76-78.

3   Jeorge Bataille, Ibid. p.87.

4   '성적 무질서는 끝없는 폭력을 부른다. 파열이 끝나면, 그 혼란스럽던 물결도 잠잠해지고, 이어 불연속적 존재는 다시 고독에 갇힌다. 동물의 개체적 불연속성은 오직 죽음만이 그 궤도를 수정할 수 있을 뿐이다. ...... 성적 무질서가 가져다 주는 고뇌는 죽음의 의미를 지닌다. 죽음을 체험한 사람이 성적 무질서를 체험한다면, 그는 성적 폭력과 무질서는 바로 죽음의 심연과 다른 것이 아님을 깨닫게 될 것이다. 죽음의 폭력과 성적 폭력은 다음과 같은 이중적 관계로 서로 연결된다. 즉 육체적 발작이 심하면 심할수록 그것은 죽음에 가까운데, 만약 그것이 시간을 끌면 그것은 관능을 돕는다는 것이다.'
     Jeorges Bataille, Ibid. pp.190-191.

5   관능은 파괴, 파멸과 멀지 않기 때문에 우리는 관능이 절정에 이른 순간을 심지어 〈조그만 죽음〉이라고 까지 부른다. 따라서 극단적이 에로티즘은 우리에게 항상 무질서를 상기시켜 준다.
     JeorJes Bataille, Ibid. p.191.

용인되지 않는 일들이라는 점에서, 검열을 피해 가라앉은 무의식의 세계, 감추어진 세상의 실상을 들여다볼 수 있는 틈새를 제공해 준다. 또 지배체제 이면의 실상을 들추어 내는 단서가 되기도 한다.

이러한 성과 전쟁의 금기와 금기위반을 주로 다루고 있는 작가로 문순태를 생각할 수 있다. 문순태는 60년대 등단한 이래 종전(終戰)의 작가들이 대개 빠지고 있던 남북 분단의 흑백논리로 작품세계를 재현하던, 그런 함정에서 벗어난 것[6]이기에 문단에 화제를 불러일으켰던 문제의 작가였다. 그의 작품들을 일컬어 '전쟁과 관련한 怨과 恨의 이야기'라고 일컫듯이[7] 그의 작품 대부분들은 작품 도처에서 전쟁과 종전 후 발생하는 감정과잉에서 생겨나는 여러 형태의 폭력 및 사회의 전복으로 드러나는 기존의 폭력과 그에 따른 상처들을 집중적으로 다루고 있다.

전쟁은 금기(禁忌)의 기제이며, 억압과 이에의 전복(顚覆)이며, 폭력과 혼돈, 죽음과 상처, 과도함과 상실, 폐허와 정신적 피폐함의 극단들을 내포한다. 그러기에 그의 작품은 평온함보다는 감춰져왔던 광기와 절망들로 짙은 상흔들을 도처에서 드러낸다. 이러한 것들을 통하여 이면(裏面) 폭로로 드러나는 감추어진 진실, 전쟁을 통과하며 보이는 인간의 억압된 욕망의 분출과 내재된 본능의 실체들을 다루며 그의 작품은 가슴 절절한 '恨'의 문학으로 소설적 핍진함 혹은 그로테스크한 작품 성격들을 드러내고 있다.

---

6 "50년대 작가들의 세계가 흑백논리에 의한 남북분단의 연장을 정신적으로 계속 반영해 나간 것이라고 한다면 문순태의 여러 작품들은 화해 속에서 통일에의 가능성까지도 찾아보려는 테마가 나타나고 있다. 60년대 이후 일부 소수의 작가와 함께 이것은 분단의 민족문학으로서 매우 중대한 변화를 가져 온 것이라고 볼 수 있다."
　김우종, "怨과 恨의 民族文學", 『인간의 벽』, 나남출판사, 1984.
7 "怨과 恨이 다함께 생명의 뿌리이며 희망이기도 하다는 작자의 말은 그런 뜻에서 이해될 수 있으며 작자는 그것을 작품의 도처에서 구체화해 나가고 있는 셈이다"
　위의 글, p.333.
　이병주, "제1회 소설문학 작가상 심사평", 《제3세대 한국문학》, 삼성출판사, 1983.

문순태의 작품에 늘 등장하는 6.25 전쟁은 무산층과 유산층 간의 신분질서의 전복과 억압양상을 드러내는 배경이 되었다. 그리고 이에서 비롯되는 전도되는 신분사회의 갈등 및 전쟁을 통하여 확인되는 인간의 억압된 무의식의 분출은 '이성'과 '보편'보다는 '감정'과 '비일상적'인 사건과 분위기를 연출하고 있다. 구체적으로 공산주의의 유입과 함께 전개되는 봉건적 사회질서의 붕괴와 붕괴과정에서 드러나는 전통적 봉건사회에서의 억압과 부조리에 대해, 억눌려 왔던 피지배계층의 절규 어린 광기와 저항하는 모습을 담아내고 있었다. 억압자와 피억압자는 가해자와 피가해자로 그 힘의 위치를 뒤바꾸는 과정에서 그간의 곪아왔던 상처는 원한과 복수로 터지고, 이러한 상처와 악취들은 세대 간으로 이어지며, 개인의 차원을 넘어 절절한 '恨'의 민족사를 만듦을 문순태의 작품들은 촌촌이 담아내고 있다.

작품 〈철쭉제〉를 비롯하여 〈잉어의 눈〉, 〈여명의 하늘〉, 〈말하는 돌〉, 〈황홀한 귀향〉, 〈거인의 밤〉 등등 많은 작품들이 전쟁을 배경으로 하여 생겨난 상처와 이로 인한 대를 잇는 恨을 다루고 있는데, 전쟁과 상처, 恨 등의 테마들은 이성보다는 감성, 일상보다는 비일상, 의식보다는 무의식에 가깝기에 그의 작품은 사회제도 그 이면에 감추어진 인간의 본능과 감추어진 인간적 면모들을 드러내 보이는데 성공하고 있다.

그런데 문순태의 작품들이 전쟁의 실체와 흔적들을 드러내는데 있어 '성(性)' 모티브를 많이 사용하고 있다는 점에서, 저자는 전쟁과 폭력이라는 비이성적 폭발은 성적 몸담론과 불가분의 관계가 있다는 점을 주목할 수 있었다.

따라서 이 장은 문순태의 '성(性)'과 '전쟁' 그리고 이들의 '금기위반'이란 공통테마를 갖고 있는 중편소설 〈철쭉제〉, 〈잉어의 눈〉을 대상으로 하여, 봉건적 기존체제의 억압된 세계의 틈새를 열고 있는 'Sexuality'를 중점으로, 전후 (戰後) 시대에 희소하게 성담론, 몸담론을 다루었다는 점에서 그 양태와 의미를 살펴보고자 한다. 문순태의 작품은 전쟁이 끊일 날 없었던 우리 문화 속에서 '전쟁'과 '성(性)'이, 근대 전후하여 개개인들의 삶을 어떻게 지배해 왔는가를 이야기하고 있다. '몸'과 연계된 '성'과 전쟁의 '폭력'의 실태를 살펴보는 일은 사회 구성원의 인권과 권리행사, 혹은 이를 통제해 온 우리 사회체제와 제도를 되비추어 보게 할 것이다.

이 장은 전통사회에서 성과 몸에 대한 인식이 어떻게 작동하며 표현되는지, 몸 및 성에 관련한 몸 글쓰기의 양상, 몸에 관련한 '금기'(폭력)의 단서들이 새롭게 의미 창출하는 것을 살펴보고자 한다. 그 접근방법으로써 성적 본능과 성의 역할이 사회체제와 제도 속에 어떠한 양태로 존재하고 있으며, 분출되는 성과 관련된 폭력, 성폭력이 개인적 삶과 사회체제 속에서 어떠한 영향력을 행사하였는지 살펴보도록 하겠다.

II. 금기와 금기위반으로 맺어진, 원한과 복수

〈철쭉제〉는 검사인 내가 고향마을에 찾아가 아버지의 살인범이라고 믿는 박판돌(예전 우리 집 머슴)을 만나 함께 부친유해를 찾는 것에서 이야기를 시작한다. 박판돌과 내가 지리산을 지나며 아버지 유해를 찾기까지의 사흘 간의 이야기가 서술 시간이며, 그 과정에서 판돌과 내가 말하는 숨겨진 과거사가 서사시간이 된다.[8] 나는 박판돌을 향해 복수의 '이를 갈며' 검사가 되었으며, 이제 판돌의 뒷조사도 다 캐놓은 지라 둘이 고향을 찾는다. 그러나 아버지를 유해를 찾는 과정에서 옛날 일들을 알게 된 나는 결국 판돌이에게 사과의 말을 남기며 작품은 종결된다. 이 작품에서 주갈등이 되고 있는 나의 아버지나 판돌이 아버지의 '피살'은 봉건 지배질서에 의해 가능했던, 계층 간의 힘에 의한 성폭력에서 기인되었던 것이다.

『넙순이를 덮친 것은 박참봉이었다. 참봉은 그녀가 박쇠한테 시집을 오기 전부터 여러 차례 그녀의 몸을 범했었다고 하였다. 넙순이가 박쇠와 혼인을

---

8 사건의 내용은 이렇다. 판돌이의 아버지 박쇠를 죽인 사람은 나의 아버지였는데, 이유는 박참봉인 나의 할아버지가 판돌이의 어머니의 몸(성)을 계속적으로 유린했었고, 나의 아버지는 언제 박쇠(판돌아버지)가 자기 아버지를 죽일지 몰라, 사냥을 나가 박쇠를 죽였기 때문이다. 6.25가 터지며 뒤집힌 세상을 틈내, 판돌은 자기 아버지의 유해라도 찾기 위해 나의 아버지를 세석평전으로 끌고 갔고, 끝내 판돌 아버지의 유해는 찾지못한 채 나의 아버지는 죽임을 당한 것이었다. 그런데 이러한 사실을 전혀 모르는 내가 판돌이를 앞세워 나의 아버지의 유해를 찾게 된다는 지점에서 이야기는 시작되고 있다.

한 뒤, 박쇠가 참봉 아들을 따라 사냥을 떠나 집을 비우게 될 때마다 박참봉은 밤이면 어김없이 행랑채 문간방에 숨어 들어오곤 하였단다.』[9]

넙순이는 노비란 신분이기에 박참봉의 성노리개로, 지속적인 성폭력을 당했다. 넙순이의 남편 박쇠 역시 노비의 신분으로 이러한 정황을 알고 난 뒤에도 '소리 안 나게 끙끙대고 울부짖'을 수밖에 없는 처지에 있다. 성폭력은 권력으로부터 나오는데, 성폭력은 계급사회의 전형적인 지배행태의 한 유형으로 명목 상의 금기가 있어왔다.[10] 넙순이가 오랜 세월 저항할 수 없었던 모습에서 계층 간의 신분적 질서에 의한 제도적, 구조적인 강압을 읽을 수 있다. 노비의 신분으로 상전의 뜻이라면 성 유린도 용인되는 현실을 읽을 수 있는데, 특히 가부장 사회에서 부친(父親)이 힘이 없는 여식(女息)이라는 것은 모든 제도와 법망에서 낮은 신분, 여성이라는 2중적 소외를 겪는 자들이다. 이러한 상위 신분의 남성이 하층민 여성의 성을 획득하는 형태는 사회체제가 용인해 온, 성폭력의 전형적인 예이다. 여기서의 성 관계는 에로틱하거나 디오니소스적인 것과는 전혀 무관한, 단지 신분과 지위를 이용하여 형성되는 강압적인 성폭력, 여성에 대한 몸 폭력에 지나지 않는다.

또한 자기 부인의 정조를 빼앗기면서도 저항할 수 없으며, 오직 '족보'에 이름 올리기만을 염원하는 박쇠의 신분 열망을 읽을 수 있다. 따라서 '신분'이 부재한 남성의 경우도 자기 부인의 '성'을 약탈당하는, 성폭력 희생자의 한사람일 수밖에 없다. 자기 몸에 대한 권리 주장이나 결정권이 체제의 계층에 따라서 결정됨을 목도할 수 있다. 제도를 담당하는 지배자나 권력자는 자기의 성적 추구를 향유할 수 있으며, 어느 정도 신분적으로 지배가능한 자의 육체까

---

9   문순태 작, 〈철쭉제〉, 『제3세대 한국문학』, 민음사, 1983, p.231.
10   참조; Michael foucault, 이규현 역, 『성의 역사1』 *Histoire de la sexualityé- I , La volonté de savoir*, 나남출판사.

지도 지배, 유린할 수 있는 반면에, 하층의 계급은 그들 몸의 통제권이 지배자인 타인에게 달려있음을 볼 수 있다. 전통적으로 신분사회, 계급사회였던 우리 역사를 고려할 때, 작품이 보여주는 현실은 우리 전통사회의 보편적 모습이라해도 크게 범위를 벗어나지 않을 것이다.

박판돌의 아버지, 박쇠는 '족보가 없는 사람은 뿌리 없는 나무와 같아서 면천을 할 수가 없다'는 그의 아버지 유언에 따라 '죽으라면 죽는 시늉을 해서라도 족보에 이름 석자를 올'(p.228)리기 위해서 박참봉댁에 다시 머슴으로 들어오게 된 사람이었다. 족보는 신분사회를 공고히 하고 전형화하는데 기여한 가계사 기록물이다. 특히 가부장 중심의 족보는 시집 온 여성들의 이름은 예로 '김씨 여식'으로 등재 혹은 아예 족보에 올리지 않는 등 가부장적 가계를 만드는데 기여를 해 온 기록물이다. 이러한 족보는 당대 사회의 구성원들의 신분과 인권을 대변했고, 족보가 없는 구성원들은 아예 '뿌리 없는 나무 같아서' 누구에게나 무시되어도 좋을, 근본없는 사람으로 구별되었다. 조선시대 혹은 근대에 이르기까지 족보는 한 존재에 대한 규정에 우선 되었고, 한 개인의 신분을 결정짓는 체제상징적 언어였음을 환기할 수 있겠다. 사람을 신분으로 나누고, 체제 내에 존재의 유/무를 가르는 질서화, 계급화의 가부장적 유산이라 하겠다.

따라서 족보가 없는, 즉 신분사회에서 아무런 지위를 보장받을 수 없는, 다시 말해 사람 대접을 받을 수가 없었던 박쇠는 부인의 성性을 다른 남자에게 강탈당하면서도 아무런 저항을 할 수 없었고, 성 약탈에 대한 분노를 억누를 수밖에 없었던 것이다.

『넙순이가 울면서 토해낸 피맺힌 이야기를 듣고 난 박쇠는 여전히 벽을 향해 돌아앉은 채 두 손으로 자기의 머리를 우드득우드득 쥐어뜯으며 소리 안나게 끙끙대고 울부짖던 것이었다.』[11]

---

11 문순태 작품, 위의 책, p.232.

위 예문은 신분질서와 가부장적 질서가 엄격했던 우리 전통사회에서, 하위 계층 여성의 '성(性)'은 상위계층에 의해 지배되고, 착취되는 대상이었음을 재확인해 준다.[12] 신분질서에 따라 몸의 노동력뿐 아니라 성까지도 착취 대상이었다는 점은, 비단 이 예뿐 아니라 다른 텍스트들을 통해서도 쉽게 접해온 바, 전통사회에 만연된 공공연한 관습이었음을 새삼 되새길 수 있다.

동시에 여성의 성을 통제해 온, 전통의 정조나 순결 이데올로기로는 지배권력의 재량에 따라, 그 금기와 위반의 대상이 다르다는 것을 알게 한다. 가부장적 지배질서가 우선하고, 다음 순결 규범, 성규범이 신분의 힘에 따라 재조정되고 있음을 알 수 있는데, 계층에 따라 달리 적용되는 전통 사회의 '몸' 통제, 실체적 '성' 문화의 진면목을 보여준다.

그리고 박쇠는 그 대신 족보에 올려주겠다는 참봉의 위자료조 '거래'에 임하여, '신분'의 취득과 아내의 性을 교환한다.

『박쇠는 쏟아지는 눈물을 주체하지 못하면서, 조서방이 다그치는 대로 종문서와 그들 부자의 이름이 적힌 종이, 넙순이 치료비를 받아들고 몇 번이나 허리를 굽적거리며 큰사랑에서 나왔다. 박쇠는 하염없이 눈물이 쏟아졌다. 그는 행랑채 넙순이 앓아 누워 있는 그들 방에 돌아와서도 방바닥에 그들 부자 이름을 적은 종이와 아버지의 종문서를 펴놓고 가슴에 오랫동안 홀맺힌 한을 풀 듯 쿠루루루 쿠루루 한숨까지 섞으며 온몸을 쥐어짜듯 울고 또 울었다. ...중략.. "이눔아, 네 에미 덕분에 네눔까지 애비허고 나란히 족보에 오르게 되었어!"』[13]

'성(性)'이 교환의 가치를 갖고 온 것은 '매매춘'을 통해서만이 아니라, 기생하며 사는 여자들 혹은 남자들의 '성'의 댓가, '강압'과 '유혹'들의 여러 형태에 의해 존재해 왔다. 그러나 체제의 규범상 결혼을 전제로 하지 않은 여성의 '성'

---

12 이광래, 『미셸 푸코; '광기의 역사'에서 '성의 역사'까지』, 민음사, 1989, p.245.
13 작품집, p.233.

은 늘 엄격하게 통제되어 왔고, 오랜 역사 동안 개인의 '성'은 계급과 조직, 사회문화와 제도에 의해 관리되어 왔다. 성(性)은 '무한히 세밀한 감시, 끊임없는 통제, 지극히 꼼꼼한 공간적 구획정리, 무한한 의학적 또는 심리학적 검사, 육체에 대한 모든 극소권력을 야기할 뿐만 아니라, 대대적인 조치, 통계학적 추정, 사회체 전체와 하나의 전체로 파악된 여러 집단들을 대상으로 같은 개입을 불러일으키기도 한다. 성은 육체의 삶과 동시에 인류라는 동물종의 삶에 대한 접근의 수단이다. 그것은 규율의 모체와 조절의 원리로서 이용된다.'[14]

따라서 남성중심체제의 여성의 성(性)은 주권적 행사로 진행되어온 것이 아니라, 체제 유지나 통제하는 억압기제[15]로써 사용되어 왔고, 여성 본인들은 사회적 규범과 교육을 통해 심어진 '성' 관념이나 사회문화적 통제에 의해 철저하게 자신들의 '성'으로부터 소외되어 왔다.[16]

우리 사회는 봉건시대뿐 아니라 근대에까지도 유부녀의 '성'의 순결여부는 '생명'과도 맞바꿀 만큼 엄격하게 통제해 왔다. 가부장 사회에서 어머니의 혹은 아내의 '성'의 부정(不淨)은 곧 가계와 가계 구성원들의 부정과 추락을 의미했다. 전통 신분사회에서 여성의 '정조(貞操)'는 남편, 자식의 신분을 대변하는 실증적 실체였기 때문에 여성의 몸과 성에 대한 통제가 사회전반적으로 이루어져 왔음은 새삼 설명을 필요로 하지 않는다. 그러나 위 예문에서 보듯이 신분질서에 의해 하위층의 육체와 성이 지배당하고 억압되어 온 것이다.

〈잉어의 눈〉 역시 신분계급에 따른 갈등 속에 여성의 몸이 '성폭력'을 당하고 있다. 무당의 아들 '황새'는 '배알도, 줏대도, 성깔까지도 없는 것만 같았던 황새가, 전쟁이 터지자 갑자기 딴사람으로 변해' '새벽 호랑이'가 되어, 황새는 결국 나의 어머니를 욕보였고, 욕을 당한 어머니는 '용소 위에 시체로 떠올랐

---

14 Michael Foucault, Ibid. p.156.

15 이광래, Ibid. p.247.

16 번 벌로, 보니 벌로, 『섹스와 편견』, 김석희 역, 정신세계사, p.15.

다.' 황새의 어머니는 무당이었고, 아버지는 북을 쳐주는 양중으로 '월곡 사람들은 나이 많은 그들 노부부한테 하게로 반말을 하'는 등 마을 안에 가장 낮은 신분으로 살았다. 황새 역시 이들 부모가 죽고나서도 '무당의 자식이라 하여 조무래기 아이들이 반말을 해도 표정 없이' '배알도, 줏대도, 성깔까지도 없는 것'(p.130)처럼 살다가 6.25 전쟁이 나자 '숨은 사람을 찾아내는 일이며, 일러바치는 일, 고문을 하고 죽이는 일에 미치광이처럼 날뛰며 앞장을' 서며, 그간 억압을 행사했던 상대들에게 몸—폭력, 성폭력으로 되갚음을 하는 것이었다.

전쟁으로 세상이 뒤집힌 것처럼, 가장 하층민으로 억눌려 살아왔던 '황새'가 눈뒤집히며 여염집의 아낙인, 나의 어머니를 강간한다. 신분질서, 사회제도상에 있을 수 없는 금기가 6.25라는 전쟁기간을 통해서 위반되는 것이다. 그러나 '세상이 손바닥 뒤집어지듯 하루 아침 사이에 다시 바뀌자' 황새는 나의 아버지로부터 보복성 살해를 당한다. 몸에 대한 폭력과 살해라는 금기가 '힘의 이동'에 따라 바로바로 뒤바뀌는 것을 볼 수 있는데, 성폭력, 몸폭력은 힘이 센 자가 약한 자에게 행사한다는 점을 시사해 준다. 전쟁을 통해 세상이 바뀌면 '금기'의 주체가 바뀌며, 동시에 '금기 위반'의 기준도 뒤바뀌는 것을 볼 수 있다. 즉 황새에 의한 '강간'(성 폭력의 위반), 다시 황새에 대한 복수 – '살해'(살인금기의 위반)가 보복응징으로 자행되는 일들이 권력의 이동에 따름을 볼 수 있다. 황새를 살해한 나의 아버지는 아직까지도 살아있지만, 빨갱이(황새)의 살해를 문제삼지 않는 체제의 가치 하에, 아버지는 전혀 죄의식을 못느끼고, 황새의 아들 석구는 부친을 살해한 자의 아들인 나에게 아직까지도 '참말로 죄만스럽'게 여기는 모습을 보인다. 전쟁 중이 아님에도 불구하고, 빨갱이를 살해한 것은 죄가 되지 않는, 우리 사회의 현실을 목도할 수 있다.

이는 몸의 '성, 살해, 폭력'과 같은 금기의 경계가 절대적 가치에 의해 정해진 것이 아니라, 체제의 통제 이데올로기에 따라 변하는 상대적 규범임을 시사해 준다. 나의 어머니를 강간한 황새가 성폭력 금기의 위반이었고, 나의 아버지가 강간범 황새를 살해한 것도 금기의 위반이었다. 그러나 체제의 이데올로기에 따라 살해금기의 위반은 죄가 되지 않으며, 부친이 빨갱이였단 이유만으로 아들 석구는 오히려 죄의식마저 갖는 모습을 보인다. 이는 몸에 대한 폭력, 성폭력이란 체제의 이데올로기가 가장 최우선의 가치, 기준점으로 작동하고 있음을 시사해 준다.

인물들이 보여준 행위들은, 체제가 전쟁에 의해 전복되는 순간에 '금기'와 '금기위반'의 경계가 가장 먼저 허물어진다는 점을 알려준다. 이 시절의 틈을 타서 개인들은 복수와 욕망을 분출하는데 '전쟁'의 폭력성이 그간 억압된 원한의 폭발을 동반하기에 더 잔인하고 끔찍한 혼돈사회를 만든다는 점을 추론할 수 있겠다.

그러나 또, 체제가 다시 정비되면 개개인들은 복수의 원한과 폭력의 욕망을 다시 억압 당함으로써, 분출될 수 없는 무의식이 가슴깊이 새겨지며 '한(恨)'으로 자리잡게 됨을 추론할 수 있겠다. 이런 계기성은 전쟁이 많았던 우리 사회문화에 '한'의 문화가 자리잡게 한 원인이라 볼 수 있는데, 문순태 작가는 거개의 작품에서 전통적 질서와 전쟁의 격변기를 살아가는 개개인들의 상처를 다루었고, 이 상처가 다시 2대(代), 3대로 이어지며 원한 맺힘과 원한 풀이로 이루어지고 있음을 재현하는 것이었다. 문순태의 문학이 '한(恨)'의 문학으로 불리던 이유는 바로 이러한 과정을 담은 것이었기 때문이었다.

III. 금기의 위반 – 전쟁과 성폭력

6.25 전쟁은 우리 역사에 있어서 이데올로기에 의한 민족분단이라는 분수령이 되는 역사적 사건이다. 6.25 전쟁은 곧 계급혁명으로 이어져 전통사회의 봉건질서의 타파, 신분과 계급의 타파라는 공산주의 문화가 급진적으로 전파되던 시기이다. 비록 짧은 기간이었지만 지주와 노비를 나누던 신분질서는 하루아침에 뒤집혀지고, 그 동안 원한을 가슴 속에 숨겨 왔던 노비 아들인 판돌에게 드디어 그의 분노를 분출할 수 있게 된 때가 온 것이다. 판돌은 여느 사람처럼 자기 부친의 유해를 찾기에 나서고 결국 판돌은 '나'의 아버지로부터 '판돌의 아버지를 살해했다'는 자백을 받고, 이에 다시 복수–살해라는 비극을 되풀이한다.

'살해' 역시 '성'과 마찬가지로 힘 가진 자의 폭력으로 자행되고 있음이, 두 번의 살해 사건에서 보여진다. 나의 아버지가 주인으로서 노비인 판돌의 아버지를 죽일 수 있었고 – 그럼에도 불구하고 봉건 신분사회에서 지주인 나의 아버지는 처벌받지 않았다 – 그러나 다시 사회가 뒤바뀌자 노비인 판돌은 지주인 나의 아버지를 처단할 수 있었다. 판돌 역시 뒤바뀌어진 체제 하에서 살해를 저질렀음에도 처벌받지 않았다.

전쟁은 폭력과 금기의 위반, 혼돈과 본능의 분출, 죽음과 약탈의 전시장이라는 점에서 성담론과 연계된 에로스/타나토스의 무의식 영역에 억압되어 있음을 앞서 언급한 바 있다. '성' 폭력이 힘을 가진 자의 횡포로 행사될 수 있듯이,

전쟁의 횡포는 절대적인 힘을 행사하는 자만의 면책특권이다. 전쟁은 그 도발이 금기시되지만, 감추어진 폭력적 본능의 폭발이며, 폭발하는 순간, 모든 질서가 뒤집혀지거나 무의미해진다는 점에서 넘어서는 안될, 금단의 선(線)을 넘는 행위이다. 이 작품에서 중심갈등인 두 번의 살인폭력과 '성폭력'은, 강도 높은 전쟁비극의 난이도를 균형 잡는 대칭 축으로 사용되고 있다. 문순태의 거개의 작품이 전쟁을 다룬 소설이라고 일컬어지는데, 이 작품 역시 폭력과 전쟁의 폭발을 다루고 있으며, 그 중심에는 '성'폭력이 주원인으로서 작동하고 있으며, 이러한 '몸'에 관련된 폭력, 성폭력을 통해 작품을 이끌어가는 동력을 삼는다는 점이, 문순태 작가의 문법으로 요약될 수 있겠다.

그러나 결국 한 아내의 '性'의 침범은 역시 죽음이라는 극단적 결과를 가져오는데, '성의 함몰'을 둘러싸고 일게 되는 사회적 '금기위반'은 일련의 사건들을 불러오게 한다. 참봉의 아들은 박쇠가 결국은 자신의 아버지 참봉을 죽일 것이라는 두려움에, 자기가 먼저 박쇠를 사냥을 데리고 나가 죽여버린다. 그간 박쇠는 신분질서에 의한 억압에 의해 '자기의 머리를 우드득우드득 쥐어뜯으며 소리안나게 끙끙대고 울부짖'으며 참봉의 자기아내 겁탈을 속으로 삭이지만, '복수'를 예상하는 참봉의 아들은 먼저 '복수'의 싹을 자르려 박쇠를 살해한 것이다.

여기서 한 아내로서의 여성의 '성'은 가계의 존폐를 결정하는, 절대적 가치로서 작동되었음을 지적할 수 있겠다. 참봉 아들은 '남의 아내 성 탈취'가 곧 자신의 부친 피살로 연계될 것을 예상하고 있는데, 이는 곧 가해자 가계를 위협하는 것이기도 하였다. 그만큼 결혼한 여자의 '성'에 대한 한 아비의 독점력은 가계의 몰락 혹은 살인과도 맞바꿀 만큼 엄중하게 통제, 관리되고 있음을 알 수 있다. 살인도 용납될 만큼 여성의 '성'은 통제되고 금기시되었는데, '성역'이라는 금기의 위반은 곧 '살인'이라는 또 다른 금기의 위반을 가능케 하였던 것이다.[17]

위에서 부녀자의 '성'의 추락(오염) 여부는 '죽음'과 '원한', '복수' 등의 극단적이고 비극적인 결말로 이어지는, 절대적인 가치기준이 되고 있음을 알 수 있다. 그만큼 전통적 사회에서의 여염집 여성의 '성'은 금기시의 극단에 감추어져 있었고, 이것은 누구도 침범할 수 없는 침입 절대불가의 성역에 속한 것임을 알 수 있는데, 이는 우리 전통 사회의 여성통제가 얼마나 절대적이었는가를 반증하는 것이기도 하다.

---

17 참조; 전쟁은 폭력과 금기의 위반, 혼돈과 본능의 분출, 죽음과 약탈이라는 점에서, 性과 함께 Eros와 Thanatos의 일면의 모습을 갖는다.
    Jeorge Bataille, Ibid, pp.106-107.

Ⅳ. 남성중심주의의 성담론

'고전주의 시대 이래 성에 대한 보다 세심한 분석을 통해 욕망 자체의 변화, 방향 전화, 강화 및 위치 변경 등의 다양한 효과를 노리게 되었다. 즉 성에 관한 언급은 권력의 기능에 있어 가장 중요한 위치를 차지하게 되었다는 것이다. 즉 18세기 이후부터는 성에 대해 이야기를 유도하는 정치적, 경제적, 기술적 선동현상이 일어났다. 성을 계산하고, 분류하고, 분석하는 등 이성적 차원에서 논의하게 되었다. 성을 단순히 나쁜 것, 할 수 없이 치러야 하는 것으로 취급하는 것이 아니라 효용체계 안에 삽입시켜야 하며, 공익을 위해 통제해야만 하며, 최적의 조건에 따라 기능을 발휘할 수 있도록 해주어야만 한다. 성의 치안, 그것은 엄격한 금지를 뜻하는 것이 아니라 유익한 공공의 언어를 통해 성을 관리하는 것을 의미했다. …… 다시 말해 국가는 국민의 성행위를 분석 대상 또는 간섭의 표적으로 삼기 시작했으며, 인구경제학을 통해 국민의 성을 관찰하는 렌즈를 마련했다.'[18]

문순태 작가는 앞장에서 살펴보듯이 '성'담론을 전쟁 비극과 상처의 상응 축으로서만 사용하는 것이 아니라, 다른 한편으로는 갈등해결, 사랑과 화해, 용서라는 작품의 결말을 이끌며 그 간의 상처와 恨을 녹이는 모티브로서 중요한 의미를 갖게 한다. 성(性)이란 의미가 살아나기 위해선, 남과 여가 만나야 활

---

18 Michael Foucault, Ibid, pp.246-247.

성화되듯이, 전쟁도 승자와 패자가 부딪히는 격렬한 몸짓 혹은 휴전과 타협의 장을 모색한다. '성' 모티프는 두 남녀의 몸적 만남을 매개로 하듯이, 때로는 대립과 분쟁을 때로는 사랑과 화합을 불러오기 마련이다. 이 작품 역시 '성'에 관련한 이중의 담론으로 사랑과 죽음, 화합과 갈등, 과거와 현재 등 양가적 의미를 하나의 서사체로 용해시키는 계기가 되고 있다.

스토리 라인 상 뒷부분, 즉 서술상의 현재시점에서 나는 박판돌과 아버지의 유해를 찾으러 세석평전에 가는 길에 판돌은 지관, 인부 외에 '술집 종업원이나 다방 종업원 같아 보이'는 미스 현을 대동한다. 미스 현은 사흘 간의 산행에서 나와 박판돌, 인부 등 세 명의 남자와 번갈아 성관계를 갖는데, 이른바 미스 현은 매춘녀 수준으로 공공연하게 여러 남자와 자유롭게 성관계를 맺는, 남자들의 성 향응의 역할만을 보여주는 인물이다. 그런 그녀에게 성관계는 '어머니'처럼 죽거나 온 가족이 복수극에 매달릴 일이 아니라, 단지 성매매 관계일 뿐이고, 금기위반이 아니다. 대를 이은 철천지 원수인, 두 남자는 미스 현과 성관계를 맺는 남자들 중의 하나가 되고 있다.

〈철쭉제〉는 주갈등에 관계된 사건 외에 서술되는 사건은 미스 현과 벌이는 성관계와 이 사건에서 연상되는 '내'가 중학생 때 무당에게 당했던 성관계 외에 다른 사건이 등장하지 않는다는 점이 주목된다. 에로틱한 소설이 아님에도 불구하고, 또한 작품분위기가 전혀 에로틱하지 않는데도 불구하고, 작품은 여성의 '성'이 서사를 이끌어 가며 작품의 핵심모티브로 자리잡는 점을 지적할 수 있다. 아니 어쩌면 아버지 주검을 찾으러 가는 주사건과 '성' 모티프는 어딘가에서 하나로 귀합할 지도 모른다는 예견의 단서를 던져주기도 한다.

> 『나는 옆으로 돌아누워 있는 미스 현에게로 달려들어 와락 그녀의 어깨를 찍어 잡아 바로 눕혔다. 그녀는 놀란 토끼새끼처럼 두 어깨를 움츠렸다. 다짜고짜로 미스 현의 지퍼를 끌어내리고 즈봉을 벗겼다. 그리고는 <u>조금 전 박판돌이처럼 엉덩이를 치켜올려</u> 바지를 무릎 아래로 내린 다음 그녀의 배 위로

기어올라갔다. ...중략.. 나는 기분이 나빴다. 처음부터 기분이 나빴던 것이었다. 다짜고짜로 그녀를 덮쳐 누른 그 순간, 창자 속의 내용물들이 발칵 쏟아질 것 같은 역한 감정이었다. 사람들은 기분이 좋아서 그 짓을 한다지만, 돌연한 나의 행위는 그와는 정반대였다. 일을 끝내고 고함을 질러 그녀를 텐트 밖으로 쫓아버린 다음에까지도 역한 감정을 가라앉히기 위해 텐트 밖으로 나와 소주병 나팔을 불었다.』(p.198)[19]

예문은 충동적으로 성-폭력을 행사하고 있는 주인공의 모습을 보여주고 있다. 박판돌이 방금 전 관계를 가졌던 미스 현을 강제로 겁탈하는 주인공은 아버지의 살해범 판돌과 함께 유해를 찾으러 가는 비장한 모습을 내내 보여주고 있었다는 점에서 그야말로 돌출적이고 예상 밖의 모습이다. 더욱이 원수를 갚기 위해 '이를 갈며' 공부해서 검사가 되었으며, 박판돌에 복수하기 위해, 판돌의 이력을 쫓아가며 그의 온갖 비리를 파헤쳐왔고, 이제 모든 복수의 준비를 끝내고 박판돌을 찾아나선 길이었다. 그런 검사인 내가 박판돌의 성 상대 여성을 바로 덮치고 있다는 점은, 나 자신도 '후회막급이었으나 어쩔 도리가 없는 일이었다.' '내가 무슨 실수냐 싶어 천번 만번 발등을 찧고도 남을 만큼 후회를 한들 이미 엎지른 물인 것이었다.(p.199)' 이러한 자신도 모를 돌출적인 행위가 폭발했던 데에는 아마도 그들의 복수극이 '여성의 성'(어머니의 성)에서 비롯되었기 때문일 것이다. 페르소나는 여성을 무시하는 남성이지만, 삶의 결정적 계기는 여성에서 시작되고, 여성을 통해 해결하는 아이러니를 마주할 수 있다.

'성'은 '죽음'과 맞닿아 있다. 성을 통한 타자와의 관계 속에 2세(자식)라는 연속성을 보기에 에로스는 자기 초월과 자기존재의 연속성을 위해 끊임없이 추구된다. 죽음 역시 다음 세계로 연속성을 이어나가는 것이기에 에로스와 타

---

19 작품집, p.198.

나토스는 인간 존립의 가장 중심적인 본능을 이루고 있다. 에로스와 타나토스는 제도와 조직에 의해 통제되고 억압되지만, 이 둘은 무의식적 본능에서 아주 깊이 연결되어 있다는 학설을 환기할 수 있다.

또한 살해(죽음)와 성과 같은 금기를 넘어서려는 본능은 억압된 무의식의 폭발에서 가능하다는 점에서 일맥상통한다. 본능의 분출은 바로 뒤이어 극심한 이성적 후회가 뒤따른다 한들 그 순간만큼은 스스로 제어가 되지 않기에 폭발에 가깝다. 그것은 그만큼 무의식에 억압되어 있었던 것으로, 언젠가 뇌관을 건드리기만 하면 터져버리는 폭파물처럼 사회적 억압기제에 의해 통제되었을 뿐이다. 의식적으로 제어되는 무의식의 일부분은 어두운 곳(꿈, 어두운 방 등)에서 잠시 잠시 그 존재를 드러내지만, 그러한 무의식은 보이지 않는 곳에서 언제나 자기실현과 분출을 소망하고 있는 것이다. 미스 현의 性은 금기시되는 성역(聖域)이 아니었고, 금기위반이라는 모험이 없어도, 쉽게 가질 수 있는 '허락'된 '성'이기에 나와 판돌은 아버지 '주검'을 찾으러 가는 여정에서, 억압되어 온 복수의 폭력, 성폭력에 대한 욕망을 성적으로 폭발하는 듯하다. 다음의 예문은 '살생의 쾌감' 같은 것이라며, 이를 뒷받침해 준다.

> 『평소에 어머니 외에는 여자에게서 인격이라는 것을 느껴보지 못했으려니와, 또 인격체로 대우를 해본 일도 없는 나로서는, 미스 현에게서 무척 추한 동물의 징그러움을 느꼈을 뿐이었으며, 그녀에 대한 순간적인 호기심은 그 징그러운 벌레를 발로 짓밟아 으껴 죽이는 살생의 쾌감을 맛보기 의한 것이었는지도 모를 일이었다. ..중략.. 지금껏 소 닭보듯, 닭 소보듯, 발가락의 티눈만큼도 안 여겨온 내가 무슨 실수냐 싶어 천번만번 발등을 찧고도 남을 만큼 후회를 한들 이미 엎지른 물인 것이었다. 그나저나 그 일로 망신이나 당하지 않을까 염려되어 가슴이 숯가마 타듯 했다.』(p.199)[20]

---

20 작품집, p.199.

윗 글은 어머니는 '인격'이라는 인식선상에서 파악되는, 이성적 사유의 대상인데 반하여 미스 현은 '발로 짓밟아 으껴 죽이는 살생의 쾌감'을 맛보기 위한 억압된 본능의 충동적 대상임을 서술하고 있다. 이성(異姓)에 대해 느끼는 에로스와 타나토스가 어머니와 미스 현에 대비되는데, 어머니의 '성'은 신성한 성역처럼, 온가족의 목숨을 걸고 보전해야 하는 것인 반면, 매춘녀의 '성'은 살생의 쾌감에 연결되고 있다. 생명의 잉태를 상징하는 어머니의 성과 본능 분출의 여성 '성'에 대한 극명한 양가적 가치판단을 목도할 수 있다.

브라이언 터너는 서구 전통에서 기독교의 영향으로 섹슈얼러티의 문제가 여성의 인성을 극적 대조를 이루는 순수한 어머니 아니면 창녀로 분열시킨다는 점을 지적한다. 또한 기독교전통이 사랑을 정신적 사랑agape 아니면 육체적 사랑eros의 완전한 분리한다고 지적하는데, 여성의 인성을 어머니와 창녀로 구분하는 경우는 우리 문화 내에서도 예외가 아닐 것이다.[21] 가부장 사회에서 가계 존속을 위한 어머니와 성적 쾌락을 위한 기생은 가부장체제를 유지하기 위한 필수적 기반이었음은 익히 아는 주지의 사실이다. 성은 '작은 죽음'이라고 불리듯이, 그것은 추락과 파멸과 일탈을 느끼게 함으로써 그러한 성관계를 갖는 사람이 스스로 타락하는 느낌이 들게도 한다.

여자를 '인격체로 대우를 해본 일도 없는' 나에게 있어, 여자라는 존재는 본능적 영역에서나 마주하게 되는 듯하다. 즉 '나'에게 있어 어머니를 제외한 여자란, 의식의 세계에서 함께 사는 대자적 존재가 아니라, 어두운 무의식의 그늘이나 어두운 침실에서나 만날 수 있는, 무의식과 본능이 지배하는 영역에만 존재함을 알 수 있다. 따라서 그는 돌출적인 본능 폭발의 행동에 '가슴이 숯가마 타듯' 괴로워하는데, 이는 자제할 수 없었던 본능의 폭발이었다는 의미를 함축하고 있다.[22] 왜냐하면 성은 적당한 조건이 조직적으로 갖추었을 때에만

21　Brian S. Turner's, Bryan S Turner's, The Body & Society, Sage Publication of London, 임인숙 옮김, 『몸과 마음』, pp.258-263.

허용되는 금기이기에 나는 후회하고 있는 것이다. 그는 부친의 유해를 찾으러 가는, 적어도 비장해야 하는 시간들 속에 있었고, 검사라는 신분으로 아버지 살해 범 앞에서 본능의 폭발을 가져왔기 때문이다.

이 부분에서 주목할 점은 남성들이 대를 이어 목숨을 걸고 벌이는 복수극, 성에 대한 금기위반이 미스 현의 경우를 통해 헛된 미망이였음을 재현하고 있는 것이다. '성'이 별 것 아니라는 의미 – 즉 이들이 서로를 원수로 삼고, 살해 복수극을 반복하게 만든 '성의 정절'이 절대적인 가치를 지닌 것이 아니라 상대적인 문화규범에 지나지 않는다는 의미를 함축하고 있다.

이를 통해 우리는 여성의 '성'이 남성중심적 체제에서 남성의 신분확인을 위한 상징에 불과하고, 남성적 힘의 행사(성폭력)의 공간으로만 존재하고 있음을 지적할 수 있다. 그리고 '성'의 주도권적 행사가 남성에게만 속한 현실과, 그렇게 인식하는 기존 남성작가의 글쓰기를 마주할 수 있다.

미스 현의 존재 의미에 대해 생각해보면, 더욱 이러한 혐의는 짙어진다. 결국 나와 판돌은 화해를 하며 작품은 종결되는데, 미스 현과의 성 관계를 통해 성적 억압을 분출한 공범자의 연대성을 갖게 된다. 이는 여성의 '성' 문제와 관련하여 벌어졌던 3대에 걸친 원한관계가, 또 한 여성의 몸—성을 함께 나눔으로써 서로를 인정하고 받아들이게 된다는 점에서 여성의 '몸'은 중심갈등 해

---

22 '서구에서 몸의 전통은 몸을 비이성, 감정, 욕망의 공간으로 보았던 기독교에 의해서 형성되어 왔는데, 서구철학에서 정신과 몸의 대조는 기독교에서의 영과 육의 대립과 같은 것이었다. 기독교는 육을 세계질서를 위협하는 도덕적 부패의 상징으로, 타락한 인간과 비합리적인 신성 거부의 상징으로 보았다. 이러한 전통 내에서 이성이 공적인 영역에 속한다면 감정(몸, 비이성, 욕망)은 사적인 영역으로 나뉘었고, 가부장적 질서 내에서 이성적인 남성은 공적인 것이었고, 여성적 감정 혹은 여성의 욕망(성)은 사적인 것이었다.'
Bryan S Turner's, Ibid, pp.133-135.
그러나 이러한 여성적 감정과 남성적 이성의 구분이 가부장제의 문화적 원천이 되고 있음을 브라이언 터너는 지적하는데, 우리사회의 엄중한 가부장체제에서도 이러한 공적/사적 영역이 남/여로 나눔은 물론이며 이성/감정(욕망)의 대립 속에서 욕망은 감추어져야 하는 극히 사적인 것이었다.

결의 변곡점이 된다. 애초에 원한을 짓는 이유였고, 결국에는 원한이 풀리는 이유가 여성의 신체라는 광장 사용에 있는 것이다. 그러나 이러한 과정에서 실제 매듭짓기와 매듭풀기가 시작된 여성은 물화된 육체, 타자화된 몸 이외에 작품 내에서 아무런 언급도, 행위구조에서도 배제되어 있다는 점에서, 우리는 전적으로 남성이 전유하는 여성의 '몸', '성'을 재확인할 수 있다.

이러한 의미의 성 담론은 〈잉어의 눈〉 등 다른 작품들에서도 공통되게 드러난다. 어머니가 죽은 후 아버지는 6명의 어머니를 두게 되는데, 6명의 여자들이 차례대로 그 곁을 떠나게 된다. 떠나는 이유는 '지난 난리 통에 사람을 많이 쥑였으면 이제라도 심뽀를 고쳐서 속죄하는 마음으로 살아야 헐끄인듸, 되레 이력나두룩 자랑을 해쌓니, 징그러워서 못살 것'다는 것이 그 이유다. 어머니의 성폭력-자살 후 아버지는 더 이상 사람의 모습이 아니라 오직 복수의 화신으로, '산다'고 말할 수 없는 삶을 지탱한다. 한 남성이 한 여성과의 만남은 '어머니(아내)'에게서 끝났다며, 아버지에게 다른 여성은 이미 여자로서의 의미를 가지질 않는다.

이 작품 역시 종전(終戰) 후 생겨나는 '한(恨)'이나 '원(怨)'을 중점적으로 다루면서도, 정작 성폭력 당사자인 여자들의 '한(恨)'이나 '원망'은 전 작품에 한 번도 언급되지 않는다는 의아성을 보인다. 오히려 남편과 아들이 갖게 되는 2차적 피해를 절절한 고통으로 표현하고 '恨'인양 인식하고 다룸으로써, 작가는 여성 성에 대한 강한 남성중심적 지배인식을 드러내 보이고 있다. 최대의 희생자인 여자의 깊은 상처와 한(恨)은 전혀 도외시한 채, 작가는 단지 금기위반인 '성'적 대상으로만 여자를 다룸으로써, 여성을 단지 신체만이 기능하는 물화된 타자로서 인식하는, 전통적 남성의 인식을 대변하는 듯 보여준다. 주인물들이 여성의 인격체와는 아무 상관없이 육체를 뺏고, 강탈하며, 이를 통해 다시 복수와 살해를 저지르듯이, 여성에 대한 '성'폭력은 원한-복수의 갈등구조를 진행시키기 위한 모티브로서만 사용됨으로써, 여성의 성을 승자의 전리품으로 취급하는 기존의 전통적 성 규범을 보여주고 있다.

문순태의 거개의 작품들은 '금기'가 위반되는, '전쟁'이라는 비일상적 상황과 이에서 비롯되는 성(폭력)이 빈번하게 등장한다. 또한 성은 전쟁과 마찬가지로, 억압된 무의식의 폭발적 분출을 은유하는 것임과 동시에 작품을 이끌어 나가는 감추어진, 무의식적 동력이 되고 있다. 그러나 그러한 성폭력과 관련한 사건(분노, 원한, 恨, 복수, 살해)은 남성 인물들에 의해 거론될 뿐 직접적 피해당사자인 여성의 목소리는 전혀 배제되고 있다는 점에서 '性'과 '성담론'을 관리하고 조절하는 사회체제와 제도가, 남성중심의, 남성에 의해 이루어지고 있다는 점을 재확인할 수 있다.

V. 힘의 논리에 따른, '성' 통제 원리

　이 장은 '전쟁(폭력)'과 '性'의 모티프를 통하여 에로스와 타나토스의 본능이 체제의 검열에 의해 무의식에 억압되어 있다 폭발로서 그 모습을 드러내는 과정을 살펴보았다. 삶에의 열망과 죽음(폭력)에의 본능은 서로의 이면으로 깊은 관련성을 갖고 있음을 알 수 있었다. 동시에 체제가 개인의 '性'을 통제하고 있음과 아녀자의 '성'은 살해를 불러오기에 충분할 만큼 범접이 '금기'시 됨을 알 수 있었지만, 여성의 '성'은 주변의 힘이 있는 남성에 의해 결정되는 전통의 성규범임도 알 수 있었다. 또 '성' 규범은 신분의 위치에 따라 그 가치가 변하는 것으로 그것은 여성의 몸을 소유하는 남자의 신분, 힘에 따라 '성역'시 되거나 혹은 맘대로 유린할 수 있다는 것도 알 수 있었다.

　작품은 전쟁의 폭발을 다루고 있는 만큼, 그 이면에는 '성폭력'에 관련한 갈등이 늘 내재하였고, '성'에 관련된 폭력적 본능이 작품의 모티브가 되어 이야기를 이끌어 가는 견인차 역할을 하고 있었다. 그러나 '성담론'은 전쟁 비극과 상처의 계기로만 사용된 것이 아니라, 갈등의 해결, 용서와 화해라는 계기와도 연결되며, 남성중심의 전쟁과 휴전에 여성의 '몸'이 그 공간을 제공하고 있음을 알 수 있었다. 결과적으로 '성'의 금기/금기위반이란 이중적 성담론은 남성의 죽음과 사랑, 갈등과 화합, 과거와 현재 등 양가적 계열체들을 하나의 서사체로 용해시키는 연결고리로 활용되고 있음을 알 수 있었다.

　작가는 거개의 작품에서 전쟁과 같은 격변기를 살아가는 개개인들의 상처를 다루었고, 시대와 역사 속에서 이 상처가 다시 2대, 3대에 이어지며 '恨'으로 이어짐을 작품화하고 있었다. 그러나 작가는 금기 위반(폭력, 성폭력)하는 개인들의 죄를 묻기보다, 권력체제의 전쟁이 개인들을 신분으로, 이데올로기로 편을 가르고, 이에 비롯되는 상처를 개개인에게 남겼다는 것을 보여주고 있었다. 더불어 이제 개개인은 서로 화해해야 됨을 다시 '性' 결합을 통하여 역설하면서, 원한과 상처를 스스로 치료해야 하는 남성들에게 여성의 '몸'의 그 공간을 제공하고 있음을 알 수 있었다.

그러나 아쉽게도 문순태 작가는 작품들을 통하여 성폭력과 관련한 상처(분노, 怨, 恨, 복수, 살해)를 남자들의 것으로만 토로할 뿐, 직접적 피해당사자인 여성의 애끓는 상처는 전혀 돌아보지 않는다는 점에서 전통사회의 남성'중심'적 인식의 경계선이 얼마나 두터운 것인가를 드러내기도 하였다.

마지막으로 '성'은 여성의 '성'만을 분별하여 의미확대하며, '금기' 안에 엄격히 통제해 온 우리 문화의 현실적 모습을 확인시키고 있었으며, 더불어 전통적인 인식 안에서 성과 성담론은 남성위주로 인식되고, 행사되고, 언표화되는 담론이었다는 점을 결론지어 말할 수 있게 하였다.

〈Abstract〉

The sex and the war are the objects of taboo in that they expose the subconsciousness of a deviant norm rather than a common norm. They are suppress and madness and the eruption of suppress. Also they are simultaneously a factor of taboo , a violation of taboo, chaos, depression, destruction, an eruption of instinct, violence, looting, loss, collision, colony and the colonized, an injurer and the injured, and hyster.

However, if a social institution are upset by the war, the border of taboo of sex and violence becomes collapsed. In those times, the individuals violates the social taboo through revenge and the eruption of desire. If the social institution puts in good order, the revenge and the eruption of desire of individuals get to be a heartburning.

MoonSunTae's novels are called the novel of the war, so they expressed a discourse of sex and the sexual violence in the bottom of the novel. This work also deals with violence and the eruption of the instinct, so it uses the sexual violent subconsciousness behind the work. Namely, the violent instinct about sex is a motive of the work and motive power to progress the work.

9장

전통 사회, 인식에서 '여성', '여성 몸'이 갖는 의미

- 문순태 소설을 통해 본, '여성'에 대한 기존 남성의 인식 -

〈국문 초록〉

이 장은 '몸 주체의 기본적인 인권과 인간다운 삶의 영위 정도를 알기 위해, 개체들이 시작되는 '몸'과 '몸'의 욕구, '몸'의 주체적 구현 정도를 살펴보았다.

연구하는 과정에서 여성 몸의 경우는 비자발적, 비주체적, 비능동적인 지위에서 타인에 의해 억압, 통제되고 있음을 알 수 있었다. 그 타인은 다름아닌 남성중심의 가족주의, 가부장주의, 유교적 이데올로기로 한국 여성들의 경우 전통적으로 사회, 문화, 제도, 이데올로기에 의해 자기의 '몸'을 통제받는 모습을 마주할 수 있었다.

문순태 작품분석을 통해 본, 여자의 '몸'의 경우는, 그 몸에 담긴 정신, 그 주체가 주체로서 살아 운영하거나 관리하는 것이 아니었으며, 전적으로 그 소유는 후견인(남자)에 속한 것이었다. 따라서 여성 스스로 자기 몸에 대한 비주체성, 타자성은 여성 주체를 부재하게 하였으며, 이러한 남성중심적 지배담론에 기인하여 우리 문화권 내에서 '몸'과 관련하여 사랑과 에로틱한 담론이 부재하게 되는 결과를 낳음을 알 수 있었다. 즉 사랑할 대상으로서, 사랑받을 대상으로서의 주체적 여성이 부재하였으며, 또한 스스로 자기 몸에 대한 주도권 행사를 하지 못하는 여성들을 마주할 수 있었는데, 이는 전통적으로 우리사회의 남성들의 여성 '성'에 대한 인식과 성 문화의 단면을 보여주는 것이었다.

I. 여성의 '성'에 대한 기존인식을 찾아서

한국인에게 있어 '성(性)'은 아름다운 관계이거가 사랑 행위와 관련되기보다는 부끄럽거나 감추어야 하고, 때로는 죄악시되기도 함을 주시할 때, 우리는 몸에 대한 기본적인 권리와 그에 관련한 담론(공적인)조차 거의 부재하고 있다는 성찰에 다다르게 된다. 역사적 기록물이나 그 많은 문학작품들이 '벗은 몸'과 관련되 '성기 중심'의 성(性)은 물론이고 관계적 사랑[1] 혹은 사랑에 대한 감정과 표현이 극히 제한되어 있었음을 몸과 성에 대한 자료조사를 통해 알 수 있었다.

'사랑'이란 개념마저도 개개인의 관념 속에 추상적으로 존재할 뿐, '성애'에 관해 본격적으로 혹은 구체적으로 논의된 바 없음도 지적할 수 있다. 한 단적인 예로 여성이 느끼는 성애와 성욕에 관한 어떠한 서사물조차 찾을 수 없음을 상기하며, 우리 문화권 내에서 실존의 구현체인 '몸'에 대한 인식과 성에 관련한 담론이 불모지에 가깝다는 것을 알 수 있었다.

불교철학의 육관(六官)이나 육상(六相) 육식(六識)에 따라 생겨난 색계(色界)나 도교의 체(體)와 심(心)과 정(精)을 닦는 수련이나 성리학의 오관(五官)에 따른 오욕칠정(五慾七情) 등 몸을 통한 인식과정과 세계와의 의사소통 통로로서의 '몸'은 인간의 세계인식의 토대이자 곧 존재 그 자체임을 선조들은 일

---

1   심영희, 『위험사회와 성폭력』, 나남출판사, 1998, p.207-209.

찌감치부터 논의해 왔다. 심지어 세계는 몸의 감각기관을 통해 수용되고, 인식된 마음의 허상에 지나지 않는다고 인식함으로써 몸담론을 한의학, 불교학, 성리학 등 다원적으로 구축해 왔다. 또한 성(性)과 몸은 인간 삶의 토대 중심에서 작동하면서, 감성은 물론 인지와 이성(理性)조차 몸의 장기(臟器)를 통해서 조절된다는 것을 우리 선인(先人)들은 인식해 왔다. 즉 '몸은 인간의 정체성을 확인하는 공간이자 주체가 실존하는 토대로, 몸과 성은 인간 주체가 형성되는 시발점이자 세계 내에서 존재하는 귀환점이 된다.'[2]

그러나 유교적 이데올로기와 근대 이후 기독교 사상이 만연하고 팽배했던 우리의 현실로서는 '성(性)'과 관련한 사랑은 공적 지배담론에서 도외시 되었다. 성에 관련하여 패쇄적인 문화적 특성을 지닌 우리의 문화 앞에서, 인간의 실존 및 자유를 추구해야 하는 문학인들마저도 '성'적 본능, '몸'의 욕망에 관련해서는 그 본연의 자유로움을 추구하거나, 그에 대한 실험적 작업마저 거의 하지 않아왔다.[3] 이는 유교나 기독교의 관념적이고 추상적인 특성이 영혼(정신)과 육신을 분리하며, 문학은 도덕적 교훈이나 미학적 추구라는 형이상학적 관념 추구를 형이하학보다 우위에 두어왔기 때문이라 여겨진다.

교회와 국가의 허용 안에서만 성을 허락했던 전통적인 문화 규범은 푸코의 '섹슈얼리티가 권력 즉 규율적 힘에 지배받으며, 그것이 권력작동의 강력한 무기로 사용되어 왔다'는 지적에 걸맞는 것이었다. '성'에 대한 체제의 통제에 대해 우리 사회는 오랫동안 침묵해 왔고, 그런 관계로 전통적으로 '성'은 이중적인 양상을 띠어왔다. 교회와 법률의 테두리 안에 평생의 약속을 한 뒤이거나 은밀하게 불법으로 자행되는 '성'의 행사가 이루어졌다. 표현의 자유와 실존적

---

2   메를로 퐁티, 『몸, 몸의 세계 세계의 몸』, 일지사, 2004, p.227.
3   성(性)은 애매한 분위기로서 삶과 공존한다. 성(性)과 실존 사이에는 상호침투가 있다. 즉 실존은 성 속으로 확산되고, 성은 실존 속으로 확산된다.
     양해림, 『몸의 현상학』, 한국현상학회 편, 철학과 현실사, 2000, p.221.

자유를 추구하는 문학에서조차 성과 몸에 대한 제도적 통제에 대해 저항해오지 않았다는 점은 우리 문화의 고유한 독자성이 아닐까 싶기도 하다.

사랑과 관련된 '성'이란 타인과 공실존을 이루는 토대로, 개인이 자기의 성을 소유한다는 것은 성관계에서 상대방의 인간실존을 소유한다'[4]는 의미에서도 성(性)적인 몸의 사회적 통제는 인간 실존의 자연성과 관계의 진실함마저 방해해 왔다. 여성들의 경우 진실한 사랑추구보다 '순결'지키기가 생명과도 맞바꿀 만큼 중요한 규범에 따라, 몸적 욕망추구는 엄두내기조차 힘든 게, 전통적인 '성'과 '사랑'에 관한 관습적 인식이었다고 말해도 무방할 것이다.

'상대방의 인간실존이란 몸 현상학적인 관점에서 보면 관계 속에서 이미 세계 속으로 확산되어 나가는 것으로, 상대방의 인간실존을 소유한다는 것은 세계 속으로 확산되는 인간의 개방성을 의미'[5]한다. 과연 그렇다면 전통적인 의미의 개개인들은 자기 몸을 통해 상대방과 실존적 공유의 삶을 살았는지, 사랑하는 개인들의 '감정'이나 '몸', '성'에 대한 고찰은 우리의 실존적 삶의 척도, 인권과 자유의 척도를 우리에게 제공해 줄 것이다. '실제 '성'은 인격을 넘어서 있는 것이고, 오히려 인격이 '성'과 하나를 이루고 있는 몸을 되잡고 끌어모음으로써 성립'[6]된다는 지적처럼, 자연 그대로의 본능적인 몸의 자유 표현, 몸과 함께 실타래를 푸는 감정과 관계의 마디들 속에는 우리의 실존과 정신이 살아 숨쉬기 마련이기 때문이다.

프랑스의 지성계가 에로티시즘이나 성, 광기, 악마적 폭력에 관하여 끊임없는 실험을 한 보들레르나 사드, 마조흐, 바타이유를 칭송하는 것은 제도적 억압에 감추어진 인간 본능을 탐구하고, 성, 폭력, 죽음 등의 금기를 파헤치며 이를 통해 인간 상상력의 자유와 지평을 넓혔다는 의미일 것이다. 그리고 제도

---

4 메를로 퐁티, Ibid, p.225.
5 몸의 현상학 p.226.
6 Ibid, p.225.

권의 억압과 편견의 현실적 한계를 뛰어넘어 인간욕망과 몸의 본능을 담론화했다는 점에서 프랑스의 문단은 누구보다도 그들을 옹호하고 환대했다. 본능과 성애의 자유와 아름다움을 추구하고자 한 프랑스의 문인들의 정신은 사람들이 원하는 만큼 사랑할 수 있는 문화를 만들며 프랑스를 사랑하는 연인들의 나라로 불리게 하였고, 사랑이 인류 최대의 희망이란 것을 인정하며 또한 아름다운 사랑의 감정을 왜곡시키거나 억압하지 않고, 있는 그대로 표현하고 받아들이는 나라로 손꼽히게 하였다.

그러나 이와 대조적으로 우리는 '성(性)'에 대한 통제와 억압에 대한 지성계의 반발이 없었음은 인정해야 할 것이다. 제도권 교육계뿐 아니라 사회구성원 개개인들이 '성 표현 금기'라는 배타적인 분위기에 동조해 왔으며, 그것을 형이하학으로 내몰아 왔음이 우리사회의 현실이었다. 그러나 이러한 제도권과 공적 담론에서의 '성'에 대한 배제는 실제적으로 음성적이고 비공개적인 그늘에서, 그 어느 때보다도 팽배하게 확산되고 있는 것이 오늘날의 현실이다. 정보통신망의 발달로 이제 지배담론은 소수의 권력자에게서 비롯되는 것이 아니라 다수의 네티즌과 대중여론이 지배담론 형성을 하게 됨에 따라 성(性) 금기시의 전통문화는 이에 반하는 대중들의 성(性)적 자유로움의 추구로 이중적인 가치양상과 이중적인 담론을 형성하기에 이르렀다. 포르노, 매춘, 누드 등 온갖 종류의 향락산업이 팽창되어, 성과 관련하여 이중적인 담론을 양산하고 있으며, 지금은 성에 대한 가치관에 정답이 없으며, 세대 간에 다른 성 가치관을 갖는 것이 현실이기도 하다.

이러한 의미에서 이 장은 '몸'과 관련하여 우리의 전통적인 의미에서 성(性)은 인간 삶에 어떠한 의미로 실제했는지, '몸'과 관련하여 우리의 인권은 어느 수준에서 보장받았는지 그 좌표를 살펴보고자 한다. 이러한 작업을 진행해야 하는 이유는 '성'과 그와 연관된 사랑의 표현에 구애를 받아온 우리 문화와 풍속에 대해서, 그리고 '장애'가 되어온 기존 지배담론의 양상과 면모를 밝혀줄 것이다. 이런 작업들은 성, 몸, 사랑에 관련한 기존 지배담론과 현재의 대중적 성담론과의 경계와 차이를 밝히고, 작금의 이중(二重)적 성담론 형성 유래를 밝혀줄 것이다. 이는 통속문화나 고급문화가 대중문화화하고 있는 작금의 현실에서도 성문화가 음성적으로만 만연하게 되는 이유와 무관하지 않을 것이다.

문순태의 〈황홀한 귀향〉, 〈물레방아 속으로〉, 〈잉어의 눈〉 등의 작품은 이러한 이중적 성 잣대를 동시 보여준다는 점에서 기존 성문화 vs 현재 성문화의 차이를 담보하고 있으며, 문순태 작가가 현대 작품에서 가뭄 속의 단비처럼, 희소성이 엿보일만큼 지속적으로 '성'과 '몸'에 관련하여 실험해 온 바 이를 통해 살펴보고자 한다. 또한 앞장에서 살펴본 바와 같이 '몸'에 대한 폭력이 자행되는 전쟁을 배경으로 하며 전쟁시 성의 금기가 위반되고, 전쟁이 주는 상처가 여성 몸인 경우 성폭력이 되는 등 그의 전쟁 소설의 경우 '몸'과 '성'의 대한 처우가 극대화되어 드러난다는 점에서 우리의 몸, 성문화에 대한 기존 관점을 제공해 줄 것이다.

II. '몸'에 대한 처우와 폭력의 의미

선행연구를 통해, 문순태의 작품들이 전쟁의 실체와 흔적들을 드러내는데 있어 '성'모티브, 성담론을 많이 사용하고 있다는 점에서, 저자는 전쟁과 폭력이란 억압 분출, 비이성적 폭발은 그것이 심화될수록 성담론과 깊은 관련이 있다는 점을 주목할 수 있었다. 性과 전쟁은 에로스와 타나토스의 한 하위형태의 일면모이다. 에로스와 타나토스는 한 맥락으로 연계되는, 동전의 이면(裏面)임을 철학자들은 지적해 왔다. 전쟁과 성은 때론 억압이며 광기이고, 억압의 분출이라는 점에서 일상적 규범보다는 일탈적 규범의 무의식을 드러낸다. 또 이런 면에서 '성(性)'과 '전쟁'은 둘 다 금기의 대상이다. 이것들은 금기의 사항임과 동시에 금기의 위반, 혼돈, 함몰, 죽음, 파열, 본능의 폭발, 폭력, 약탈, 상실, 충돌, 식민지와 피식민지, 가해자와 피가해자, 히스테리라는 공통의 분모도 갖는다.[7]

작품 〈철쭉제〉를 비롯하여 〈잉어의 눈〉, 〈여명의 하늘〉, 〈말하는 돌〉, 〈황홀한 귀향〉, 〈거인의 밤〉, 〈물레방아 속으로〉 등등 문순태의 많은 작품들은 전쟁과 성폭력을 배경으로 하여 육체의 침탈과 그에 따른 정신적 상흔들을 다루고 있다. 이같은 반복적인 배경설정으로 작가는 우리의 '몸'과 '성'과 관련되는 전통적인 인식과 관습, 사회적 '폭력'의 형태들을 다양하게 재현한다. 이러

---

7   참고; 〈성과 성담론을 통해 본, 삶의 내면과 이면〉, 《현대소설》, 현대소설학회편, 2004.

한 장면들은 폭력적이다 못해 종종 그로테스크한 모습을 연출하는데, 전쟁 현
실의 끔찍함을 전하고 있다.

> ① 『전쟁이 터지자, 최두삼은 단소 대신에 칼을 가슴에 품고 다녔다. 학처럼
>   순하기만 하던 그가 독수리보다 더 표독스러워졌다. 사람이 아주 딴판으
>   로 변해 버린 것이었다. 때때로 죽은 학과 집을 나간 화심이 생각이 문득
>   문득 머릿속을 휘저을라치면, 아무한테나 달려들어 칼을 들이댔다.』[8]

> ② 『참깨를 떨고 있는 학골 이장 아들의 새색시를 총으로 위협하여 학림으
>   로 끌고 들어가, 학들이 보는 앞에서 고쟁이를 벗기고, 겁탈을 하였다.
>   시집 온 지 일년도 안된 새색시를 겁탈한 최두삼은, 그가 한 짓을 가지
>   끝에 앉아서 내려다보고 있는 학들을 향해 미친 듯 총을 쏘아댔다. 최두
>   삼이 쏘아댄 총에 맞아 학들이 피를 흘리며 후두두 떨어졌다. 그날 낮에
>   해가 기울 때까지 최두삼은 학골을 미친 듯 휘젓고 다니면서 학을 보는
>   족족 총으로 쏘아 죽였다. 그날 그의 총에 맞아 죽은 학이 백마리도 더
>   되었다.』[9]

예문에서 보듯, 전쟁으로 세상의 권력이 바뀌자 총을 갖게 된, 즉 힘을 갖게
된 최두삼은 마을의 학을 모두 죽여버리다 못해 마을 사람들에게 칼을 들이대
는 등 '사람이 아주 딴판으로 변해 버린'다. 그 원인은 아내 화심이가 사냥꾼과
도망가 버리자 생겼던 분노가 전쟁과 함께 폭발한 것이었다. 최두삼의 보복성
폭력은 아내에 대한 진한 '사랑'의 반증적 표현인 듯 보통 생각할 수도 있다.
그러나 서사 전후에 어디에서고 주인공의 아내에 대한 사랑은 회상되거나 표
현되지 않는다. 그의 아내와의 아름다운 시절은 다만 '학'과의 행복한 시간으
로 메타포화되어 추측될 뿐이다. 하지만 이 마저도 회상 속에 잠시 몇 줄 표현
될 뿐, '학'에 대한 끔찍한 폭력 묘사가 대부분의 분량을 차지한다.

---

8 문순태, 〈황홀한 귀향〉, 《인간의 벽》, 나남창작집, 1984, p.163.
9 문순태, 《제3세대 한국문학》, 삼성출판사, 1983, p.163.

아내가 다른 남자와 함께 도주하자, 부부가 그토록 애지중지하던 학을, 최두삼은 '학의 긴다리를 쥐고 미친 듯 담벽에 후려'쳐 '부리와 머리가 박살'나게 죽여버리는 행동을 저지른다. 아내 몸의 '오염'과 '부정'에서 비롯되는 분노의 표현이 '몸'에 대한 강력한 원망과 부정으로, 학의 몸에 극한적 폭력을 행사한다. '흔히 육체란 정신을 표출하는 매개체라고 일반적으로 생각해 왔지만, 현상학자들은 몸 자체가 사회적 의사소통을 하고 있다고 파악한다.'[10]

학은 수평공간에 머물지만 수직공간으로 비상함으로써 '구원'의 이미지를 갖으며, 전통적인 의미에 있어서 함부로 대할 수 없는 고고한 이미지를 갖는다. 또 '학'의 흰색은 여성에게 요구되는 순결이미지와도 연계됨으로써 '청아한 여성이미지'를 갖는다. 최두삼에게 있어 '학'은 아내 화심을 은유하는 상관물임은 확연해 보인다. 이러한 학의 몸을 '박살' 내버리는 최두삼의 행동은 여성 몸에 대한 극한적 폭력을 은유함과 동시에 그것을 넘어 자신을 포함한 모든 존재를 부정하는, 파괴적 심리를 보여준다.

②는 아내를 잃은 최두삼의 광기어린 몸짓이 절망적으로 드러나는 부분이다. 자기 아내에의 침탈로 두삼은 타인의 아내를 겁탈하는데, 같은 장소인 학들이 보는 앞에서 보복성 겁탈을 자행한다. 〈물레방아 속으로〉에서 남주인공 고수머리가 참봉 아들 앞에서 그 부인을 겁탈하듯이, 〈황홀한 귀향〉에서는 학들이 보는 앞에서 이장 아들 부인을 겁탈한다. 잠시, 학을 가족과 등가의 의미를 지니는 존재로 인식하고 있음을 엿볼 수 있다. 그러한 학들 앞에서 참봉며느리에 대한 성 폭력을 행사하고, 연이어 학들을 향해 미친 듯 총을 쏘아대고 죽이는 최두삼의 행동은 '몸'과 '성'에 대한 극한적 폭력행위를 통해, 존재하는 모든 것들에 대한 복수와 부정을 보여준다.

---

10 양해림, 「메를로 퐁티의 문화현상학」, 『몸의 현상학』, 한국현상학회 편, 철학과 현실사, 2000, p.110.

몸과 육체와 살은 단순한 물리적 요건이 아니다. 정신과 주체, 실존과 사회성, 문화성을 의미하고 포괄한다. 육체에 대한 폭력은 단순한 물리적 폭력뿐 아니라 사회문화의 의미망 안에서 주체와 실존, 관계, 타인에 대한 인권 경계선의 침범이다. 특히 타인의 여자 '몸'과 '성'에 대한 폭력은 인권의 경계선마저 넘어서는 곳에 의미를 파생시키는데, 최두삼의 학 앞에서의 참봉 며느리의 겁탈과 백마리 넘는 학의 몰살은 가문과 남성의 사활을 건 폭력의 최대치를 의미하는 것이다.

그러나 그 이후 최두삼은 삶의 모든 의미를 잃어버린 듯, 죽을 때까지 자신의 '몸'에 대한 학대를 통해 정신적 고통의 무게를 상쇄하고자 하는데, 학을 통해 애꿎게 복수를 불태운 것에 대한 역반응이다. 아름다움의 상징인 아내와 학의 무고한 죽음과 무자비했던 자신의 학살행위에 상응하는 죄씻음은 오로지 자신의 '몸'에 대한 응징 밖에 없는 듯, 그는 꿈을 통해 계속해서 자신의 '몸'에 대한 처벌을 수행한다. 그것은 상식과 이성이 통하지 않는 극한의 정서로, 인간 존재와 관계의 극한적 한계치는 역시 '몸'을 통해서만 표현 가능해 진다. 다음의 예들은 그것을 분명하게 보여준다.

『학들이 그의 눈깔을 쪼아먹고 입고 있는 옷들을 갈기갈기 찢어 버린 뒤, 온몸의 살점을 깊숙이 쪼아댔지만 말뚝처럼 그대로 앉아서 단소를 불었다. 조금도 고통스럽지가 않았다. 고통스럽기는커녕, 그의 몸 땀구멍마다에서 스멀스멀 기어나오는 수많은 번민과 가책의 벌레들을 학들이 쪼아먹어 주는 것 같아 달콤한 행복감에 젖어 있었다.』[11]

『학들이 그의 어깨와 팔에 내려앉았다. 머리와 가슴과 다리에도 내려 앉았다. 머리에 내려앉은 학이 끌질을 하듯 그의 이마를 쪼았다. 피가 흘렀다. 피를 보자 그의 단소 소리가 더욱 슬프고 아름답게 흘렀다. 다른 학들도 그의 온몸을 쪼아대기 시작했다. 검은 빛 부리의 끝이 송곳처럼 날카롭게 살점을

---

11 작품 〈황홀한 귀향〉, Ibid, p.157.

찍었다. 학들은 그의 사지를 갈기갈기 찢은 다음 몸 속의 내장들을 모두 꺼내 놓았다. 그러나 최두삼 노인은 황홀했다. 눈을 감자 핏빛 황혼이 그의 온몸을 포근히 덮어 주었다. 황혼에 덮인 그는 단소소리를 들으며 감미로운 미소를 지었다.』[12]

살점과 내장들을 갈기갈기 찢는 자기 '몸'의 고통에 대한 이 표현은 그가 일생 동안 받아온 정신적 고통이 얼마나 극심한 것이었는가를 말해준다. 살점을 찍어내는 고통스런 '몸'의 해체에서 오히려 '달콤한 행복감'과 '황홀'함을 느끼는 모습은 마조히즘적 '몸' 폭력의 내면을 담고 있다. 살점과 내장이 쪼아뜯기는 육체적 고통에서 정신적 고통을 상쇄시키면서 얻는 주인공의 '행복감'과 '황홀'에서 정신 및 존재를 단죄하고, 조절하는 '몸'을 볼 수 있다.

빼앗긴 아내에 대한 분노와 애증을 '학'으로 대체하여 사디즘적 가학행위를 벌였던 과거의 자신의 행적을 상쇄시키기 위해, 자기 '몸'에 대한 피학적 연상을 통하여 그 고통과 번민에서 벗어나려 몸부림치는 모습이다. 자기 '몸'의 파멸마저도 행복감으로 인식되는, 절대절명의 정신적 고통은, 그 정신을 담고 있는 '몸'의 소멸로만이 사라질 수 있는 것임을 시사한다.

이렇듯이 아녀자의 몸 '성'의 경계선 침범은 단순한 폭력이나 인권의 침범을 넘어서, 가계와 남성의 생사여부를 가르는 경계선 침범이라는, 전통적 인식을 마주할 수 있다. 또한 '몸—성'에 대한 일련의 폭력 행위들은 단순한 상해행위로 끝나지 않고 전 생애적인, 전 존재적인 의미로 파장을 넓혀나가는 것을 목도할 수 있다.

> ③『학이 되살아나는 겨울에는 최두삼도 힘이 솟았다. 왼발을 절름거리고
> 눈 속을 뛰어다니며 두꺼운 얼음을 깨고 물고기를 잡아다 먹였다. 학은
> 날아가지 않았다. 날개가 있어도 날 줄을 몰랐다. 언제나 최두삼과 함께

---

12 작품 〈황홀한 귀향〉, p.169.

있었다. 그는 학과 함께 있을 때는 단소를 불었다. 학은 최두삼의 단소
소리에 긴다리를 ...중략... 최두삼은 그런 화심을 학처럼 사랑했고, 학
을 화심이처럼 애지중지했다. 둘 중에서 어느 하나만 없어도 살 수가
없을 것 같았다.』[13]

학의 춤과 함께 단소를 불고 살던 주인공이 앞의 ①, ② 인용글에서 보듯이
‘아주 딴판의 사람이 되어’ 극단적인 폭력을 보이는 것으로써, 주인공이 인간
이기를 포기한 듯 잔혹한 폭력을 휘두르는 급변화에서, 독자는 그가 얼마나
부인을 사랑했던가? 궁금증을 자아내기도 한다.

그러나 그의 복수극에 상응하는, 아내에 대한 지극한 사랑은 작품 어디에서
고 표현되질 않는데, 문순태 작가가 재현하는 ‘사랑’, ‘성’에 관련한 문법으로
〈황홀한 귀향〉, 〈물레방아 속으로〉, 〈잉어의 눈〉을 포함하여 그 외의 〈여명의
하늘〉, 〈말하는 돌〉, 〈거인의 밤〉 등등 여타의 작품에서도 공통적으로 보이고
있는 문법이다. 이러한 사랑에 관련한 표현방식은 비단 문순태 작가에게만 국
한된 것이 아니라 전통적인 의미의 서사에서 읽을 수 있는 문법인데, 즉 약탈
당한 여성 ‘성’에 대한 원한적 폭력 분출만이 묘사되어 있지, 사랑의 절멸에
대한 분노라는 점은 작품 어디서고 단서를 찾을 수 없다. 전통적 남성 서사에
서처럼 문순태의 작품에는 남녀관계, 부부관계를 다루면서도 ‘사랑’이 묘사,
표현되지 않는데, ‘자기 소유의 성의 약탈’에 대한 분노 폭발과 사회문화적으
로 절대 넘어서는 안 될 곳에 남자 소유의 여성‘성’이 있다는 것을 적시하고
있다.

---

13 작품 〈황홀한 귀향〉, pp.159-160.

III. 전통적 의미에서의 '여성 몸'과 그 지위

'아버지와 남편은 여성의 법적 보호자였고, 여성은 이들의 후견 하에 놓인 아이와 같은 처지였다(Arnaud-Duv, 1993). 여성은 법적인 지위의 측면에서도 독립적 개인이 아니었으며 이것은 19세기 말까지도 마찬가지였다. 따라서 여성에 대한 강간은 결코 여성의 인권을 침해한 것이 아니며 희생자(여자)의 아버지나 남편의 소유를 침해한 죄로 간주되었고, '처녀성'의 강탈은 이러한 죄의 경중을 가늠하는 원칙이었다. '순결성'이 여성 자신의 소유성 아니었기 때문에 법정은 희생자의 고통보다도 후견인(남성)의 고통을 더 염려했다. 결국 여성이 받은 피해는 결코 여성 자신의 것이 아니었고 이러한 논리에 따라 희생자가 창녀일 경우 강간은 성립되지 않았다.'[14]

남성의 복수를 향한 '분노' 표출이 아내에 대한 사랑의 반증적 표현은 아닐까, 보편적으로 예상해 볼 수 있는 일이니 좀 더 살펴보도록 하자. 다음 예문은 남편이 '사랑하는 아내'로 인한 복수의 감정, 폭발이기 보다는, '자기 소유'의 여자 즉 자기의 경계선을 타인이 침범하고 짓밟은 것에 대해 '분노'의 감정이 폭발된 것이라는 것을 말해준다.

---

14 인용; Arnaud, Nicole(1993), "The Law's Contradiction", in A History of Women Ⅳ, Havard University Press.
   재인용; 정인경, 〈성폭력과 성적 차이의 페미니즘〉, 『페미니즘 역사와 재구성-가족과 성욕을 둘러싼 쟁점들』, 공감출판사, 2003, p.188.

『새색시가 목을 매려던 날 밤, 방앗간 고수머리는 가슴에 퍼런 식칼을 품고 참봉네 담을 넘어 참봉 아들의 방 안을 덮쳤다. 그는 잠에 떨어진 참봉 아들의 입에 수건을 뭉쳐 넣고 손발을 꽁꽁 묶은 다음, 눈 번연히 뜨고 보는 앞에서 참봉 며느리의 옷을 벗기고 겁탈을 하였다.

고수머리는 그날 밤으로 노루목에서 자취를 감추고 말았다. 괜히 헛소문을 퍼뜨렸다가 마누라를 잃은 참봉 아들은 허옇게 눈자위를 까뒤집고 긴 칼을 휘두르며 고수머리를 찾아 목을 베겠다고 울부짖었으나, 한번 자취를 감춰버린 고수머리는 결코 나타나지 않았다.』[15]

『화심이가 없어진 지 열 하루째 되는 날, 최두삼을 헐떡거리는 학의 긴 다리를 쥐고 미친 듯 담벽에 후려쳤다. 학의 부리와 머리가 박살이 나버렸다. …중략… 때때로 죽은 학과 집을 나간 화심이 생각이 문득 문득 머릿속을 휘저을라치면, 아무한테나 달려들어 칼을 들이댔다.』[16]

『새색시를 잃은 이장의 아들은 최두삼을 끌고 학림으로 갔다… 학림에 이르자 이장의 아들은 최두삼을 그의 색시가 목매어 죽은 소나무 밑으로 끌고 가더니, 총의 개머리 판으로 최두삼의 어깨를 도리깨질하듯 두들겨 팼다. …중략… 최두삼은 그의 하반신이 작두에 잘려나가는 아픔과 함께 마지막 비명을 지르고 의식을 놓아 버렸다.』[17]

예문에서 보듯이, 복수의 폭력이 아내 여성에 대한 사랑에서 기인한 것이라면, 새색시가 목을 매려던 일을 우선 막고 그녀를 살리는 행동을 취했어야 할 것이다. 그러나 아내의 생사의 찰라를 뒤로 하고, 고수머리는 '퍼런 식칼'을 들고 참봉아들 보는 앞에서 그 부인을 성폭력 앙갚음 하는 것으로, 복수에 미쳐 폭력을 행사하는 모습을 보여준다. 아내에 대한 사랑이 아니라, 자기 것의 침해에 대한 원한 분풀이로 아내의 자살을 방관하고 있다. 아내에 대한 사랑은 절체절명의 순간에도 발현되지 않는다.

---

15 문순태, 〈물레방아 속으로〉, ≪인간의 벽≫, 나남창작집, 1984, p.269.
16 작품 〈황홀한 귀향〉, p.162.
17 작품, 〈황홀한 귀향〉, p.165.

위의 예들은 몸에 대한 공격과 타인의 성 폭력과 성기를 자르는 폭력 등 '몸' 과 '성'에 대한 극한적 폭력들을 보여준다. 몸 중에서도 특히 '성기'에 대한 폭력은 단순한 상해를 넘어 남성상징, 여성상징, 사회·문화, 제도적 상징 등을 포함하는 다층적 의미를 파생하게 된다. '성적 무질서는 끝없는 폭력을 부른다. 파열이 끝나면, 그 혼란스럽던 물결도 잠잠해지고, 이어 불연속적 존재는 다시 고독에 갇힌다. 동물의 개체적 불연속성은 오직 죽음만이 그 궤도를 수정할 수 있을 뿐이다...... 성적 무질서가 가져다주는 고뇌는 죽음의 의미를 지닌다. 죽음을 체험한 사람이 성적 무질서를 체험한다면, 그는 성적 폭력과 무질서는 바로 죽음의 심연과 다른 것이 아님을 깨닫게 될 것이다. 죽음의 폭력과 성적 폭력은 다음과 같은 이중적 관계로 서로 연결된다. 즉 육체적 발작이 심하면 심할수록 그것은 죽음에 가까운데, 만약 그것이 시간을 끌면 그것은 관능을 돕는다는 것이다.'[18]

위 예문에서 보듯이 작품 어디에서고 여성, 아내에 대한 돌봄, 배려, 사랑은 전혀 지표를 찾을 수가 없으며, 작품은 단순히 복수심과 증오만을 드러낸다. 작품의 클라이막스가 되기도 하는 이 부분들은 왜 갈등이 생겨났고, 왜 비극과 극적인 반전이 일어났는지의 이유가 되는 부분들이다. 동시에 여성에 대한 '사랑'이 기존담론에는 거의 없었다는 저자의 주장을 뒷받침하는 부분이기도 하다.

복수의 중심에는 자기 것(여자)에 대한 타인의 훼손이 있기 때문인데 이는 문순태의 다른 작품들에서도 공통적으로 드러나는 중심갈등의 원인이다. 즉 자기 여자에 대한 상해에서 남성 주인물들의 극적인 변모가 일어나는데, 이는 남자 대 남자 사이의 자기 소유물에 대한 침해에 대한 복수이지, 사랑의 반증적 표현이 아니라는 것을 확실히 알려주는 것이다.

살해와 복수가 거듭 자행되는 데는 전쟁상황이라는 체제가 전복된 시기여서

18　Jeorge Bataille, Ibid, pp.190-191.

가능한 일인데, 전쟁이 남성 전유의 힘의 행사라는 사회적 맥락과 같이, 남성들이 벌이는 전쟁에서 자기 영토지키기나 땅따먹기의 전리품과 같은 의미로 '여성'과 '여성의 성'이 다루어지고 있음을 파악할 수 있다.

즉 기존의 사회문화 분위기에서, 남성이 갖는 여성의 의미는 대자적 실존의 미를 갖는 대상이기 보다는, 타인에게 빼앗기거나 훼손돼서는 안되는, 자신 소유의 영토 의미의 '몸'이며, 이는 사물적 대타자의 의미를 지닌다 말할 수 있겠다.[19] 전통적으로 삼종지도(三從之道)에 따라 우리 문화 속에서 여성은 인격적 대상이기 보다는 동산(動産)이나 노비와 같이 남자에게 종속된 소유물의 의미를 지녔음은 주지의 사실이다. 남자의 경우 처첩이나 기생, 노리개 등을 자신의 능력 껏 거느릴 수 있는 것은, 땅과 노비를 많이 소유하는 것처럼 남자의 권력과 재력에 해당되는 것이었다.

> 『성과 성별 관계에 관한 한국문화는 조선왕조의 유교에 의해 깊은 영향을 받아왔다. 비록 유교는 남자(양)와 여자(음) 사이의 통합을 모든 인간관계, 인간 도덕 및 사회화 과정의 뿌리로 간주하지만, 그것은 양성 사이에 명백한 위계적 질서를 가지고 있었다. 그 성은 여자의 내적 또는 가정 내 영역과 남자의 바깥 또는 공적 영역 사이를 날카롭게 구분하고 분리했으며, 여자에게 열등한 위치를 부여했다. 여자는 그녀의 윗사람에게 복종해야 했다. 즉, 미혼일 때는 아버지의 명령을, 결혼했을 때에는 남편의 명령을, 남편과 사별했을 때에는 아들의 명령을 따라야 했던 것이다.』[20]

유교적인 문화가 만연된 우리 전통사회에서, 그리고 가부장제 안에서 남성들은 자기 신분과 출생 환경에 따라, 그리고 자기 능력에 따라 주어지는 여성

---

19 일리가레이에 따르면, 남성에 대한 타자로서 여성은 사회 구조 내에서 자연적 기층으로 남아 있다. 이것은 여성이 문명 자체를 재생산하는 중요한 기초임에도 불구하고 그 중요성이 인식되지 않은 채 모호한 형태로 남아 있음을 의미한다.
참조;『페미니즘의 역사 - 어제와 오늘』, 민음사, 2000.
20 심영희, 〈유교와 페미니즘의 성담론〉, 『위험사회와 성폭력』, 나남출판사, 1998, p.211.

의 '몸'을 소유하는 개념이 강했음은 부인할 수 없는 사실이다. 즉 여성은 남성과 더불어 공실존하는 인격적 대상이 아니었던 것이다. 이성(異性)과 성을 인격적으로 대한다는 것은 성 상대의 세계 속으로 확산되는 실존의 개방성을 인정하지 않고서는 일종의 소유에 불과한 것임을 감안할 적에, 유교적 이데올로기와 가부장적 이데올로기에 의해 세계 속으로의 자기 확산이 이중적으로 가로막힌 여성은, 남성과 그들의 세계에 소유된 점유물로서의 '몸'이였을 뿐이다.

따라서 우리는 애초의 논의의 목적에서 밝히고자 했던, 즉 사랑의 담론, 성애의 담론이 왜 우리문학 내에 부재했던가를 알 수 있겠다. 우리 전통문화 내에서 한 여자의 남자가 되기 위해서, 여자를 대상으로 사랑의 밀어를 표현하거나 달콤한 유혹의 언표들을 쏟아낼 필요도, 정황도 되지 않았음을 알 수 있다. 이는 남녀가 서로의 실존적 공소유를 위해서 밀고당기는 과정에서 표현되는 아름다운 심리의 고백이나 진실한 사랑의 언술들이, 극소수 작가의 몇몇 구절을 제외하고는 존재하지 않았던 이유가 될 것이다. 개인 간의 사적 담화에서 존재할 수 있었을지 모르지만, 유교와 가부장제 지배하의 공적 담론 안에서는 그러한 표현들은 사회·문화적, 개인적 세계인식에 형상화될 기반조차 없었던 것이다. 위의 작품 인용에서 보듯이, 남녀 간의 '사랑'은 남성 소유물인 자기 여성의 '몸'과 '성'이 약탈되거나 훼손된 이후 드러나는 분노나 복수로 표현될 뿐이다. 이로써 기존의 서사담론이 남녀 간에 주고받는 애틋한 사랑의 감정과 자연스럽고 본능적인 사랑 표현을 포함하지 못하고 있는 이유를 알 수 있겠다. '여성은 남성이 처음으로 획득하는 영구적인 재산으로서, 그리고 남성이 갖는 진정한 재산의 첫 번째 획득물로서 사실 '가장(家長)의 집'을 구성하는 첫 벽돌, 즉 머릿돌과 같은 존재에 불과했다.

남성이 자기자신의 영역으로 짝짓기에 동원한 여성, 그리고 나아가 두 남녀 사이에 태어난 자식 양육에까지 강제적으로 확장한 그것이 남성적 소유개념의 첫 출발점이 되었다.

남·녀 간의 위계질서, 노예제, 사유재산 등등의 개념은 모두 여성을 남성에 예속화시킴으로써 생겨난 것이기 때문에 성폭행은 뒷문을 통해서 법조문에 삽입될 수 밖에 없었다. 사실 강간은 남성 대 남성의 소유권 탈취 범죄로서 법에서 문제시되어 왔다. 물론 이렇게 된 데에는 여자라는 존재가 한 인격체로서보다는 재산 또는 재물로서 인식되어 왔다는 사실이 중요하다.'[21]

이상에서 살펴본 바와 같이 사랑에 관련한 일련의 랩소디가 우리의 전통 서사담론에 부재한다면, 그리고 여성이 남성의 정신적, 인격적 동반자의 의미를 갖는 것이 아니라, 남성에게 예속되고 점유되는 '몸' 이상의 의미를 지니지 않았다면, '여성 몸'에 대한 처우와 사회·문화적 인식은 무엇이었던가에 자세히 살펴보도록 하자. '여성 몸'과 더불어 여성의 사회 역학구조 속의 입지와 여성, 여성 몸에 대한 사회, 문화적 처우와 인식이 무엇이었던가에 대해서 현실을 살펴보자.

21 　수잔 브라운 밀러, 『성폭력의 역사』, 일월서각 편집부 엮음, 1990, p.22.

Ⅳ. 전리품 의미로서의 탈취와 소유대상인 '여성 몸'

'전쟁은 여자를 경멸할 기회를 줌에 있어서 심리적 배경을 완전히 제공해 준다. 군대의 남성적인 것, 바로 그 자체는 남성들의 수중에 독점되다시피한 무기들의 야만적 힘, 인간을 무기에 묶는 정신적 구속력, 주어진 명령의 남성다운 기율(紀律)과 수행되는 명령, 단순한 논리의 위계질서적 지휘체계는 남성들이 오랫동안 생각해 온 것을 확인시켜 주는 것이다. 즉 전쟁을 통하여 여자는 중요한 세상 일에 별 볼일 없는, 이른바 한계적 존재이며 중요한 행동의 세계에 있어서 '수동적인 방관자'라는 평소의 생각을 남자들은 확인한다.'[22]

전쟁은 광기이고, 폭발이라는 점에서 '성'과 '폭력'처럼 일상적 규범보다는 무의식의 일탈로 그 모습을 드러낸다. '폭력(전쟁)이 그 자체로는 잔인한 것이 아니지만, 위반을 저지르는 중에 누군가가 그것을 조직화하면 그것은 잔인하게 된다. 잔인성은 조직적 폭력의 한 형태이다...... 조직적 폭력의 한 형태인 잔인성과 마찬가지로 에로티즘도 기획되어지는 것이다. 잔인성과 에로티즘은 금기의 한계를 벗어나기로 결심한 사람의 계획에 의한 것이다. 그 결심이 물론 모든 경우에 적용되지는 않겠지만, 일단 한쪽에 발을 들여놓으면 다른 쪽에 몸을 담는 일도 어렵지 않다. 술취한 사람에게는 모든 금기의 위반이 가능하듯이 잔인성과 에로티즘은 일단 둘 중의 하나를 넘으면 별 차이가 없는 이웃사촌

---

22 수잔브라운 밀러, Ibid, p.45.

들이다.'[23]

우리의 전통문화 속에서 '성(性)'과 '폭력'은 둘 다 금기의 대상이었다. '금기의 위반은 대부분 의식과 관습에 이해 정해진 규칙에 따라 행해진다. 성적 욕망이 그것을 금하는 복잡한 금기에서 비롯되듯이, 살해 욕망은 살해를 금하는 금기와 무관하지 않다. 살해의 금기는 성의 금기에 비해 보다 강하고 보편적인 방식으로 살해를 제한하고 있기는 하지만, 살해의 금기도 성의 금기와 마찬가지로 어떤 상황에서만 그것을 금하고 있을 뿐이다. 실제 결투, 복수, 전쟁 등에서는 살해가 용인되었다. 금기를 범해도 되는 것이다. 결투, 복수, 전쟁 등은 규칙을 준수해 가면서 금기를 범한다. 살해의 금기 역시, 육체적 관계가 오직 결혼에 의해 허용되듯이 〈관습에 의한 어떤 경우〉에는 허용되는 성의 금기와 다르지 않다는 점에서 둘은 금기와 금기 위반을 통해서 추구된다.'[24]

'성'과 '전쟁(폭력)'은 금기의 시항임과 동시에 금기의 위반, 혼돈, 함몰, 죽음,[25] 파열, 본능의 폭발, 약탈(강간), 상실, 가해자와 피가해자라는 공통의 분모를 갖는다. 전쟁의 가장 큰 위험은 인간 존재 자체인 '몸'을 소멸, 상해시킬 수 있다는 것이며, 남성중심 사회에서의 여성과 가계의 마지막 경계선인 '성'의 성역이 무너질 수 있다는 점이다.

실제 전쟁에서 '성폭력'이 자제되지 않는다는 점은 근자의 이라크전에서도 일반군인에 의해 성고문이 자행되듯이, 성폭력은 전쟁에 따라붙어 온 역사적 현실이라 볼 수 있다. '전쟁에 있어서의 강간은 그 전쟁 자체가 '정의롭다' 혹은 '정의롭지 않다'느니 하는, 이른바 전쟁의 정의에 의하여 구속받지 않'[26]으

---

23 Jeorge Bataille, 조한경 역, L'Erotisme, Édition de Minuit, 민음사, p.87.

24 Jeorge Bataille, Ibid, pp.76~78.

25 관능은 파괴, 파멸과 멀지 않기 때문에 우리는 관능이 절정에 이른 순간을 심지어 〈조그만 죽음〉이라고 까지 부른다. 따라서 극단적이 에로티즘은 우리에게 항상 무질서를 상기시켜 준다.
   Jeorge Bataille, Ibid, p.191.

26 수잔 브라운밀러 지음, 『성 폭력의 역사』, 일월서각, 1990, p.44.

며 '강간은 전쟁의 징후 이상의 것이거나 아니면 전쟁의 폭력적 과잉의 증거 이상이었다.'[27] 전투가 적의 '몸'에 대한 공격인 것처럼, 식민화된 적군의 '여성 몸'에 대한 폭력과 성폭력은 동시다발적으로 일어난다.

또한 '성' 지배와 폭력이, 힘을 가진 자의 특권이나 유희처럼 행사되듯이 전쟁의 횡포는 절대적인 힘을 가진 자가 벌일 수 있는 모든 폭력을 의미한다. 이는 전쟁과 性을 통해 체제가 인류를 조절하고 통제하는, 억압기제로 사용되어 왔다는 푸코의 지적을 환기할 수 있는 부분이다.[28]

①『그들은 필식이 외삼촌을 전깃줄로 두 손을 꽁꽁 묶어 필식이네 사랑채 두엄자리 옆에 꿇어 앉히고, 두 다리의 오금에 큰 장작개비를 처넣고 여럿이서 번갈아가며 작두질하듯 발로 허벅지의 대퇴골을 끙끙 힘을 써가며 짓밟았다. 그때마다 필식이 외삼촌은 안산 너덜거리 쩌렁쩌렁 울리도록 비명을 질렀다.

그날 오후 총을 멘 낯선 사람들은 필식이 외삼촌을 물방앗간 위쪽 미나리밭 수구렁으로 끌고 가서 대창으로 찔러 죽였다. ...중략... 메주볼 사내가 오른발로 앞가슴을 툭 차며 대창을 뽑자 필식이 외삼촌은 나뭇등치처럼 옆으로 풀썩 쓰러지고 말았다.』[29]

---

27 수잔 브라운밀러, Ibid, p.45.
28 고전주의 시대 이래 성에 대한 보다 세심한 분석을 통해 욕망 자체의 변화, 방향 전환, 강화 및 위치 변경 등의 다양한 효과를 노리게 되었다. 즉 성에 관한 언급은 권력의 기능에 있어 가장 중요한 위치를 차지하게 되었다는 것이다. 즉 18세기 이후부터는 성에 대해 이야기를 유도하는 정치적, 경제적, 기술적 선동현상이 일어났다. 성을 계산하고, 분류하고, 분석하는 등 이성적 차원에서 논의하게 되었다. 성을 단순히 나쁜 것, 할 수 없이 치러야 하는 것으로 취급하는 것이 아니라 효용체계 안에 삽입시켜야 하며, 공익을 위해 통제해야만 하며, 최적의 조건에 따라 기능을 발휘할 수 있도록 해주어야만 한다. 성의 치안, 그것은 엄격한 금지를 뜻하는 것이 아니라 유익한 공공의 언어를 통해 성을 관리하는 것을 의미했다. …… 다시 말해 국가는 국민의 성행위를 분석 대상 또는 간섭의 표적으로 삼기 시작했으며, 인구경제학을 통해 국민의 성을 관찰하는 렌즈를 마련했다.
    이광래, 『미셀 푸코; '광기의 역사'에서 '성의 역사'까지』, 민음사, 1989, pp.246-247.
29 작품 〈물레방아 속으로〉, p.269.

②『이장의 아들은 빗물과 흙탕물에 휘주근하게 젖은 최두삼의 바지를 긁어내리고 허리춤에서 가위를 빼더니 팬티의 고무줄을 잘랐다. 알몸이 된 최두삼의 허벅다리 사이로 싸늘한 금속성의 촉감이 뱀의 혓바닥처럼 널름거렸다. "너 같은 놈의 새끼는 그냥 단숨에 쥐이기는 아까우니, 천천히 말려 쥐이고야 말테다!" …중략… 기억 속에서 다시 한 번 학의 긴 다리를 잡고 담벽에 힘껏 내리쳤을 때, 최두삼은 그의 하반신이 작두에 잘려나가는 아픔과 함께 마지막 비명을 지르고 의식을 놓아 버렸다. …중략… 이빨이 딱딱 부딪치고 온몸이 맷돌 속에서 가루가 되는 것 같았으며 으스스 한기가 덮쳐왔다. 그는 소나무에 묶은 채 아랫도리가 벌거숭이가 되었고, 허벅지 사이에 피가 흥건히 적셔 있었다. 사금파리로 내장을 후비듯 아랫도리가 당겨왔으며, 신열로 입안이 바싹 탔다.』[30]

몸에 대한 폭력이 극한적으로 자행되는 모습을 위 예문들은 보여준다. 일상적인 상황에서는 도저히 용인될 수 없는 폭력적 본능이 그 끝을 모르고 과도하게 폭발되는 모습이다. ①의 경우는 일제의 앞잡이로 마을 사람들과 재산을 강탈하고 괴롭힌데 대한 마을 사람들의 보복적 폭력이다. 해방 직후 다시 세상이 뒤집힌 혼란을 틈타 마을 사람들이 자신들의 원한을 폭력적으로 되갚음하고 있는데, 역시 극한의 폭력적 본능은 '몸'에의 상해와 소멸로 되갚음한다.

②의 경우는 ①과는 달리 '몸'에 대한 폭력에 '성(性)'이 개입하는데, 최두삼이 자기 아내 성약탈에 분노하여, 이장 아들이 보는 앞에서 그의 아내를 성폭행한 이후에 벌어지는, 이장 아들의 복수극이다. 자기 아내가 당한 성폭력의 되갚음으로 상대의 성기를 잘라버리는, 성폭력의 되갚음을 볼 수 있다. 이성간의 성폭력으로 강간 당한데 대해, 동성 간의 성폭력으로 성기 절단이라는 극한적 보복양상으로 치닫고 있다. 억압된 본능 '성'에 얽힌 억압된 폭력 본능의 폭발이, 야만적 연쇄행위로 이어지는 모습이다.

---

30 작품 〈황홀한 귀향〉, p.165.

전쟁이 적진의 영토를 침범하고 그 곳을 소유하고 약탈하기 위하여 그 땅에 대한 공격과 폭력을 행사하는 것처럼, 대지(大地)로 비유되는 여성의 몸에 대한 침범과 약탈은 부수적으로 침범되는 영토였다. 수잔 브라운밀러는『성폭력의 역사』에서 세계전쟁 뒤에서 벌어진 패전국 여성에 대한 성폭력에 대한 사(史)적인 고찰을 마련하고 있다.[31] 승전국의 왕이 패전국의 왕비를 취함으로써 패전국 남성들의 자존심을 짓밟는 것은 그리스의 비극 오이디푸스 왕에게만 국한되는 일이 아니었다. 또 전쟁은 승리한 자가 패배한 자를 종속시키고 예속화시키며 남성 전유의 군대와 정권이 그들의 힘을 과시하고, 공격본능과 소유욕을 만족시키기 위해 폭력과 무력을 동원한다는 점에서 남성의 여성에 대한 식민지화와 힘의 과시와 성폭력, 강간은 동일한 맥락에서 읽혀진다.

결론적으로 여성 '성' 폭력이 침략자 혹은 힘을 가진 남성의 힘 과시에 의해 이루어지는데, 동물무리에서 제일 힘센 수컷이 무리의 암컷 '성'을 모두 취하듯이, 힘의 위계, 힘의 행사와 같은 맥락선상에서 파악할 수 있다. 그것이 전쟁 시기이던 아니던, 여성 몸에 대한 폭력은 힘을 가진 남자가 자기의 힘을 과시하고 확인하기 위해서, 또 자기보다 힘이 약한 여성 몸을 점령하고 지배하기 위해서 행해진 약탈과 침해의 행위라 결론지어 말할 수 있겠다.

위에서 살펴보았듯이, 문순태의 작품에서도 여성에 대한 성폭력이 거의 모두 남성 전유의 전쟁을 배경으로 언급되고 있다는 점은, 남성적 인식과 글쓰기에 있어서 '여성의 몸'은 남성의 욕망과 폭력행위의 대상이었을 뿐임을 지적할 수 있다.

---

31   참조; 수잔 브라운 밀러,『성폭력의 역사』, 일월서각 편집부 엮음, 1990.

V. '여성 몸'에 대한 중층적 통제와 지배구조

폭력은 주로 힘이 강한 쪽이 약한 상대에게 행사하기 마련인, 힘의 범람이다. 그런 의미에서 폭력은 여성보다는 남성에게서 창출되기 마련이었다. 또 남성들끼리 주고받는 폭력이 여러 규모의 크고 작은 '전쟁'을 불러일으킨다면, 사회·경제기반이 없는, '힘'이 없는 남성의 경우는 그나마 여성 몸에 그 힘을 행사, 폭력을 행사해 왔다. '아내 구타, 강간 등 남성이 휘두르는 폭력은 여성의 노동을 부차화하고 여성을 다양한 형태로 남성에게 종속시키는 가족 형태 및 이를 통해 재생산되는 가족 이데올로기와 결코 무관하지 않다. 따라서 극단적 형태의 폭력을 포함한 여성에 대한 폭력으로써, 성폭력은 남성들의 해부학이나 심리학에 그 원인이 규명될 수 없으며 오히려 여성에 대한 구조적 폭력의 연장선 상에서 파악될 필요가 있다.[32]

동물세계의 암컷이 새끼를 돌보기 위해 방어 행위에 익숙하듯이, 이성과 관념이 생성되기 이전 선사시대부터 아이를 낳아 양육하는 여성이 처하게 되는 환경은 방어적이고 수동적일 수밖에 없었다. 이에 테스토스토론 호르몬의 공격성향 남성은 자신의 '힘'을 확인시키기 위해, 남자보다는 싸우기가 손쉬운 약한 여성을 상대로 폭력을 행사해 왔다. 교육, 문화, 제도가 폭력을 금기하더라도, 남성중심의 가부장사회에서 여성의 몸 전유와 폭력은 남성의 특권처럼

---

32 정인경, 「성폭력과 성적 차이의 페미니즘」, 『페미니즘 역사와 재구성-가족, 성욕을 둘러싼 쟁점들』, 공감출판사, 2003, p.196.

용인되어 왔다. 남성의 성기를 무기로[33] 내세워 여성을 범하는 것도 여성에게는 위협을 느끼는 폭력이 될 수 있다.

다른 남자의 소유인 여자의 성을 침범한다는 의미는 여성 몸에 대한 폭력뿐 아니라 그 소유자인 남성에게도 그리고 폭력당한 여성의 속한 가계에도 정신적 위해의 의미가 더 컸음을 앞서 살펴보았다. 〈물레방아 속으로〉는 이러한 타가계의 여인을 성폭력함으로써 발생하는 모든 위험들을 보여준다. 최참봉 아들은 방앗간집 부인을 넘보아 '자기와 배를 맞췄다'는 소문을 낸다. 방앗간 고수머리가 새색씨를 쫓아내기라도 한다면 얼씨구나하고 첩으로 맞아들일 속셈이었다. 그러나 이는 자기인생과 더불어 전 가계를 위협에 빠트리는 발단이 된다.

> 『새색씨가 목을 매려던 날 밤, 방앗간 고수머리는 가슴에 시퍼런 식칼을 품고, 참봉집에 담을 넘어 참봉 아들의 방안을 덮쳤다. 그는 잠에 떨어진 참봉 아들의 입에 수건을 뭉쳐넣고』[34]

예문에서 보이듯이 성폭력에 응전을 하는 과정에서 피해당사자인 여자보다 그 소유주가 되는 남자의, 전부를 거는 대응을 볼 수 있다. 남편 앞에서 벌어진 그 아내에 대한 성폭력은 결국 두 가계의 구성원들을 순차적으로 죽음으로 몰아넣었고, 3대에 걸친 전쟁의 근본 원인이 된다. 살인을 할 수 없다는 인간 사회에서의 보편적 가치, 객관적 판단과 이성이 무화(無化)되고, 자기 여자 침탈에 대한 보복이라는 정당성만이 가치로 남은 듯, 상대와 상대 가족을 죽여버

---

33 위니프레드 우드헐은 인간의 성을 지시하는, 문화적 부호들을 탐구하는 브라운 밀러의 작업에 대해, 어떻게 질이 결여와 취약함의 장소로 부호화되고 — 따라서 경험되고 — 페니스가 무기로서, 성교가 폭력으로서 부호화되는지 설명해야 한다고 주장한다.
위니프레드 우드헐, 「6. 섹슈얼리티, 권력 그리고 강간의 문제」, 『미셸 푸코, 섹슈얼리티의 정치와 페미니즘』, 황정미 편역, 새물결, 1995, p.179.
34 작품 〈물레방아 속으로〉, p.269.

리고, 상대와 관련된 모든 것을 전소시켜 버리고 있다. 이는 자기가 받은 공격에 상응하는 대응을 넘어선, 자신의 모든 것을 던져, 상대의 모든 것을 공격하는 폭발적 본능의 '전쟁'이라고 일컬을 수 있다.

위 예문은 '여성 몸'에 대한 문화적 무의식 — 즉 여성의 '몸'이 여성 스스로 자아의 닻을 내리는 공간이나, 타인과 관계를 맺고 세계로 확장하는 매개가 아니라, 전적으로 남성에게 예속된 '몸'이라는 것을 분명하게, 반복적으로 보여준다. 여성의 몸이 물화된 타자로서, 소유한 남자의 재산권이나 권리행사의 한 영역이 되고 있음을 통해, 여성 몸에 대한 남성의 절대적 통제를 엿볼 수 있다.

> 아버지와 남편은 여성의 법적 보호자였고, 여성은 이들의 후견 하에 놓인 아이와 같은 처지였다(Arnaud-Duc, 1993). 따라서 여성에 대한 강간은 결코 여성의 소유를 침해한 것이 아니며 희생자의 아버지나 남편의 소유를 침해한 죄로 간주되었고, '처녀성'의 강탈은 이러한 죄의 경중을 가늠하는 원칙이었다. '처녀성'이 여성 자신의 소유가 아니었기 때문에 법정은 희생자의 고통보다도 후견인의 고통을 더 염려했다. 결국 여성이 받은 피해는 결코 여성 자신의 것이 아니었고 이러한 논리에 따라 희생자가 창녀일 경우 강간은 성립되지 않았다.[35]

전적으로 남성에게 예속되어 있는 여성 '몸'(이때 몸은 앞서 말한 바 정신과 인식, 존재의 의미를 모두 담고 있는 실존적 존재)과 여성은 남성과 사랑을 주고받는 인격의 상대가 아니고, 그야말로 소유, 예속된 타자이기에 남주인공의 보복이 자기 아내에 대한 사랑을 반증하는 보복이 아님은 분명히 구분해야 함은 다음의 예문을 통해 확인할 수 있다.

---

[35] 정인경, Ibid, 188.

『마누라를 잃은 참봉아들은 허옇게 눈자위를 까뒤집고 긴 칼을 휘두르며 고수머리를 찾아 목을 베겠다고 울부짖었으나, 한번 자취를 감춰버린 고수머리는 결코 나타나지 않았다. 결국 참봉 아들은 아내를 내쫓고 새장가를 갔다. 새장가를 든 여자한테 낳은 자식이 필식이다.』[36]

참봉 아들은 결국 고수머리와 아내를 모두 죽이지만, 이러한 복수극이 자기 것(여자)에 대한 침탈이 이유였다는 점은, 다른 남자에게 성폭행을 당한 아내를 내쫓고 새장가를 드는 모습에서 확인된다. 결코 아내를 사랑해서 벌이는 복수극이 아닌 것이다.

그리고 성폭력을 한 것에 대한 울분과 고통은 피해당사자인 여자와 무관하게 여자 몸의 소유자인 남자의 침해로만 인식하는 전통적 남성의 인식을 지적할 수 있다. 우리 전통사회에서 양가 여자라면 누구나 지녀야했던 '은장도'나 정조를 잃은 여성이 스스로 알아서 목을 매야하는 '자녀목' 등에서도 우리는 이 작품에서 보이는 반응과 행동들이 비단 이 작품에 한정된 것이 아니라 우리 전통사회의 보편적인 인식이 드러난 것임을 말할 수 있다.

『치마의 말기 끈은 풀어 헤쳐졌고 아랫도리의 속살이 양파껍질처럼 드러나 있었다. 열살 먹은 나는 어머니한테 어떤 일이 있었는지 알아차렸다. 나는 울지 않고 침착하게, 그러나 형언할 수 없는 분노에 떨며 묶인 어머니의 손을 풀고 입에서 헝겊들을 빼내주었다. 어머니는 미친 듯 울며 방안으로 뛰어 들어가더니 방문을 안으로 걸어버렸다. 어머니는 온종일 방문을 열지 않았다. 그리고 다음날 아침 용소 위에 흰 옷에 가을 햇살을 받으며 떠올랐다.』[37]

'몸'에 대한 상처와 폭력은 단순히 육체적인 상해가 아닌, 그것보다 훨씬 강력하고 복잡다단한 상해로 파생되고 있다. '몸'을 통해 모든 인식의 궁극적인

---

36 작품 〈물레방아 속으로〉, p.269.
37 작품 〈잉어의 눈〉, 《제3세대 한국문학》, 삼성출판사, 1983, p.334.

완성이 이루어지듯, '몸의 지각을 통해 인간 실존이 동적, 정서적, 성적, 언어적, 문화적 그리고 사회적 행위로 작용'[38]한다는 지적처럼 '몸'과 그 '몸'에 대한 약탈은 전인적 실존의 문제였음을 확인할 수가 있다.

특히 여성 몸의 경우 성폭력, 성의 약탈은 정신적, 정서적, 문화적, 사회적, 실존적 상처가 육화되어 표현되는 기표로, 그 본인은 물론 한 가계사의 운명과 목숨을 바꿀 만큼의 전적이고도 다층적인 금기의 의미를 지닌 것이었음을 알 수 있다.

이러한 '금기'의 억압은 우리 사회를 지배하는 각종 이데올로기(종교, 사상, 문화, 제도 등)에 의해 생성된 바, 여성 몸과 성에 대해 유교적 이데올로기가 그 지배력을 갖고 있을 뿐 아니라 동시에 사회적 주도권과 힘을 장악하고 있는 가부장제에 의해서도 강력하게 통제받고 있음을 지적할 수 있다. '성의 문제야말로 남녀 간의 가장 뿌리 깊은 지배, 종속을 보여주는 정치적 관계이다. 즉 가장 사적이라고 생각되는 부분, 가장 자연적이라고 생각되는 부분에서부터 남녀 간의 권력관계는 이미 시작되고 있는 것이다.'[39]

이중적 억압과 통제, 즉 사회에서의 제도적인 통제와 가정에서의 가부장제가 여성 '몸'에 대한 철저한 통제와 여성을 지배하는 관계 속에서, 여성 '몸'은 남성의 소유물이자 '남성의 힘'에 의한 전리품 정도의 수준에 있었음을 결론지어 말할 수 있겠다.[40]

---

38 양해림, Ibid, p.111.
39 장필화, 『여성, 몸, 성』, 또 하나의 문화 출판사, 1999, p.109.
40 '생체권력(인구 전체의 수(數)와 건강, 교육, 복지와 개인들의 개별 신체 둘 다를 지휘하는 일련의 담론과 실천들 p.188)은 여성의 신체를 재생산이라는 기계장치 속으로 끼워넣기 위한 도구를 제공하는 한, 가부장적 권력에도 필수불가결하다고 할 것이다.'
〈어머니 길들이기 −페미니즘과 새로운 재생산 테크놀로지〉, 위니프레드 우드힐, p.189, 황정미 편역, 새물결, 1995, 『미셸 푸코, 섹슈얼러티의 정치와 페미니즘』.

VI. 기존담론의 여성, 여성 '성' 인식 상황

이 장은 진실한 '사랑'과 '성' 담론이 부재해 왔던 우리의 기존서사에 대해 의문을 제기하며, 서사에 드러난 인식을 살펴보며 그 이유를 찾아보았다. '성'과 '폭력'은 '몸'을 기반으로 하며, '몸'의 경계선의 의미는 인권의 척도를 드러내는 것이기에, 개인의 '성'과 사적인 사랑담론의 부재가 사회제도나 체제가 '몸'을 통제함으로써 주체의 실질적 삶에 영향을 미쳐 온 사회적 분위기와 정황을 살펴보았다.

논의를 통해서 소설 속에서 드러난 우리 문화와 그 정서를 살펴보면, 유교라는 이데올로기와 가부장 이데올로기, 가족주의 이데올로기에 의해서 '몸'에 대한 인식을 하고 있었다. 개인의 '몸'은 개인을 구현하고 실현하는 실체로서 기능하지 않고 있었으며 특히 여성의 몸의 경우는 남성 소유물에 불과했으며, 전쟁이란 무질서 속에서는 전리품이나 식민지와 같은 영토에 지나지 않음을 읽을 수 있었다.

따라서 여자는 사랑을 나눌 대상의 인격체로 인식되지 않았으며, '성욕, 성애'로 표현될 개체적 몸을 지니기 보다는 남성의 소유물이나 힘센 승리자의 전리품에 지나지 않음을 알 수 있었다. 또 여성의 몸은 체제의 이념과 규범에 의해 철저히 통제되고 억압된 공간으로서만 존재하고 있었다. 그러므로 사랑할 기본 대상인 '몸'이 '내 것'으로 존재하지 못하는 전통의 사회문화적 인식망 속에서, '대상을 열망하는(에로스)' 사랑 담론의 부재는 당연한 듯 보였다. 개인들은 특히 여성들은 사랑할 주체의 몸도, 사랑받을 대상의 몸도 스스로 담보하지 못하는, 전통 사회의 인식에서 사랑을 읊조릴 그 전제가 갖추어지지 않았음을 알 수 있었다. 담론 뿐 아니라 실제 '몸'을 통한 남녀 간의 사랑도 사회, 문화, 제도, 이데올로기에 의해 극히 제한되고 조절됨을 살펴볼 수 있었다.

여성의 경우는 자기 '몸'의 기본욕구를 깨닫지 못할뿐더러, 자신이 남성 성폭력의 피해자임에도 불구하고 스스로 자결하며 '오염'된 자신의 몸을 끝내는 모습을 보이며, 자기 '몸'의 결정권과 권리행사에 하등 상관이 없이 인식하고 있음도 찾아볼 수 있었다. 극심한 사회 제도의 억압과 통제로, 자신의 정체성과 더불은 '몸'에 대해 모든 것을 포기한 채 비주체적, 비실존적 삶을 영위하였음도 볼 수 있었다.

이러한 인식과 분위기로 당연 개인들 간의 개별적인 감정인 사랑 담론이 우리 문화 내에 공적인 담론으로 존재할 수 없게 된 이유와, 여성의 경우 식민지 '몸'과 정체성으로 하여 사랑의 주체가 될 수 없었던 전통적인 사회문화적 환경을 알 수 있었다. 남성의 경우는 여성을 소유물로 인식하거나 약탈하는 상대로 인식할 뿐, 다각적인 면에서 취약한 입지의 여성을 향해 사랑의 세레나데를 부를 인식과 여건이 존재하지 않았음을 살펴볼 수 있었다. 이는 우리 문화가 여성의 감정과 정서, 개인들의 정체성 및 개성을 존중하지 않았으며, 체제의 전체주의에 개개인들의 정서와 감정, 주체적 결정권이 억눌려 무시되고 희생되었음을 의미하는 것이기도 하였다. 여성의 개인적 삶에 묻어있는 감정과 정서와 욕구를 표현하지 못하는, 발설도 할 수 없는 전통사회의 여성, 여성의 '성'에 대한 인식을 알 수 있었다.

〈Abstract〉

It wasn't scarcely discourse of sexual love and eros in Korean culture.

The results of research say that there was not women's body which control by oneself, have loved and a object of loving. women's body have treated as a object out of themselves and were subordinated to men, had controlled by phallocentrism of Confucianism ideas.

So Korean women's have never felt her body's desire, further couldn't say abort that.

To make matters worse, if they have attacked on body, especially sexual organization by other men, she suicided in spite of a victim.

In these culture and rule of society and rule of society as phallocentrism and Confucianism, erotic and romantic discourse couldn't exist.

That fact say us which Korean's desire of body hadn't been represent, and person's body was not free. Especially women's body had not subordinated to themselves completely.

참고문헌

〈분석대상 작품집〉

문순태, 〈철쭉제〉, 《제3세대 한국문학》, 민음사, 1983.
　　　〈황홀한 귀향〉, 《제3세대 한국문학》, 삼성출판사, 1983.
　　　〈물레방아 속으로〉, 《인간의 벽》, 나남출판사, 1984.
은희경 장편소설, 『새의 선물』, 문학동네, 1995.
　　　소설집, 『타인에게 말걸기』, 문학동네, 1996.
　　　소설집, 『행복한 사람은 시계를 보지 않는다』, 창작과 비평사, 1999.
천운영, 소설집, 『바늘』, 창작과 비평사, 2001.
　　　소설집, 『그녀의 눈물 사용법』, 창작과 비평사, 2008.
　　　장편소설, 『생강』, 창작과 비평사, 2011.
　　　소설집, 『잘가라, 서커스』, 문학동네, 2011.
정이현, 소설집, 『낭만적 사랑과 사회』, 문학과 지성사, 2003.
　　　소설집, 『오늘의 거짓말』, 문학과 지성사, 2007.
　　　장편소설, 『너는 모른다』, 문학동네, 2009.
　　　장편소설, 『사랑의 기초』, 문학동네, 2012.
백가흠, 소설집, 『귀뚜라미가 운다』, 문학동네, 2005.

〈몸담론 관련 인용 문헌〉

강미라, 『몸, 주체, 권력-메를로 퐁티와 푸코의 몸 개념』, 이학사, 2011.
김은실, 『여성의 몸, 몸의 문화정치학』, 또 하나의 문화 출판사, 2001.
미셸 푸코, 이규현 역, 『성의 역사;제1권 앎의 의지』, 나남출판사, 1997.
　　　　오생근 역, 『감시와 처벌: 감옥의 역사』, 인간사랑, 1994.
　　　　김부용 역, 『광기의 역사』, 인간사랑, 1991.
메를로 퐁티, 류의근 역, 『지각의 현상학』, 문학과 지성사, 2002.
메를로 퐁티, 『몸, 몸의 세계화 세계화의 몸』, 이학사, 2004.

로지 브라이도티, 박미선 역, 『유목적 주체』, 도서출판 여이연, 2004.

방윤 저, 김철수 역, 『유식학강의』, 불광출판부, 1993.

불전간행회, 『능엄경』, 민족사, 1999.

불전간행회 편, 묘주 역, 『解深密經』, 佛敎經傳 22, 민족사, 1996.

불전간행회 편, 김두재 역, 『楞嚴經』, 佛敎經傳 5, 민족사, 1994.

번 벌로, 보니 벌로, 김석희 역, 『섹스와 편견』, 정신세계사. 1999.

브라이언 터너, 임인숙 역, 『몸과 사회』, 몸과 마음, 2002.

빌헬름 라이히, 윤수종 역, 『성혁명』, 새길, 2003.

수잔 보르도, 박오복 역, 『참을 수 없는 몸의 무거움』, 또 하나의 문화, 2003.

수잔 브라운 밀러, 『성폭력의 역사』, 일월서각 편집부 엮음, 1990.

심영희, 『위험사외와 성폭력』, 나남출판사, 1998.

앤소니 기든스, 배은경·황정미 역, 『현대사회의 성·사랑·에로티시즘』, 새물결, 1996.

엘리자베스 그로츠, 임옥희 역, 『뫼비우스의 띠로서 몸』, 여인연, 2001.

오형근, 『유식학입문』, 불광출판부, 1992.

오형근, 『신편 유식학 입문』, 대승, 2005.

유아사 야스오, 이정배, 이한영 역, 『몸과 우주』, 2004.

이광래, 『미셸 푸코; '광기의 역사'에서 '성의 역사'까지』, 민음사, 1989.

장필화, 『여성, 몸, 성』, 또 하나의 문화, 1999.

조광제 지음, 『몸의 세계, 세계의 몸』, 이학사, 2004.

조셉 브리스토우, 이연정 공선희 역, 『섹슈얼리티』, 한나래, 2000.

조르쥬 바타이유, L'Erotisme, 조한경 역, 민음사.

제프리 윅스, 서동진 역, 『섹슈얼리티:성의 정치』, 현실문화연구, 1999.

질 들뢰즈, 가타리, 최명관 역, 『안티 오이디푸스』, 민음사, 1994.

프로이트, 김정일 역, 『성욕에 관한 세 편의 에세이』, 열린 책들, 1997.

피터 브룩스, 한애경 외역, 『육체와 예술』, 문학과지성사, 2000.

프로이트, 김석희 역, 『문명 속의 불만』, 열린 책들, 1997.

한국여성연구소, 『여성의 몸—시각, 쟁점, 역사』, 창작과 비평사, 2005.

_____, 『여성의 몸과 정체성』, 동녁, 학술총서22, 1999.

한국현상학회 편, 『몸의 현상학』, 철학과 현실사, 2000.

Anne Marie Balsamo, 김경례 역, 『젠더화된 몸의 기술』, 아르케출판사, 2012.

Richard Shusterman, 이해진 역, 『몸의 의식―신체미학―솜에스테틱스』, 북코리아, 2010.

G. 레이코프, 임지룡외 역, 『몸의 철학』, 박이정, 2002.

George L. Mosse, Nationalism and Sexuality ― Representation and Abnormal Sexuality in Modern Europe, Howard Fertig, 1985.

〈여성담론 참고인용 문헌〉

권현정 외 편저, 『패미니즘 역사와 재구성― 가족과 성욕을 둘러싼 쟁점들』, 공감출판사, 2003.

라마자노글루, 최영 외역, 『푸코와 페미니즘』, 동문선, 1997.

이소영 · 정정호 공편 『패미니즘과 포스트모더니즘』, 한신문화사, 1992.

이현재, 『여성주의적 정체성 개념』, 도서출판 여이연, 이론 15, 2008.

빌헬름 라이히, 윤수종 역, 『성혁명』, 새길, 2003.

사토 요시유키 저, 김상운 역, 『권력과 저항― 푸코, 들뢰즈, 데리다, 알튀세르』, 도서출판 난장, 2012.

전혜은, 『섹스화 된 몸―엘리자베스 그로츠와 주디스 버틀러의 육체적 페미니즘』, 새물결출판사, 2010.

조주현, 『여성 정체성의 정치학』, 또 하나의 문화, 2000.

주디스 로버, 최은정 외역, 『젠더 불평등』, 일신사, 2005.

주디스 버틀러, 조현준 역, 『젠더 트러블』, 문학동네, 2008.

제프리 윅스, 서동진 역, 『섹슈얼리티: 성의 정치』, 현실문화연구, 1999.

태혜숙, 『탈식민주의 페미니즘』, 여인연, 2001.

황정미 편역, 『미셸 푸코, 섹슈얼러티의 정치와 페미니즘』, 새물결, 1995.

〈해체주의 인식 참고인용 문헌〉

권택영, 「후기구조주의 문학이론」, 민음사, 1990.

김욱동 편역, 「포스트모더니즘과 포스트구조주의」, 현암사, 1991.

김성곤, 「포스트모던 소설과 비평」, 열음사, 1993.

김형효, 「구조주의 사유체계와 사상-레비 스트로스, 라깡, 푸코, 알뛰세르에 관한 연구」, 인간사랑 출판사, 1989.

미셸 얼라이브(Michel Arrive), 「언어학과 정신분석학」, 최용호 역, 인간사랑, 1992.

서동욱, 『들뢰즈의 철학』, 민음사, 2002.

이대희, 『한국의 인식론』, 대영문화사, 1999.

애리히 프롬, 김기태 역, 「정신분석과 유물론」, 선영사, 1989.

이부영, 「인간과 무의식의 상징」, 집문당, 1985.

장회익, 『삶과 온생명』, 솔출판사, 1998.

줄리아 크리스테바 저, 김인환 역, 『사랑의 역사』, 민음사, 2008.

크리스테바 외 지음, 『정신분석과 문학비평』, 고려원, 1992.

프로이트, 김석희 역, 『문명 속의 불만』, 열린 책들, 1997.

Elizabeth Grosz, Jaque Lacan Great Britain, By Routredge, 1990.

George L. Mosse, 『Nationalism and Sexuality - Representation and Abnormal Sexuality in Modern Europe -』, Howard Fertig, 1985.

Herman Raport, "Psychology, the subject, and Criticism", Literary Criticism & Theory, Newyork, London, 1989.

Joseph Allen Boone, Libidinal Currents - Sexuality and The Shaping of Modernism -, Chicago UP, 1998.

Julia Kristeva, Language the Unkown, Great Britain by Hrvester Wheatsheaf, 1989.

Juliet Mitchell, Jaques Lacan : Feminine Sexuality, 1982.

Patric Colm Hogan, Criticism and Lacan: Essay and Dialogue on Language, Structured, and the Unconscious, Univ of Georgia Press, 1990.

Ragland Sullivan, Jaque Lacan and the Philosophy of Psychoanalysis, Urbana: Univ.of Illinois Press, 1987.

Toril Moi, Sexual/Textual Politics, London, 1985.

〈참고 인용 논문〉

김우종, 「怨과 恨의 民族文學」, 《인간의 벽》, 나남출판사, 1984.

김양선, 「차이와 기억의 성 정치학 – 2000년대 여성문학비평의 쟁점과 과제」, 『경계에
　　선 여성문학』, 도서출판 역락, 2009.

김형중, 「성을 사유하는 윤리적 방식」, 『창작과 비평』 132호, 창작과 비평사, 2006 여름.

심진경, 「여성성 혹은 문학적 상상의 원천」, 『떠도는 목소리들』, 자음과 모음, 2009.

이병주, 「제1회 소설문학 작가상 심사평」, 『제3세대 한국문학』, 삼성출판사, 1983.

이정원, 「제3세대 페미니즘」, 『여성과 철학』, 철학과 현실사, 1999.

이상화, 「페미니즘과 차이의 정치학」, 『여성과 철학』, 철학과 현실사, 1999.

허란주, 「패미니즘과 자율성」, 『여성과 철학』, 철학과 현실사, 1999.